汪习波，1971年生于江苏灌云。文学博士，复旦大学中文系副教授。曾为西雅图华盛顿大学东亚系访问学者、芝加哥德保罗大学现代语言系访问教授。著有《隋唐文选学研究》，发表论文《杜甫〈咏怀古迹五首〉所谓"风流儒雅"的宋玉传统》《栖迟在王权的罅隙里——〈文选〉的河北问题及其名教叙述》《精义复隐赋才流——庾信〈哀江南赋〉的萧纲叙述》等。

《昭明文选》十六讲

汪习波　著

复旦大學出版社

目　　录

小　引

　　二十年前的一个中午，想不起来是冬天还是春天，在国顺路口遇到一位前辈，陪他走了几步，不知怎么就聊到了当时比较热烈的通识教育，复旦大学似乎走在了全国高校的前列。老先生当场作出明确的断语："马克思说得好，一切都是利益！"当时比较讶异，不是因为马克思太伟大，用在这里显得过于高大渺远，主要还是作为学生辈的本能的孺慕之情，面对师长，总会以单纯的热切期待着轻松的交流，乍听此类"探本之论"，一时接不住话茬。区区理解，这种回向传统寻求精神资源的做法，难道不是国际大气候和国内小气候影响下的一种必然么？而且，贸然征用经济基础这把"屠龙大剪刀"，会不会切割大家对于圣贤经典的皈依？

　　转眼已在中文系开设《文选》全校通识课程将近二十年。前面两年承引驰老师的雅意，赐予了一个"《文选》与中古文采风流"的名字，一时之间，教室后面都站着外校的同学；还有一位教学评估的专家，也代表她先生和她自己慕名听了一课。吓得赶紧改成"《文选》与中古社会"，热度降了好多，上课的压力貌似也小了不少。除了前后到国外访学的三年，基本上每学期都开这门课，勉强算是有了个自己的园地，别的老师偶尔帮忙或代开，多数时候就是一个人在做。回视前辈老师的断语，觉得自己正属这个利益群体中的一员，虽然有意无意地维持了不忮不求的状态，对于《文选》这本书，也保持了相当的热诚，但实在地，说它是不才谋生的工具，倒也切当。

历年讲课的心得，也有一些积累。具体都呈现在此稿和下两本书稿中，这里稍引一二，以作介绍。上几周曾经在课堂上，总结出几个"不"："标题不一定是标题，作者不一定是作者，小序不一定是小序，注释不一定是注释，正文不一定是正文。"一般说来，这些都是文章相对稳定的信息，所以"一定"是前提；但是加个"不"字，就打开了知识和思考的平衡之窗。比如朱浮的《为幽州牧与彭宠书》，标题置于《文选》目录之中颇为另类。这个"为"字不是代言的"为"，而是"作为"的"为"，因为朱浮本人即是幽州牧，而彭宠是他监察区下的渔阳郡守，后者作为拥有盐铁专卖权的边郡太守，实力和地位都不下于他。他的这封既倨傲又恶辣的书信，与其说是劝诫书，不如说是激怒对方的檄文。显然这并非是一封得体的书信，而标题特意表明其幽州牧的身份，禁不住让人怀疑这绝非简单的表达，而是大有深意的名教暗示。光武放手让亲信以教条钳制地方实力人物，朱浮亦步亦趋，模仿光武在洛阳的政治作为，丝毫不在意自己的潜在风险，这些只有放在名教系统中讨论，才有相对清晰的认知。又如贾谊的《吊屈原文》，又名《吊屈原赋》，其文体为赋、为文，端看其上下文或出于何书，入于何处。

作者的疑问相对比较常见，有时又相对复杂，比如《与嵇茂齐书》究竟是赵至还是吕安的作品，当作专文讨论。序言的情况也很多，比如司马相如名下的《长门赋》，《文选》所录小序疑问丛生：

> 孝武皇帝陈皇后，时得幸，颇妒。别在长门宫，愁闷悲思。闻蜀郡成都司马相如，天下工为文，奉黄金百斤，为相如、文君取酒，因于解悲愁之辞。而相如为文以悟主上，陈皇后复得亲幸。

相如卒于武帝之前三十年，"孝武"谥号肯定不出相如本人手笔。"得幸颇妒"似谓意欲独享恩宠，并非失宠，与"愁闷悲思"有异。相如此文竟能使陈皇后再得亲幸，于史无征。此类文字，自当作篇章解释学资料单独处理。又谢灵运《述祖德诗》本集有小序，称颂其祖父谢玄淝水大捷后归隐，"事同乐生之时，志期范蠡之举"，语言颇具侵略性，《文选》未录序文，当是特为避忌。

注释的问题当然更多，非常有名的即是《洛神赋》作者曹子建下，有李善注：

> 《记》曰：魏东阿王，汉末求甄逸女，既不遂。太祖回与五官中郎将，植殊不平，昼思夜想，废寝与食。黄初中入朝，帝示植甄后玉镂金带枕，植见之，不觉泣。时已为郭后谗死。帝意亦寻悟，因令太子留宴饮，仍以枕赉植。植还，度辕辕，少许时，将息洛水上，思甄后，忽见女来，自云："我本托心君王，其心不遂。此枕是我在家时从嫁前与五官中郎将，今与君王。"遂用荐枕席，欢情交集，岂常辞能具。"为郭后以糠塞口，今被发，羞将此形貌重睹君王尔。"言讫，遂不复见所在。遣人献珠于王，王答以玉佩，悲喜不能自胜，遂作《感甄赋》。后明帝见之，改为《洛神赋》。

此注来源甚早，宋初姚宽《西溪丛语》中即有记载；而李商隐诗句"宓妃留枕魏王才"虽与此《记》有出入，也可证此处文字，来源或更为靠前。然此处提及曹操、曹丕、曹植、曹睿三代四个男人，除曹睿行为相对略为中性外，其他三人行为皆不甚体面，似刻意写出曹氏父子的变态和无礼，女主也似纯为欲望化身。作为一篇独立文本，此文颇有可以讨论和尊重处，然作为《洛神赋》正文的一个补充文本，则甚为恶浊，与赋中男女主角超越肉欲的美感形象大相径庭。此则需要细加辨析。

至于《文选》文章的精神内容,笼统而言,则颇有需要警惕的地方。一则自来叙述,多不将事实与逻辑置于最高层级,尤其在应用文章中至为明显。比如李斯《谏逐客书》,本来是李斯为秦客卿时,上书秦王之篇,在《文选》中题为《上书秦始皇》,标题已是不伦,与事实相去甚远;至于其实际表达,是绝不正面回应秦国驱逐客卿的实际原因,即间谍国安问题及本土人士的排外态度,而是直接诉诸客卿对于秦国争霸的伟大贡献,激发秦王征服华夏的雄心,并将外来人才比作珠玉美女等高级享受,在深层欲望层面说服秦王。效果非常明显,而自比玩物,放大欲望,是权场游戏,而无理性立场,与现代人文精神相距邈远,这是当代读者所须留意的。

又如贾谊名下的《过秦论》,作为影响深远的西汉宏文,篇中陈说秦朝立国战争以及秦与山东六国的力量对比,语多夸饰;结论依于孔孟的仁义思想,端然可见秦汉士人依仁蹈义的精神旨归,确乎值得尊重。但是这种结论很难经得起推敲,如果秦朝灭亡是缘于不施仁义,难道秦朝征服六国,是实施仁义的结果么?秦朝如果一直施行仁义,就会长盛不衰么?此皆虚无实证,只是作者讨论秦朝过失、树立汉德光辉的假设性表述而已。论其意识形态建构,确有价值;认其为当时事实和逻辑的有力呈现,则颇为可疑。(近来秦晖先生发现许多王朝的灭亡,并非财政崩溃的结果,相反,倒是财政能力激增以后,国库巨丰,民不堪命。此类表述,颇值深思。最明显的如北宋、南宋两朝之亡,即似并非财政崩溃的结果。秦人吞灭六国过速,整合各地严于汤火,其体制长于征服而短于抚御,各地离心力一旦形成合力,则唐尧虞舜再世,也难措手,似不仅来自严刑酷法之一端。)盖道德也,仁义也,为世间常量因素,在政治行为中可以实质性地影响施政的深度、广度和温度,但只有力量、技巧、制度甚至激情,才是政治行为中影响方向和结果的变量。《过秦论》之类长于建构的文章,可以作为历史性散文的模范,传之久远,但是否可以作为扎实的历史研究专著,则大可讨论。即在其本朝稍后的汉宣帝,自陈"汉家自有制度,本以霸、王道杂之,奈何纯用德政",对贾氏之说绝对不会认同。凡此之类,必须多方分疏,细加辨析。

居今之世,读古人书,慕圣希贤,近乎轻薄。只有基于当代的、比较的、国际的、关怀的立场,尊重事实和逻辑,深入文献和文心,才是对于古贤的真正尊重,也是当代中国读书人所应有的风派。凡所论述,颇多臆见,荒谬处在所难免,大雅君子,敬希正之。

第一讲　拂案开窗读《文选》

在诸多古典文本中,《昭明文选》(下文径用其简称《文选》)承《诗》《骚》之后,荟萃历代篇章,"事出于沉思,义归乎翰藻",在传统士人生活和人文空间中自有其特殊地位。从选录标准和具体编排上看,《文选》可以说是齐梁文化的产物;就其所包揽的作品来看,从战国末年到萧梁前期的名家名作大部出于其中,正是中古集部之学的早期形成时代。东汉以来,经子分流,儒文异派,《文选》等总集和别集应运而生。隋唐易代之际,《文选》在集部群籍中脱颖而出,岿然有"选学"之目,自成沾溉广远的文学小传统。

说起来,《楚辞》俨然高居总集类第一名,早就隐然自成一套文化符号和语言系统,在集部中有其"准经学"的阐释方向。故《文选》虽非第一,却可称为《楚辞》以外的中国第一部总集。这里得深入一点交代集部之学也即篇章之学的由来,它来自汉唐之间中国知识系统的更迭,经历了从"七略"到"四部"的名称改变,内容上也就从七大部类之一的诗赋略,转成四大部类之一的集部。

"七略"将天下学术分为七个部分,是从刘向、刘歆父子为汉朝宫廷藏书编订目录开始的。他们的工作始于汉成帝年间,近于传记中所见赵飞燕传奇时代,如果就《文选》中篇章立论,那就是名下有《团扇诗》的班婕妤时代。先是,刘向等人从成帝时期开始搜集、考订、整理、编目;哀帝时刘向去世,又任命其子刘歆继承父业。刘氏父子合力编成的那本目录书,称为《辑略》,加上原有的皇家书籍六个部分即六艺、诸子、诗赋、兵书、数术、方技，总称"七略"。《辑略》是西汉宫廷图书整理的目录部分，一般都排列在"七略"之首。原书整体已佚，删却内容概述的篇目部分，已足称宏大，几乎全体抄入班固《汉书·艺文志》，可谓古代目录学第一书。

　　按照清代史学家章学诚的表彰，目录学的功能是"辨章学术，考镜源流"，可谓古典学术的入门之学。刘向父子整理出的"六略"，即皇家藏书六个部分，从顺序可以看出它们在古典知识系统中的相对地位。尤其是"诗赋略"紧接"六艺"（经学或"类神学"）和"诸子"（"政术"）之后，位居前三略行列，非常值得注意。要知道"诗赋略"并不包括《诗经》，后者高高在上，归于"六艺略"，即圣人之学，类似于欧西古典学术中神学的崇高地位；所以二刘的"诗赋略"，大宗是赋，先秦、西汉的赋篇为此略主体，诗则仅有汉代的歌和谣（李零《兰台万卷》：有音乐称"歌"，无音乐称"谣"），算是早期的文学作品。

　　西汉后期皇家图书馆的"七略"分类，作为早期知识论的重要架构，一直承袭到南朝后期。这段时期中间有一位关键人物即西晋秘书监荀勖，他领衔与张华等人一起，为当时宫廷藏书编著《中经新簿》，将皇家图书的原有分类删繁去简，改称四部：经、子、史、集，当时称为甲、乙、丙、丁之学。甲部：六艺、小学等；乙部：古诸子家、近世子家、兵家、兵书、术数；丙部：史记、旧事、皇览簿、杂事；丁部：诗赋、图赞、汲冢书。后来子、史地位互换，又成为经、史、子、集四部。在后来学者笔下，甲乙丙丁所对应的各路学问一直用其初始指称，所以乙部之学始终指子学，丙部始终指史学，对应关系不变。

　　南朝时"七略"与"四部"的分类并行，学者各有采用。隋唐以后，随着谶纬之学受到打压、残毁、消灭，几于全面遮蔽，七略的后三略命运剧变，兵书沉入子部，方技、术数不登大雅之堂，基本上就算是藏起来不见人了。四部中集部之学虽居末位，论其内涵，尤其就单个作者的知识系统来看，却几乎反映了他的经、史、子三部学术的积累，近于括囊万有的通人之学。笔者一直倾向于"集学盛而子学衰"的提法（上世纪末写作博士论文时即持此说，后来哈佛的田晓菲教授作过专门的讲演和论文。论其端绪，则在清代学者那里已有类似表述），试想有了集部篇章之学的大舞台，学士大夫们为何还要留心一家之言的子学呢？当然，这里的舍弃有一个过程，起码汉末建安时还有人依仿前贤，用力于子部。比如建安七子各有所长，偏偏在时人曹丕眼中，要数徐干最为不朽，因为他有一部子学专著《中论》。时移世易，迄于今日，除了徐干名下的几首《情诗》，有几人会着意表彰他那部彬彬然慕圣栖贤的学术专著呢？这是学随世异、人自为学的必然结果。

　　阅读古典文集，总需大致理清书目之学演变的这条线索，那背后，正是中古知识系统的更替流移。

　　就《文选》本身的出现来说，自见一番南北学术转移的大风会，背后是南北政治军事优势的成长转化，连带着中国南北学术与主流话语的变迁。说起来，《文选》所产生的梁代，正是南方极盛时代，梁武帝萧衍（464—549）所达致的文治武功，已经大大超过宋武帝刘裕所极力撑开的南方盛况。《梁书·武帝本纪》称他"勤于政务，孜孜无怠"，"历观古昔帝王人君，恭俭庄敬，艺能博学，罕或有焉"。"兴文学，修郊祀，治五礼，定六律，四聪既达，万机斯理，治定功成，远安迩肃。""征赋所及之乡，文轨傍通之地，南超万里，西拓五千。……三四十年，斯为盛矣。自魏、晋以降，未或有焉。"《北齐书·杜弼传》记载高齐开国君主高欢之言："江东复有一吴儿老翁萧衍者，专事衣冠礼乐，中原士大夫望之以为正朔所在。我若急作法网，不相饶借，恐督将尽投黑獭（宇文泰小名，西魏霸主，北周开国），士子悉奔萧衍，则人物流散，何以为国？"可谓以敌方口吻，反证南梁盛况。南方优势转瞬逆转，虽属天道暗昧,时势弄人,梁武帝本人的贪欲和猜忌,实在也占据了不小分量。

在权力的角斗场上,从来不只是才华、德行、勇气和武力的简单乘除;掌握最高权力的君王们"言为世法,行为世范",猖狂过甚,难见约束,破国亡家,无代无之。所以中外帝王向来不患才寡,只患才多。以萧衍的多能多智,一旦利令智昏,反思缺位,立见丧败。中原王朝偏安江左两百年间辗转堆叠出的政治、经济、文化优势,一朝荡覆。此后梁元帝的江陵小朝廷再败于西魏,十万士大夫被掳北迁,"双凫永去,一雁空飞"[①];周隋易代,隋平江南,北方对于南方的叙述权累经加固,所谓采莲南塘,送客西洲,江南文弱的形象至此不可更移,此皆属顺流而下的大势。可见梁武帝的晚年失政,并非只连系着萧梁一代的兴亡,其于中国文化叙述重心的南北定型,实有决定性的影响。小杜有诗"大抵南朝皆旷达,可怜东晋最风流"[②]。不对权力运作和日常语言中的贪婪霸道、颟顸自欺作出充分的反思,就难以理解为何南方文化的底色,要以清简温恬的"风流"相尚,高迈朗畅的"旷达"相高。

今时回望,梁武帝末年失政,任用群小,佞佛妄求,败迹彰然。而其最大失着,实有二焉。

先举其次。东魏大将侯景在高欢死后,不服其继承人高澄的领导,携河南十三州投向梁朝。梁武帝明知利用敌国内乱侥幸拓土,于理不合,于势有碍,陡然扩张所带来的反作用力,也常常事与愿违,他犹豫了三天,可最终还是难以抵挡这个有毒的大诱惑。当时有人即担心大乱将至,武帝本人也说:"我家国犹若金瓯,无

① 庾信《哀江南赋》,《庾子山集注》卷二,倪璠注,许逸民点校,中华书局,1980年,第162页。
② 杜牧《润州二首》其一,《杜牧诗集注》卷三,上海古籍出版社,1978年,第196页。

一伤缺，今便受地，讵是事宜，脱致纷纭，非可悔也。"可见他明知受降之后，会有一系列难以应对的纷纭烦难，还是利令智昏，期于侥幸！随后形势尽如所料，侯景被东魏名将慕容绍宗打垮，尽失其所占河南地域，残兵败将逃向淮南，武帝把侯景安置在寿阳城，虽然也曲尽绸缪，还是很难尽数满足他的次第索求。比如侯景要求联姻王谢高门，梁武就劝他寻求二流以下江左名门的青睐。类似处理，在主人为坦诚，在客人则视为薄情，此方尽力殷勤，彼方大觉侮辱。加上侯景与南方人士接触较多后，不免窥探到南方社会诸多破绽，觊觎之心顿生，那场席卷江南一切繁华富盛的大叛乱不期而至！

　　而梁武帝的第一个大错，则来自他对储君更迭的反复算计。早在普通七年（526，传说此土禅宗祖师达摩，此年渡海来到广州），太子萧统和萧纲、萧绎之母丁贵嫔去世。丁氏未因萧统太子之贵而升皇后，东宫主人在母丧中极尽哀毁，更大的矛盾也在贵嫔丧葬中发生。《南史·昭明太子统传》：

> 初，丁贵嫔薨，太子遣人求得善墓地。将斩草，有卖地者因阉人俞三副求市，若得三百万，许以百万与之。三副密启武帝，言太子所得地，不如今所得地于帝吉，帝末年多忌，便命市之。葬毕，有道士善图墓，云"地不利长子，若厌伏或可申延"。乃为蜡鹅及诸物埋墓侧长子位。有宫监鲍邈之、魏雅者，二人初并为太子所爱，邈之晚见疏于雅，密启武帝云："雅为太子厌祷。"帝密遣检掘，果得鹅等物。大惊，将穷其事。徐勉固谏得止，于是唯诛道士，由是太子迄终以此惭慨，故其嗣不立。

汉代多次大案，皆因厌祷而起，迷信时代的权力斗争一旦与巫术相结合，即是将暴力恐惧加以心理学的强化迭加效应，往往极具破坏性。梁武父子也未能免俗。此事父子皆有错，而梁武作为父亲,年老贪权不放,"末年多忌",正是极权体制无可逃避的死穴。再加宫廷中人上下其手,好乱取利,卒至太子惭慨而死。而梁武先将嫡长孙即萧统嫡子萧欢召至京师,迁延两月,终究心中衔愤难平,废嫡立庶,这就埋下了后来诸子相争的祸端。在梁朝末年的侯景叛乱中,京师内外措置混乱,梁武和太子萧纲的和战选择常常不一致,于是台城不守,梁武饿死。诸子相残,杀戮尤甚,江南繁华,尽数颠覆。

在梁朝走向毁灭的过程中,梁武的两大决断,纳叛、废嫡及其背后的浓浓贪欲,责任非轻。他自己在饿死台城前曾说:"自吾得之,自吾失之,又何恨!"这个政权是他创建的,也毁于他的手中,所言甚为公平,也甚是无赖。盖伴随此人一得一失的家事,却令士大夫在流离中衰亡,百姓在血泪中残灭,满眼是英雄们创世、灭世的无情和冷酷。

故此来读晚唐五代韦庄的那首《台城》诗,其于梁武家事似只字未及,然而南朝台城旧事,又怎能不让人想起梁武这位南方风流群像中的主角呢?

> 江雨霏霏江草齐,六朝如梦鸟空啼。无情最是台城柳,依旧烟笼十里堤。

台城也称苑城,在今南京市鸡鸣山南,原是三国时吴国的后苑城,东晋成帝时改建。从东晋到南朝,一直是朝廷台省(中央政府)和皇宫所在地。最近几十年的一般解释,它既是政治中枢,又是帝王荒淫享乐的场所。这样的鞭挞带有隐隐的窥私欲和侵略性,似未尝不可。但如能平情诵读,静静体味,则韦庄之诗可以算作一种矜持和庄重兼而有之的评判。相比之下,过分的锐利会流于尖刻,过分的狭窄会导致残酷。好的文学表述,是情文、声文和理趣的融合,大可回避剑拔弩张。

其实梁武及此前江南的旧时空,倒并不仅如后来隋唐知识世

界所刻意塑造的脆弱单薄,可惜繁华过后,多成梦幻。穿越中国
文学京洛、江南的诗意迭加,可以向上追溯六朝齐梁以上的素朴
本相。那种繁复多样而又朴素庄严,其典型文本或非《文选》莫
属。毕竟,《文选》虽有大量篇幅出于南北合一的秦汉三国和西晋
时代,但全书编撰出于南朝中心城市建康,翰藻风华自与中原、北
国的苍莽重拙异趣,给中国文学和文化地理演示出几多水流花谢
的"南方"前视野。

而在阅读《文选》具体作品之前,对其编选者、注释者和传播
者,也有大致了解的必要。

《文选》编者,一般即归于昭明太子。萧统(501—531)字德
施,小字维摩,梁武帝萧衍长子,简文帝萧纲和梁元帝萧绎长兄,
母为贵嫔丁令光。《梁书》本传记载他的著述:"文集二十卷;又撰
古今典诰文言,为《正序》十卷;五言诗之善者,为《文章英华》二十
卷;《文选》三十卷。"

萧统于天监元年(502)被册立为太子,时年两岁。他做太子
三十年,东宫岁月以守德为主,言语动止,皆有常则。最终因"蜡
鹅厌祷"一事的发酵,父子之间产生难以克服的重大嫌猜,那当然
是执政团队和东宫梯队之间多年矛盾的爆发。中大通三年(531)
早逝,时年三十一岁。谥号昭明,史称"昭明太子"。天正元年
(551),其孙萧栋在叛臣侯景的安排下,代替前一个傀儡皇帝简文
帝萧纲,短期登上大位,追尊萧统为昭明皇帝。大定元年(555),
萧统第三子萧詧建立西梁,再加其父庙号为高宗。这个襄阳政权
除了为萧统挣得一个可有可无的尊号外,其于南北政治权力与文
化转移上的作用力,也着实不小:它的前期,无力对抗江陵萧绎的
中央政权,引西魏大军南下灭掉父母之邦,后期被安置到江陵苟
延残喘,最终被北周吞并。兰陵萧氏通过襄阳小朝廷与西魏、北
周、隋唐几代联姻,成长为隋唐两代的文化家族,算是江左豪族由
政治、军事转向文化立身的又一个成功范例。

　　萧统酷爱读书,东宫号称有书近三万卷。他主持编撰的《文选》,后世通称《昭明文选》,隋唐之交在扬州和汴郑之地,都有专门传授《文选》的"选学"。政治人物的名下文章,本来不必径出其手,而立场、主张、标准,常以其人为准的,所以著作权归于挂名者,自无不可。《文选》编撰者本来也可照此定夺,只是当日东宫才士众多,《文选》此书又素有高名,不仅为中古文章薮泽,又多寓批评鉴赏的微意,故晚近有学者主张编撰者另有其人。近来研究已发现它就像大多数早期典籍一样,编排去取不无缺憾,当日东宫学者或曾参与其间,但若认定此类编著为研精学术的杰作,也略嫌过甚其词。中古文集存世者稀,历经梁末动乱和南北纷争,此书由建康而长安,由洛阳而扬州,其为中古文学教材书、中国文学小传统的身份,并无第二本总集可以代替。给予有分寸的尊崇和有深度的批评,同样重要。

　　《文选》文本及其版本问题,作为"选学"研究中最为重要的文献基础,最近一百年,颇有名家萃力于此。傅刚教授有《文选版本研究》专书,可以参看。本课讲授范围内所牵涉的篇章,不同《文选》版本,多有出入;《文选》外的其他典籍,比如《史记》《汉书》《后汉书》《晋书》等,也常在作者本传中收录关涉其人政治与学术行为的篇章;自六朝始,即有本人文集或单独流行的作品;唐宋类书中所存作品,在明清整理搜集中形成新的个人别集或总集系统,凡此皆构成《文选》篇章可以比勘探讨的文本世界。泛滥百家,兼览文史,认真选择一二种宋版《文选》细读,就渐渐可以摸到专家之学的门槛。

　　《文选》问世六七十年后有《文选音》,这是萧统之侄、隋代萧该的音义专书。稍后,有扬州曹宪的"《文选》学"(《旧唐书·曹宪传》),他的《文选音义》也和萧书一样亡佚。其后有许淹、李善、公孙罗等曹宪学生,都曾批注《文选》。现存最早、影响最大的著作是唐高宗显庆三年(658)李善上呈的《文选注》。此书注释偏重语源和典故，引证赅博。凡作品有旧注而又可取者，即取旧注入书，例如《二京赋》取薛综注，屈原作品用王逸注等。李善自己对旧注的补正，则加"善曰"以志区别。李善注代表了当时《文选》学的最高水平，与颜师古的《汉书注》、孔颖达的《五经正义》，并为隋唐之际出现的六朝学术集大成之作。《文选》李善注所引古籍多已亡佚，实为后世考证、辑佚的渊薮。李善另有《文选辨惑》《文选音义》二书，皆亡。现存《文选》李善注、五臣注中的若干音义和辨释内容，据信当属辗转抄撮自李善二书，算是李善学术历经他人传抄、袭用、改编后的一种保存方式。

　　唐玄宗开元六年（718）上呈的《五臣注文选》，为另一种唐人注本。所谓五臣，系由工部侍郎吕延祚所组织的五人，即其弟吕延济与刘良、张铣、吕向、李周翰。除吕向有一二文学作品外，基本学术无闻。五臣注或许纯属特殊政治风向中的集体抄撮、承袭之作，甚至径直抄选李善《文选音义》，也不难想象。其时李善之子李邕刚被李林甫派人杖杀于北海太守任上，李善杰出的学生、玄宗爱臣、秘书监马怀素也刚刚去世，五臣注的出现，自可理解[1]。不过，按照周勋初先生的考证，李善注六十卷本的一些篇章，文本系统类同于《汉书》所录篇章，而五臣注三十卷本的文本系统，则有同于《史记》所录篇章。可见《文选》五臣注起码其正文三十卷自有渊源，隐然承袭当时学术重心从《汉书》学移向《史记》学的大趋势。不仅如此，五臣注篇幅较小，专注于音义解释，也略有串讲，与李善注动辄引经据典的方式不同，颇便携带，这就在无注的《文选》白文本、《文选》李善注之外，自成《文选》流通的第三种文本系统。

　　早期《文选》注本除李善、五臣两家外，尚有"传说唐写本"《文

---

① 　参见拙文《文选五臣注考察二则》，《古籍研究》2003 年第 4 期。

选集注》残卷二十三卷存于日本。此书撰人姓名无考，书中引据，除李善、五臣注而外，尚有陆善经注、《文选钞》、《文选音诀》等早期作品，今皆不存。

宋代把李善、五臣本合并刊刻，称"六臣注"。宋哲宗元祐九年（1094）二月的秀州州学本，据称是现存第一个五臣与李善合并注本，其后的六家注本（即五臣在前李善在后）如广都裴氏刻本、明州本，大致皆秀州本重刻；其后又有六臣注本（即李善在前、五臣在后）如赣州本、建州本，又大体或据六家注本重刻，将五臣与李善的前后次序调换。

南宋孝宗淳熙年间，尤袤所刻《文选》李善注本（尤刻本）对后来的《文选》流传很有影响。清代嘉庆年间，江淮盐运副使胡克家邀请文献名家顾广圻、彭兆荪二人主持校刻，以尤刻本《文选》为底本，两位杰出学者据宋吴郡袁氏、茶陵陈氏所刻六臣《文选》以校刊异同，时称李善注胡刻本。胡氏名下同时又有《文选考异》十卷，也是顾、彭二人校刻工作的产物。近现代则有高步瀛《文选李注义疏》和骆鸿凯《文选学》，在清代学人考释《文选》的基础上，加以更加精密和系统的处理，一时皆称名作。

今时所见《文选》早期写本，除上述唐写本《文选集注》外，尚有唐写本《文选》白文无注本、《文选》李善注、《文选音》，均敦煌残卷，有一部分曾收入《鸣沙石室古籍丛残》和《敦煌秘籍留真新编》，影印行世。今时所见《文选》刻本，最早为北宋明道本，现存残卷。传世宋刻的影印本《文选》，有民国时商务印书馆《四部丛刊》所收的影印宋刻六臣注本即通称建州本，和中华书局影印淳熙八年（1181）尤袤所刻的李善注本。此外尚有日本足利学校藏明州六家注本，即所谓明州本，2008年人民文学出版社据日本影本影印发行。现有《文选》通行本则为胡克家名下翻刻的尤本即胡刻本，中华书局在1977年曾把胡刻本缩印，并附《文选考异》于卷末。1986年上海古籍出版社有点校胡刻本李善注《文选》，一套六册。

兹将历代《文选》注疏名作列举如下：

隋代萧该《文选音》；

唐代曹宪《文选音义》；

宋代秀州州学本《文选》六十卷；

宋代广都裴氏刻六家注刊本《文选》六十卷；

宋代明州刊本六家注刊本《文选》六十卷；

宋代赣州六臣注刊本《文选》六十卷；

宋代建州六臣注刊本《文选》六十卷；

宋代吴郡袁氏刻六臣注刊本《文选》六十卷；

宋代茶陵陈氏刻六臣注刊本《文选》六十卷；

宋代尤袤刻李善注刊本《文选》六十卷；

清代胡克家《文选考异》十卷。

附：萧统《文选序》读解

梁武八子，率多才气。萧统最大的幸运是生而为南兰陵萧氏嫡子、南朝帝王家族储君。他的东宫岁月，有无数典籍可供遨游，有大批当世学者、名僧可以访学、问难。而他最大的不幸也在于家世背景，那里有三位帝王：一位是贪婪而晚年多忌的父皇萧衍，一位是爱美无决断的同母弟萧纲，还有一位是心期不朽、行事冷酷的异母弟萧绎。其他同母弟萧续、异母诸弟如邵陵王萧纶等，都才气有余，干略不足。这些人皆是萧统及其后人命运中影响深巨的主角。萧统曾经专门为前代高士陶渊明编定文集，作为东宫与山林隐逸之间的文学交流，他的《陶渊明集序》将在下一讲中细读。这里先读他名下的《文选序》。

式观元始，眇觌玄风，冬穴夏巢之时，茹毛饮血之世，世质民淳，斯文未作。逮乎伏羲氏之王天下也，始画八卦，造书契，以代结绳之政，由是文籍生焉。《易》曰："观乎天文，以察时变；观乎人文，以化成天下。"文之时义远矣哉！若夫椎轮为大辂之始，大辂宁有椎轮之质？增冰为积水所成，积水曾微增冰之凛。何哉？盖踵其事而增华，变其本而加厉。物既有之，文亦宜然。随时变改，难可详悉。

此序，李善注本无注。按照语言学家王力、郭锡良的说法，"式"是句首语气词，无义。而《文选》五臣注："铣曰：式，用也；眇，远也；觌，见也。言用视太初，远见玄风。"究竟"式观"是什么样的观察？"玄风"又是什么样的风？古人不讲，这里稍作推演。《说文》："用，可施行也。从卜、中。"式如与占卜有关，则为杙之借字。杙是占卜工具，《史记·日者列传》司马贞索隐："式即杙也。……上圆象天，下方法地，用之则转天纲，加地之辰，故云旋式。"此说似稍涉迂曲。杙用以观天象是可以的，用来追忆太初，这样的时空追索似乎未必是杙的擅长，想来也不是《文选序》的本义。窃以为"式观"类同"眇觌"，就像"元始"和"玄风"相对。玄远之风来自元始之世，远远地观望类同于且作观赏。"式观"即"式瞻"，且观。王、郭二先生以为语助词，当为确解。

觌（dí），远观。椎轮即椎车，原始之车，用锥形圆木为轮，无车辐，故曰椎轮。大辂，古时天子祭天时所乘之车。孔颖达谓大辂即玉辂，盖《周礼》"巾车掌王之五辂，玉辂、金辂、象辂、革辂、木辂"，自以玉辂最大。按此稍嫌迂曲，大辂当指天子盛饰之车，即木辂当亦极尽雕饰，不必定指玉饰之车。增冰即层冰，厚冰。

此序称原始社会质朴无文，伏羲氏画八卦，算是文化的开端。八卦和书契未必是一回事，不过古人一般都这样混同理解。天文是上天的垂象，人文是人世间的造作，古人也同样将之打成一片。一直到齐梁时代的刘勰《文心雕龙·原道第一》标举"文德"："心

生而言立,言立而文明,自然之道也。傍及万品,动植皆文,龙凤
以藻绘呈瑞,虎豹以炳蔚凝姿。云霞雕色,有逾画工之妙,草木贲
华,无待锦匠之奇。夫岂外饰,盖自然耳。"仍然是天地万物,皆有
文采,惹得鲁迅在《汉文学纲要》里来那么一句:"其说汗漫,不可
审理。"对笼统通贯之说深致不满。

究竟还是萧统本人的观点较为可取。方孝岳先生《中国文学
批评》以一言概括《文选序》的价值,叫"昭明太子标举文章的时
义",也就是序中所谓"文之时义大矣哉"。萧统说及文章的时间
内涵,叫"踵事增华,变本加厉",这算是彻底进化论的观念,和复
古守旧一派截然异路。

> 尝试论之曰:《诗序》云:"《诗》有六义焉:一曰风,二曰
> 赋,三曰比,四曰兴,五曰雅,六曰颂。"至于今之作者,异乎古
> 昔。古诗之体,今则全取赋名。荀、宋表之于前,贾、马继之
> 于末。自兹以降,源流实繁。述邑居则有"凭虚"、"亡是"之
> 作。戒畋游则有《长杨》《羽猎》之制。若其纪一事,咏一物,
> 风云草木之兴,鱼虫禽兽之流,推而广之,不可胜载矣。

汉人解读《诗经》各派,古文经学的毛诗学派最晚,最后胜出
的也是它。《毛诗序》提出"诗有六义"说,这六义是六种功能,还
是六种风格,乃至音乐表演的六种体式,至今也难有定论。一般
的说法是三体、三用说,风、雅、颂为三体即三种诗体,赋、比、兴为
三用即三种手法。萧统在序里直接宣布,古今不同。《诗经》的古
体,现在只取一个"赋"字,演变成文章的赋体。荀子的《赋篇》,宋
玉的赋作,贾谊、司马相如的汉赋,都归于辞赋一体。而在《文选》
的正文篇目里,先秦赋只取宋玉,荀卿未见一篇。序文后面的一
些表述同样也与《文选》本书实际情形两样,所以有人认定《文选》
的编者和序的作者绝非一人,这里不妨存疑。盖一人之手,前后
不一,一人立论,或扬或抑,也不好依异立论,断然分为两截。

这里还有一词，须格外关注，即是"作者"。儒家向来有"述而不作"的说法，孔子以来，没有几人公然宣布自己要写作什么，大家情愿匍匐在经典之下，满足于述而不作。萧统这里昂然宣布今之"作者"，可见他并不把写作当作圣人的专利，这也算是两汉经学牢笼不了的新风尚。

> 又楚人屈原，含忠履洁，君匪从流，臣进逆耳，深思远虑，遂放湘南。耿介之意既伤，壹郁之怀靡诉。临渊有怀沙之志，吟泽有憔悴之容。骚人之文，自兹而作。

骚体文在序中列于赋体之后，而在正文中则在赋、诗两体之后。"从流"即从善如流。所谓骚体，就书中篇目看来，似最为讲求文采辞藻，而序中则明确点出其与权力中心的疏离和紧张关系，所谓抑郁憔悴之文，主要聚焦于作者的郁闷之思。

> 诗者，盖志之所之也。情动于中而形于言：《关雎》《麟趾》，正始之道著；桑间濮上，亡国之音表。故风雅之道，粲然可观。自炎汉中叶，厥途渐异，退傅有"在邹"之作，降将著"河梁"之篇。四言五言，区以别矣。又少则三字，多则九言，各体互兴，分镳并驱。

讲到诗体，此序先就古诗立言，它完全接受《毛诗序》的"诗言志"说。这里有一个传统诗学的核心观点，即认可诗歌是政治的晴雨表和自白书。萧统的说法，"风雅之道，粲然可观"，是说《诗经》的国风和大小雅诗歌，作为政治传声筒的表达方式，异常明白。不仅风、雅如此，颂是正经的王室政治和祖宗崇拜，就更别提了。不过你也可以说，风、雅就代表《诗经》，风、雅之道即诗人之道。但是萧统明确区分古今，说是西汉中期以后，诗体形式变化。退休的楚王师傅韦孟著有四言《在邹诗》，那个还接近《诗经》古体；投降匈奴的李陵名下有《与苏武诗》三首（诗中有"执手上河梁"之句），这是新的五言诗体。至于三言诗乃至六言、八言、九言诗，此处虽有提及，书中并未明显给予篇幅。当然偶尔会有零星诗句，比如汉高祖的《大风歌》"威加海内兮归故乡"，不去掉语助词"兮"字，可以说它就是八言诗句，但这样的例证毕竟不多。

> 颂者，所以游扬德业，褒赞成功。吉甫有"穆若"之谈，季子有"至矣"之叹。舒布为诗，既言如彼；总成为颂，又亦若此。次则箴兴于补阙，戒出于弼匡，论则析理精微，铭则序事清润，美终则诔发，图像则赞兴。又诏诰教令之流，表奏笺记之列，书誓符檄之品，吊祭悲哀之作，答客指事之制，三言八字之文，篇辞引序，碑碣志状，众制锋起，源流间出。譬陶匏异器，并为入耳之娱；黼黻不同，俱为悦目之玩。作者之致，盖云备矣！

颂以下各体，各以其功能即表达目的作为区分标准，有时也牵涉到表达风格，所谓因用以立体，就是以其功能作用来确立文体风格。如此众多的文体，"众制锋起，源流间出"，再难以圣贤声音作为其主要标志。而萧统也确实对于其总体效果给出了远离正统教化系统的表彰：就像陶制的埙和用匏瓜做成底座的笙，演奏的乐器不同，都是入耳的娱乐之音；黼（fǔ）黻（fú）的条纹有黑白和黑青的区别，都是赏心悦目的玩好。这就给了文学一个彻底的娱乐定位，在降低道义属性和远离权场重心的话语构造中，悄然巧妙地扩大了文学的自由空间。此处的"作者之致"，大约不仅是笔致即笔触，大而化之可称笔下的体裁，也许还可以引申为思致和情致，即文学的精神和情感内涵。

> 余监抚余闲，居多暇日。历观文囿，泛览辞林，未尝不心游目想，移晷忘倦。自姬汉以来，眇焉悠邈。时更七代，数逾千祀。词人才子，则名溢于缥囊；飞文染翰，则卷盈乎缃帙。

自非略其芜秽，集其清英，盖欲兼功，太半难矣！

"监抚余闲，居多暇日"两句，几乎算得一个冷得不能再冷的正经笑话。身为太子，尽可以有"监国"的名头，也可以有"抚军"的称号，问题是哪位太子会真的把这种名义权力付诸实施，直接与父皇争权呢？作为储君，持盈守静才能保身，太子自多日常闲暇，正好读书。晷即日晷，为古代的计时工具。移晷忘倦即是时间推移中，忘记了疲倦。汉代以来的千年历史中，有大量的词人才子留下他们精美的篇章。缥囊是淡绿色的帛囊，缃帙是浅黄色的书套，二者后来都成了书卷的代称。书籍盈目，如果不是删略其芜杂，集合其精华，想要全盘掌握，大概率是难的，这话说得平实，也是《文选》产生的理由。

若夫姬公之籍，孔父之书，与日月俱悬，鬼神争奥，孝敬之准式，人伦之师友，岂可重以芟夷，加之剪截？老、庄之作，管、孟之流，盖以立意为宗，不以能文为本，今之所撰，又以略诸。若贤人之美辞，忠臣之抗直，谋夫之话，辨士之端，冰释泉涌，金相玉振。所谓坐狙丘，议稷下，仲连之却秦军，食其之下齐国，留侯之发八难，曲逆之吐六奇，盖乃事美一时，语流千载，概见坟籍，旁出子史。若斯之流，又亦繁博。虽传之简牍，而事异篇章，今之所集，亦所不取。至于记事之史，系年之书，所以褒贬是非，纪别异同，方之篇翰，亦已不同。

这里牵涉到《文选》的选录原则，不删不削不成集部之书，但是周公、孔子之书无可删削：老子、庄子、管子、孟子的书，写得再漂亮也不宜采择，因为它们究心之处在意义，不在文采。这是从操作上将经、子两部全部放置一边，是完全为编撰行为着想，很难说这样的划界理据充分，只能说是操作上有十分的便利。盖读者在实际写作中，只要文采斐然，即有可资取法之处，但编选者显然绝无可能把一切有文采的篇章都收入《文选》。一句话，大凡是自带光辉的、自成系统的、另有安排的,都可以不选。至于出于忠臣、贤人、谋夫、辩士之口的美丽话语,出乎典籍、入于子史诸书的,数量众多,显然也自成一列,又与擅长藻饰的美文截然异路,所以也不作采摘。而记事、系年之书,作为历史之学,以褒贬为宗旨,记事为内容,与飞文染翰的篇章不同。这样一来,就将经学、子学、言语和历史四个部分近乎彻底地划在集部之学之外。先弃后取,规模可谓谨严。

> 若其赞论之综缉辞采,序述之错比文华,事出于沉思,义归乎翰藻,故与夫篇什杂而集之。远自周室,迄于圣代,都为三十卷,名曰《文选》云耳。

史赞、史论、史序、史述之类,虽然都标一"史"字,出于历史之书,但是史家每每在文笔上特所用心,算是专注于辞采、文华的特出之章;从行文来看,深思也类似于子书,但从美学效果来看,却是翰藻斐然,没有内容完全淹没形式的弊端,所以将它们加入文学篇章的行列。从历史的一面来看,或者可称破例,而就集部之学的成立而言,却强化了其"纷杂错综"的本来特色。上文提到"姬汉以来,时更七代",现在又说"远自周室",加起来可称八代,所以后来有人称《文选》为八代文章,这样的说法不能算错。

> 凡次文之体,各以汇聚。诗赋体既不一,又以类分;类分之中,各以时代相次。

全书编次以文体为划分,各自汇聚一处。诗、赋都自成众体,所以大类中复分为小类。至于每一类别中,以时代先后为序,这方面全书算是大部分做到,偶尔有前后舛错,有人据此证明此书未完成,这是有些道理的。不过《文选序》的实际操笔者既然未必是萧统本人,全书编次也可能不止是萧统一人,有些照应不周的错误,也可以理解。另外,诚如众多论家所云,《文选序》中提及的文体名称,往往和正文并不相应。有序中提及而书中绝未收入的,也有序中称名和实际有出入的。凡此也可视作"未完成说"的理由。据说许多伟大的著作,都是未完成品。《文选》本可列入伟大著作的行列,零星有些颠三倒四的破缺样貌,好像也未必不可原谅,是吧?

大致梳理完《文选》的背景材料,从下一讲开始,就可以进入具体的作者和篇章。

参考资料:

1.《文选》,〔梁〕萧统编,〔唐〕李善注,中华书局影印胡克家刻本,1977 年。

2. 屈守元《文选导读》,巴蜀书社,1993 年。

3. 穆克宏《昭明文选研究》,人民文学出版社,1998 年。

4. 范志新《文选版本论稿》,江西人民出版社,2003 年。

5. 胡晓明《文选讲读》,华东师范大学出版社,2006 年。

6. 王立群《〈文选〉成书研究》,大象出版社,2015 年。

7. 刘跃进《文选旧注辑存》,徐华校,凤凰出版社,2017 年。

8. 傅刚《〈昭明文选〉研究》(修订本),北京大学出版社,2023 年。

9. 傅刚《〈文选〉版本研究》(增订本),北京大学出版社,2023 年。

10.〔日〕吉川忠夫《侯景之乱:六朝的黄昏》,张恒怡译,北京联合出版有限公司,2024 年。

第二讲 "停云霭霭"归去来

陶渊明入《选》篇目：卷二十六：《始作镇军参军经曲阿作》《辛丑岁七月赴假还江陵夜行涂口》；卷二十八《挽歌诗》；卷三十：《杂诗》《咏贫士》《读〈山海经〉》《拟〈古诗〉》；卷四十五：《归去来》。

谢惠连入《选》篇目：卷十三：《雪赋》；卷二十二：《泛湖归出楼中玩月》；卷二十三：《秋怀》；卷二十五：《西陵遇风献康乐》；卷三十：《七月七日夜咏牛女》《捣衣》；卷六十：《祭古冢文》。

......

读陶必从宋人笔墨入手，盖非如此，不见陶公风流。而唐人风韵，宋贤格调，其来有自，其去有迹，实与六朝风流有着世风人情的多重勾连。

甚矣吾衰矣！怅平生，交游零落，只今余几！白发空垂三千丈，一笑人间万事。问何物能令公喜？我见青山多妩媚，料青山见我应如是。情与貌，略相似。

一尊搔首东窗里。想渊明，《停云》诗就，此时风味。江左沉酣求名者，岂识浊醪妙理。回首叫，云飞风起。不恨古人吾不见，恨古人、不见吾狂耳。知我者，二三子。

这是辛弃疾的《贺新郎》词，前有小序："邑中园亭，仆皆为赋此词。一日独坐停云，水声山色，竞来相娱。意溪山欲援例者，遂作数语，庶几仿佛渊明'思亲友'之意云。"真是词如其人，文亦如是。辛幼安说，自己的带湖别墅凡有园林亭台，都会赋一首《贺新郎》。这一天独自坐在"停云堂",水声山色争着呈现各种美景来娱悦我,感觉溪山也想援引旧例得到园林亭台《贺新郎》的待遇,于是我就为它们写了几句,大致模仿陶渊明《停云》诗的"思亲友"之意。

"思亲友"出于《陶渊明集》中《停云》诗的解题:"《停云》,思亲友也。樽湛新醪,园列初荣。愿言不从,叹息弥襟。"陶公所言的"停云",指浓云密布,那是笼罩天地的阴翳和阻隔。诗分四章:

> 霭霭停云,濛濛时雨。八表同昏,平路伊阻。静寄东轩,春醪独抚。良朋悠邈,搔首延伫。
>
> 停云霭霭,时雨濛濛。八表同昏,平陆成江。有酒有酒,闲饮东窗。愿言怀人,舟车靡从。
>
> 东园之树,枝条载荣。竞用新好,以怡余情。人亦有言:日月于征。安得促席,说彼平生。
>
> 翩翩飞鸟,息我庭柯。敛翮闲止,好声相和。岂无他人,念子实多。愿言不获,抱恨如何!

我们需要像对待历史上所有的好诗一样,给予诗中的"我"和其他各种意象以充分的体察。开始时,漫天乌云如织,无边雨幕遮蔽着世界上一切道路,而诗人在东轩自酌自乐。"好朋友你在哪里呢?"他搔首长想,又似在心中声声呼唤。此诗第一章写的是孤独,因之而有怀人之叹。

也许诗人也意识到自己颇有怠惰之嫌,于是此诗第二章带出障碍感。不是诗人懒惰,而是无边雨云限制了自己的行动空间。天地同昏,一杯悠闲依旧,不是诗人没有主动寻亲访友,乃因无舟无车,出门成空。当真是贫穷限制了执行力? 交通工具的实质性匮乏构成了内外阻隔?

此诗第三章转写田园世界的矜持。"你看东园的树木,枝头粲然花开,朵朵争先恐后,竞相取悦于人。(我又何忍离它们而去!)人们都说,日月飞奔,一去不回,亲朋好友啊,我们何不促席长谈,称说平生!"诗人既留连于花木,又阻隔于舟车,这番停云意绪,究竟盘旋何处?

第四章请来善解人意的飞鸟。"它们收起羽毛,落在我家园庭的枝条上,鸣声婉转,相和相应。飞鸟能来,你能来吗? 过客络绎,知音难觅,我最想的就是你啊!"至此一篇长恨,满目忧伤,神完意足。

可能就是在《停云》诗写就后的第二年,陶公即出任刘裕幕府。虽然我们不好直接将刘裕与《停云》诗中那一位渴慕对象画上等号,也难说良朋所在,即是霸府高流,但须留意,陶公一生仕宦的特点,即是时常迅捷地出入当世拥有最高权柄的霸府,陶家此种与最强权力的关联,实属陶公人生百态中深沉意味的一个维度。回到原诗,那位亲友悬想于停云时雨之外,若隐若现地徘徊于飞鸟花枝的远方。诗人写的是古来知音难寻的怅惘,诗中萦绕着的,是无限的遗憾、无边的落寞。但是诗人并没有堕入无边的孤独感。他在当时的现实政治和人事关系中大有凭借,这是可以确信的。

作为词人的辛稼轩,从不惮烦于重新书写陶公形象,他有一首《声声慢·隐括渊明〈停云〉诗》:

> 停云霭霭,八表同昏,尽日时雨濛濛。搔首良朋,门前平陆成江。春醪湛湛独抚,限弥襟、闲饮东窗。空延伫,恨舟车南北,欲往何从。
>
> 叹息东园佳树,列初荣枝叶,再竞春风。日月于征,安得促席从容。翩翩何处飞鸟,息庭树、好语和同。当年事,问几人、亲友似翁。

也许不必简单判断,这算不算一次完美的艺术尝试。所可闻见的,陶渊明四言原诗中沉醉东风的忧伤、缠绵悱恻的情愫,被词句纽结成团,坦诚而出以矜持,从容又大似扭捏,不免风味稍减。

当然,它也成功地处理了陶渊明原诗中一个不容回避的漏洞,即铺天盖地的停云时雨,何时突然雨散云消?东园花开鸟鸣,并未带出多少云雨消息。诗中顿挫无端,一无痕迹。辛词两阕,分写云雨世界和春风园林,恰如两面屏风,将人生百态点染作阴晴两看。就此而论,辛词在艺术上自有一日之长。至于陶诗中的硬接硬转,在诗歌语言的自然谐协上,或无不可议,自是前期中国古典诗歌结构上针脚不密的粗疏;在心灵世界的展开上,给后来者留下不少可以重塑的空间:或许停云化作时雨,悠闲唤来春风,凡此皆属诗人内心世界淋漓酒意的梦幻展开?如果一切都是梦境,则云雨花鸟,何时不亲近?何物非腻友?陶诗语言在艺术的梦醒之间,因质朴而深沉,窥自然而入微。

回看稼轩《贺新郎》词,虽然典故纷繁过甚,词语奔命不暇,而高情盛气,明朗如绘!盖此词着力所在,自有一己心灵气象的外烁,并非单向度的一味致意陶渊明。辛弃疾本非南方士大夫,这位志在拯救乾坤的“北来归正人”,在南宋权力场中一直未免于被猜忌打压,何尝能够如鱼得水!于是时时退隐田园,仿效东坡,以彩笔铺写豪情,沾濡风雅。想来他在南方学士大夫的睥睨神情中,读到太多的不屑和嘲弄,知道他们不仅以道德自命,也以学问自雄。稼轩填词,笔端常涉《史》《汉》《世说》世界,自在游戏于语典、事典之间,将一生志气、无限悲伤,一托于酒边花下的长歌短调。《稼轩长短句》中有关“停云”的词章甚多,有兴趣者自可寻章摘句,沐浴风采。

要说宋人对于陶渊明的发现虽似滂沱大泽,触目湍流,又如夏秋花树,漫山遍野,论其片言居要,提携百世,还数东坡居士的卓荦短章。《东坡题跋》有“评韩柳诗”一条:

> 柳子厚诗,在陶渊明下,韦苏州上;退之豪放奇险则过

> 之,而温丽靖深不及也。所贵乎枯澹者,谓其外枯而中膏,似
> 澹而实美,渊明、子厚之流是也。若中边皆枯澹,亦何足道。
> 佛云:"如人食蜜,中边皆甜。"人食五味,知其甘苦者皆是,能
> 分别其中边者,百无一二也。

"中边"是佛学术语,举凡拘泥现象界的僻理邪说皆属"边"见或偏见,或属认可灵魂转世的"常见"和认同灵魂断灭的"断见";与之相对的"中道",则理事俱如,不离不即于"常见",不堕不隳于"断见"。东坡以味论诗,称渊明之诗"外枯而中膏,似澹而实美",是说陶诗的风味,不可以字句章节求之,其美在超越语言技巧的深趣远韵。东坡自己的诗风,郭绍虞先生四卷本《中国历代文论选》称其"超迈豪横为主,淡雅高远为辅",趣味欲循此达致"中边皆甜",殊非易易。他晚年谪居海南,对自己中年以后的和陶诗大为得意。其弟苏辙有《子瞻〈和陶渊明诗集〉引》,讲东坡于儋州贬地,曾经寄书苏辙海康迁所:"古之诗人有拟古之作矣,未有追和古人者也。追和古人,则始于东坡。吾于诗人,无所甚好,独好渊明之诗。渊明作诗不多,然其诗质而实绮,癯而实腴,自曹、刘、鲍、谢、李、杜诸人皆莫及也。吾前后和其诗,凡百数十篇,至其得意,自谓不甚愧渊明。今将集而并录之,以遗后之君子,子为我志之。然吾于渊明,岂独好其诗也哉?如其为人,实有感焉。渊明临终,疏告俨等:'吾少而穷苦,每以家贫,东西游走。性刚才拙,与物多忤,自量为己,必贻俗患,黾勉辞世,使汝等幼而饥寒。'渊明此语,盖实录也。吾今真有此病而不早自知,半生出仕,以犯世患,此所以深服渊明,欲以晚节师范其万一也。"东坡书信中,几于树陶诗为古今第一,又言自己追和陶诗,得意处"不甚愧渊明",读来真是令人哈哈大笑。至于他宣称要学习渊明晚年悔过自新,反思自己性情拙劣累己累家,连他的弟弟也不大信服:

> 嗟夫!渊明不肯为五斗米一束带见乡里小人,而子瞻出

　　仕三十余年，为狱吏所折困，终不能悛，以陷于大难，乃欲以
　　桑榆之末景，自托于渊明，其谁肯信之？虽然，子瞻之仕，其
　　出入进退，犹可考也。后之君子，其必有以处之矣。

悛（quān），悔改。颍滨老人苏子由好像是说，大家千万不要相信
我哥哥的玩笑说法。他一介书生，哪能像陶公当年那样傲世孤
立！至于一生坚持正道，出处进退一以道义为准则，晚年也不可
能后悔。君子之行，久而彰明，后来君子，自可沐其风流，知所
进退。

　　毕竟时移世易，陵谷犹有迁变，宋人虽于渊明百般爱慕，终究
于其《与子俨等疏》里的些许应世之辞颇有隔阂了。或许东坡居
士且愿和光同尘，循此途辙，与俗世和解，颍滨老人苏辙却须树此
风标，砥砺风俗，激扬道义。二苏的东坡书写，着眼点颇有不同。
山谷道人黄鲁直与东坡并世贤豪，诗艺相钦，东坡离世，他作《跋
子瞻〈和陶诗〉》，所谓九方皋相马，略其玄黄，取其俊逸：

　　　　子瞻谪岭南，时宰欲杀之。饱吃惠州饭，细和渊明诗。
　　彭泽千载人，东坡百世士。出处虽不同，风味乃相似。

山谷认可苏辙的说法，说东坡终身泥泞于仕途，和渊明隐居毕竟
不同。但是风味相似，此风味何解？还得用同一作者的诗歌来证
明。黄庭坚有五言古诗《宿旧彭泽怀陶令》：

　　　　潜鱼愿深渺，渊明无由逃。彭泽当此时，沈冥一世豪。
　　司马寒如灰，礼乐卯金刀。岁晚以字行，更始号元亮。凄其
　　望诸葛，肮脏犹汉相。时无益州牧，指挥用诸将。平生本朝
　　心，岁月阅江浪。空余时语工，落笔九天上。向来非无人，此
　　友独可尚。属予刚制酒，无用酌杯盘。欲招千载魂，斯文或
　　宜当。

"卯金刀"代指南朝刘宋的"刘"字；肮脏读 kǎng zǎng，意为不

屈。这是黄山谷眼中的陶渊明,他说:"斯人名潜字渊明,掩盖一世的豪情,都沉冥于世事之外!无奈司马家儿了无生气,礼乐刑政已经归于刘裕新朝。渊明晚岁弃名用字,朝代更迭之际自号元亮,凄其泪眼,想望着诸葛亮的昂藏风姿,可惜当世并无刘备,他又应该为谁出力呢?空有忠心本朝之志,江风巨浪,岁月无情,留下些许应时文字,已足以高扬九天,超迈不群。古来贤士众多,斯人最可神交。"最后山谷抱歉于自己刚刚戒酒,只好赋诗一首以招英魂。这首诗里的陶渊明,基本上就是后世陶公节操凛然的形象模板。稍举清代后期英才龚自珍名下《己亥杂诗》一二九和一三〇两首:

> 陶潜诗喜说荆轲,想见《停云》发浩歌。吟到恩仇心事涌,江湖侠骨恐无多。

> 陶潜酷似卧龙豪,万古浔阳松菊高。莫信诗人竟平淡,二分《梁甫》一分《骚》。

陶公《停云》诗是在招呼当世贤豪,力挽东晋王朝于既倒,还是仅在呼朋引类,期待知音,这个可以讨论。不过,"大风起兮云飞扬",古来文章里,风云倒确实常与豪杰相联。龚定庵在陶诗中读到了快意恩仇、江湖侠骨,也不全是他的劈空一笔。要知道陶公形象,早经宋人千般提携,元明以来学士大夫更是万种苦心,倾力塑造,陶公形象早就达致圣贤豪俊级别。龚定庵的第二首也是步武山谷道人,他竟能在平淡之上,分析出二分卧龙高吟、一分《离骚》浩荡。这不禁使人想到现代文坛上声量颇大的周氏兄弟,还有美学家朱光潜等,当年他们关于陶诗是否"静穆"有过一番争吵,推其源始,这类圣贤气象的塑形,自可由定庵回望苏黄,迤逦走回六朝。

没错,在六朝选家那里,陶渊明早就是一个特异得有点纠葛的对象。

　　昭明太子的《文选》收陶渊明文字不超过八篇，当然不及曹植、王粲、陆机、潘岳、谢灵运等一流作家的待遇。但是他又很用心地编定《陶渊明集》，说明其趣味更在文笔华彩之外，《陶渊明集序》提供了一份南朝宫廷眼中的陶渊明形象。全文不长，抄录并逐节解释如下。

　　　　夫自炫自媒者，士女之丑行；不忮不求者，明达之用心。是以圣人韬光，贤人遁世。其故何也？含德之至，莫逾于道；亲己之切，无重于身。故道存而身安，道亡而身害。处百龄之内，居一世之中，倏忽比之白驹，寄寓谓之逆旅，宜乎与大块而盈虚，随中和而任放。岂能戚戚劳于忧畏，汲汲役于人间。

　　忮（zhì），嫉妒。"自我标榜是恶行，无所希冀是明达：圣人、贤人韬光养晦，离世绝群，都是这样做的。为什么呢？因为人所拥有的最大德行，就是体味大道；人对自己的最大爱护，就是保全自身。遵从大道，就会安身；违背大道，就会亡身。人生一世，百年光阴，如同光线穿过缝隙，就像旅客呆在宾馆，正该和大地一样虚实自在，处中守和，自然放松。哪能整天忧愁害怕，匆匆劳苦在人间。"

　　读到这里，我们很容易触及传统中国一直延续到今天的一些核心议题或主题，比如我们的言行为什么不应该体现出欧美特别是盎格鲁-撒克逊民族所常见的侵略性，那种汲汲于事功的紧张和执着为何在华夏系统中终属二流？为什么明达指的是负方向的退缩，而不是正方向的精进突前？圣人以大道为体，大道以天象为迹，日月星辰明暗相续，明以耀世，晦以自存。不是说"天行健，君子以自强不息"么？"天地闭"才"贤人隐"，为什么读书人会难进易退，一触即溃？你在这里可以看到一个若隐若现的主角，没错，它是恐惧！下面我还会讨论这篇文章内在的紧张和矛盾，

萧统写作时很微妙地避开这一点,他说,就是因为人生短暂,生死
事促,一不留神死亡就来了,我们和大地母亲共其盈虚,随中和之
气收放自如,不是很好么!干嘛整天忧心忡忡,在担惊受怕里折
腾,急急忙忙,被人间万事驱使折磨。哈,他好像是说只要善于退
避,就会省却无量烦扰,看上去蛮划得来的,这道理对吗?

> 齐讴、赵女之娱,八珍、九鼎之食,结驷、连骑之荣,侈袂、
> 执圭之贵,乐既乐矣,忧亦随之。何倚伏之难量,亦庆吊之相
> 及。智者、贤人居之,甚履薄冰;愚夫、贪士竞之,若泄尾闾。
> 玉之在山,以见珍而终破;兰之生谷,虽无人而自芳。故庄周
> 垂钓于濠,伯成躬耕于野。或货海东之药草,或纺江南之落
> 毛。譬彼鸳雏,岂竞鸢、鸱之肉;犹斯杂县,宁劳文仲之牲。
> 至于子常、宁喜之伦,苏秦、卫鞅之匹,死之而不疑,甘之而不
> 悔。主父偃言:"生不五鼎食,死则五鼎烹。"卒如其言,岂不
> 痛哉!又楚子观周,受折于孙满;霍侯骖乘,祸起于负芒。饕
> 餮之徒,其流甚众。

"齐音宛转,赵女婀娜,饮食美盛,宾客如云,宽衣大袖立于朝堂,
这人世间有说不尽的光荣和享受,可惜快乐之后即是忧伤!祸福
相连,泼天富贵,无尽悲哀。聪明人身处其中,战战兢兢;愚贪者
一意奔竞,贪欲如海。美玉就是因为受人珍重,虽藏之深山巨岩
也难免琢磨切磋,破败相寻;兰草生于幽谷,虽然无人理会却自然
芬芳。所以庄周垂钓于濠水,掉头不顾楚王的重金礼聘;伯成子
高在舜禹禅代之际,辞诸侯之位而躬耕于田野,实是不满于世风
日下,赏罚滋生。有人宁愿销售东海的药草,有人宁愿纺织江南
的落毛。这就像凤凰高洁,哪能追逐猫头鹰含着的腐肉;或者海
边飞来的大鸟,何尝需要藏文仲之徒的祭品!至于有些热中仕途
之人,子常、宁喜、苏秦、商鞅之类,大难临头不知道反思,甘之如
饴,从无悔意。西汉的主父偃就是这样,他说:'如果人生不能快

意当前，享受五鼎美食，那就宁愿犯罪而死，轰轰烈烈，受五鼎之刑，残酷烹死！'结果就真的像他说的那样，实在是让人痛心啊！还有，当年楚君窥探周鼎轻重，王孙满不动声色，言词间挫败了他的野心；霍光以震主之威为登基不久的宣帝驾车，宣帝坐于车前，如同针芒在背，最终霍氏遭遇覆族之祸。这些贪婪之徒，真是无有穷尽。"

　　细心的当代读者可能愿意稍加辨析之功，将饮食歌舞的享受，和逞才使智的建功立业分开，将赏罚条令的细密，和玩弄权力的热情分开，将热中于权力折腾和威势的主父偃，与商鞅、霍光等历经国家悲剧的主人公分开；但是深具会心的好学君子，大可与古人持一种同情之心，认同他们这种抽离正邪并且超越忠奸、成败之辨的力学式思考。我们也不妨再追问一句：如果对生命力的张扬一概加以否定，才智之士如何直面夜半才思的岑寂、振翅高飞的心弦？

　　　　唐尧四海之主，而有汾阳之心；子晋天下之储，而有洛滨
　　　之志。轻之若脱履，视之若鸿毛。而况于他人乎？是以至人
　　　达士，因以晦迹。或怀釐而谒帝，或被褐而负薪。鼓枻清潭，
　　　弃机汉曲。情不在于众事，寄众事以忘情者也。

　　"（第一流才士的心灵世界，何必一定要肆意铺陈于雄心勃勃的空间？）唐尧是领袖四海的圣人，在汾水之阳油然而生避贤退位之念；王子晋是周王朝的太子，于洛水之滨轻然高举，修仙而去！他们对于最高权力的规避，轻松得就像脱掉鞋子，又如鸿毛般的轻巧，毫不放在心上！何况其他人，还远远没有触及最高权力的诱惑呢。所以至人达士，一切选择都是为了隐藏自己的痕迹。有时像贾谊谒见汉文帝，正好对方参加完受釐（xǐ，胙肉）仪式，于是顺便展示了鬼神知识；有时像楚国贤相孙叔敖，不在意子孙穿粗衣，背薪炭，身为贱民。有人在清流中敲着船舷，唱着自由自在的

《沧浪之歌》,有人在汉水边抛却机心,悠然远想。他们都不把心思放在普通人所究心的事务上,偶然做一些日常事务,只是为了忘却那份炙热和贪婪所纠缠着的世俗人情罢了!"

这里值得注意的是完全将出处进退等量思考,而篇首的表达,却是将出仕和进取看得非常危险,而将退处看得较为安全。究其用心,无非是将无远弗届的危险,轻轻地置换为才士面对外部世界的姿态。不是说那危险不存在,而是我们实在拿它毫无办法,只好转身寻找一己安身立命之本,或者说是有意留下一种痕迹,让我们的选择不再突兀,让他人的目光不再焦灼。此则艺术来源之谓乎?

> 有疑陶渊明诗,篇篇有酒。吾观其意不在酒,亦寄酒为迹者也。

多亏萧统的提醒,我们才注意到陶诗涉酒之多。沉湎酒德,也许未必全是坏事,但是萧统说:"不,陶渊明不是酒徒般荒唐酗酒,而是过客般自由品尝。他偶然经过这个酒肉世界,又偶然留下一些痕迹,如此而已!"

> 其文章不群,辞彩精拔,跌宕昭彰,独超众类,抑扬爽朗,莫之与京。横素波而傍流,干青云而直上。语时事则指而可想,论怀抱则旷而且真。加以贞志不休,安道苦节,不以躬耕为耻,不以无财为病,自非大贤笃志,与道污隆,孰能如此乎?

在注重文采的六朝,"辞彩精拔"可不能说是最高的文章赞语,"抑扬爽朗"大约也只是情感起伏明显,言辞不大雕饰。时移世易,陶渊明诗文背后所隐藏的时事和怀抱并不好懂,不过,晚于陶氏一百五十年的萧统,却自信洞若观火。昭明太子最为看重的,是陶渊明的隐德:"贞志不休,安道苦节",他所坚持的,从不放弃;他所栖心的,再苦再难也坚执不休。无怪乎萧统给陶公下了

一个照应全篇的八字考评："大贤笃志，与道污隆。"伟大的贤人从
不放弃自己的立场，他与大道齐同，道污亦污，道隆亦隆。如果世
界混浊，那么他就混浊，世界高尚，他也高尚。这里的高尚与卑
污，大体指的是世间道义和个人地位的应和关系。如果道义在世
间走投无路，那就甘于贫贱而不悔；如果道义高张，天下太平，也
就不嫌富贵逼人。

> 余素爱其文，不能释手，尚想其德，恨不同时。故加搜
> 校，粗为区目。白璧微瑕，惟在《闲情》一赋，扬雄所谓"劝百
> 而讽一"者；卒无讽谏，何足摇其笔端？惜哉！亡是可也。并
> 粗点定其传，编之于录。

将文章和道德打作两截，这样的思路在六朝时期比较典型。
私德谨重和行文放荡，原不妨并驾齐驱，萃于一身，这原是其弟萧
纲的通达之见。从好处说，那是文学的自觉时代，通过对于文学
的道德内涵和政治功能的弱化，当世文章获得了更大的发展空
间。而萧统的态度是回归汉儒的混同对待，重文尤其重德，由此
对于陶渊明名下的《闲情赋》报以不满。

> 尝谓有能观渊明之文者，驰竞之情遣，鄙吝之意祛，贪夫
> 可以廉，懦夫可以立。岂止仁义可蹈，抑乃爵禄可辞。不必
> 傍游泰华，远求柱史。此亦有助于风教也。（以上皆见于宋
> 刻本《陶渊明集》）

祛(qū)，除也。这样的赞美颇耐咀嚼：奔竞之情杳然无踪，
庸鄙之心捐除无迹，贪婪的人读了就可以廉洁，怯懦的人也立即
坚贞有守。作为读物，陶渊明诗文不仅是清凉剂，也是强心针，简
直能药到病除，立竿见影。这样的神奇功效如果真能实现，其崇
高地位应该不下于释迦牟尼等宗教大师的教导：世间一切贪婪庸
懦，不外是泡沫、幻影，不仅在意者、在场者并无实据，即是贪欲本

身,也并无真实存在的意义。可是不,萧统虽有佛学修养,此处却并非如此推演。他所追求的,仍然是作为皇太子的精神建构:驰骋仁义之场,远避功名利禄。不必到泰山、华岳去求仙,也不必远师老子道家精义,只此一味"陶渊明汤剂",即可达致精神目标,皇帝所倾心、皇太子所优为的风俗教化之业,陶渊明诗文正好帮得上忙。

曲终奏雅,毕竟昭明太子所究心的,必须是他自己的人生聚焦和道德功能,序文对于陶渊明诗文的各种歌颂,骨子里都是萧统个人精神祈向的说明。现在我们回应一下开头的恐惧主题。如果这个现象世界是如此可怕,而作为各种精神和物质资源的最高聚散地、人间权力的辐射焦点——朝廷,是否根本不值得停留?如果不值得,那么哪来的恐惧? 哪还需要逃避? 又何需在陶渊明的诗文中寻找各种权力密码和逃避暗示? 如果值得,那面对恐惧,除了游戏和超脱,还能有什么更方便的因应之道?《陶渊明集序》显然解答不出这个问题,要寻找答案,大约陶渊明诗文的价值会更大一些。即使是《昭明文选》中不算很多的陶渊明诗文,也足可发掘出一份深具特色的陶氏对答。为图方便,只取一斑,这里把陶渊明诗文中的声音,归为关于生命归宿的对话。

生命的归宿从来就不是一个可以轻松表达的主题,尤其对于中国人来说——儒家经典里的那个典型场景,时时在提醒你这是一个虽在圣贤也艰于言说的话题。大家都知道它出自《论语·先进》篇。子路请教怎样侍奉鬼神,孔子回答:"未能事人,焉能事鬼?"抢白中带着回避:人还没有侍奉好,哪还谈得到侍奉鬼神?显然子路不太满意孔子这种逃避式的回应,又追问一句:"我能问一下老师,死亡是怎么回事吗?""活着的道理都还没有搞明白,哪能知道死亡的道理呵!"(敢问死? 曰:"未知生,焉知死!")

孔门师生的思考方法有时是这样的,按照孔子的自陈:

> 子曰："吾有知乎哉？无知也。有鄙夫问于我，空空如也。我叩其两端而竭焉。"（《论语·子罕第九》）

孔子说，我知道什么呢？什么都不知道呵！有乡人（见识短浅，所谓乡鄙之人也）问我问题，我脑海中空空如也（没有预先就有的定见）。我只会从正反两端追问他，直到把所有信息都问清楚（答案也就自己呈现出来，或者说问题即包蕴着答案）。子路虽然貌似"强者矫"式的粗豪之人，入门既久，位阶已高，老师当然不能穷形尽相去诘问他，只需点出两端在哪即可。这样看来，孔子"未知生，焉知死"的著名论述，若要翻为白话，应该是："死亡就是生命的结束。要想知道死亡是怎么回事，你只需知道生命是怎么回事就可以了！"当然，我们知道孔门问答皆有针对性，这番剖判是孔子专为豪迈而自信的杰出弟子子路准备的，大约此人于鬼神祭祀之类讲究得太过分，孔子心中屡存反拨的念头。而死亡、鬼神祭祀之类叙述，其实在《论语》一书中绝非少有，在人类生活中的地位，本来也大有其提纲挈领之功。这也是我们在读陶渊明文章之时，对其死亡叙述颇为看重的原因。

即使在关注自我几乎成为通用标签的中古时期，陶渊明对于自我的珍视也堪称特异。这种珍视一旦呈现在文学文本中，颇需细加体察，方能洞见窾要。这当然也有助于我们理解陶渊明的终极叙述。先看两首入选《昭明文选》的行旅诗：

> 弱龄寄事外，委怀在琴书。被褐欣自得，屡空常晏如。时来苟冥会，宛辔憩通衢。投策命晨旅，暂与园田疏。眇眇孤舟游，绵绵归思纡。我行岂不遥，登降千里余。目倦川涂异，心念山泽居。望云惭高鸟，临水愧游鱼。真想初在衿，谁谓形迹拘？聊且凭化迁，终反班生庐。（《始作镇军参军经曲阿作》）

> 闲居三十载，遂与尘事冥。诗书敦宿好，林园无世情。

　　如何舍此去,遥遥至西荆。叩枻新秋月,临流别友生。凉风起将夕,夜景湛虚明。昭昭天宇阔,晶晶川上平。怀役不遑寐,中宵尚孤征。商歌非吾事,依依在耦耕。投冠旋旧墟,不为好爵荣。养真衡茅下,庶以善自名。(《辛丑岁七月赴假还江陵夜行涂口》)

这里必须拈出"化迁"这个主题词。化迁即大化的迁移、大自然的变迁,代表着这个世界主宰一切的超越性的运行规律。当陶渊明离开家园来到镇军将军刘裕的幕府时,他承认这是时来运转的一次机会,不过他并不打算振策飞腾,而是将之视为一次短暂的离别。清晨出行,空气中处处带着令人清醒的凉意,他的心也是清醒的凉和坚定的悔! 他反思自己,少年就寄情尘俗之外,委心于琴书之间,衣食无着照样自得其乐:这是他对自我形象的勾勒,仕途奔波之时仍在无限回味的本我。旅行中水陆的变化并没有给他寻新览异的快乐,徒然带来厌倦,心里千万次想着家园的好。天上云中的飞鸟,水中徜徉的游鱼,它们自由自在的形象,正给他无限的刺激。"真想"即存真之想、守性之念,古来许多才人学士都深信本性惟良,养真为善。他想:"我的襟怀里一直都有隐居养真的理念,谁会接受仕宦之类的外在形迹,强行拘束真我? 就当它是大自然变化迁转之中带给我的一段插曲吧,我终当回归班固先生《幽通赋》里保己守仁的田园。"

　　第二首的写作时间一般都认为早于前诗三年,在荆州桓玄幕府。(读者可以想象一下《文选》同一作者同体文章该有前后编年的设置,而这里的颠倒让人侧目。今天,我们大可猜测这种有意无意的窜乱,其目的和效果何在?)赴假即销假赴任,再次离别家园和朋友,回到他既惊且惧的官场。他回应这层惊惧的方法就是在诗中回归自我,借助于清凉的晚风和月光,在夜空和水上的澄寂中展开思绪,确认回归林园、养真求善的自我选择。熙熙攘攘

的权力中心自有才智纵横之士追名逐利,陶渊明要做的是抛却孔
子对于老农、老圃的偏见,衡门之下,依依守道,这种耕读传家式
的热诚,在六朝门阀世界中当然是异响,要到晚唐社会历经黄巢
大起义的刷荡,华夏高门巨族扫地以尽后,才会逐渐升格为文人
学士的普遍信仰,尤其是宋代以后中低阶层地主上升为华夏文明
的核心精神主体,乡村而非城市成了心灵居留的主要场所,经济
和精神支柱几乎大部分都落实在乡村,学而优则仕的儒学设置,
至此有了乡野的平台和退场的从容。李善注本《文选》卷三十"杂
诗下"收录了陶渊明的几首叙述乡村生活的诗。《读山海经》是讲
乡村读书之乐的:

> 孟夏草木长,绕屋树扶疏。众鸟欣有托,吾亦爱吾庐。
> 既耕亦已种,且还读我书。穷巷隔深辙,颇回故人车。欢言
> 酌春酒,摘我园中蔬。微雨从东来,好风与之俱。泛览周王
> 传,流观山海图。俯仰终宇宙,不乐复何如。

《陶渊明集》中《读山海经》有十三首,《文选》只选了总括性的第
一首,后面叙述具体内容的就忽略了。这一首诗大约可以视为
《论语·学而第一》首句"学而时习之,不亦乐乎"的陶公阐释版。
最不切题的一种解释,是"习"字的繁体字形中本来就有飞鸟的
意象,这当然有点类似开玩笑,不过将人置于草木鸟兽世界,所
谓鸟有所托,吾爱吾庐,不仅有众生平等的意味,更有人鸟相得
的盎然生机。这样的世界足够坚实:耕种已毕,且读我书;巷隔
辙深,拦住了故人的车马;欢酌春酒,园有时鲜;微雨更兼好风。
总之是众美络绎汇萃,乡村生活样样美好!此时泛览流观,俯仰
之间宇宙毕现,这是陶渊明阅读奇书的快乐。同卷《文选》所选
的《杂诗》二首,在陶集中则是《饮酒二十首》中的第五首和第
七首:

> 结庐在人境,而无车马喧。问君何能尔?心远地自偏。

采菊东篱下,悠然望南山。山气日夕佳,飞鸟相与还。此还有真意,欲辩已忘言。

秋菊有佳色,裛露掇其英。泛此忘忧物,远我遗世情。一觞虽独进,杯尽壶自倾。日入群动息,归鸟趋林鸣。啸傲东轩下,聊复得此生。

"采菊东篱下,悠然望南山"的"望"字,一作"见"。就诗意铺排而论,"见"为神妙之笔,颇能托显渊明胸怀澄澈:沉迷菊篱,悠然一顾,南山自见(同"现"),物我相得,一径撞入胸襟;若原文为"望"字,不免过于质实。这是经过六朝隋唐澄明诗境的陶洗后,诗学阐发中自然发生的有意味的偏见。超凡脱俗的和谐逸韵未必是渊明创作时的主观追求,但却是后来读者味之无倦的永恒慰藉。无怪乎后世诗评,大都以"见"字为是。而夷考其诗,本是标榜自己身处尘世,喧嚣自远。"采菊"一联,重点在状写"悠然"神情,不在望见南山还是南山自现。陶诗重视炼意过于炼字,窃谓就六朝风习而论,此处不宜排除原文即为"望"字的可能。至于山气为何日夕为佳,飞鸟"相与还"有何真意,有唐贤王维《辋川集·木兰柴》的彩笔细描,足称解人:"秋山敛余照,飞鸟逐前侣。彩翠时分明,夕岚无处所。"秋日傍晚回光返照光线极明,飞鸟深知物候,相与追逐归巢,彩色翠羽忽明忽暗划过长空,大自然一片空明,雾霭在那一刻竟然无影无踪!鸟声征逐中突然呈现出静美本相,诗人霎那间醉眼瞥见真容,目送心与,难以言表。而终究要以诗笔叙述此情此景,《饮酒二十首》小序交代分明:"余闲居寡欢,兼比夜已长。偶有名酒,无夕不饮。顾影独尽,忽焉复醉。既醉之后,辄题数句自娱。纸墨遂多,辞无诠次。聊命故人书之,以为欢笑尔。"所谓酒可独饮,诗则必需读者,想见宾主相得,抄读之际,言笑晏晏,情态宛然。

第二首酒意不再深埋。裛(yì)同"浥",沾湿。掇(duō),采摘,摘取。当然开篇还是从色相入手,声称采摘菊花,不仅因其长生久视的药用,更因带露秋菊,佳色入眼。美酒忘忧,既使"人人自远",复能通达人情世故。可知世间真理皆在酒中,正如阳光下山,百动皆止,飞鸟趋林。东轩下傲然长啸,及时行乐,其意在此。《文选》同卷所收渊明《拟古诗》,旨趣也是类此:

> 日暮天无云,春风扇微和。佳人美清夜,达曙酣且歌。歌竟长叹息,持此感人多。明明云间月,灼灼叶中花。岂无一时好,不久当如何?

佳人春风,花月般好,珍惜之道,日夜酣歌。这是富足的人生,然亦不必是物质之富,毕竟人类从精神富裕入手,比较容易得见真趣也。何况"贫者,士之常",同卷有渊明的《咏贫士》,开始触及这充满缺憾的人生:

> 万族各有托,孤云独无依。暧暧虚中灭,何时见余辉。朝霞开宿雾,众鸟相与飞。迟迟出林翮,未夕复来归。量力守故辙,岂不寒与饥。知音苟不存,已矣何所悲!

　　贫士正如无依无靠的孤云,在空中自生自灭。不同于朝霞众鸟飞腾自如,迟迟孤翮未夕即归,量力而行,不能者止,这就难免饥寒交迫,如果这世间没有赏识者,那也就算了,大可不必为之悲伤。这也许可以视为彼时彼地的陶渊明,对《论语》"人不知而不愠"的一种疏解。安贫乐道,委怀琴书,这都是孔门的遗教。只不过孔门君子之教,要始终保持从政的热情,所谓"不仕无义"。陶渊明却只取其乐天的精神,一味出之以任性的退却,似乎要作成"不仕有义"的声名。《文选》李善注本卷四十五《归去来》,通篇悬想归家的快乐,真是归去之念有若饥渴,身处宦途甚于水火,恐惧之姿、逃离之态如在目前。宋刻《陶集》本篇前有小序:

> 余家贫,耕植不足以自给。幼稚盈室,瓶无储粟,生生所

资,未见其术。亲故多劝余为长吏,脱然有怀,求之靡途。会
有四方之事,诸侯以惠爱为德。家叔以余贫苦,遂见用于小
邑。于时风波未静,心惮远役。彭泽去家百里,公田之利,足
以为酒,故便求之。及少日,眷然有归与之情。何则?质性
自然,非矫厉所得。饥冻虽切,违己交病。尝从人事,皆口腹
自役。于是怅然慷慨,深愧平生之志。犹望一稔,当敛裳宵
逝。寻程氏妹丧于武昌,情在骏奔,自免去职。仲秋至冬,在
官八十余日。因事顺心,命篇曰《归去来兮》。乙巳岁十一
月也。

近两百字将出仕彭泽令的原因、机会、理由,去职的本因、设想和
近因和盘托出,语诚而意尽。中心即是一句话:"饥冻虽切,违己
交病。尝从人事,皆口腹自役。"衣食是大事,但是大不过心灵的
受伤;让口腹奴役自己,真要大愧平生。而创作的原由也甚明白:
因事顺心。顺应自己的内心世界,回归田园,后面正文所铺写的,
皆是居家的快乐,因是未来的展望,当然包举归途,总述冬春四
季,历年之事,一朝呈露:

　　　归去来兮,田园将芜胡不归?既自以心为形役,奚惆怅
而独悲?悟已往之不谏,知来者之可追。实迷途其未远,觉
今是而昨非。舟遥遥以轻飏,风飘飘而吹衣。问征夫以前
路,恨晨光之熹微。

　　　乃瞻衡宇,载欣载奔。僮仆欢迎,稚子候门。三径就荒,
松菊犹存。携幼入室,有酒盈樽。引壶觞以自酌,眄庭柯以
怡颜。倚南窗以寄傲,审容膝之易安。园日涉以成趣,门虽
设而常关。策扶老以流憩,时矫首而遐观。云无心以出岫,
鸟倦飞而知还。景翳翳以将入,抚孤松而盘桓。

　　　归去来兮,请息交以绝游。世与我而相违,复驾言兮焉
求?悦亲戚之情话,乐琴书以消忧。农人告余以春及,将有

事于西畴。或命巾车,或棹孤舟。既窈窕以寻壑,亦崎岖而经丘。木欣欣以向荣,泉涓涓而始流。善万物之得时,感吾生之行休。

　　已矣乎! 寓形宇内复几时,曷不委心任去留,胡为乎遑遑欲何之? 富贵非吾愿,帝乡不可期。怀良辰以孤往,或植杖而耘耔。登东皋以舒啸,临清流而赋诗。聊乘化以归尽,乐夫天命复奚疑!

归去有多快乐,官场征逐就有多恐怖! 字里行间,可以看到《离骚》式的忧伤和决绝。世界与我是截然对立的存在,亲情和琴书又令人多么的自在! 家园里,一切窈窕之水、崎岖之山,因我的归来而莫不可爱! 草木欣然,泉水涓涓,似皆因我而生长。自然万物各有自己的时光,而我的生命啊却即将凋零! 算了吧! 人生苦短,为什么不听从内心深处的选择? 栖栖遑遑奔波劳苦又要去哪里? 我并不企求富贵,也不期待天帝神仙之乡。眷恋着美好时光孤怀独往,有时举杖耕耘自得其乐。登上东皋发出呼啸,临水赋诗其乐陶陶。且随那伟大的变化走向生命尽头,乐天知命还有什么疑惑!

　　很难断言陶渊明的性情是偏于外向还是内向,他非常容易与自然万物形成精神沟通,对于下里巴人也是交流顺畅,而于人情世故不免拙于口而塞于胸。他的情感强度有时真足令人讶异,如萧统《陶渊明集序》指为"白璧微瑕"的《闲情赋》,虽是追踪古贤,刻写热恋以骋才弄笔,文辞华艳也无不可,偏偏藻饰秾丽,夸张入骨:

　　愿在衣而为领,承华首之余芳;悲罗襟之宵离,怨秋夜之未央。愿在裳而为带,束窈窕之纤身;嗟温凉之异气,或脱故而服新。愿在发而为泽,刷玄鬓于颓肩;悲佳人之屡沐,从白水而枯煎。愿在眉而为黛,随瞻视以闲扬;悲脂粉之尚鲜,或取毁于华妆。愿在莞而为席,安弱体于三秋;悲文茵之代御,方经年而见求。愿在丝而为履,附素足以周旋;悲行止之有节,空委弃于床前。愿在昼而为影,常依形而西东;悲高树之多荫,慨有时而不同。愿在夜而为烛,照玉容于两楹;悲扶桑之舒光,奄灭景而藏明。愿在竹而为扇,含凄飙于柔握;悲白露之晨零,顾襟袖以缅邈。愿在木而为桐,作膝上之鸣琴;悲乐极以哀来,终推我而辍音。

对于美女的追逐已近乎疯狂!但是,一切愿望皆有缺憾,处处狂热皆入冷场,类型化的描写语言极富机趣,铺排灵动,操纵自如。说明他若愿意俯身红尘,大可声色犬马,逢场作戏,排比铺张,变幻风雨;更反证他笔下所常常呈现的悠然随意,必是他精心淘洗、素朴是求的产物。

说到底,陶公的才具里颇有玄言家的超迈之思。他的本事是脱弃高门望族的虚骄之气,不在奇山异水中捕捉玄意,只以如梦心胸点化日常世界。他的《形影神》组诗,标举"自然之道"颇为显豁,得出的人生要义大可咀嚼,虽第一流玄言家,思致之深彻,亦不过如此。前有小序:

> 贵贱贤愚,莫不营营以惜生,斯甚惑焉;故极陈形影之苦,言神辨自然以释之。好事君子,共取其心焉。

形体和身影皆惑于表象,苦于营生。精神则以自然为归宿,期待说服、解放那陷入苦海的形与影,这算是陶渊明的自然"心学"。诗中形、影、神各自假借为宾主,以告白展开对话,采纳汉赋以来的惯技:

> 天地长不没,山川无改时。草木得常理,霜露荣悴之。谓人最灵智,独复不如兹。适见在世中,奄去靡归期。奚觉无一人,亲识岂相思。但余平生物,举目情凄洏。我无腾化

术，必尔不复疑。愿君取吾言，得酒莫苟辞。(《形赠影》)

　　存生不可言，卫生每苦拙。诚愿游昆华，邈然兹道绝。与子相遇来，未尝异悲悦。憩荫若暂乖，止日终不别。此同既难常，黯尔俱时灭。身没名亦尽，念之五情热。立善有遗爱，胡为不自竭？酒云能消忧，方此讵不劣！(《影答形》)

　　大钧无私力，万理自森著。人为三才中，岂不以我故。与君虽异物，生而相依附。结托善恶同，安得不相语。三皇大圣人，今复在何处？彭祖爱永年，欲留不得住。老少同一死，贤愚无复数。日醉或能忘，将非促龄具？立善常所欣，谁当为汝誉？甚念伤吾生，正宜委运去。纵浪大化中，不喜亦不惧。应尽便须尽，无复独多虑。(《神释》)

有谓形代表道家的及时行乐，影代表儒家的功业不朽之心，神则横扫儒道，超越世俗观念，推出陶公自己沐浴玄风的新自然观。稍嫌呆板，而陶诗之长，颇有灵动缥缈之姿。诗中难免死亡、化身异物的形体，和与身俱灭的影子，它们最大的感受就是生命的短暂和脆弱，道教的神仙长生之术一无可用，而它们面对死亡所给出的建议，不外乎及时行乐和立善求名二途，随即遭到精神十分雄辩的奚落："饮酒伤身短命，求名寄望他人，哪有什么把握呢？"想多了伤神，这也确实是精神的大缺点。但是神也非常巧妙地提出，形和影子同它一样思虑过甚，大化流行中，喜惧皆无必要，唯一可做的就是抛却思虑，委运任化。值得留意的是宫廷和上层社会极为迷狂的道教长生求仙之术，在陶公的形、影、神叙述里被明确弃绝，可见陶公所安持守戒处，毕竟常与权贵高门不同。而死亡是一切的归宿，无可逃避，即使是圣君先贤，皆一去不返。与其说大家在拥抱大化，不如说就在拥抱死亡，大概天地变化、万物代谢之中，最鲜明的呈现，也非死亡莫属。站在死亡的立场，嘲笑形影相吊的苦况，认清名声和享乐的无益，使得组诗既有力又恢诡,放松而有奇趣,正见渊明文笔的佳妙。也只有放松和游戏的心态,才是祛除死亡恐惧的良药。即此来看《文选》卷二十八陶渊明的《挽歌诗》:

> 荒草何茫茫,白杨亦萧萧。严霜九月中,送我出远郊。四面无人居,高坟正蕉峣。马为仰天鸣,风为自萧条。幽室一已闭,千年不复朝。千年不复朝,贤达无奈何! 向来相送人,各自还其家。亲戚或余悲,他人亦已歌。死去何所道,托体同山阿。

死亡没有什么可说的,当然托体山阿,也自有妙处。我们当然记得上面引文中的"山川无改时",算是死亡无以征服的永存者。而身体一旦转为异物,托体山阿,对抗死亡,竟是最好的归宿。陶集中的《挽歌诗》为三首,此是其三。一些《文选》版本里也抄录了其一、其二,这里不妨也捉置一处:

> 有生必有死,早终非命促。昨暮同为人,今旦在鬼录。魂气散何之? 枯形寄空木。娇儿索父啼,良友抚我哭。得失不复知,是非安能觉! 千秋万岁后,谁知荣与辱。但恨在世时,饮酒不得足。(其一)
>
> 昔在无酒饮,今但湛空觞。春醪生浮蚁,何时更能尝。肴案盈我前,亲旧哭我傍。欲语口无音,欲视眼无光。昔在高堂寝,今宿荒草乡。一朝出门去,归来夜未央。(其二)

咦,饮酒不是促龄之具吗? 怎么这里心心念念,酒意蒸腾? 对啦,一旦人生抽离死亡的恐惧,甚至拥抱死亡,那么寿命长短确实也不那么要紧,而酒精的麻醉效果和超然隔离就显得格外动人。这里的一个关键点是文体学上叙述主体和叙述对象的分疏,简言之,文中的"我"置身于作者笔下的叙述内容,不宜与作者视为一人。而魏晋以来"拟挽歌体"的特色,也就在这种文体学意义上的主体的客体化。作为作者的"我"和作者笔下的"我"的分别，构成魏晋文章学发展的一大突破。魏晋文人"想象之我"的自由不羁，有时会给读者一些强烈的错觉，似乎他们在生活中也很张扬，那大约不是真的。生活中的自由取决于主体所占有的各种资源，明白地说，包括财富、权力、地位、健康、心理、家庭、友谊、爱情等各种俗世风容，它们决定了人们现实生活中自由的维度和可能。而精神的自由度当然就会单纯得多。有时，只需要一点灵性的平衡和精神的自觉，那种自由就会如期而至。这方面陶渊明无边的温和与坚定的微笑已经给了我们足够的教益，与陶公同一时期，谢灵运身边那位年轻的天才，也在智力的平衡和精神的放松方面，和陶渊明大有相似之处①。

他是谢惠连，一位身带轻薄之名、性情恬淡而不失高傲的早逝天才。《宋书·谢灵运传》里有他的一段故事：

> 灵运既东还，与族弟惠连、东海何长瑜、颍川荀雍、泰山羊璿之，以文章赏会，共为山泽之游，时人谓之四友。惠连幼有才悟，而轻薄不为父方明所知。灵运去永嘉还始宁，时方明为会稽郡。灵运尝自始宁至会稽造方明，过视惠连，大相知赏。时长瑜教惠连读书，亦在郡内，灵运又以为绝伦，谓方明曰："阿连才悟如此，而尊作常儿遇之。何长瑜当今仲宣，而饴以下客之食。尊既不能礼贤，宜以长瑜还灵运。"灵运载之而去。

此处"轻薄"近似于其父在世时的家内评语，谢灵运认为惠连才悟甚多，谢方明未能知人善任。"轻薄"或指才具、见识薄劣，或指其轻浮，道德单薄，皆有同于"常儿"即普通人，但是"轻薄"二字在惠连故事里尚有其特殊指向。《宋书·宗室·刘义融传》：

---

① 以下讲述谢惠连的大致内容，曾发表于《斯文》杂志第四辑，社会科学文献出版社，2019年。其初稿实始于复旦《文选》课程讲义，感谢《斯文》杂志并特此说明。

> 义融弟义宗,幼为高祖所爱,字曰伯奴,赐爵新渝县男。永初元年,进爵为侯,历黄门侍郎,太子左卫率。元嘉八年,坐门生杜德灵放横打人,还第内藏,义宗隐蔽之,免官。德灵雅有姿色,为义宗所爱宠,本会稽郡吏。谢方明为郡,方明子惠连爱幸之,为之赋诗十余首,《乘流遵归渚》篇是也。又为侍中、太子詹事,加散骑常侍、征虏将军、南兖州刺史。

这里的"第内"应即刘义融的新渝侯府第内。在讲到他爱宠的男色杜德灵的时候,特意提到此人"雅有姿色",曾为会稽郡守谢方明之子谢惠连所"爱幸","为之赋诗"。貌似谢惠连"轻薄"之名由兹而起。《宋书·谢方明传》:

> 子惠连,幼而聪敏,年十岁,能属文,族兄灵运深相知赏,事在《灵运传》。本州辟主簿,不就。惠连先爱会稽郡吏杜德灵,及居父忧,赠以五言诗十余首,文行于世。坐被徙废塞,不豫荣伍。尚书仆射殷景仁爱其才,因言次白太祖:"臣小儿时,便见世中有此文,而论者云是谢惠连,其实非也。"太祖曰:"若如此,便应通之。"元嘉七年,方为司徒彭城王义康法曹参军。是时义康治东府城,城堑中得古冢,为之改葬,使惠连为祭文,留信待成,其文甚美。又为《雪赋》,亦以高丽见奇。文章并传于世。十年,卒,时年二十七。既早亡,且轻薄多尤累,故官位不显。

史载其父谢方明元嘉三年卒官,惠连居父忧作诗,则为元嘉三年至五年间事,此诚轻薄不堪之事。《谢灵运传》和《谢方明传》中的"轻薄"指向不同,至于何者为是,颇难遽断。联系谢惠连仕途偃蹇的事实,《谢方明传》中的不孝之罪,似甚有头尾。

陈郡谢氏在东晋后期政局中大放异彩,因淝水大捷达到最高峰,很快遭司马道子弄权和孝武帝的刻意打压而急转直下,无奈权场纠缠已深,终于在孙恩、卢循起义和桓玄篡权过程中左支右绁,受伤颇甚。到晋宋革命时,谢氏才杰虽众,总其政治身份不外三种:才智深沉者如谢混、谢晦,卷入政治权斗太甚而终于毁灭;谨重清醒者如谢瞻、谢方明,满足于配合者的身份,虽有才干而并不贪求,算是为谢氏风流在新时代存留一方空间;文才赡逸者如谢灵运、谢惠连,在政治场中不屑为配角亦不甘为玩具,毁灭是必然的命运。而发于文咏,申高明之姿,栖清旷之迹,代表着高门贵族自由不羁的灵魂,实是新文化时空的新英雄。理解谢氏文章,既需关注其精神追求,沉吟才藻,沐其风流,亦需设身处地,看清其人纠葛于人事、跋涉于泥途的现实处境。

回到谢惠连的"轻薄"。在《谢方明传》中我们看到这是一个有涉谢惠连仕宦的议题,因为父丧期间行为轻薄,罪过尤大,所以"被徙废塞,不豫荣伍"。身为尚书仆射的殷景仁代为缓颊,他的策略不是否定这样的道德指责,而是釜底抽薪,直接宣布这是古已有之的轻薄风谣,不必出于谢惠连独创。宋文帝基于信任,直接认可殷景仁的辩白,给予谢惠连仕宦的权利。可以看出这是帝王与心腹大臣间的政治交换,其间有微妙的互动关系,这样的辩诬于事实本身有多大的证明力,并不重要。殷景仁与刘义隆的朝堂对话当发生于元嘉六年前后,早于元嘉七年谢惠连出任司徒刘义康的法曹参军。但是《刘义融传》直接将谢惠连与会稽郡吏杜德灵的特殊关系放在其父谢方明的会稽郡守任上,赠诗时间倒也未必在谢方明元嘉三年卒官之前。元嘉三到五年谢惠连丁忧,二人是否延续关系存疑。元嘉八年刘义宗因"遮蔽"即隐藏、保护杜德灵受到免官的处罚,其时杜德灵与谢惠连的当年亲密,已对谢惠连仕途构不成伤害关系,但在新渝侯的免官事件中仍为引人瞩目的背景材料。一旦剥离了"轻薄"攻击的政治意味,或者说类似的政治攻击转向帝室新贵,谢惠连的爱幸关系和情诗著述,就都成了门阀士族无伤大雅的私人行为。"轻薄"不再涉及现实生活中的道德和仕宦,却更为鲜明地进入叙述者的笔下。

对于别人的"轻薄"指责,谢惠连当然不会毫无介怀,笔下若干文字完全可以视作回应。《文选》卷二十三诗体"咏怀"类载其《秋怀诗》:

> 平生无志意,少小婴忧患。如何乘苦心,矧复值秋晏。皎皎天月明,奕奕河宿烂。萧瑟含风蝉,寥戾度云雁。寒商动清闺,孤灯暧幽幔。耿介繁虑积,展转长宵半。夷险难豫谋,倚伏昧前算。虽好相如达,不同长卿慢。颇悦郑生偃,无取白衣宦。未知古人心,且从性所玩。宾至可命觞,朋来当染翰。高台骤登践,清浅时陵乱。颓魄不再圆,倾羲无两旦。金石终销毁,丹青暂凋焕。各勉玄发欢,无贻白首叹。因歌遂成赋,聊用布亲串。

以"忧患"二字开篇,正是阮籍以来的"咏怀诗"传统,而罩以"平生无志意"一句,所谓生平并无大志,顿显仕途蹉跎、人生坎坷,乃是外力,非由己招。逯钦立先生《先秦汉魏晋南北朝诗》于此诗下,认为"此诗当为灵运所作,盖误入惠连集中。诗发端谓'少小离忧患',指亲丧大故。据《宋书》,惠连父方明元嘉三年卒,年四十七。惠连元嘉十年卒,年三十七。则方明卒时,惠连年已三十。不得言'少小离忧患'。据《晋书·谢玄传》《宋书·谢灵运传》,晋太元十三年,祖玄卒,灵运年四岁。灵运父奂又早玄卒,是灵运孩提丧父,与此'少小离忧患'相合也。又诗言'夷险难预谋,倚伏昧前算。颇悦郑生偃,无取白衣宦',与灵运出处合。'虽好相如达,不同长卿慢',与灵运性格合,而皆与惠连不侔。然《文选》归之惠连,《诗品》亦称'惠连《秋怀》',讹乱已久。故仍编此"。按逯说非是。惠连年岁,据曹道衡、沈玉成二先生考证,为二十七岁①,《宋

---

① 曹道衡、沈玉成《中古文学史料丛考》"谢惠连年岁条",中华书局,2003 年,第317—318 页。

书》《南史》皆误,当据《文选》李善注引《宋书》条目改定。而婴忧罹患之说,不必定指父丧。即指母丧或世道夷险、人生艰难,似亦皆可。逯先生又谓诗中关于司马相如、郑均的说法与灵运出处相同,似读破原文。按灵运于政治虽似外行,却绝不甘仅以文章自显,《宋书》本传谓其"既自以名辈,才能应参时政",其《山居赋》所谓"废兴隐显,当是贤达之心",《述祖德诗》所谓"达人贵自我,高情属天云。兼抱济物性,而不缨垢氛",可见其虽有高世之志,又常以经世济民自任,热衷权势之心宛然!惠连诗句"虽好相如达,不同长卿慢。颇悦郑生偎,无取白衣宦。未知古人心,且从性所玩"之类,才真有长往不返之心,于尘俗世界绝不黏着!清代吴淇《六朝选诗定论》于谢惠连此诗赞叹不已:"从性所玩,正是知古人心处,正是善学古人处。客至便饮酒,朋来便论文,遇高则登,遇水便陵,素位而行,正是从性所玩,以此为达,乃是真狂,以此为偎,乃是真狷。勉之又勉,精进不已,庶几其中行乎!此正从《孟子》翻来。""其于心性之理,可谓至微至精,惠连才是真正讲学先生,莫作诗人看!"①此则道学先生之诗评,揄扬过甚,而惠连着力心性,驱排外物,正是玄言家的分疏功夫。即此来看他的《雪赋》末章:

> 王乃寻绎吟玩,抚览扼腕。顾谓枚叔,起而为乱。乱曰:白羽虽白,质以轻兮。白玉虽白,空守贞兮。未若兹雪,因时兴灭。玄阴凝不昧其洁,太阳曜不固其节。节岂我名,洁岂我贞。凭云升降,从风飘零。值物赋象,任地班形。素因遇立,污随染成。纵心皓然,何虑何营?

惠连笔下的外在标准,与皓然内心绝无瓜葛,真是疏秀爽达,亭亭物表!钱基博评曰:"亦灵运'虑澹物自轻,意惬理无违'之

---

① 〔清〕吴淇《六朝选诗定论》,广陵书社,2009 年,第 391—392 页。

意。而着意描写，转成理障。至云不立节，不守洁，伤教害义，不如灵运之浑融无碍也。"①此似道学家视野，径以轻薄目之！善乎曹道衡、沈玉成二先生之言："最后的乱辞，像谢灵运山水诗的调子一样，归入玄理。""随遇任化，纵然由素而污，精神却仍然保持高洁，最终还是在玄理中得到了心灵上的解脱。"②只是谢惠连心中，高洁之类仍属断然可弃的外在标准，他轻视白羽，薄于贞节，深所倾心的乃是白雪因时兴灭、凭云升降的因、随之义，那是快然自足的精神自由，值物赋形的从容玩世！可见中古文章的自然独得、游戏三昧，不在大谢的矜持迟疑、乍前乍却，而在惠连的风流玄言、超迈自足。由此再读他的《祭古冢文》，或可在字里行间一窥其悠然韵度！

祭文前有小序：

> 东府掘城北堑，入丈余，得古冢，上无封域，不用砖甓，以木为椁。中有二棺，正方，两头无和，明器之属，材瓦铜漆，有数十种，多异形，不可尽识。刻木为人，长三尺许，可有二十余头。初开见，悉是人形，以物柸拨之，应手灰灭。棺上有五铢钱百余枚，水中有甘蔗节，及梅李核瓜瓣，皆浮出不甚烂坏。铭志不存，世代不可得而知也。命城者改埋于东冈，祭之以豚酒。既不知其名字远近，故假为之号曰冥漠君云尔。

关于古冢形制的书写，《南北朝文学史》认为："可以看作我国考古史上最早的发掘报告。"诚然。不过这篇报告除了介绍发掘原由和现场发现而外，还不动声色地描写了冢中木俑应手灰灭的过程，也交代了瓜果李核的不甚烂坏，二者隐然自成对比。序中既明言有五铢钱百余枚，却又因铭志不存而断言"世代不可得而

① 钱基博《中国文学史》上，中华书局，1993年，第178页。
② 曹道衡、沈玉成《南北朝文学史》，人民文学出版社，1991年，第64页。

知"，说明作者并不关注存留物品的年代学考查，他所强调的是当年文献的缺失，也就是说，后来读者所期待的当年叙述没有现身，古今之间断然分离，而这，才是作者所关注的焦点！这也是作者假号古冢主人以冥漠君的缘由：与其说是业已逝去的规定性，给了后来者以命名的空间，还不如说发掘者的行为打破了历史的沉寂，同时给自己提供了命名的权力。这既证明当年信息无论多么具体丰富而明确，终归要化为空无，也说明今日的命名权力同样十分短暂而脆弱！可见"冥漠君"这一假号不仅是幽默的权宜产品，也是有分寸的权力表白。接下来的祭文正文皆是对着这一颇有分寸感的假号致辞：

> 元嘉七年九月十四日，司徒御属领直兵令史统作城录事临漳令亭侯朱林，具豚醪之祭，敬荐冥漠君之灵：乔总徒旅，板筑是司。穷泉为堑，聚壤成基。一椁既启，双棺在兹。舍畚凄怆，纵锸涟而。刍灵已毁，涂车既摧。几筵糜腐，俎豆倾低。盘或梅李，盎或醯醢。蔗传余节，瓜表遗犀。追惟夫子，生自何代。曜质几年，潜灵几载。为寿为夭，宁显宁晦。铭志湮灭，姓氏不传。今谁子后，曩谁子先。功名美恶，如何蔑然？百堵皆作，十仞斯齐。墉不可转，堑不可回。黄肠既毁，便房已颓。循题兴念，抚俑增哀，射声垂仁，广汉流渥。祠骸府阿，掩骼城曲。仰羡古风，为君改卜。轮移北隍，窀窆东麓。墉即新营，棺仍旧木。合葬非古，周公所存。敬遵昔义，还祔双魂。酒以两壶，牲以特豚。幽灵仿佛，歆我牺樽。呜呼哀哉。

开头是年月日、主祭人和被祭者信息，最后是祭品致送和享用呼吁，结以"呜呼哀哉"四字，首尾完具，功能齐全，可见作为祭祀现场的应用文本，本文完全合格。但是祭文的主体部分显然不在这里，它首先交代了发掘工作的迫不得已，隐然表达歉意；续称主祭者在发掘现场颇有感情投入,并非麻木不仁。虽然不能指望所有人都相信,作为建筑工程领导者的主祭者真会扛锸持畚,与奴工为伍,但是在这关键的祭祀环节,必须假设冒犯古人墓冢的责任人,如同所有严肃场合大人物的精心摆拍一样,身临其境,伤心流泪,举止得体。同样道理,序文里那个极富破坏性和攻击力的"枨拔"动作,预示着一切生命、记忆、死亡和相关叙述的滑稽脆弱,在这里绝对不能提及一字!但是,仪式之所以为仪式,它极其重大的存在理由,个正是由于我们对于一切记忆和叙述的虔敬吗!古冢主人信息散落,倒也并不妨碍祭祀者带着充分的尊重和好奇进行一番追问:"请问先生,您生在何时?年寿几何?死去多久?长寿还是短命?当时有名还是无名?您的墓志铭文一无所存,姓氏无从得知。现在谁是您的后代?当年谁是您的祖先?他们的功业、名声是好是坏?为何我一点都不知道?虽然如此,我也没有失去对您的敬意!我的工作打破了您的宁静,抱歉我不能重建城墙、改挖护城河,通向您墓穴的原始通道已经毁坏,墓室旁的小房间也已倾颓。顺着您的棺首,抚摸着墓中的木俑,我不禁悲从中来,哀不自胜!古来贤人多能埋葬枯骨,广施仁爱,我也追随他们的古风,为您重找墓穴。虽然方位地点有别,不过棺木还是您原来所有,并未改变。虽然周公流传下来的古典中并无合葬的规矩,我还是遵照您的旧例,让您双棺同穴。"

这是生人和鬼魂的对话,字里行间也足见真诚。但是那位幽魂却有一个类似于"暗夜君"的假借名号,无时无刻不在提醒我们,这是文学的游戏笔墨,真诚表述但也从容放松!那种放松我们在《庄子》中似曾相识,尤其是《庄子》外篇《至乐》里庄子与骷髅君的对话,似乎就是谢惠连的行文模板:

> 庄子之楚,见空髑髅,髐然有形。撽以马捶,因而问之,曰:"夫子贪生失理而为此乎?将子有亡国之事、斧钺之诛而

为此乎？将子有不善之行，愧遗父母妻子之丑而为此乎？将子有冻馁之患而为此乎？将子之春秋故及此乎？"于是语卒，援髑髅，枕而卧。夜半，髑髅见梦曰："子之谈者似辩士，诸子所言，皆生人之累也，死则无此矣。子欲闻死之说乎？"庄子曰："然。"髑髅曰："死，无君于上，无臣于下，亦无四时之事，从然以天地为春秋，虽南面王乐，不能过也。"庄子不信，曰："吾使司命复生子形，为子骨肉肌肤，反子父母、妻子、闾里、知识，子欲之乎？"髑髅深矉蹙颜曰："吾安能弃南面王乐而复为人间之劳乎！"

相对于《庄子》文中骷髅君的侃侃而谈，称说死亡的快乐夸诞有余，提到生命的局限时表情也过分丰富，《祭古冢文》中的冥漠君明显深通矜持默识之趣，以沉默作为死者的语言，也属事理之常。（我们在陶渊明的《挽歌诗》中，也见到闭口难言的死者形象。）尤有进者，《庄子》文本对于现实生活和有情世界中一切局限极尽嬉笑怒骂之能事，在六朝玄谈世界里不妨大张旗鼓，而在文学语言里不免理过其辞，在现实生活中也显得夸饰过当，远离世情。《祭古冢文》的表达大多集中在祭者即生人这一边，现实生活中儒家名教世界的种种标准，都由祭者的追问平平道出。这些标准诚然短暂、迷离，充满局限，却是有情世界无可规避的存在方式，更是祭祀这种礼仪形式的存在工具。谢惠连以平静风雅之笔处理了儒家祭礼中的死亡议题，行文颇为节制而平衡，一切幽默恢诡都在言外，这正是此文的超妙处。

《祭古冢文》将玄言式的超越之辞，处理为儒家式的面对生命和死亡的深情叙述。或者说，他将庄子的轻松恢诡带入生命的局限，将死亡的儒家式郑重其辞，延展入沉默的微笑。这样的幽默放松之辞，是玄言对晋宋文章的渗透和赠礼，更是谢惠连独立人格的自由歌咏。那一份自由在他的《雪赋》中我们也曾相识，在他的《秋怀诗》里我们同样会见到。

　　文学史上的晋宋易代之际,有两位大人物给中国文学带来了范式意义上的存在,不用说,一位是陶渊明,另一位是谢灵运。而当我们把目光聚焦于谢灵运身边的惠连,这位给他以"池塘生春草"启示的少年天才,在诗赋文章的创作中竟然常常达到陶渊明的自由放松,他的不动声色的幽默和宁静,颇有分寸的叙述和独白,在当时正如陶诗一样,虽有声名,却不免为时风所掩。今日我们重读《祭占冢文》等小谢文本时,不妨稍作停留,给予"其文甚美"以应当的尊重,又谁曰不宜!

参考资料:

1.《陶渊明集》,逯钦立校注,中华书局,1979 年。

2. 袁行霈《陶渊明集笺注》,中华书局,2003 年。

3. 龚斌《陶渊明集校笺》(修订本),上海古籍出版社,2011 年。

4. 袁行霈《陶渊明研究》,北京大学出版社,1997 年。

第三讲　谢客风容映古今

谢灵运入《选》篇目：卷十九：《述祖德诗》；卷二十：《九日从宋公戏马台集送孔令诗》《邻里相送方山诗》；卷二十二：《从游京口北固应诏》《晚出西射堂》《登池上楼》《游南亭》《游赤石进帆海》《石壁精舍还湖中作》《登石门最高顶》《于南山望北山经湖中瞻眺》《从斤竹涧越岭溪行》；卷二十三：《庐陵王墓下作》；卷二十五：《还旧园作见颜范二中书》《登临海峤初发强中作与从弟惠连见羊何共和之》《酬从弟惠连》；卷二十六：《永初三年七月十六日之郡初发都》《过始宁墅》《富春渚》《七里濑》《登江中孤屿》《初去郡》《初发石首城》《道路忆山中》《入彭蠡湖口》《入华子冈是麻源第三谷》；卷二十八：《会吟行》；卷三十：《南楼中望所迟客》《田南树园激流植援》《斋中读书》《石门新营所住四面高山回溪石濑修竹茂林诗》《拟魏太子邺中集诗》。

······································

谢灵运为山水诗开创者，田园诗第一人是陶渊明，两种题材合称山水田园诗。其实，两种风景在陶谢笔下的位置并不一样。大概山水于谢灵运，像是知交腻友，虽有生命美感的切肤之诚，究竟属于心游玄赏的外物、幽栖守志的场所。山水是谢灵运作为审美主体的对应物，而田园对于陶渊明则远过知交之亲，直是兄弟手足之近，一日不可离的心灵归宿，魂牵梦萦的精神家园。

一切笼统的判断，都须面对具体作品的挑战，也常须在具体审美过程中汲取营养。究竟谢氏风容与山水清音，关联几何？

　　　谢客风容映古今，发源谁似柳州深？朱弦一拂遗音在，
却是当年寂寞心。

　　这是横跨金元两代的大诗人元好问《论诗绝句三十首》中的
第二十首，赞美谢灵运对山容水态、风光日华的描摹，沾溉古今，
照耀先后；元氏又赞美中唐诗人柳宗元的山水描写独造渊深，其
心灵皈依处，正是屈原以来文人传统中的那份超世寂寞。柳宗元
以绝世之才早建声名，参与永贞革新，地位显赫。转眼政治失败，
长贬不归，最终在柳州抑郁离世。当时、后世论其诗文，总会想到
他郁塞孤绝的贬谪生涯，同时也总会想到他对于君主和朝政的无
限忠悃，凡此皆与屈原所代表的《楚辞》传统相近。元好问在谢、
柳二家诗文中读出他们知音难觅的寂寞心情，所谓朱弦一拂，琴
心宛在。柳宗元的故事姑且放下，本讲且集中于谢灵运一人。

　　提到谢灵运，"谢客"这个名号会须特别留意。此人一生文
字，大都隐隐带着客居尘世的那种隔膜和障碍感。"客"字大似一
语成谶，颇为可怕，它来自一个文学史上的传奇叙事，那故事曾见
于梁代钟嵘《诗品》卷上"宋临川太守谢灵运"条：

　　　其源出于陈思，杂有景阳之体。故尚巧似，而逸荡过之，
　　颇以繁芜为累。嵘谓若人兴多才高，寓目辄书，内无乏思，外
　　无遗物，其繁富宜哉！然名章迥句，处处间起；丽典新声，络
　　绎奔会。譬犹青松之拔灌木，白玉之映尘沙，未足贬其高洁
　　也。初，钱塘杜明师夜梦东南有人来入其馆，是夕，即灵运生
　　于会稽。旬日，而谢玄亡。其家以子孙难得，送灵运于杜治
　　养之。十五方还都，故名"客儿"。

钟嵘说谢灵运的诗体发源于建安才士第一人陈思王曹植，又参用
了西晋太康群英中写景高手张景阳的诗歌语言。"巧"是工笔甚
细，"逸荡"则既具高远之姿，复有超常规的流利自在。"繁芜"是
当时就有的负面评论，改称"繁富"，则负阴见阳，转为正面歌颂谢

客意繁才富,语言卓荦! 接下来的表达既聪明又公允:他的诗中,
名章隽句时时出现,美丽的典故和新奇的语言络绎缤纷。那些隽
语在他的诗里,就像青松挺拔于灌木,白玉映衬着尘沙,青松、白
玉愈显高洁! 真是内行人的探本之论!

　　像所有的传说叙事一样,条目最后带出的这个"客儿"故事,
讲述者对于时间、地点并未措意,可靠性大有疑问。沈约《宋书》
卷六十七《谢灵运传》:

> 谢灵运,陈郡阳夏人也。祖玄,晋车骑将军。父瑍,生而
> 不慧,为秘书郎,蚤亡。灵运幼便颖悟,玄甚异之,谓亲知曰:
> "我乃生瑍,瑍那得生灵运!"

《礼记·曲礼》:"人生十年曰幼。"《仪礼·丧服》"子幼"句对于
"幼"的注释:"谓年十五以下。"无论沈约《宋书》的"幼"字具体指
向哪年,"幼便颖悟"都直接说的是谢灵运在幼年时的聪颖智慧,
其绝非旬日新生儿,可谓无疑。

　　正史与传奇杂传中的截然对比,还可以延伸出更深层的意
味:史书中的谢灵运幼年颖悟,出于其祖父之口,以一代名将谢玄
的叹异,明示那是构成簪缨世家光荣和实力的一大因子。传奇的
说法则将谢灵运和谢玄的命运置于完全对立的样态,灵运生,谢
玄死。如果说谢玄是谢氏家族最后一位拥有光辉伟业的政治军
事人物,而谢灵运的出现,竟直接将之推向死亡。是天生自带毒
性,与祖父相冲? 或是两雄不并世,新陈代谢,理有固然? 总之,
文学传奇叙事中的"客儿",就以这样极具冲击力的英才现世,巧
妙演示谢氏风流的舞台核心,正从朝堂政事和滔滔玄谈,转向文
学和文化的新时空。

　　谢灵运与其英雄祖父之间的关联,本人自有迹近夸耀的叙
述,那是《文选》"诗"体部分"述德"类中的唯一篇章。

　　一个敏感的后来读者,也许会认为此诗作为自叙家世的文

本,里面似乎包蕴着谢灵运的取死之道。这类事后判词,言非言是,都可说得通。确实,和许多中古诗人和文化英雄一样,谢灵运也以死刑收场。试想如果他的下场不是在广州"弃市",如果此前他的家丁不是像政治攻击者所说的那么强悍,竟敢试图半路截留流放广州的他①,我们假设谢灵运平平安安到达流放地,过几年再回到朝堂,继续着他对当权王公贵族们的明讽暗诽,那么谢灵运可以作为诗人啸傲一生,清游山水,悠然终老吗?

类似这样的善意追问,答案可能总不太乐观。

一个政治人物的命运,大致各种层面的外力影响相当巨大,远非个人谨慎自持即可自保。谢灵运的骄纵傲慢,目下无人,在次级门阀的批评声和寒门之士的艳羡声中,当然可以直接认定为他的取死之道;而千年以后我们遥遥望去,却会认出谢灵运与刘宋元嘉时代略不相洽。那个新朝廷和新权场中的纠葛太多,执政诸王在相互争权的同时,会时不时地打击一下传统贵族,以获取更大空间;东晋过江诸贤中的风流家族必须逊让以求存续,谢氏家族内部也早有灵敏识见。惜乎灵运的做派,大似一无所觉,一无所惧。

也许不算一句赘语:"述德"主题在《文选》诗中独居一类,全书只选录了谢灵运名下的两首《述祖德诗》,见之历史记载的同类体裁也并不多,华夏传统中的自赞自夸,向来得体者少。灵运所颂"祖宗之德"何所指陈?可以参见他的诗前小序:

> 太元中,王父龛定淮南,负荷世业,专主隆人。逮贤相徂谢,君子道消,拂衣蕃岳,考卜东山,事同乐生之时,志期范蠡之举。

王父即祖父。"负荷世业,专主隆人"八字,讲他的祖父谢玄承担

---

① 参见沈约《宋书·谢灵运传》。

着家族世代相传的责任,一心一意侍奉君王,长育黎民;下面讲到谢安离世,小人当道,谢玄无奈地放弃了自己的诸侯高位,隐居东山。末后两句冲击力最大,乐毅受到继任君主打压和排挤,范蠡逃离狠毒的越王勾践泛舟五湖,两位春秋先贤与君王之间的关系皆非善终。可以猜测《文选》编撰中,要么是故意略去小序不录,要么是所承写本,早就因其太过刺眼而删削干净。好在谢灵运本人诗集中依然保留了这篇生猛酷烈的作品,足以让人窥见一些大有余味的信息。再看诗歌正文:

> 达人贵自我,高情属天云。兼抱济物性,而不缨垢氛。段生藩魏国,展季救鲁民。弦高犒晋师,仲连却秦军。临组乍不缫,对圭宁肯分。惠物辞所赏,励志故绝人。苦苦历千载,遥遥播清尘。清尘竟谁嗣,明哲垂经纶。委讲辍道论,改服康世屯。屯难既云康,尊主隆斯民。(其一)

> 中原昔丧乱,丧乱岂解已。崩腾永嘉末,逼迫太元始。河外无反正,江介有蹑屺。万邦咸震慑,横流赖君子。拯溺由道情,龛暴资神理。秦赵欣来苏,燕魏迟文轨。贤相谢世运,远图因事止。高揖七州外,拂衣五湖里。随山疏浚潭,傍岩艺枌梓。遗情舍尘物,贞观丘壑美。(其二)

第一首的主题是古来达人对于自我的珍视,其实指向的是受过魏晋玄学淘洗过的士人人格,清疏高朗,至为显豁。沧海横流,明哲出手,停讲辍论,尊主隆民,这些都只是贤达之士一时兴起的尘世留痕而已,究其本心,正是寄情天云,我自高贵,自矜自持,逊利远嫌,于世间尘埃一无所染。将谈玄论道作为栖心幽远的隐逸标尺,而与拯救世难、置身庙堂的入世行为相对,这里的表述似与谢安、谢玄当时真相稍远。汉末、三国、两晋的超世玄谈,大都在现世权场内外展开,政治人格与玄言人格并无悬隔;只有到了晋末宋初的风流远逝时代,谈玄论道成了世家高门的表演道具,此时谓其为隐士风标，倒是离真相不远。

第二首的主题，是灵运祖父谢玄的达人遗世。

尘世可以拯救却不可停留，丘壑是最好的归宿。全诗先陈其祖谢玄大拯横流，西晋以来百年丘墟一朝廓清，可惜谢安徂逝，远图顿止。随后弃高爵，游五湖，疏清潭，种珍木，舍尘世，赏丘壑。将世家风流的绝世遗踪，表述为超迈人格的山水皈依。

如果想理解谢灵运的山水诗，这里已可见出其两扇门户：首先，山水代表着诗人对这个污浊世界的远离；其次，山水是风流人格的超越性书写。前者当然隐隐连带着一点政治性的攻击，后者表面上玄意幽远，其实也逃不脱高门贵族的傲慢，这两扇门户，都非世间帝王、霸府所乐见。多说一句，王、谢、周、庾等高门士族的傲慢，与其说是对下层人士而论，不如说是向上更多。或者照实说来，大多是对持有最高权位的帝王和军府的鼎力抗争。读者应可理解，士族的权力来源并非帝王，高门士族超越常流的自由度，对于帝室来说既是对抗，更是炫耀，本能地引起后者的不适甚至愤怒。而要说到权力对于普通下民的傲慢，士族和帝王大体都有，实不易衡量孰轻孰重，孰是孰非。

《述祖德诗》中有两句，理解上要费些周章，就是"拯溺由道情，龛暴资神理"。世乱人亡，犹如大洪水卷地而来，民皆溺水。斯时凡有仁善之心、经世才具者，莫不援手救之，"由道情"即由于体道之情，这"道"是儒家之道？道家之道？还是杂糅儒道的玄言之道？好像皆无不可。须知就是世间流行的释家出世之道，也有救世之心在焉！此处言辞简约，不易辨识。如果不惮于指陈明白，也许以当时高流倾注十足热情的玄言解之，最近情理。"龛暴"即平乱，诗人说是取资于"神理"。"道情""神理"两句诗从修辞上说，应属互文手法，即是拯溺、龛暴皆因缘取资于道情、神理。此道即此神，此情即此理。不过，何谓"神理"？是神妙莫测的玄理吗？还是赞美诗中主人公即诗人祖父的栖神体道之心，入于神妙之理？言词虽含混，若言其大抵指向其人所含蕴的淑世情怀、体道本心，应该是不错的。总之，拯溺、戡暴之行，可以理解为魏晋玄言淘洗浸润过的超世人格，在重整世间秩序时所展示出来的入世一面。

一百年以后，萧梁时代的沈约利用刘宋徐爰旧稿撰成《宋书》，其《谢灵运传》特意抄入传主的《山居赋》："尔其旧居，曩宅今园，……考封域之灵异，实兹境之最然。葺骈梁于岩麓，栖孤栋于江源。敞南户以对远岭，辟东窗以瞩近田。田连冈而盈畴，岭枕水而通阡。"谢灵运在祖父留下的庞大山庄里栖神养性，赏景修心，后世读者尽可玩赏谢诗山水描写的自在和深情，也须留心东晋玄谈和谢玄功业，正是谢诗不该忽略的背景因素；而其雄厚的实力和丰裕的家资，世间权贵觊觎者众，侧目亦多，正是可以想见的事。

晋宋之交的世序更迭，正伴随着高门士族向武力强宗的权威转移。东晋过江名流老成散尽，日益退让与刘宋新贵。权力重心一旦转移，风流门阀的余荫，远不能保证光景常新：即使是傲居第一流门阀的王谢子弟，当其面对世俗政事，出处进退之间，辗转腾挪的空间也并不很大。即此看来，谢灵运对于朝堂更替并非全然傲慢和自欺，诗文中的相关交代，也隐然透出他的生存之道，比如下面这首集会诗：《九日从宋公戏马台集送孔令诗》。

诗中集会的主人，是领军北伐的宋公刘裕。这位权倾一时的霸府主人，此刻是刘宋公国开国承家的始祖，他在哪里，哪里就是晋末权场的重心。送行的对象则是山阴孔家的孔靖，他出任宋国尚书令不足数月，却也足够表明高门阀阅对于刘裕的支持态度。孔靖在北伐前线归隐故园，刘裕无法拒绝，倒也不以为忤。谢客的集会送别之诗从自然说到圣人之心，从玄理说到归客，所谓天人合应，玄理善治，功成身退，正属晋宋名贤深所倾心的玄谈话头：

> 季秋边朔苦，旅雁违霜雪。凄凄阳卉腓，皎皎寒潭洁。
> 良辰感圣心，云旗兴暮节。鸣葭戾朱宫，兰厄献时哲。饯宴光
> 有孚，和乐隆所缺。在宥天下理，吹万群方悦。归客遂海隅，脱
> 冠谢朝列。弭棹薄枉渚，指景待乐阕。河流有急澜，浮骖无
> 缓辙。岂伊川途念，宿心愧将别。彼美丘园道，喟焉伤薄劣。

腓(féi)，草木枯萎。鸣葭，古代管乐器。葭，通"笳"。孚即是诚
信，是天地之间各种允诺的统称，这里隐然说明刘裕早就答应孔
靖可以归隐，另外一层意思是说孔靖与山水园田有约，守信而回。
李善注引《周易》："有孚，饮酒无咎。"又引《毛诗序》曰："《鹿鸣》废
则和乐缺矣。"集会中的饮酒作乐，大合圣训。《庄子·在宥》成玄
英疏："宥，宽也。在，自在也……寓言云：闻诸贤圣任物，自在宽
宥，即天下清谧。"后人因以"在宥"代指任物自在，无为而化。"在
宥"两句貌似也在赞美宋公刘裕就像《庄子》笔下的圣王，宽纵天
下，毫不追求控制欲的满足，又如风吹万窍，各方都发出自己的悦
耳声音。受到宽纵的孔靖先生一门心思要回到海边故宅，指着日
影的变化等待宴会结束。最后的点题羡慕孔先生归隐，自伤薄
劣，远离丘园。灵运将羡慕的目光投向临阵回身的孔靖，但是，别
人可以走得漂亮，你谢灵运没有与军府主官刘裕达成共识，未得
恩准，想走就走得了么？

在同样的场合，陈郡谢氏另有一人谢瞻作了同题诗，也和谢
灵运诗一样收入《文选》，后世颇有评家认为比灵运同题诗更为
优秀：

> 风至授寒服，霜降休百工。繁林收阳彩，密苑解华丛。
> 巢幕无留燕，遵渚有归鸿。轻霞冠秋日，迅商薄清穹。圣心
> 眷嘉节，扬銮戾行宫。四筵沾芳醴，中堂起丝桐。扶光迫西
> 汜，欢余宴有穷。逝矣将归客，养素克有终。临流怨莫从，欢
> 心叹飞蓬。

《诗经·豳风·九罭》:"鸿飞遵渚,公归无所。"遵渚原谓鸿雁循着水中小洲飞翔,后直接借以形容飞鸿。扶光是扶桑之光,指日光。西汜,日入处。两相比较,谢瞻之诗完全立足于孔靖南归一事发言,相较灵运同题诗,可谓工致。这里也可以帮助我们理解,为什么齐高帝萧道成要说"灵运作文不辨首尾",而谢瞻诗风,正好站在灵运诗体的反面。可惜,诗歌史上可以不提谢瞻,却不可以没有谢灵运,盖诗歌绝不是叙述技巧和主题鲜明这两者即可支撑,更非仅以结构或形式上的缺憾即可鄙弃。更高一层的欣赏期待,是诗歌可以简率,但得有简率的隽永,也可繁芜,但自有繁芜的绮错,多元交流,纷繁对话,自成艺术空间。就这一点上看,谢灵运此诗当然更通诗家三昧。向更深一层琢磨,谢瞻在诗中说孔靖南归乃如风至霜降,巢燕归鸿,此皆自然而然发生的事情,他的归隐是养素衡门,有始有终。这恐怕不是那位精通于进退、醉心于姿态的政客所能承当的赞语,所以看似高洁之辞,只是浮在表面,流于客套而已。至于宴会的主人宋公刘裕呢,谢瞻说他天然与季节合拍,字里行间暗示宋公与归客各得其所,同归自然而然的精神境界。

与谢瞻通篇漂亮话不同,谢灵运的诗歌却只用客套对付刘裕,盖非如此不能得体,又非如此不能顺次推出他借助《庄子》一书对这个世界的玄意认同:万物都按照自己的规则运行,最好的领导人就是顺应这种自然之道的圣人。那位山阴孔家的"圣之时者"呢,他可一点都不从容! 手指日影,耳逐急澜,像是要急于逃离世俗腐臭的隐君子。这可都是想象之辞了,一看就知道是谢灵运代入了一己的心游目想。作者将一腔弃绝之念倾泻而出,"薄劣"之说,颇有讽意,未必没有对在座的王公大人显露攻击的锋芒,已经不能算作单纯的自谦之辞了。

说起来,武帝永初三年(422),谢灵运即被逐出京都,担任偏僻的永嘉郡(今浙江温州)太守,这当然是他首次在政治上被特意针对的沉重打击,好在皇帝和执政者大约都还不想将其一棍子打死,但得让他多些教训,稍作沉潜。从朝堂后来的安排看,这不算是严酷处置,更非要置之死地。《宋书》本传载:

> 灵运为性褊激,多愆礼度,朝廷唯以文义处之,不以应实相许。自谓才能宜参权要,既不见知,常怀愤愤。庐陵王义真少好文籍,与灵运情款异常。少帝即位,权在大臣,灵运构扇异同,非毁执政,司徒徐羡之等患之,出为永嘉太守。郡有名山水,灵运素所爱好,出守既不得志,遂肆意游遨,遍历诸县,动逾旬朔,民间听讼,不复关怀。所至辄为诗咏,以致其意焉。在郡一周,称疾去职,从弟晦、曜、弘微等并与书止之,不从。

在谢灵运看来,只要自己不是权参机要,执掌朝政,就是官场失意客,堪称牢骚满腹的"高级失业家"。"在郡一周"即在郡一周年。来永嘉后的第一个冬天,他既羞且惭,长久卧病,次年初春始愈,时为宋少帝景平元年(423)。登楼观景,写下《登池上楼》,诗句之间似乎表明:谢灵运确实像朝堂之士所期待的那样,有点反躬自思的样子了;可也挺不幸的,他的表达方式和微妙信息所呈现出的,远远超出众人所乐见的样子,盖此中逊谢之心虽存,傲兀之态更盛:

> 潜虬媚幽姿,飞鸿响远音。薄霄愧云浮,栖川怍渊沈。进德智所拙,退耕力不任。徇禄反穷海,卧疴对空林。衾枕昧节候,褰开暂窥临。倾耳聆波澜,举目眺岖嵚。初景革绪风,新阳改故阴。池塘生春草,园柳变鸣禽。祁祁伤豳歌,萋萋感楚吟。索居易永久,离群难处心。持操岂独古,无闷征在今。

幽隐之姿自然妩媚,长音响彻清远可赏。潜虬、飞鸿各有音姿，相较它们，自己入仕、归耕皆不胜任，只能贪图那点禄位，卧病于穷边海隅之地，空对着那了无人迹的林莽！带着挫败的心绪，他久困衾枕，昧于时节，偶然放眼外界，褰帷倾耳，扑面已是一派新鲜气象！初景即春光，绪风指连绵不绝的秋冬之风。"池塘生春草"一联乃千载佳句，宋人魏庆之《诗人玉屑》卷一引吴可《学诗》诗："学诗浑似学参禅，自古圆成有几联？池塘春草一句子，惊天动地至今传！"好诗句甚至连它的对句是否工拙都不重要，只要衬托得出它好就可以了。元好问《论诗三十首》之二十九也赞美道："池塘春草谢家春，万古千秋五字新。"究竟这五个字有何种好处？吴可说是"圆成"，大道流行，万物皆春，池塘春水，草叶披离，正见世间无限生机！圆转周备而至于浑成境界。元好问则直接点出命名权，池塘春草归于谢家，这万古千秋的五字，其特色即是"新"。何谓"新"？谢灵运同时的大诗人鲍照早就发出妙喻，可以看作当时批评者最为内行的新奇解释："谢五言如初发芙蓉，自然可爱。"《诗经·豳风·七月》有"采蘩祁祁"等春景描写，按照《毛诗序》、郑玄《诗谱》等解释，《七月》是周公遭受流言、出居东都后避谗忧时之作。《楚辞·招隐士》有"春草生兮萋萋"之句，正是让人感动的楚音吟咏。诗人归心何处？他说，离群索居，时光易逝，等闲即过，只是心灵安放无所。要像古贤那样守操严整，才可做到《周易·乾卦·文言》所谓的"遁世无闷"。谢灵运给自己定制的高帽子，是像隐士一样远离权场中心，僻处郊野，依仿贤达的典型，归栖宁静，心气平和。

　　在古贤世界里见到自己，在自己的世界里重建圣贤精神。魏晋以来玄谈所着力淘洗的圣贤世界，与汉魏之前的圣贤叙述时空大异，玄理之心既成，模山范水斯在，足称新时代的新人文！《游赤石进帆海》一诗，是谢灵运式的山水浩唱：

　　　　首夏犹清和，芳草亦未歇。水宿淹晨暮，阴霞屡兴没。

周览倦瀛壖，况乃陵穷发。川后时安流，天吴静不发。扬帆
采石华，挂席拾海月。溟涨无端倪，虚舟有超越。仲连轻齐
组，子牟眷魏阙。矜名道不足，适己物可忽。请附任公言，终
然谢天伐。

真是"一路上打家劫舍，不提防当了真了"！（据说语出朱元
璋，元朝末年造反起家，渐转至吊民伐罪的道义立场。）谢灵运一
路且游赏且激越，纠缠中渐渐释然，到此已绝然洞见天机，与景为
邻。玄言超越之旨，释氏名相之谈，一如清风朗月，照见哲人归
路。夏日清和，芳草无边，晨暮宿舟，周览阴晴。已倦于海边，乃
陵跨海上。大海带给诗人的快乐安闲，适口纵心，慰藉无限；潮长
潮消，端倪莫见，正见时间现身，无穷妙悟。鲁仲连之轻富贵，公
子牟之恋魏阙，矜于名教者缺于大道，适己快心者悠然遗弃外物。
他倒并不交代自己心存魏阙的名利之心如何，高蹈超越的遁世之
怀何取，只是引用《庄子·山木》中任公对孔子的警告，直木先伐，
聪明夭折。孔子深以为是，逃于大泽。今即依从任公，逃避天伐。
这种避世之言，又裹挟一点愤世之情，正见谢诗的疏朗高峻，深曲
纠葛，相映成趣！更妙在高峻处仍有疏朗，愤世只是逃世的点缀，
骨子里并无断然归去的果决，不过是语言和姿态的表演而已！诗
人的超越不是解放，只是深埋，把自己埋进语言和想象的密林之
中。有学者谓石华、海月皆属道教长生仙药，诚是，然而此处行
文，只是牵出陈郡谢氏家族在日常生活中的些许道教因缘。其精
神意味，尚须在六朝玄谈的超旷宗风中体味。

谢灵运的超越情怀、玄言悠渺、归途何在，见其《游南亭》诗：

时竟夕澄霁，云归日西驰。密林含余清，远峰隐半规。
久痗昏垫苦，旅馆眺郊歧。泽兰渐被径，芙蓉始发池。未厌
青春好，已睹朱明移。戚戚感物叹，星星白发垂。药饵情所
止，衰疾忽在斯。逝将候秋水，息景偃旧崖。我志谁与亮，赏

心惟良知。

瘝(mèi)，病患。自然山水中的光影离合、森然万象，在谢灵运的笔下一一铺开。天光云影，与山水林草同在，尽属天地大美的现形。傍晚的时节，诗人回望郊景，春光虽在，时光流易。老子说音乐美食，过客所恋，而人生易逝，唯一的选择即是秋水岁暮，偃息旧山。这样的志局谁人知晓？只有良朋至友，以心相赏。

《登江中孤屿》诗，则在风景中想见神仙世界，似乎只要耐心寻绎，终有偶然神遇的可能：

> 江南倦历览，江北旷周旋。怀新道转迥，寻异景不延。乱流趋孤屿，孤屿媚中川。云日相辉映，空水共澄鲜。表灵物莫赏，蕴真谁为传。想像昆山姿，缅邈区中缘。始信安期术，得尽养生年。

欲扬先抑。在技巧上这诗很了不起，它写了诗人的一段审美惊讶。永嘉江南已经遍览无余，江北则少有周旋。怀新寻异的经验，是道路越走越迥远，风景之美未必总如预期，能延伸出新的景观。真正的惊讶恰在此时不期而至，它离于倦怠的旧观，也不在期待的旷远，却是行色匆匆中忽然撞见。诗人交代自己横渡永嘉江，趋向江中耸峙的孤峦之时，并未有太多期待，却在抵达之时陡然遇见其山水妩媚，自有不凡之姿。云霞与日光辉映，空中水中一派澄鲜。于是"经过"转为"留连"，奇迹（miracle）带来妙悟：明明是呈露在外的灵秀，众人竟都茫然错过，可想那深藏的真仙，又有谁能够从容传述！此刻遥想昆仑仙姿，它远隔尘世之缘，却分明历历如绘。在目睹了灵秀奇缘之后，连传说中的安期生长生之术，也顺理成章地更加可信了。——起码，它可以教人超然远迈，颐养天年吧。不难发现，山水描写在谢灵运那里虽然分量颇重，但仍然归属于诗人作为个性抒发与心灵体悟者的整体视野。

一句话，山水是作为谢灵运人格外化和审美对象的身份而存在的。无怪乎下面这首《初去郡》中虽有非常优美的山水细描，其主体内容仍然属于观念意味的展开。诗中直接宣称返家之乐，此乐端在修道，也在乐天知命：

> 彭薛裁知耻，贡公未遗荣。或可优贪竞，岂足称达生？伊余秉微尚，拙讷谢浮名。庐园当栖岩，卑位代躬耕。顾己虽自许，心迹犹未并。无庸方周任，有疾象长卿。毕娶类尚子，薄游似邴生。恭承古人意，促装返柴荆。牵丝及元兴，解龟在景平。负心二十载，于今废将迎。理棹遄还期，遵渚骛修垌。溯溪终水涉，登岭始山行。野旷沙岸净，天高秋月明。憩石挹飞泉，攀林搴落英。战胜臞者肥，鉴止流归停。即是羲唐化，获我击壤情。

山水描写在此诗中的地位并不很重，它们主要还是归来者修养、心境的表征。彭宣在王莽专政时主动"乞骸骨，归乡里"，薛广德以"岁恶民流""乞骸骨"，"东归沛，太守迎之界上。沛以为荣"。班固《汉书·叙传》谓二人"近于知耻"，谢诗径取班孟坚的旧辞。《汉书·王贡两龚鲍传》记贡禹以清节之士入仕，卒于御史大夫任上。上疏多崇节俭，而绝不攻击佞幸谗人。班固所谓较之将相名臣的"怀禄耽宠"为贵，"然大率多能自治而不能治人"，判语可谓精严。此类人物个人品行虽善，并无当于扶危救世，在圣贤世界中品级不高。又当时王吉字子阳，与贡禹齐名友善，世称"王阳在位，贡公弹冠"。凡此在谢灵运眼中，皆与遗脱荣华的高贵之姿甚为遥远。《汉书·叙传》称"禹既黄发，以德来仕"，前文又谓"古之逸民，不营不拔"，既不营求，也不可屈服。北宋翰林学士宋祁校语称"营"当作"荣"，想当年宋学士校勘《汉书》之日，心中定有大谢诗句在。谢灵运认为彭、薛、贡之徒，可能优于贪婪竞利之徒，却不足归为通达生命本真之士。他自认稍微秉持高尚之志，朴拙木讷，与浮名不近。留连庄园只当是栖息山石，官居卑位权代躬耕养生。回顾内心深处,虽可自许、自可,但是心在隐居而迹处世俗,终究还有不一致的地方。好在自己确实能力有限,谨遵周任之言,"不能者止";卧病闲居,本就有司马相如这位前代模范在。尚长隐居不仕,子女嫁娶后,通知家人从此不要再关涉他任何事,"当如我死矣"①。邴曼容养志自修,为官不肯过六百石(大县县令的级别,小县称长,只有三百石),超过就自免而去,此之谓"薄游宦途"。"牵丝"即配执印绶,意为从政。元兴为晋安帝年号。"解龟"即解下印绶,辞官卸任。景平为刘宋少帝年号。"将迎"即送迎,迎来送往的官场应酬,辞官后,即可废而不用。"遄""骛"皆急驰貌,而有水奔途驰之异。山行水涉,终至一片优美意境:旷野沙岸一片恬净,天高云淡秋月分明。这纯美的诗境,是在前面各种纠缠和摆脱的过程之后写出的,可见至美常常生于流俗,并不远人。徜徉俗世又超迈绝俗,方能山石憩息,手掬激流,攀枝撷叶,搴摘落英。

"战胜",《韩非子·喻老第二十一》:子夏曰:"吾入见先王之义则荣之,出见富贵之乐又荣之,两者战于胸中,未知胜负,故臞。今先王之义胜,故肥。"《庄子·内篇·德充符》:仲尼曰:"人莫鉴于流水而鉴于止水,唯止能止众止。"众止即众人所祈向依止之事。止水有静德,可以作为鉴裁之具,阻止众人所趋向依止之事。

《初去郡》的本旨不在写山水之美,而是写归家的选择,主观的杀伤力有限。(客观上的效果实在不归他管,比如,有人要在攀搴落英的用语中,刻意看出屈原式狷介愤世的政治攻击性,那是

---

① 林文月著《谢灵运》一书,称"我们甚至于连他的婚姻情形,以及夫人的名姓都没有办法得悉。这种重视堂皇的大事而忽略私生活的传记,原是我国古代作史的特色——也是缺点,这样,后世对前人的印象只能限于严肃的偶像式的,而不可能是有血有肉的'人'。"说得很对,不过婚姻嫁娶,古人类多作为背景隐于字外,与其视为缺点,不如稍体其本心,尊重其体式,亦无不可。林说见于其书《前言》,生活·读书·新知三联书店,2013年。

作者没有办法揽责更无法逃脱的指责。)心地宽阔,玄意幽然,则
当代即是羲皇上人、唐虞三代大化流行的黄金时代,作者也宁愿
像远古盛世的民众一样,陶然地在路途上击壤而歌。

与陶渊明有些类似,谢灵运一旦置身家园,就会感受到无限
的温暖和快乐。

《石壁精舍还湖中作》中的写景分量就大多了,那是他在家园
中的纵情歌唱:

> 昏旦变气候,山水含清晖。清晖能娱人,游子憺忘归。
> 出谷日尚早,入舟阳已微。林壑敛暝色,云霞收夕霏。芰荷
> 迭映蔚,蒲稗相因依。披拂趋南径,愉悦偃东扉。虑澹物自
> 轻,意惬理无违。寄言摄生客,试用此道推。

谢灵运托病辞去永嘉太守职务,回到故乡始宁(今浙江上虞)庄
园。此为族曾祖谢安高卧之地,又经祖父谢玄经营,规模宏大,祖
宅在南山。谢灵运回家后,复往北山别营居宅。石壁精舍是他在
北山的一处书斋。可以看到,直到谢灵运回家之后,山水描写开
始在他的诗中占据越来越重要的地位。早晚气候变化多端,山水
自具光影色泽之美。谢灵运徜徉其中,大逞其娱乐之心,恰似《世
说新语·言语》所谓:"会心处不必在远,翳然林水,便自有濠濮间
想也,觉鸟兽禽鱼自来亲人。"诗中游子之"憺",正指游神体玄之
士的安泰从容。这一幅湖上晚归图,刻意求工,"林壑"四句清警
袭人,若有神悟。摄(shè)生即养生。一片愉悦安闲之中,心旷
则外物自轻,意得则养生无违。只是他这一番表白,当权者是否
一点都不在意其隐隐然的骄矜之气以及夹杂着的刚狠傲慢呢?
那也没办法! 谢客的特长是在谈玄中一任自然,让心灵在山水
世界中舒放开来,自有新奇生鲜之美。试读他的《田南树园激流
植援》:

> 樵隐俱在山,由来事不同。不同非一事,养疴丘园中。

中园屏氛杂，清旷招远风。卜室倚北阜，启扉面南江。激涧
代汲井，插槿当列墉。群木既罗户，众山亦当窗。靡迤趋下
田，迢递瞰高峰。寡欲不期劳，即事罕人功。唯开蒋生径，永
怀求羊踪。赏心不可忘，妙善冀能同。

他说樵夫与隐士不同，那么他是隐士吗？他不作说明，只说自己
养病在旧丘故园。一应作业，都是因陋就简，并不奢华。他的园
林中，北阜南江相对户牖，激流插花罗列眼前。群木众山、下田高
峰，凡此皆以一词概述之：清旷。清则不媚俗，旷则不纠缠，无怪
乎虽然景色鲜明，众物奔凑，而主人寡欲少求，诸事自然顺遂，不
须太多人为劳作。唯一期望的是像西汉蒋诩那样隐居杜陵，门开
三径，只接待有道知交求仲、羊仲二人来访①。

　　与二三赏心知友一同玩味入妙之谈、尽善之境。此种远离政
治的清旷之姿，对于世俗得失的轻描淡写，一似入于超越之境，既
能放松，也能放弃。但是，这是那个真实世界中的谢灵运吗？或
许读者可以将之视作他的一个侧面，它代表着谢灵运的超越性期
待，背后隐隐透出他拙于进取、无力进入权力中心的无奈。至于
现实生活中的谢灵运，是否真能不以世俗得失为虑？他有一首
《南楼中望所迟客》，作出的是否定的回答：

　　　　杳杳日西颓，漫漫长路迫。登楼为谁思？临江迟来客。
与我别所期，期在三五夕。圆景早已满，佳人犹未适。即事
怨睽携，感物方凄戚。孟夏非长夜，晦明如岁隔。瑶华未堪
折，兰苕已屡摘。路阻莫赠问，云何慰离析？搔首访行人，引
领冀良觌。

　　要注意他等待的这位来客肯定地位不凡，盖谢灵运谢病归
家，经营书斋多在北山，祖父原来住处则在南山。他特意选在南

_____

① 　参见《汉书》卷七二《鲍宣传》。

楼殷勤待客,可知其人的政治地位。此诗多以《楚辞》典故为主,哀怨的调子里,说的是迁谪失意者的典型话语。只是我们不知,这是谢灵运刻意遮掩自己对抗当时执政者的逆麟,还是真的期待来客能够伸出援手? 或者,他就是在明确地期望朝廷能够给他机会?

而一旦回归他的个人世界,谢灵运的无双彩笔,就会从容勾勒出玄意葱茏的自然风光。那是他所盘桓的庄园,从南山到北山,登望之间,触目如绘。在自然中他很自在,但也有排解不去的孤单。《于南山往北山经湖中瞻眺》:

> 朝旦发阳崖,景落憩阴峰。舍舟眺迥渚,停策倚茂松。侧径既窈窕,环洲亦玲珑。俯视乔木杪,仰聆大壑淙。石横水分流,林密蹊绝踪。解作竟何感? 升长皆丰容。初篁苞绿箨,新蒲含紫茸。海鸥戏春岸,天鸡弄和风。抚化心无厌,览物眷弥重。不惜去人远,但恨莫与同。孤游非情叹,赏废理谁通?

《周易》"天地解而雷雨作",万物生长,丰容可人。抚览大化心中悦怿无比,观察万物愈觉人世可恋。可惜虽然能远离尘俗,偏偏与知友同样辽远。结尾两句说自己独自赏游,正有无法畅叙幽情的叹息,那位赏心一同的好友既已废止,这世间又还有谁,能共通这份心事? 这像是明目张胆为自己遭受政治清洗的某位盟友叫屈了。

下面这首《从斤竹涧越岭溪行》也是写景为主,中间提到山鬼,拟想自己手握兰草而殷勤徒然,折麻以赠同样寄心无所,一个"徒"一个"莫"字,正见知己沦丧的悲哀。此在朝廷中人看来,未必不可视作失意者的放弃和无聊。而谢客本人的意想究在何方呢?

> 猿鸣诚知曙,谷幽光未显。岩下云方合,花上露犹泫。

逶迤傍隈隩，迢递陟陉岘。过涧既厉急，登栈亦陵缅。川渚
屡径复，乘流玩回转。蘋萍泛沈深，菰蒲冒清浅。企石挹飞
泉，攀林摘叶卷。想见山阿人，薜萝若在眼。握兰勤徒结，折
麻心莫展。情用赏为美，事昧竟谁辨？观此遗物虑，一悟得
所遣。

深情须有赏心知友才能充分展开，事理暗昧又有谁能辨白？
在谢灵运自己，也许未必彻底堕入途穷之悲。他对这番寂寞有玄
言式的开解：既然世无赏音，事理难明，那就越理任心，以玄悟排
遣一切烦恼，效屈子神游展示离俗情怀。到《还旧园作见颜范二
中书》诗中，可以看到谢灵运虽甚努力，并未完全淘洗掉俗人的烦
恼。颜、范即颜延之(384—456)和范泰(355—428)，二人并称，皆
官居显位。颜、范与灵运同朝为官，范泰与灵运据说还是忘年之
交。为阅览方便，我们把全诗分段如下：

辞满岂多秩，谢病不待年。偶与张邴合，久欲还东山。
圣灵昔回眷，微尚不及宣。何意冲飙激，烈火纵炎烟。焚玉
发昆峰，余燎遂见迁。

投沙理既迫，如邛愿亦愆。长与欢爱别，永绝平生缘。
浮舟千仞壑，总辔万寻巅。流沫不足险，石林岂为艰。闽中
安可处，日夜念归旋。

事踬两如直，心惬三避贤。托身青云上，栖岩挹飞泉。
盛明荡氛昏，贞休康屯邅。殊方咸成贷，微物豫采甄。感深
操不固，质弱易版缠。

曾是反昔园，语往实款然。襄基即先筑，故池不更穿。
果木有旧行，壤石无远延。虽非休憩地，聊取永日闲。卫生
自有经，息阴谢所牵。夫子照情素，探怀授往篇。

诗凡四十二句，开头十句言心存东山，无意做官，因接受刘裕眷
顾，暂违素志任职。徐羡之、傅亮集团擅权祸国，排斥异己，自己

也受牵连。其次"投沙理既迫"十句，写谪守永嘉生活、日夜思归，就如贾谊贬谪长沙卑湿，司马相如走向临邛僻壤，正是迫于法律，大违本心。闽中指秦时所设郡名，其地包括福建及浙江南部，此处以秦时地名代指永嘉，流露些许讽意。"事踬两如直"指世事蹉跌，自己出仕和退居两种行径皆依直道；"心悭"句则以孙叔敖三次黜免为例，陈说自己退隐无怨的平静。"盛明荡氛昏"六句写宋文帝在短短数年间，将参与废立的几大权臣尽数诛杀，依颂圣的立场，当然是德泽广被，以贠美康复艰难之世。自己重被起用，有知己之感，故隐逸思想未能固守，心志脆弱易受搬缠。"曾是反昔园"十二句写自己终成素志，隐居家园，不愿再入仕途，保卫生命自有大经大法，休息于远离权场的阴暗远方自可谢却俗世牵连。可惜谢灵运还是无法坚守退居的素怀，听从了颜、范的劝告，入都就职。此所以结末两句，将前此心事和盘托出，己身终是拘牵于红尘。高门贵族要始终维系其地位，就不得不时常纵身跃入权场深处，身担再振家声的重责，此谢灵运所以始终不能维系其"失业家"身份以终老。

　　遥望权场是谢灵运山水描写中极有意味的姿态。永嘉和始宁，都是谢灵运遥望京城的所在，也是谢灵运大部分山水诗的出产地。而论情思激越之诚、性灵摇荡之美，又以永嘉间诗最为清新迈远。

　　在谢灵运，山水的歌咏和失意的浩叹大体就是其精神自我的一体两面，而覆盖着权场热望的玄言式自由，对于东晋南朝士人来说，大多会以谈玄论道和文学表演的形式呈现出来。本来，在刘裕的帐下，好歹谢灵运的自由空间足够让他放松，那自由也自然包含着振翼于朝堂、表演于中心的权力展开。当然，你也可以说那是他和颜延之、慧琳之流围绕着庐陵王刘义真积蓄未来执政能量的错觉。哪怕说他在政治上又一次站队失败，也无不可。（前一次是许多大家族一起站队刘毅，导致刘裕要报复的对象稍

嫌过多,事实上杀伤力倒还可以忍受)刘裕弃世,少帝登极,徐羡
之、傅亮当家,刘义真集团遭到整肃,谢灵运被发配为永嘉郡守,
《邻里相送方山诗》写的是京城东面五十里方山送别之郡景象:

> 祗役出皇邑,相期憩瓯越。解缆及流潮,怀旧不能发。
> 析析就衰林,皎皎明秋月。含情易为盈,遇物难可歇。积痾
> 谢生虑,寡欲罕所阙。资此永幽栖,岂伊年岁别。各勉日新
> 志,音尘慰寂蔑。

祗(zhī),恭敬。皇邑,都城。瓯越,这里指的是浙江省瓯江以东一
带的地方,温州所在,古称东瓯。痾(kē),病也。整首诗很灰暗,
抒情主体至以积痾说明生命欲望之低,对于一个权场失败者来
说,这是放低姿态求取同情和放过的表述。至于他说秋月皎洁充
盈,乃因有情;衰林析析不停,盖为外物所感:这样的景色描写再
次强化了文学中风景的精神质素,幽栖的也不只是政治的生命,
还有玄意的叠加和人格的长成。谢诗语言循此扩充,将渐渐构筑
起中国山水诗大传统。

温州虽近浙东,却是开发较迟的南荒,与作为京城高门别墅
区的会稽远不能比。在心理和权力的地图上,温州与会稽很远,
与京城就是相隔霄壤了! 所以憩息、幽栖之念,并不仅仅是没好
气的傲诞之辞,而"日新"云云,分明是对留在京城大有可为者的
艳羡,"寂蔑"也者,垂头丧气之态可掬,嘱托邻里相送者音尘不
断,多和他联系,就真是大有哀求之意了!

当然稍加细读,会看出送别亲邻,山巅水涯在焉。谢灵运山
水诗的门户,有时是隐约藏在许多送别、纪行等人事诗里的。《永
初三年七月十六日之郡初发都》算是同时表述,信息量不少:

> 述职期阑暑,理棹变金素。秋岸澄夕阴,火旻团朝露。
> 辛苦谁为情,游子值颓暮。爱似庄念昔,久敬曾存故。如何
> 怀土心,持此谢远度。李牧愧长袖,郄克惭蹒步。良时不见

遗，丑状不成恶。曰余亦支离，依方早有慕。生幸休明世，亲
蒙英达顾。空班赵氏璧，徒乖魏王瓠。从来渐二纪，始得傍
归路。将穷山海迹，永绝赏心悟。

阑，残尽之义。阑暑即暑阑，暑气将尽。金素指秋天。火旻(mín)，
秋日的天空。蹝(xǐ)，拖着鞋走。庄子顾念昔人见于《庄子·徐无
鬼》："子不闻夫越之流人乎？去国数日，见其所知而喜；去国旬
月，见所尝见于国中者喜；及期年也，见似人者而喜矣。"曾子敬爱
故友，出典于《韩诗外传》。李牧见赵王，因身大臂短，致敬不便；
晋国郤克出使齐国，因跛行被辱。他们身处良时，终为良将，不因
为貌丑身残被抛弃。上一首《相送方山诗》是对着送别者说话，低
沉的语调中不失分寸；这一首貌似对着自己说话，表演的风格仍
在，以庄子、曾子自拟，李牧、郤克的故事也在说明，他对自己才具
大有自信，顺带也刺一下当道诸公。下面赵氏璧、魏王瓠的表述，
并不把自己前此与庐陵王刘义真的交游当作罪过，自认类似于
《庄子》里那些支离而不完美的古贤，早早依慕道义，所以在休明
盛世，得蒙英达王子的眷顾。空入美玉之列，徒乖大才之名。入
仕二十四年后，终于疲了、倦了，虽将赴任郡守，只是归途。从此
只作山水隽游，所谓山海之迹期于穷尽，知音晤对从此永绝，语带
颓唐，而魏晋以来渐已融入玄言妙境的山水，终将慢慢达成当世
第一流诗人笔下的风流底色。

　　但是那样追逐山巅水涯，足以呈现出谢客的全然本相么？以
具体诗文作答案，也不全是肯定的。《过始宁墅》：

　　　　束发怀耿介，逐物遂推迁。违志似如昨，二纪及兹年。缁
　　磷谢清旷，疲薾惭贞坚。拙疾相倚薄，还得静者便。剖竹守沧
　　海，枉帆过旧山。山行穷登顿，水涉尽洄沿。岩峭岭稠叠，洲
　　萦渚连绵。白云抱幽石，绿筱媚清涟。茸宇临回江，筑观基
　　曾巅。挥手告乡曲，三载期旋归，且为树枌槚，无令孤愿言。

旧山就是故宅。这纯然一首言志诗,诗中有玄思,有旧宅,有山水,还有那些远在天边却无时无刻不隐隐然默默参与大谢诗中对话的当道权贵。耿是光明,介是孤立,耿介即气节坚贞。缁(zī)磷(lín),《论语·阳货》:"不曰坚乎? 磨而不磷;不曰白乎? 涅而不缁。"何晏《集解》:"孔曰:磷,薄也;涅,可以染皂。言至坚者,磨之而不薄;至白者,染之于涅而不黑。喻君子虽在浊乱,浊乱不能污。"后亦以缁磷比喻操守不坚贞。疲苶(nié),疲倦,精神不振。灵运说他十五岁束发读书之时,就怀抱着坚贞的志节,但是追逐着外界环境,竟致推移变迁。违背了自己的本心,徘徊于仕途,已经二十余年,那种痛苦鲜明得就像昨天刚刚发生。操守不坚,远离清旷的山水;精神疲倦,有惭坚贞的本心。这份愚拙和疲惫相倚相近,倒也让自己得到了静者的便利。

何谓"静者"?《荀子·非十二子》:"古之所谓处士者,德盛者也,能静者也,修正者也,知命者也,著是者也。"所谓处士是道德高尚的人,恬淡安分的人,善良正派的人,知道天命的人,彰明正道的人。谢灵运是恬淡安分的人吗? 他说他是,只不过偶落尘网。

"剖竹守沧海,枉帆过旧山。"两句是一篇枢纽。剖竹指剖竹为符,授官封爵。出守外郡本来是政治上的一大挫败,这里却写得气派不凡。至于"守沧海"是否语带讥嘲,可能得看读者站在哪一个立场去理解。但是毫无疑问,他心目中的始宁别墅依山带湖,清旷贞坚,具一切美德。行山涉水,只见岩岭稠叠,洲渚连绵,白云幽石,绿竹清涟,观宇高耸,照见水曲山巅:这些真足令他顿生归欤之念,于是立下仕宦三年期满归隐之誓。

这位耿介的"静者",辞别始宁故宅,踏上赴任之途后,浮舟西南而行,进入桐庐富阳县境内的富春江。有《富春渚》:

宵济渔浦潭,旦及富春郭。定山缅云雾,赤亭无淹薄。

> 溯流触惊急,临圻阻参错。亮乏伯昏分,险过吕梁壑。洊至
> 宜便习,兼山贵止托。平生协幽期,沦踬困微弱。久露干禄
> 情,始果远游诺。宿心渐申写,万事俱零落。怀抱既昭旷,外
> 物徒龙蠖。

诗人夜里渡过了富春东三十里的渔潭浦,清晨舟抵富阳城外。六
七十里外有定山、赤亭山等名胜,向峰顶远望却并未停留近观。
水势突变,崖岸参差,行程惊心动魄,诗人暗自庆幸:尽管没有《庄
子·田子方》篇里伯昏无人的履险若夷,竟如《庄子·达生》篇里
吕梁男子闯过难关。《易·习卦》:"水洊至习坎",洊(jiàn),屡次。
又《艮卦》说"兼山,艮,君子以思,不出其位","艮其止,止其所
止"。两山相重,象征着止息之义,君子当行于所当行,止于所当
止,不要越过自己的本来位置。自己平生之志本在幽栖,只因意
志薄弱出山,从此困顿于世俗。入仕干禄已太久,现在总算有望
实现远游轻举的诺言。宿愿渐渐得到舒展,万事就如枯叶零落。
胸怀开张,任物推移,从此那蛰伏存身的龙和屈而求伸的尺蠖,一
概视为八竿子打不着的身外物象。到底他是要隐栖还是出仕呢?
灵运认为自己说得很明白,但是后来读者大可在其诗意里寻找更
深沉、更复杂的本心。万事零落而宿心在焉,怀抱昭旷而外物不
入,这样的自我设定,是强行用超越的玄意将世事与本心切割。
在用力的表述里,除了些许远离的决绝,更多的是模山范水的纵
游之姿!

七里濑(lài)亦名七里滩,在浙江桐庐县严陵山西面,两岸高
山耸立,水急驶如箭。谚云:"有风七里,无风七十里。"逆风之中,
顺流而下,舟行急湍,进展的迟与速,惟视风之大小。谢灵运有
《七里濑》诗,说得玄远孤清,其实主旨还在"顺逆之思"——人生
的顺逆处境,实在是他不易丢掉的主题,而诗文背后,也总有那个
傲兀端凝的"我":

> 羁心积秋晨，晨积展游眺。孤客伤逝湍，徒旅苦奔峭。石浅水潺湲，日落山照曜。荒林纷沃若，哀禽相叫啸。遭物悼迁斥，存期得要妙。既秉上皇心，岂屑末代诮。目睹严子濑，想属任公钓。谁谓古今殊，异代可同调。

羁旅之心，在秋日的早晨似分外郁积，逼着他要展目远眺。孤独客旅，他自伤于水流湍急瞬息流逝，心苦于奔凑而至的陡峭山石。"石浅"两句，非细心体物者不易写出：因为河床浅窄，流水更显急迫；落日余晖，回光返照，山色特别鲜明。心惊者易感，情伤者易触，荒林哀禽，睹物伤情，更加愁闷不已。"遭物"两句，谓遭到外物侵蚀，只能感慨于播迁远斥，心期尚存，自得于要道妙理。"存期"，即心期、想望之义。既然秉持着羲皇上人般的超越之心，哪能屑意于时人的末代讥诮！看到眼前的严子濑，联想到《庄子》里才气纵逸、无限浩阔的任公子钓鱼，终于有了精神的寄托。只要心期想往，自可目击道存，古今同调。

谢灵运出仕永嘉，乍就其笔下诗句而言，似乎其人生主业只是游赏。当然，细细读来，每首诗里都在刻画那个孤独傲兀的"我"，那个顽强撑持着的与山水交流共通的玄想世界，那是谢诗的灵魂所系，是遮掩他"失业焦虑"的极为刻意的"自然"之姿。有《晚出西射堂》诗：

> 步出西城门，遥望城西岑。连障叠巘崿，青翠杳深沉。晓霜枫叶丹，夕曛岚气阴。节往戚不浅，感来念已深。羁雌恋旧侣，迷鸟怀故林。含情尚劳爱，如何离赏心。抚镜华缁鬓，揽带缓促衿。安排徒空言，幽独赖鸣琴。

连障，即连鄣，山峰连绵；巘（yǎn）崿（è），峰峦。西射堂在永嘉郡（温州）城内，射堂即试士习射的地方。他从这个地点出门，心中所想，当然还是他的"失业"大事！"连嶂""晓霜"二联，写出峰峦群树惊心动魄的鲜明，可是眼前尽属风景，那难道就不是作者孤独无着落的心境证明么！时节飞驰，深戚长怀；鸟兽失群，故林易感：他的故林在哪呢？王夫之《古诗评选》："且如'含情尚劳爱，如何离赏心'，心期寄托，风韵神理，不知《三百篇》如何？自汉至今二千年来，更无一人解恁道得。吟此而不知钦赏，更罚教五百劫噇酸酒牛肉去！"含情指鸟兽等略带感情的动物，它们尚且劳心于恩爱时空，何况我等至情至性之人，于赏心美景，知交腻友，又怎能轻易抛离！这位赏心之友，是单指刚被清洗的庐陵王刘义真一人呢，还是另有所指或者泛指？这得看读者怎么理解。诗中有一点是明确的，即是他在极力地排解自己的焦灼情绪。看着镜中的黑发早染华鬓，心胸压抑，连衿带都局促，故须解开以便稍得放松。安慰排解皆是徒然空言，幽居独处，有赖于弹琴以为发抒性情的工具。要说谢灵运此时的情绪，到底是自在还是不自在呢？当然是不自在，而且他要将这种不自在宣泄而出！至于作为当世公卿的读者们，对于谢诗中的不自在，究作何种引申，大约总是仁者见仁，智者见智吧。

《斋中读书》力图将他的自由自在明明白白地说出来。这种自在，在古今仁人志士那里，从来都不易获得；谢灵运所要表达的，是说他本心在山川，投闲置散，自然游刃有余。问题是，如果你仅仅是称说自己的快乐，孰曰不宜！为何还要怠慢古来隐士和读书贤达？诗中对于过往贤人的窘迫，大似一味地、乐不可支地轻薄呢：

　　昔余游京华，未尝废丘壑。矧乃归山川，心迹双寂寞。虚馆绝诤讼，空庭来鸟雀。卧疾丰暇豫，翰墨时间作。怀抱观古今，寝食展戏谑。既笑沮溺苦，又哂子云阁。执戟亦以疲，耕稼岂云乐。万事难并欢，达生幸可托。

从政易疲，耕稼也苦，"万事难并欢"，只好学庄子达观以养生。凡此具见其名利之心、得失之念，粲然可掬！方东树《昭昧詹言》：

"起四句入题，峥嵘飞动。'虚馆'六句，交代正面。'沮溺'四句，题后绕补，衔承谨密。收句，结束全篇。所谓'达生'，取知足、知止义。杜公'取适事莫并'，又'古来达士志'，'幽真愧双全'，同此。"方东树后面引的三句诗，都来自杜甫。不过杜甫的诗句，意谓美事难齐，人生好处不能全有。谢灵运当日，却是要把出仕、隐处各种生涯都安排妥当。口中说好事难全，但是字里行间都是嬉笑戏论，盖《论语》中那隐处农耕的沮溺之徒，西汉有名贤扬子云校书天禄阁，作黄门郎，位卑执戟。此类有道者在谢灵运笔下似并无多少艰涩，却只有拙劣人生的滞涩感！谢灵运本人，正是一肚皮牢骚，无人可以共鸣，古贤亦难会心，只好神栖老、庄，心赏山水。

　　在谢灵运驱使笔墨，几乎诉尽委屈和烦恼后，宋文帝还是回应了他种种言辞背后的殷殷期待，将他召回了京城。可惜君臣之间对于彼此所抱持的期待，似乎都有点想当然！回归朝廷的谢灵运一如既往地自在，据说宋文帝当众问他，你从南边回来京城，作了什么诗吗？他说有的，"在庐陵王墓下作了一首"。庐陵王刘义真为高祖刘裕第二子，其人才情自有高迈处。《宋书》的刘义真本传里，录有他对二人交谊的一种解释：

> 义真聪明爱文义，而轻动无德业。与陈郡谢灵运、琅邪颜延之、慧琳道人并周旋异常，云得志之日，以灵运、延之为宰相，慧琳为西豫州都督。徐羡之等嫌义真与灵运、延之昵狎过甚，故使范晏从容戒之。义真曰："灵运空疏，延之隘薄，魏文帝云鲜能以名节自立者。但性情所得，未能忘言于悟赏，故与之游耳。"

政治场域中的政治表述，不能简单地据之衡量二人交谊轻重。后来少帝失德，徐羡之、傅亮等谋取废立，义真按顺序应该入继大位，只好罗织其轻訬（chāo，轻佻也）之名，与少帝并废，且先赐死。

文帝刘义隆入承大统,旋即以"擅作废立"的罪名,诛杀徐、傅二人。《庐陵王墓下作》可能是那个时代最有名的政治抒情诗,今日读来,依然可以想见其冲击力:

> 晓月发云阳,落日次朱方。含凄泛广川,洒泪眺连岗。眷言怀君子,沈痛结中肠。道消结愤懑,运开申悲凉。神期恒若在,德音初不忘。徂谢易永久,松柏森已行。延州协心许,楚老惜兰芳。解剑竟何及,抚坟徒自伤。平生疑若人,通蔽互相妨。理感深情恸,定非识所将。脆促良可哀,夭枉特兼常。一随往化灭,安用空名扬? 举声泣已洒,长叹不成章。

诏称义真"英秀明远",灵运此诗虽以日落星沉开篇,契合逝者的王子身份,全诗却极有分寸,绝不过分颂扬其人德行才具,而只是聚焦于深情悼念的"沈痛"二字。拂晓时分残月在天,从曲阿即云阳出发,落日时候到达朱方即丹徒,刘宋皇室墓园所在地。曲阿到丹徒约三十公里,即在中古时期,整整一天盘桓在路上,还是比较缓慢,可见心有所感,行道迟迟。含凄洒泪,痛心于那位王子的死亡。在君子道消时愤懑郁结,在天运开辟时悲凉申说。他的神明精气永存世间,德行音容永志不忘。可惜一旦死亡就永难回复,松柏常青森然成行。延州代指封地于延陵的吴国王子季札。刘向《新序·节士》:"延陵季子将西聘晋,带宝剑以过徐君。徐君观剑,不言而色欲之。延陵季子为有上国之使,未献也,然其心许之矣。致使于晋,顾反,则徐君死于楚……遂脱剑致之嗣君。嗣君曰:'先君无命,孤不敢受剑。'于是季子以剑带徐君墓树而去。"楚老出自《汉书·龚胜传》:胜拒绝王莽征聘,不食而死。"有老父来吊,哭甚哀,既而曰:'嗟乎! 薰以香自烧,膏以明自销。龚生竟夭天年,非吾徒也。'遂趋而出,莫知其谁。"谢灵运以延陵季子及楚国老人自喻,对刘义真的夭亡表示痛心。"平生疑若人,通蔽互相妨",一直怀疑季札、楚老那一流先贤人物,通达与蔽塞互相妨碍。"理感深情恸,定非识所将",但是理性受到深情的冲击,哪能不一为恸哭? 实在不是一己见识可以控制的。或谓"通蔽互相妨"是说义真通达于超迈大道,闭塞于世俗人情,二者相互妨碍,而自己深情难抑,即使有明识,了然生死,也难以控制自己。则"若人"也者,是刘义真那个人,还是诗人自己? 还是当年的先贤? 诗语含混,义多旨复,实不须一味刻意辨明。

　　诗歌后面感叹生命脆弱短促,特出之才与庸常人物同样难逃夭枉妄死之祸。而"若人"一旦逝去,即使给他恢复名誉,也于事无补。此诗对于文帝并无多少抱怨,而对参与废立的大臣们,就不免是指斥、挑拨兼而有之了。虽然徐、傅二人已被清除,但是二人所代表的势力不可能完全瓦解。而诗中弥漫着的那份凄凉,于朝堂各色人等,大概都不谐协。写成这样的诗篇,多事的读者大概会不由自主地叹息:谢灵运为什么还要回到朝堂上来? 那个地方从来不是逞才使气的地点,也非道德高悬、光明显耀的处所。唯一的解释是,他空有高名,门第显赫,除非得到统治者的豁免特许,他的点缀功能总是要执行的。一句话,对于帝王而言,他在哪儿都很显眼,都很有触感;放在天子面前作为装饰品,方便随时操控,还算合适。只是谢灵运自己安于现状吗? 论者多系年此诗于元嘉三年谢灵运赴任秘书监的途中,就诗语骋才使气背后所用力达致的节制和分寸感来看,还是很有道理的。下引诗篇证明他既能得体应诏,同时也不免反复留连于自我。《从游京口北固应诏》:

　　　玉玺戒诚信,黄屋示崇高。事为名教用,道以神理超。昔闻汾水游,今见尘外镳。鸣笳发春渚,税銮登山椒。张组眺倒景,列筵瞩归潮。远岩映兰薄,白日丽江皋。原隰黄绿柳,墟囿散红桃。皇心美阳泽,万象咸光昭。顾己枉维絷,抚志惭场苗。工拙各所宜,终所反林巢。曾是縈旧想,览物奏长谣。

开头又讲诚信问题,似乎宋文帝和他有约似的。若有,大约谢灵运也该算通隐之约吧。(所谓通隐,即是看透世事后隐居山林却又常给朝廷下指导棋或打配合的隐君子。)远方的山岩上掩映着兰草,似乎是隐士的风貌;日光照耀江边,正如权力的光芒。他的本心还是回家,把后背甩给宋文帝,他的安全感如此强烈,大约不会感到从后背方向射来的愤怒和厌嫌!刘义隆也终于放他离开京城,第二次隐居对于谢灵运来说,似乎是再次激怒了他,他的回应就是肆意游赏!《登临海峤初发强中作与从弟惠连见羊何共和之》是很明显的顶针格:

> 杪秋寻远山,山远行不近。与子别山阿,含酸赴修轸。
> 中流袂就判,欲去情不忍。顾望脰未悁,汀曲舟已隐。
>
> 隐汀绝望舟,骛棹逐惊流。欲抑一生欢,并奔千里游。
> 日落当栖薄,系缆临江楼。岂惟夕情敛,忆尔共淹留。
>
> 淹留昔时欢,复增今日叹。兹情已分虑,况乃协悲端。
> 秋泉鸣北涧,哀猿响南峦。戚戚新别心,凄凄久念攒!
>
> 攒念攻别心,旦发清溪阴。暝投剡中宿,明登天姥岑。
> 高高入云霓,还期那可寻?傥遇浮丘公,长绝子徽音。

我们在谢诗里看到了纵情享受风景之美,也看到了他的幽默和放松。提醒一下,"山远行不近"之类句子,在表达上看似缭绕重复,效果上却足以显示出诗人自我爱怜的浓厚意味。以下"含酸""不忍""顾望"之类,皆是以主观体验触摸客体山川,是谢灵运诗歌语言的一大秘密。悁(juàn),急躁。回头遥望,颈项并未感到烦躁,意谓留恋不已,不以为累,而江汀水曲之间,舟船早已隐遁无踪!"欲抑一生欢,并奔千里游。"要将一生欢情,都作奋然一掷,与你同舟作千里之游!兄弟友于之情、山水心灵之约,概可想见。江山如有灵,能不色授魂与,与他欢然相对么!想羊、何、惠连辈,必会低吟高唱,欣赏无倦。接下来日暮停留,叹息分离,当年有多欢乐,现在就有多凄伤。旋即又讲述自己明朝的登山仙游计划,似必欲使对面几多好友,不仅长怀绝望的离别之苦,复增欣羡游仙的怅慕之心。其实谢灵运自己的诗中,高蹈远俗的玄言情怀,常常压倒他对于神仙长生的一般性热切。看他的《石门新营所住四面高山回溪石濑茂林修竹》:

> 跻险筑幽居,披云卧石门。苔滑谁能步,葛弱岂可扪。
> 袅袅秋风过,萋萋春草繁。美人游不还,佳期何由敦。芳尘
> 凝瑶席,清酹满金罇。洞庭空波澜,桂枝徒攀翻。结念属霄
> 汉,孤景莫与谖。俯濯石下潭,仰看条上猿。早闻夕飙急,晚
> 见朝日暾。崖倾光难留,林深响易奔。感往虑有复,理来情
> 无存。庶持乘日车,得以慰营魂。匪为众人说,冀与智者论。

在险绝之地修建幽居之所,为的是与云为伍,与世隔离。秋去春来,那个远游不归者佳期无觅,徒使芳尘凝席,清酒满樽。诗中美人绝非谢灵运自称,而是谢灵运所拟托的也许在场、也许永不在场的交流和对话者。这石门在浙江嵊(shèng)县(今嵊州市),谢灵运《游名山志》:"石门山,两岩间微有门形,故以为称。瀑布飞泻,丹翠交曜。"当时孔淳之、王弘之、僧镜游等人都居于始宁、剡县、上虞一带,与石门相距不远。有谓诗中美人或许即指孔、王等来客,这个不是没有可能。但是《楚辞·九歌》中抒情者所热烈赞美的湘君、湘夫人等神祇,常常在抒情主体的缠绵往复中降临人间,与作者共铸神奇,而谢灵运志在以理化情,赏景体道,思亲念友之情当在摒弃行列。他明确说明,这是一个无神的世界:"洞庭空波澜,桂枝徒攀翻",他心心念念的是天上的银河,他所期望的是莫之能忘的孤阳。这是在向宋文帝陈辞吗?宋文帝可以这样理解,在谢灵运倒也未必要极力牵攀。盖天上星相,在谢这里还是基本上代表着他心灵的高远出尘之念。他说这是一个心与愿违的世界,俯身石潭,仰看哀猿,早晨听到的是向晚的狂风,晚上

却似看到朝日的光辉：这表达大似《楚辞·九歌》式的现世错乱，但也不妨说是现实山水中的神奇展开。山崖高耸，光影难留；林莽深藏，声响易逝。变幻莫测的世界处处都在证明，一切啼笑皆非都可理解，也大可排遣。倾注情感，自然会思虑纷繁；玄理降临，情愫就不再停留。庶几可以抱持时光，得以慰藉自己的灵魂。这样的道理不必向庸众多嘴，只好希冀有智者可以交流吧！

也许，作为王谢子弟中的卓出者，谢灵运诗歌极力呈现智力上的自傲自怜，对于普通读者的杀伤力并不很大，他们本来就高人一等么！而在诗人自己，确实是纵放而歌，肆口品题了。《登石门最高顶》：

> 晨策寻绝壁，夕息在山栖。疏峰抗高馆，对岭临回溪。长林罗户穴，积石拥基阶。连岩觉路塞，密竹使径迷。来人忘新术，去子惑故蹊。活活夕流驶，嗷嗷夜猿啼。沈冥岂别理，守道自不携。心契九秋干，目玩三春荑。居常以待终，处顺故安排。惜无同怀客，共登青云梯。

清晨策杖寻找高山绝壁，夜晚在山中休息。二句节奏甚快，对于白天的整个登山涉水过程几于一带而过，盖主旨并非要写自己的身体丈量路途的过程，而是要站在傍晚的高山之巅，俯观物象纷叠于目前，欣赏玩味其优美玄意。因为置身绝顶之上，所谓"疏峰抗高馆"，即是遥远处的高峰与自身所处的高馆相对抗，正如尼采所说："两座山峰的峰顶最近"；而所谓"负势争高"，极见其高峻身形的衬托。《文选》本篇句下，李善注引《西京赋》"疏龙首以抗殿"，是单就表象溯其语源的一种注释，显然并未真见谢客手段，不必依从可也。而"对岭"即双岭，下临回旋的溪流，高峰回环，具见物态深埋，与人物的沉思高举之行相映。"长林"两句是说森林如户室，岩石如殿阶，竹密岩危，自然即杜绝了寻常人等，——它只应是高人雅士盘桓之所！"来人忘新术，去子惑故蹊"，表面上是解释上句的那个"迷"字,而来无新路,去失故途,竟似作者所津津乐道的高险之境的标题语:时间和空间凝结于此,迷惑的不过是庸常之思,打开的则更为广茂而深密。活(guō)活,水流声。《诗经·卫风·硕人》:"河水洋洋,北流活活。"高贵优雅的美女车队行进中路边的水流声,直接植入谢灵运的超迈之境中;《庄子·至乐》:"人且偃然寝于巨室,而我噭噭然随而哭之。"本来"噭(jiào)噭"是不通大道者的啼哭,谢诗里放大为人猿之别,更为显豁。夜晚流水活活,猿声噭噭,这样的景象只能在有心人的世界中盘桓,要是在远离高远之境的日常叙事里,往往迹隐形遁,无从出现。

在傍晚纷繁物象的鲜明呈现中,守道之士心有所属,栖身道素,如九月深秋的树干般挺拔不群,如春天柔软的蒉草般舒滑润泽。顺守常理等待生命的完成,居处安适所以一切妥帖。唯一的遗憾就是没有同样怀抱的对话者,大家一起共登绝壁高山,置身青云之梯。

谢灵运以山为家,与水为邻,这时的独游大有放松的心态,似乎寂寞也是守道者的常设境界。他心里不再闹腾,不再刻意吟说举世难觅知音的话头,因为他当时身边确有知音者在。《酬从弟惠连》同样多用顶针格,故分段阅读最为相宜:

> 寝瘵谢人徒,灭迹入云峰。岩壑寓耳目,欢爱隔音容。永绝赏心望,长怀莫与同。末路值令弟,开颜披心胸。
>
> 心胸既云披,意得咸在斯。凌涧寻我室,散帙问所知。夕虑晓月流,朝忌曛日驰。悟对无厌歇,聚散成分离。
>
> 分离别西川,回景归东山。别时悲已甚,别后情更延。倾想迟嘉音,果枉济江篇。辛勤风波事,款曲洲渚言。
>
> 洲渚既淹时,风波子行迟。务协华京想,讵存空谷期。犹复惠来章,只足揽余思。傥若果归言,共陶暮春时。

　　　　暮春虽未交，仲春善游遨。山桃发红萼，野蕨渐紫苞。
鸣嘤已悦豫，幽居犹郁陶。梦寐伫归舟，释我吝与劳。

前文提到谢灵运的不朽名句"池塘生春草"，即来自梦中与谢惠连
相遇时。大谢对于惠连，大致既有知己般的感激，复有爱慕者的
欣赏。寝瘵(zhài)，卧病之谓也。他说自己因病谢客，入山绝迹，
眼前所见唯有峰峦丘壑，人情欢爱就此隔膜。不抱心灵互赏的知
己之求，永憾于寂寞孤独的处境。值此穷途末路之际却发现知交
即在身边，真是喜笑颜开，心胸不再闭塞！接下来诗中铺写二人
得意处，是凌涧寻友，开卷求知，傍晚就担心凌晨月光消逝，早上
就不敢想象日光西驰：这样如胶似漆的晤对，转眼就风流雨散。
好在想念其人不能自拔的时候，他的"济江篇"（应即收入《文选》
的谢惠连《西陵遇风献康乐》）就来了，可惜其人辛勤于风波之时，
心中款曲，总是迎合京华之思多，追念隐栖之志少吧（否则你为何
要离开我）。这当然是知交腻友间的指责或索求。果然，诗句接
着抱怨对方的赠诗，更加激起自己的思念之情，进而重提对方的
归隐诺言，在暮春时节，你会来和我共同陶写归隐之乐吗？诗歌
末段再逞过分之词，直言暮春虽未到，仲春正是山水遨游的好时
节。全然不顾谢惠连的来诗开首即明言："我行指孟春，春仲尚未
发。"他说自己原定计划是初春离开，迁延至仲春，犹未成行。大
约真正的离开时间，即在仲春、暮春之间吧！而谢灵运回赠诗已
然以暮春诺言为词，更以仲春好景相诱了：山上桃花红萼已发，山
间蕨草紫苞呈露，小鸟嘤嘤鸣声悦豫，隐士山居郁郁陶陶。我夜
里梦里伫想你的归舟，你来了我们共享美景，如你不来，又有何人
可以消释我的艰吝和劳烦？

　　如果说，我们在谢灵运的诗里，可以看到风景背后的人性和
人情之美，看到心灵的喜悦和山水的多姿交相映发，共同呈现出
中古才士沾濡世俗又玄对山水的风姿，那么这首诗是一个很好的

例证。

　　谢灵运的命运确实不由他自己，更不由他的诗文和玄思所掌控。形势急转直下，很快他就有临川内史的任命，很快又被流放广州。人生将至终局，他死刑执行日，很细心地将自己美丽的长髯，捐作广州祇（qí）洹（huán）寺里维摩诘塑像的胡须。——那部胡须据说一直保存到唐中宗时代。安乐公主参加斗草游戏，命人快马从广州取来谢公胡须，即此诗人胡须永绝于尘世！

　　对于中古诗人来说，死亡常在远方隐隐招手，可惜棋局中人，谁又能了然洞见！《初发石首城》写的是他在似乎成功地辨白了孟顗对他的谋反诬陷后，离开京城赴任临川的心境：

> 白珪尚可磨，斯言易为缁。虽抱中孚爻，犹劳贝锦诗。寸心若不亮，微命察如丝。日月垂光景，成贷遂兼兹。出宿薄京畿，晨装抟鲁飔。重经平生别，再与朋知辞。故山日已远，风波岂还时。苕苕万里帆，茫茫终何之？游当罗浮行，息必庐霍期。越海凌三山，游湘历九嶷。钦圣若旦暮，怀贤亦凄其。皎皎明发心，不为岁寒欺。

《诗·大雅·抑》："白圭之玷，尚可磨也；斯言之玷，不可为也。"《论语·阳货》："不曰白乎，涅而不缁。"指人言可畏，往往变白为黑。《易·中孚》彖（tuàn）辞云："中孚以利贞，乃应乎天也。"言心中诚信，应为吉利。"贝锦"典出《诗·小雅·巷伯》："萋兮斐兮，成是贝锦。"《老子》四十一章："夫唯道，善贷且成。"原指道之所施，善宽贷，善成功，足以使万物成其形，保其德；这里指皇恩浩荡，如日之升，如月之明，兼具这两种大明，才使灵运的性命和名誉得以保全。出得狼窝虎穴，住宿近京畿之地，早晨束装离开，自当振帆速行。飔是疾风，"鲁飔"是什么风？是更大的风吗？还是鲁缟所织就的风帆？当俟详论。《汉语大词典》释为旅途中的凉风，或可参考。五臣本《文选》此处有异文，为"曾飔"，就是高风、大风,这倒更容易理解了。"抟"是《庄子·逍遥游》里大鹏"抟扶摇直上九万里"的那个"抟",凭借、抟弄之谓也。诗的后半部分,是大难不死后的抒怀,平生即一生。再来一次生死之别,重新与朋友、知交告别,故乡越来越远,风波浩荡,哪能奢望回家之路!此去迢迢万里,茫无归所,自当登临罗浮炼丹,栖息庐山,霍山修道,凌波海上三神山,游荡沅湘看九嶷。诗歌结末四句甚为勃郁,他所钦仰的圣人是传说中没于九嶷的大舜,《庄子》所谓"万代之后一遇大圣,知其解者,是旦暮遇之也",君臣偶然遇合,虽经千秋万代亦只如旦暮早晚之间,可见相知之难,不必求之当代;他所怀念的贤人是跋涉湘水之滨的屈原,凄凉本即斯人传奇的主旋律!《诗经·小雅·小宛》:"我心忧伤,念昔先人。明发不寐,有怀二人。"又曰:"惴惴小心,如临于谷。战战兢兢,如履薄冰。"《毛诗序》:"《小宛》,大夫刺幽王也。"郑笺:"亦当为刺厉王。"谢客下笔典丽,语简辞利,只说此心耿耿不寐,虽天时寒冷也绝不受欺。后世读者认其曰讽曰诫,皆可自通。

末了再读一首他的《入华子岗是麻源第三谷》一诗:

> 南州实炎德,桂树凌寒山。铜陵映碧涧,石磴泻红泉。既枉隐沦客,亦栖肥遁贤。险径无测度,天路非术阡。遂登群峰首,邈若升云烟。羽人绝仿佛,丹丘徒空筌。图牒复摩灭,碑版谁闻传。莫辩百世后,安知千载前。且申独往意,乘月弄潺湲。恒充俄顷用,岂为古今然。

南方州郡天热乃其特色属性,桂树凌驾于清冷的山峦。这是直接承用《楚辞·远游》的成句:"嘉南州之炎德兮,丽桂树之冬荣。"开首点题,说明苦心孤往,正是本怀。产铜的丘陵映带着碧绿的涧水,石阶上奔泻着红花掩映的清泉。如此美景自然会吸引隐士和贤人栖居,哪怕它路径险绝无从测量,直指青天的大路非术非阡,异常崎岖。于是登上众山之上的最高峰,邈远得如同进入高天的云烟。可惜身被羽毛的仙人连影子也见不到，虽有朱砂炼丹之所，却是徒然无法成仙。游仙本是《楚辞》中的一大母题，不过到了汉末，几乎完全编入道教叙事，与先秦承袭下来的《庄》《骚》两大传统，都大有区隔了。仙人的图牒磨灭难见，神碑玉版谁见谁传？今世百代之后也无人可辨，千载之前自然也模糊难知。这是明显对于道教长生之说抱以清醒的狐疑之姿了；对于艺术时间的断裂状态的描摹，早于陈子昂名下孤辞苦心"前不见古人，后不见来者"三百年。可见谢灵运虽有家庭和士族的道教背景，其心灵依托仍以玄言为宗，心栖道家而非道教。唯一可以确定的，就是率性孤独一往隽气，乘此朦胧月色，赏玩潺湲的流水。此情此景永远只在俄顷之际的快乐，它们何须像贪鄙之辈或迂腐儒生般斟酌古今，要追求什么万世皆然！

当山水在独具慧眼的诗人面前异样地展开，谢灵运在那一瞬间所感受到的，是空间大于时间、瞬间凌驾永恒的即时之乐和独往之标。所谓欣然观赏、物我如一，这里确实没有多少霸力、教条、恐惧、迫促的展开空间。中古诗歌就此迈开大步，沿着寓目即书的现世道路，向后来读者铺开文学语言的全新空间，并就此拓开中古才士迥异前人的独往传统。这，也许即是谢灵运为中古文学传统所存留的一大遗产。

参考资料：

1. 顾绍柏《谢灵运集校注》，中州古籍出版社，1987 年。
2. 李运富编注《谢灵运集》，岳麓书社，1999 年。
3. 张兆勇《谢灵运集笺释》，中国社会科学出版社，2017 年。
4. 周兴陆《关于谢灵运诗歌的文献问题》，《复旦学报》（社会科学版）2008 年第 2 期。

第四讲 "骚体"幽默亦忧伤

《楚辞》入《选》篇目：卷三十二"骚"上：屈原《离骚经》、屈原《九歌四首》(《东皇太一》《云中君》《湘君》《湘夫人》)；卷三十三"骚"下：屈原《九歌二首》(《少司命》《山鬼》)、屈原《九章》(《涉江》)、屈原《卜居》、屈原《渔父》、宋玉《九辩五首》、宋玉《招魂》、淮南王刘安《招隐士》。

附《文选》中宋玉名下其他篇目：卷十三：《风赋》；卷十九：《高唐赋》《神女赋》《登徒子好色赋》；卷四十五：《对楚王问》。

"幽默"一词出自《楚辞·九章·怀沙》篇："眴(xuàn)兮杳杳，孔静幽默。"东汉王逸《楚辞章句》："言江南山高泽深，视之冥冥，野甚清净，漠无人声。"幽默即是深黑，莫测端倪。而英文中的humorous，所谓诙谐风趣而又意味深长，其名词形式 humor，林语堂将其音译为幽默，中英之间，名同义远，概可想见。而英文中的这个词，据说来源于拉丁文，本义是"体液"。古希腊医生希波克拉底认为，人的体液有血液、黏液、黄胆汁、黑胆汁四种不等，其组成的比例也各不相同。据说"幽默"一词的广泛运用，则归功于英国人文主义戏剧家本·琼生(Ben Jonson)。他创作的《个性互异》和《人各有癖》两部作品，均以幽默见称。他的讽刺喜剧代表作《伏尔蓬涅》里，人物性格便是按照"气质"划定。林语堂对于humor 一词音义兼顾的译法，对于幽默的古义有覆盖的效果。为什么要说整个《文选》中的"骚"体文章，忧时伤己，却又深沉莫测，或者说，屈原、宋玉名下的作品，幽深寂寞无人识解，却又归于忧伤之思？盖幽默多呈外表，智力上不失均衡深密；忧伤则是心灵，忧愁悲伤。《诗经·小雅·小弁》："我心忧伤，惄(nì)焉如捣。"屈、宋文章承风雅之余风，智力上不失平衡，而深思高举，情感浓度每有过于《诗经》者。

一、分析"离骚"之义，深探"骚"体文章

收入《文选》的《楚辞》作品，有的列于屈原名下，有的出自宋玉名下，有的归于淮南王刘安名下，而它们都有一个共同的名字："骚"体。《说文·马部》："骚，扰也。""从马，蚤声。"马群的扰乱谓之"骚"，推而广之，有动摇的意思。用于情感，则指纷乱。人的忧愁感愤，像马群扰动般的纷扰杂乱，此情此景可谓意动神迷，惊心动魄。此字用作文体命名，指称中自然包括《楚辞》作品情感描述的深广和动荡，也自有其妥帖得宜处。而其字来源，应该主要还是来自屈原名下的长诗《离骚》。

什么叫"离骚"？司马迁、班固以来大致有三种解释。第一种称为"离忧"，就是遭忧，遭到忧患。《史记·屈原贾生列传》："离骚者，犹离忧也。夫天者，人之始也；父母者，人之本也。人穷则反本，故劳苦倦极，未尝不呼天也；疾痛惨怛，未尝不呼父母也。屈平正道直行，竭忠尽智以事其君，谗人间之，可谓穷矣。信而见疑，忠而被谤，能无怨乎？屈平之作《离骚》，盖自怨生也。"按司马迁的解释，离就是遭遇，骚就是忧伤。离骚就是遭遇忧伤，怨天尤人，对于天地和世人有一番指责。到班固的《离骚赞序》里，也说："离，犹遭也；骚，忧也。明己遭忧作辞也。"基本上同于司马迁。王逸《楚辞章句·离骚经序》将"离骚经"三字连训，逐个解释，貌似粗陋，其实是两汉经师串讲经文时的常见作风："离，别也；骚，愁也；经，径也。言己放逐离别，中心愁思，犹依道径以风谏君也。"将"离"释为离别朝廷，"骚"则是忧愁，这可以说是"离骚"的

第二种说法。后来诸家纷纭为辞,各有妙解,大致将二字分拆解释的,都可以说是司马迁、班固的苗裔。比如钱锺书先生《管锥编》中释"离"为分析、判别,引申为"欲摆脱忧愁而遁避之"的开解之意,谓离骚与用作人名的"弃疾""去病",用作诗题的"遣愁""送穷"相类。其说新巧而以类比为释,在逻辑和训诂上不无可疑,在读解思路上,与王逸等前人之说略无二致。

第三种说法最值得注意,也是本讲认为最有训诂依据和逻辑力量的确当之解,那是游国恩先生《离骚纂义》和《楚辞概论》里的说法,将"离骚"作连绵词处理,谓"离骚"即牢骚、牢愁、忧愁。那么这两个字是不能分开解释的,就像崎岖、窟窿之类,拆开来就不成词了。这样的解释从王逸《楚辞章句·大招》中释"劳商"为古曲名这一说推导出来,还可以在汉代模仿文学大家扬雄那里看到证据。《汉书·扬雄传》:"又旁《惜诵》以下至《怀沙》一卷,名曰《畔牢愁》。"颜师古注引李奇曰:"畔,离也。牢,聊也。与君相离,愁而无聊也。"李奇注几于不知所云。其实释"畔"为"离"为"反"皆可,但是其宾语显然不是君王,而是"牢愁"。扬雄对于屈原沉浸政治无法自拔、能入不能出的作风很不以为然,通过自己的创作作出反驳。针对《离骚》,则作有《反离骚》,针对《惜诵》以下至《怀沙》,则以《畔牢愁》命篇,以此展开其反向叙述。如将"离骚""牢愁"皆作连绵词看待,则各篇命意皆甚了然,文通字顺,绝无缭绕。

从《文选》篇目来看,"骚"文之所以单独列为一体,主要原因在于它们都是《楚辞》中的作品,内容也或多或少与秦汉以来流行的屈原传奇或文学中的牢骚主题有关。这个牢骚当然是泛指创作者的强烈情绪波动,所以降神、游仙之诗如《湘君》《湘夫人》,陈说山林险阻、呼唤隐士归来之作,如《招隐士》之类,都可包含其中。而同是宋玉名下的作品,《九辩》《招魂》可以列在"骚"体,《风赋》以下诸篇则是侧面塑造宋玉形象,文本主体专在敷陈物象,表演辞藻,则归于别体。这样的文体分类经过《文选》的使用和强化,后来日渐成为常态。

以"骚"为一种文体,并非自萧统始。比如晚年进入萧统东宫做过通事舍人的刘勰,他在齐梁之交所作巨著《文心雕龙》,即单列一篇"辨骚":"观其骨鲠所树,肌肤所附,虽取熔经旨,亦自铸伟辞。故《骚经》、《九章》,朗丽以哀志;《九歌》、《九辩》,绮靡以伤情;《远游》、《天问》,瑰诡而慧巧;《招魂》、《大招》,耀艳而深华;《卜居》标放言之致,《渔父》寄独往之才。故能气往轹古,辞来切今,惊采绝艳,难与并能矣。"所谓经旨,即是儒家经典的雅正主旨,刘勰本篇中归结为四句话:耿介祗敬的典诰之体,讥刺劝慰的规讽之旨,虬龙云霓的比兴之义,掩涕叹息的忠恕之辞。这样的观察延续他对于文章之学理当"原道""征圣""宗经""正纬"的建构思路。

二、作为《楚辞》和《文选》"骚"体第一篇的《离骚》,其作者之认定,可以深信,也可以存疑

读《离骚》者,如果深信其作者确是屈原,则可以归于文史考证中的信古派或者传统学术主流中一脉相承的敬畏态度。如属存疑一派,则从宋代的王应麟开始,一直到现当代的胡适、朱东润,加上许多海外汉学家,也自有传承。相较于前者,存疑说的历史纵深度和学术含量并不算低。或许从现代学术信据不足则存疑的立场,即使认定存疑派的学术含量更高,也不一定有大错。总之,就阅读的角度而言,存疑有存疑的读法,深信有深信的立场,具体阅读时或许不能乍出乍入,疑信相参,理解时不妨自居一方,同时倒也不妨知道另有歧见。

按照朱东润先生《楚辞探故》所收诸文的讨论,"楚辞"在现存文献中的最早记载,较"楚歌"为晚。《史记·项羽本纪》:"夜闻汉军四面皆楚歌。"《留侯世家》:"上曰:'为我楚舞,吾为若楚歌'。"

《汉书·韩延寿传》:"嗷咷楚歌。"最末一条牵及的韩延寿为宣帝时名臣,其余各条的时间皆属较早的秦汉之交。至于"楚辞",也作"楚词"。《汉书·朱买臣传》:"召见,说《春秋》、言《楚词》,帝甚说之,拜买臣为中大夫,与严助俱侍中。"又《史记·张汤传》:"始,长史朱买臣,会稽人也。读《春秋》。庄助(按:即严助)使人言买臣,买臣以《楚辞》与助俱幸,为太史大夫,用事。"这些都是武帝时的事情。朱先生还注意到,在《汉书·地理志》里,"楚辞"是作为淮南地方文化特色受到详细记载的:

> 寿春、合肥受南北湖皮革、鲍、木之输,亦一都会也。始楚贤臣屈原被谗放流,作《离骚》诸赋以自伤悼。后有宋玉、唐勒之属慕而述之,皆以显名。汉兴,高祖王兄子濞于吴,招致天下之娱游子弟,枚乘、邹阳、严夫子之徒兴于文、景之际。而淮南王安亦都寿春,招宾客著书。而吴有严助、朱买臣,贵显汉朝,文辞并发,故世传《楚辞》。其失巧而少信。初淮南王异国中民家有女者,以待游士而妻之,故至今多女而少男。本吴、粤与楚接比,数相并兼,故民俗略同。

到汉宣帝时,为了要"修武帝故事",还要到九江郡,才能找到擅长诵读"楚辞"的被公。而作为书名的《楚辞》,最早出现在东汉王逸笔下。他的《楚辞章句》行于世,声明原书是"汉护左都水使者光禄大夫臣刘向集"。这就直接把这本书的产生时间推到西汉成帝年间。偏偏《汉书·艺文志》所载,"屈原赋二十五篇",而《楚辞章句叙》则说:"独依诗人之义而作《离骚》,……遂复作《九歌》以下凡二十五篇",如此则屈原作品有二十六篇。王逸当然也意识到篇数不一这个问题,所以他述《大招》作者时,又作"屈原,或言景差"这样的游移之辞。王逸又称:

> 至于孝武帝恢廓道训,使淮南王安作《离骚经章句》,则大义粲然。

王逸还称班固、贾逵都作《离骚经章句》,一似刘安诸人皆和他一样,以《离骚》为经。他的"离骚经"三字连训的章句之学,朱先生直接斥为"尤不成语",正如唐人刘知幾《史通》所谓:"叔师(王逸字)研寻章句,儒生之腐者也。"

讨论今传《离骚》的作者是否是屈原,对于欣赏今存屈原名下赋篇的文采,似乎并非是必不可少的前提。不过,了解《楚辞》研究中,历来有怀疑的一派,也不失为知性的扩展。这里不多加涉及,有兴趣者可以自己研酌。本文拟稍作提及的,就是历史上的淮南王刘安其人,与《离骚》的瓜葛并不算小。

《汉书·淮南王安传》:

> 初,安入朝,献所作内篇,新出,上爱秘之,使为《离骚传》,旦受诏,日食时上。

朱东润引清儒王念孙的《读书杂志》:"'传(傳)'当作'傅','傅'与'赋'古字通,使为《离骚傅》者,使约其大旨而为之赋也。安辩博善为文辞,故使作《离骚赋》。下文云安又献《颂德》及《长安都国颂》。《艺文志》有淮南王赋八十二篇,事与此并相类也。若谓使解释《离骚》,则安才虽敏,岂能旦受诏而食时成书乎!"按,王氏之论未必尽是,若谓"为传"即撰作类似《离骚章句》之类学术著作,在时间上大为仓卒,不足以成事,然即谓创作《离骚》这样的一篇长诗大篇,时间上又怎能说足够?不过王念孙之说还是有三条足可支撑的文献,朱先生也抄撮下来:一条是汉末荀悦的《汉纪·孝武皇帝纪》:"初,安朝,上使作《离骚赋》,旦受诏,食时举。"另一条是《太平御览》卷一百五十引《汉书·淮南王安传》作:"使为《离骚赋》,旦受诏,食时上。"第三条是高诱的《淮南子叙》:"诏使为《离骚赋》,自旦受诏,日早食已。"

以上三条文献的力量,并没有让朱东润《楚辞探故》以及其他中外论者所持的怀疑论调,强悍到能够彻底推翻王逸以来对于

"屈原作《离骚》"的信从，但也足以撕开一个缺口，让后来的读者带着不那么确信的眼光，对于屈原名下文本建构的传奇，抱持一份弹性的认知。

三、情感的燃烧：《离骚》中的自我赞美、毁人之极端和忠贞、渴慕之强烈

《离骚》是现存汉语文学中第一抒情长诗，它的产生时间虽不可确知，要之，不可能晚于西汉武帝中期，如果接受传统表述，则可向前推定为战国后期。不像西方传统中的许多早期长诗，它并非可简单指定为叙事诗或史诗，而是一首融自序、自赞、诋毁、攻击、哀叹、游仙、降神、怀乡等内容于一体的抒情长诗。

《离骚》的具体读法可能并不复杂，最主要的一条就是要认清诗中抒情主人公的那位"吾"的形象，和作为作者的屈原，不应简单地等量齐观。当然，《离骚》的抒情主人公可能堪称世界文学史中塑造自我最为成功的传奇之一，作者与这个抒情主人公之间的真实关系究竟该如何区处，端看读者的理解以及他们对于传统解说的接受度，不好一言定夺。但是作者与诗中抒情主人公之间的距离，是所有读者都可以注意的。简单一句，诗中各种夸饰和自白的表达，情感达于忧愤孤绝，行动也至于上天入地，读者如果径自认可诗中的抒情形象即是生活中的作者，那几乎要算智力上的偷懒。善乎闻一多先生关于《楚辞·离骚》的精彩表述："总仿佛看见一个粉墨登场的神采奕奕、潇洒出尘的美男子，扮演着一个什么名正则、字灵均的神仙中人。"要理解《离骚》全诗层出不穷的戏剧化的抒情，这是非常好的文体说明。

诗歌一开始就以灵均之口，陈说自己的高贵：

> 帝高阳之苗裔兮，朕皇考曰伯庸。摄提贞于孟陬兮，惟
> 庚寅吾以降。皇览揆余初度兮，肇锡余以嘉名：名余曰正

则兮，字余曰灵均。纷吾既有此内美兮，又重之以修能。扈
江离与辟芷兮，纫秋兰以为佩。汩余若将不及兮，恐年岁之
不吾与。朝搴阰之木兰兮，夕揽洲之宿莽。日月忽其不淹
兮，春与秋其代序。惟草木之零落兮，恐美人之迟暮。不抚
壮而弃秽兮，何不改乎此度？乘骐骥以驰骋兮，来吾道夫
先路！

《史记·楚世家》："楚之先祖出自帝颛顼高阳。高阳者，黄帝之
孙，昌意之子也。高阳生称，称生卷章，卷章生重黎。重黎为帝
喾高辛居火正，甚有功，能光融天下，帝喾命曰祝融。共工氏作
乱，帝喾使重黎诛之而不尽。帝乃以庚寅日诛重黎，而以其弟吴
回为重黎后，复居火正，为祝融。"《礼记·曲礼》："祭王父曰皇
祖考，父曰皇考。"宋代叶梦得《石林燕语》引《礼记·王制》："天
子五庙，曰考庙，王考庙，皇考庙，显考庙，祖考庙"，谓"皇考者，
曾祖之称也"。清代王闿运《楚辞释》进而称说："皇考，大夫祖庙
之名，即太祖也。伯庸，屈氏受姓之祖。"伯庸究竟为谁？赵逵夫
先生《屈原先世与句亶王熊伯庸——兼论三闾大夫的职掌》力证
《离骚》之伯庸，即是甚得江汉民和、兴兵伐庸、自称"我蛮夷也"
的楚王熊渠长子熊伯庸。此说甚辩，完全可以作为理解诗文的
重要参考。而回到此诗上下文，此本抒情主人公的称述之词，视
为真事可也，视为化名亦可，又不必指实其在具体历史世代中的
真实身份。

　　"摄提"二句，王逸《楚辞章句》释："太岁在寅曰摄提格；孟，始
也；贞，正也；于，于也；正月曰陬。庚寅，日也。"则"摄提"为"摄提
格"的简称，即寅年。屈原自称生于寅年寅月寅日。朱熹《楚辞集
注》谓"摄提"为星名，"随斗柄以指十二时辰者也"。并非"摄提
格"的简称。又"陬，隅也。正月为陬，盖是月孟春，昏时斗柄指
寅，在东北隅，故以为名也。""以今考之，月日虽寅，而岁则未必寅

也。"顾炎武《日知录》反对朱子之说:"岂有自述其世系生辰,乃不言年,而止言日月者哉!"蒋骥《山带阁注楚辞》谓:"古人删字就文,往往不拘",引《后汉书·张纯传》"摄提之岁,苍龙甲寅"证成王逸之说,"逸尚未生,已有此号,可知摄提为寅年,其来久矣"。窃以为朱子说甚可信从,王逸旧说过于牵强,而顾、蒋之证则未必确。而许多借王说推导出屈原生年的说法,自然都只能是聊备一说了。

家世高华,出生神奇,命名既美,外饰皆芳,加之朝搴夕揽,若将不及:诗歌开端塑造出的是一位急于立功的热切之士。这里要看到,内美指的是血缘、星相、美名之类,非了解内情不易得知;而外美则是才能、服饰之类,皆是与外在世界相连属的特征。这样的一位神奇人物,一出场即以美人迟暮为理由,要求抚壮去秽,清理各种香草,不禁让人狐疑:他的职业是善于侍弄香草、造作降神场景的巫师吗? 而他若果为巫师,其作法过程中所邀约的对象,也很快就在下文出场了:

> 昔三后之纯粹兮,固众芳之所在。杂申椒与菌桂兮,岂维纫夫蕙茞! 彼尧舜之耿介兮,既遵道而得路。何桀纣之昌披兮,夫唯捷径以窘步。惟党人之偷乐兮,路幽昧以险隘。岂余身之惮殃兮,恐皇舆之败绩! 忽奔走以先后兮,及前王之踵武。荃不察余之中情兮,反信谗以齌怒。余固知謇謇之为患兮,忍而不能舍也。指九天以为正兮,夫唯灵修之故也。曰黄昏以为期兮,羌中道而改路! 初既与余成言兮,后悔遁而有他。余既不难夫离别兮,伤灵修之数化。

三后即三王,它指古代圣王系统如三皇或少昊、颛顼、帝喾(朱熹《楚辞集注》),还是楚王先君系统(明代汪瑗《楚辞集解》、清人戴震《屈原赋注》)? 不能明。然以圣君贤王为说,以香草为贤良才人的寓意、善治良法的标志,似无可疑。此处"謇謇为患"之说,令人解颐,盖此诗纯为语言游戏,言辞滔滔,毫无节制,而用以自解的遁词,即是"忍而不能舍",对于灵修的感情是这样的强烈持久,偏偏灵修对他的感情"数化",多次改变,双方地位、感情都严重不对等,这构成了全诗结构中至为明确的一大张力。一句话:一方是深情缠绵,无限忧伤,一方是遥不可及,永远示以背影。这伟大的抒情长诗竟然只是一篇单相思的构建,读者如果愿意,自可看到诗人的幽默,也可读出诗人的忧伤。

抒情主人公自认擅长滋兰树蕙,但也承认和他人相比,似乎情商方面他的竞争力不足:

众皆竞进以贪婪兮,凭不厌乎求索。羌内恕己以量人兮,各兴心而嫉妒。忽驰骛以追逐兮,非余心之所急。老冉冉其将至兮,恐修名之不立。朝饮木兰之坠露兮,夕餐秋菊之落英。苟余情其信姱以练要兮,长顑颔亦何伤。擥木根以结茝兮,贯薜荔之落蕊。矫菌桂以纫蕙兮,索胡绳之纚纚。謇吾法夫前修兮,非世俗之所服。虽不周于今之人兮,愿依彭咸之遗则。

"信姱",贞信美好;"练要",精诚专一。顑颔,因饥饿而面黄肌瘦,在《诗经》时代,饥饿就已经是诗歌文本中情欲不得满足的普遍代称。在注重用贪使诈的权场上,贪婪、嫉妒皆非恶德,盖此皆为在上者所希望于臣下的。诗中屈原甘心于修名,把政治当作爱情来追逐,只要自己的情愫坚贞美好而又精诚专一,情场上长时受伤也不觉遗憾。纚纚音 xí xí,或作 lí lí,义为修长美丽。"謇",五臣本《文选》作"蹇",洪兴祖《楚辞补注》认为不必以"蹇"易"謇","謇"本来即有艰难义。

屈灵均在诗中说,虽然灵修不理,世俗也不顾,他还有前修可以师从。这位前修是前贤吗?这里也许稍有一些异同,无论是前修还是灵修,包括抒情主人公那个修名,看上去这个"修"字都不是简单的形容词,而有基于巫术系统的特殊意味。他们可能在现实世界中是国王、诸侯或者贤达,但是在巫术表达中他们都有一个"修"的名目。《说文解字》:"修,饰也。"段注:"不去其尘垢不可谓之修,不加以缛采不可谓之修。""修者治也,引伸为凡治之称。匡衡曰:治性之道,必审己之所有余,而强其所不足。"《离骚》此处乃抒情者一意强化其本人治香草以修名,复直承师法前修,这个"修"名应该牵连着修道、治国等义,今日读《骚》者,大约应该集中注意整个《楚辞》也包含《离骚》中擅于借助香草修饰和使用的巫术降神之道。此道之"修"名,虽与诗中屈原口中的"时人见识"不合,却可以说是依从了彭咸的遗规。

彭咸为谁?汉唐旧说认为是商代的贤人,谏其君不听,自投水而死。这样的解释确如《屈原集校注》(金开诚、董洪利、高路明著)所总结的,"后人不能无疑"。自明汪瑗以来迄于晚清俞樾,皆认为屈原所师彭咸遗则,不一定就是投水。而顾颉刚先生《史林杂识·彭咸》则谓彭咸为巫彭与巫咸之合称,此说至为有味。而抒情主人公之所擅长,又似确实独在香草一味:

> 长太息以掩涕兮,哀民生之多艰。余虽好修姱以鞿羁兮,謇朝谇而夕替。既替余以蕙纕兮,又申之以揽茝。亦余心之所善兮,虽九死其犹未悔。怨灵修之浩荡兮,终不察夫民心。众女嫉余之蛾眉兮,谣诼谓余以善淫。固时俗之工巧兮,偭规矩而改错。背绳墨以追曲兮,竞周容以为度。忳郁邑余侘傺兮,吾独穷困乎此时也。宁溘死以流亡兮,余不忍为此态也。鸷鸟之不群兮,自前世而固然。何方圆之能周兮,夫孰异道而相安?屈心而抑志兮,忍尤而攘诟。伏清白以死直兮,固前圣之所厚。

民生多艰即人生艰难。《离骚》这里貌似主要还是指个人情绪和朝野政治,还触及不到民众安危和社会变革之类。鞿羁,指马上的缰绳和络头,这里寓指束缚和自我约束。謇,虚词无义。朝谇而夕替,谇,责骂;"替"字,古今纷纭为说,盖极难与前面的"艰"字协韵。姚鼐《古文辞类纂》引吴辟疆说,谓替字当为潜,读"赞"声,意为进谗言。整句意为:早上责骂,晚上进谗。这些敌对行为当然都出自抒情主人公的竞争对手。缅,违背。错,通措,措施、做法。周容,苟合求容。度,常规。忳(tún),烦闷;郁邑,忧愁;侘(chà)傺(chì),失意。

浊世滔滔中,抒情主人公无路可走,既穷且困,他面前的选择不外乎溘死、流亡、不群、死直之类。对于他的屈抑心志、忍尤攘垢,那位"灵修"一律"浩荡"处之。诗中的"浩荡",以水的无边无际转指人的无思无虑、不动声色,在权术上不能不说是成功,而在政治生态上当然就使无数忠贞之士郁闷灰心,或死或逃,而奸猾之徒即使破规坏矩,也能周容得意。至于实际政治生活,是不是像抒情主人公所说的那样彻底恶浊,这当然不易判断。即就文本而言的事实,是主人公的自我定位。就诗中而言,对灵修的期待,以及他对同时的人们态度和行为的描述,都自他一己的观察和体会中来,这是无疑的。一个敏感的读者也可以这样认知:作者留了足够开阔的门户,让读者抱持警醒冷静的判断。诗中对于灵修和他人言行的描摹,基本上以抒情主人公单方面的体察为主;而叙述者对于诗中自我光辉形象的描写,到底是自大狂式的全情投入,还是文体家冷静恢诡的表演式洞察,这方面的信息非常耐人寻味。

综合看来,诗中的主人公高自期许,但因灵修的态度从不积极,故欲"吾道夫先路"而不得,虽"悔相道之不察",还是"延伫乎吾将返":这一个延宕的姿态,正如其言的謇謇和行的蹇蹇,在叙述语言中,足为一种绝佳的表演形式。接下来的叙述就更有戏剧性:首先是一位叫女媭的,站出来痛骂一通,态度显然不大好,但是对于主人公的自我认知和塑造,却是一个有力的他者认定。诗中屈灵均有时也展示出良好的自我调控能力:"众不可户说兮",孤独是高举者的命运;"世并举而好朋兮",世俗之人都喜欢呼朋引类,而这是自己不能也不愿克服的弱项。他的选择是全面归依先圣,陈辞对象第一个就是重华,那位南征不返、葬于九嶷的虞舜。这之中除了地理和三皇五帝传说的因素外,还有没有其他特别因素,或需进一步考证。而他对灵修的陈情,从夏、商、周三代的教训,一直讲到自己时运不济,痛哭流涕地以"中正"之姿,上下求索:

> 吾令羲和弭节兮,望崦嵫而勿迫。路曼曼其修远兮,吾将上下而求索。饮余马于咸池兮,总余辔乎扶桑。折若木以拂日兮,聊逍遥以相羊。前望舒使先驱兮,后飞廉使奔属。鸾皇为余先戒兮,雷师告余以未具。吾令凤鸟飞腾兮,继之以日夜。飘风屯其相离兮,帅云霓而来御。纷总总其离合兮,斑陆离其上下。

天地间的各种神祇驱使不暇,可见其人神力卓著。但是这样盛大的出行,结果却是一样的:"世溷浊而不分兮,好蔽美而嫉妒。"随后是各种求女之行、降神之举,终究一无所获,盖中心所栖息、所留恋、所归依的所在,于屈原深情回首那一刻暴露无遗:

> 陟升皇之赫戏兮,忽临睨夫旧乡。仆夫悲余马怀兮,蜷局顾而不行。
>
> 乱曰:已矣哉!国无人莫我知兮,又何怀乎故都!既莫足与为美政兮,吾将从彭咸之所居!

结尾是离开故都而依于彭咸。即使到了战国末年,传统士人的精神世界中仍然保留了如此丰富的天人相通和人神共生空间,给《离骚》的个性化书写,提供了相互映衬、相互激荡的神圣背景。至于此诗中的降神之仪,较之《湘君》《湘夫人》《少司命》等作品的描写,本较为含糊抽象,读者当于他篇深细寻绎之。

四、司马迁《史记》中所摘取和塑造的屈原形象

天下尽有高视阔步的天才诗人,但是没有几位像屈原这样,在诗里铺陈出如此缠绵悱恻而又高傲激越的情愫,而诗外又得到如此多的同情、尊重和认可。这就不难理解,后来各种文本对于屈原形象的深情描摹,在中国文化史中自成一脉不朽的文人精魂。在此不妨拉开史家视野,给予传说中的早期文学文本以适当的距离感和较为深广的考察平台。首先值得关注的,即是《史记·屈原贾生列传》中的屈原形象。以下即抄撮其传,并随时给予适当解释:

> 屈原者,名平,楚之同姓也。为楚怀王左徒,博闻彊志,明于治乱,娴于辞令。入则与王图议国事,以出号令;出则接遇宾客,应对诸侯。王甚任之。
>
> 上官大夫与之同列,争宠而心害其能。怀王使屈原造为宪令,屈平属草稿未定。上官大夫见而欲夺之,屈平不与,因谗之曰:"王使屈平为令,众莫不知,每一令出,平伐其功,以为'非我莫能为'也。"王怒而疏屈平。

楚王族为芈姓,熊氏;昭、屈、景三家也是三大氏族,也都姓芈。屈平为楚怀王的左徒,这个职务的职权范围在现存文献中仅有两见,其职责几于无所不包,接近于国王的左右手;无怪乎这一名目在历史中的另一次出现,即是身为左徒的春申君,后者的下一个职务是楚国令尹。众所周知,令尹在楚国的官职序列中排名第一。这样一个地位显赫的屈原,竟然在战国后期各国记载中从未出现,有人据此推测屈原本人职权甚轻,事迹不显,诗中不免过甚其词,导致司马迁笔下的事迹近于神奇。从逻辑上来说,这样的推测未必可靠,盖战国文献本多残缺,各国重要人物和重要史实

失载者多,并非只有屈原一人身影模糊。按照司马迁的叙述,怀王宫廷中这位惊才绝艳的行政长才,他的坠落极富戏剧性:与他争宠的上官大夫争夺草稿不成,进谗言指责屈原卖弄自伐,而真正的原因显然出自楚怀王本人对于屈原的忌妒,无怪乎小人谗言一击即中。

> 屈平疾王听之不聪也,谗谄之蔽明也,邪曲之害公也,方正之不容也,故忧愁幽思而作《离骚》。离骚者,犹离忧也。夫天者,人之始也;父母者,人之本也。人穷则反本,故劳苦倦极,未尝不呼天也;疾痛惨怛,未尝不呼父母也。屈平正道直行,竭忠尽智以事其君,谗人间之,可谓穷矣。信而见疑,忠而被谤,能无怨乎?屈平之作《离骚》,盖自怨生也。《国风》好色而不淫,《小雅》怨诽而不乱。若《离骚》者,可谓兼之矣。上称帝喾,下道齐桓,中述汤武,以刺世事。明道德之广崇,治乱之条贯,靡不毕见。其文约,其辞微,其志絜,其行廉,其称文小而其指极大,举类迩而见义远。其志絜,故其称物芳。其行廉,故死而不容自疏。濯淖汙泥之中,蝉蜕于浊秽,以浮游尘埃之外,不获世之滋垢,皭然泥而不滓者也。推此志也,虽与日月争光可也。

这是《屈原传》中最动人的赞歌,可惜作者的思维盲点至为明显,他完全混同了楚王和他身边小人对于屈原的伤害。或者说,屈原悲剧叙事中的反面角色,本来该有主从、大小之分,一旦混同主次大小,将国君的不察忠奸和谗人的遮蔽圣明一体处理,将邪曲对于公正的伤害,作为方正之行不容于俗世的理由,那就几乎可以肯定:最高权力所操弄的黑白忠奸两分法则,可以轻易寻找到黑暗政治的替罪羊,也可以从容编织清白贞信的理想人格,但就是不能清理出一条拯救世俗政治的新途辙。笼统说来,屈原悲剧的主因有二,一则最高统治者的忌妒和专制之行,一则自身不谙世事的单纯和迁执。而没有制衡和约束的最高权力，以及没有自我反思能力的行政人才，在传统叙述中很少受到足够有力的勘察。这是后来读者在重新思考古典叙事时，最宜谨慎戒惧的地方。

屈平既绌，其后秦欲伐齐，齐与楚从亲，惠王患之，乃令张仪详去秦，厚币委质事楚，曰："秦甚憎齐，齐与楚从亲，楚诚能绝齐，秦愿献商、于之地六百里。"楚怀王贪而信张仪，遂绝齐，使使如秦受地。张仪诈之曰："仪与王约六里，不闻六百里。"楚使怒去，归告怀王。怀王怒，大兴师伐秦。秦发兵击之，大破楚师于丹、淅，斩首八万，虏楚将屈匄，遂取楚之汉中地。怀王乃悉发国中兵以深入击秦，战于蓝田。魏闻之，袭楚至邓。楚兵惧，自秦归。而齐竟怒不救楚，楚大困。

明年，秦割汉中地与楚以和。楚王曰："不愿得地，愿得张仪而甘心焉。"张仪闻，乃曰："以一仪而当汉中地，臣请往如楚。"如楚，又因厚币用事者臣靳尚，而设诡辩于怀王之宠姬郑袖。怀王竟听郑袖，复释去张仪。是时屈平既疏，不复在位，使于齐，顾反，谏怀王曰："何不杀张仪？"怀王悔，追张仪不及。

这一部分主要是张仪传奇，他的才华主要表现为欺瞒、贿赂、胆大和无耻，而口齿便给，行动迅速，再背靠强大的秦国军队和执行力、协同性极强的秦国政治，相对的楚国君臣一方，都被玩弄于股掌之间，虽有一屈原，却不能用，更不能挽救危亡。这样的一种简单叙事与历史事实之间相差几何，容可另论；而此处隐然塑造出的，不仅有屈原的才识，更有楚王的庸昧。

其后诸侯共击楚，大破之，杀其将唐眛。

时秦昭王与楚婚，欲与怀王会。怀王欲行，屈平曰："秦虎狼之国，不可信，不如毋行。"怀王稚子子兰劝王行："奈何绝秦欢！"怀王卒行。入武关，秦伏兵绝其后，因留怀王，以求割地。怀王怒，不听。亡走赵，赵不内。复之秦，竟死于秦而归葬。长子顷襄王立，以其弟子兰为令尹。楚人既咎子兰以劝怀王入秦而不反也。

　　屈平既嫉之，虽放流，睠顾楚国，系心怀王，不忘欲反，冀幸君之一悟，俗之一改也。其存君兴国而欲反覆之，一篇之中三致志焉。然终无可奈何，故不可以反，卒以此见怀王之终不悟也。人君无愚智贤不肖，莫不欲求忠以自为，举贤以自佐，然亡国破家相随属，而圣君治国累世而不见者，其所谓忠者不忠，而所谓贤者不贤也。怀王以不知忠臣之分，故内惑于郑袖，外欺于张仪，疏屈平而信上官大夫、令尹子兰。兵挫地削，亡其六郡，身客死于秦，为天下笑。此不知人之祸也。《易》曰："井泄不食，为我心恻，可以汲。王明，并受其福。"王之不明，岂足福哉！

　　令尹子兰闻之大怒，卒使上官大夫短屈原于顷襄王，顷襄王怒而迁之。

令尹子兰的加入近于突如其来，显示此处叙述另有来源。而屈原的政治敌人和权力对手，从张仪变为作为怀王幼子和顷襄王令尹的子兰，结果还是一败涂地：

　　屈原至于江滨，被发行吟泽畔。颜色憔悴，形容枯槁。渔父见而问之曰："子非三闾大夫欤？何故而至此？"屈原曰："举世混浊而我独清，众人皆醉而我独醒，是以见放。"渔父曰："夫圣人者，不凝滞于物而能与世推移。举世混浊，何不随其流而扬其波？众人皆醉，何不铺其糟而啜其醨？何故怀瑾握瑜而自令见放为？"屈原曰："吾闻之，新沐者必弹冠，新浴者必振衣，人又谁能以身之察察，受物之汶汶者乎！宁赴常流而葬乎江鱼腹中耳，又安能以皓皓之白而蒙世俗之温蠖（huò）（昏愦义）乎！"

乃作《怀沙》之赋。其辞曰：

"陶陶孟夏兮，草木莽莽。伤怀永哀兮，汩（yù）徂（cú）
（疾行）南土。眴（xuàn）兮（昏暗貌）窈窈，孔静幽墨。冤结纡
（yū）轸（zhěn）（隐痛）兮，离慜（mǐn）（遭忧）之长鞠；抚情效志
兮，俯诎以自抑。

……

"人生禀命兮，各有所错兮。定心广志，余何畏惧兮？曾
伤爰哀，永叹喟兮。世溷不吾知，心不可谓兮。知死不可让
兮，愿勿爱兮。明以告君子兮，吾将以为类兮。"

于是怀石，遂自投汨罗以死。

屈原既死之后，楚有宋玉、唐勒、景差之徒者，皆好辞而
以赋见称；然皆祖屈原之从容辞令，终莫敢直谏。其后楚日
以削，数十年竟为秦所灭。

自屈原沈汨罗后百有余年，汉有贾生，为长沙王太傅，过
湘水，投书以吊屈原。

……

太史公曰：余读《离骚》、《天问》、《招魂》、《哀郢》，悲其
志。适长沙，观屈原所自沈渊，未尝不垂涕，想见其为人。及
见贾生吊之，又怪屈原以彼其材，游诸侯，何国不容，而自令
若是。读《服鸟赋》，同死生，轻去就，又爽然自失矣。

这个太史公是哪个太史公？是司马迁还是其父司马谈，殊难
判明。不过他在叙述中的态度，足以让我们对其感情发抒和情绪
控制抱着一份警醒：由悲痛到垂涕，由奇怪到爽然自失，这样的感
情和思绪变化，其来有端，其去有迹，倒也不失文雅，究竟还是少
了一份自矜和清醒，更难见到个人的精神主体和道义自觉。从司
马迁的《屈原贾生列传》，可以看到《史记》所努力做的，是将屈原
放在战国后期楚国兴亡的大背景中考察，突出屈原身肩国家命运

的大我形象。屈原、贾生之间,自然就形成了对照。至于屈原传记所用的材料,大致上即是《离骚》全篇和《渔父》一半、《怀沙》一部分。这样的文献摘取,是我们窥探《楚辞》中屈原形象塑造的一把钥匙。在此基础上,精读《文选》所录的两篇"骚"类小文,或可触及秦汉文化时空中的古典之音。

五、走进"骚"体文章渊默和忧伤的深处

《九歌》中的《湘夫人》和《湘君》二诗,本各自成篇,但因为湘君和湘夫人明显都是湘水神灵,"君"和"夫人"的称名又似若一家眷属,所以自来颇有视其为夫妇爱情叙事,不顾二篇的具体文本各自有其完整叙述。当然,二诗不仅有湘水的勾连,即具体地点、名称,乃至颠倒错乱的物象描写、徘徊容与的情绪宣泄,都不失为相互映衬的一对文本。所以,放在一起读,虽嫌线条过繁,如果能精心分疏其情绪变幻,未尝不可重建一起复杂的爱情叙事。此处只引《湘夫人》一篇,将其视为巫觋降神的一个描述文本来理解。正文依从《文选》李善注本,径自抄录善注所引王逸《楚辞章句》的有关注释,大体可以看作两汉之交学者的典型解释。

> 帝子降兮北渚,(帝子,谓尧女也。降,下也。言尧二女娥皇、女英,随帝不反,堕于湘水之渚,因为湘夫人。)目眇眇兮愁予。(眇眇,好貌也。予,屈原自谓也。尧二女仪德美好,眇然绝异,又配帝舜,而乃没命水中。屈原自伤,不遭值尧,而遇暗君,亦将沈身湘流,故曰愁我也。)嫋嫋兮秋风,(嫋嫋,秋风摇木貌。)洞庭波兮木叶下。(言秋风疾则草木摇,湘水波而树叶落矣。以言君政急则众人愁,而贤者伤矣。)

按:"帝子"不必如王逸注释所谓唐尧之女,今日读者径以天帝之女或神女视之,似未必错。她降临北渚,目光渺远,让人顿生愁绪。这里的"予"字当如钱锺书先生《管锥编》所谓巫祝之自称,

叙述者以通灵的巫者眼光，一身而兼主客，或依彼而言，或依此出声，而叙述者或书写者烛照此场景，自有超越主客对话的第三方视野。此诗既归于屈原名下，则此叙述者或书写者，即当视为文本创造者屈原本人。而具体诗句的理解，更不必效法当年王逸的讲解，动辄将屈原身世和政治、情感直接强行植入。秋风嫋嫋吹拂，洞庭波起，木叶飘落，这一番优美神奇的构境，算是先秦诗歌中颇为高明的"风景感应"诗学。在秦汉《诗经》阐释中，一般称其为"兴"，即是认可天地之间的具体物象，往往与特定的人心、人事之间，存在着微妙的律动和呼应。在《楚辞》中，这样的感应往往既深远，又缠绵。即如此诗，秋风一过，波澜起伏，木叶飘零，自然界顿时呈现出一片鲜明阔大的物象世界，为后来出场者或悬想出场者的情感交流和行为表达，提供出一方蓬勃动荡的舞台。而在场者的心胸气象，不言可辨。

　　登白薠（fán）兮骋望，（薠，草，秋生。骋，平也。）与佳期兮夕张。（佳，谓湘夫人也。不敢指斥尊者，故言佳也。张，施也。言己愿以始秋薠草初生望平之时，修设祭具，夕早洒扫，张施帷帐，与夫人期，歆飨之也。）鸟萃兮薠中，（萃，集也。）罾（zēng）何为兮木上。（罾，鱼网也。夫鸟当集木巅，而言草中，罾当在水中，而言木上，以喻所愿不得，失其所也。）

整首诗写的就是这一个神灵期会，期与这位佳善的夫人在傍晚一聚。可惜鸟集草中，网挂枝头，似乎在暗示着会合难谐，而天地间的一些物序，也颠倒错乱，令人狐疑。或者，此类奇迹物象，正见神灵巫觋之间，样样不同寻常。

　　沅有芷兮澧有兰，（言沅水之中，有盛茂之芷。澧水之外，有芬芳之兰。异于众草，以兴湘夫人美好，亦异于众人。）思公子兮未敢言。（公子，谓湘夫人也。重以卑说尊，故变言公子也。言己想若舜之遇二女，二女虽死，犹思其神，所以不

敢达言者。士当须介,女当须媒也。)慌忽兮远望,观流水兮
潺湲。(言神鬼荒忽,往来无形。近而视之,彷彿若存;远而
望之,但见水流潺湲也。)

王逸注谓公子指代湘夫人,则言辞出自想象中赴会的湘君。
其实《湘君》诗提及二人赴会之时,"令沅湘兮无波,使江水兮安
流"。沅水在湘水之西,江水即长江则在沅、湘、洞庭之北。此处
提及的澧水,则在洞庭与长江之间。依诗句的陈述,当湘水之神
即将来临,湘夫人却说沅水之上有芷,澧水有兰,诸种美好皆在湘
水之外,可见她的不敢言,似乎类似于众神情感游戏中的不必言、
不可言,这就博爱广思,有点玩笑的意味了。而恍忽远望,流水潺
湲,可见神灵相处的空间极为广大,视线皆辽远。所谓水流的"潺
湲"貌,据说是水缓慢流淌的样子。类似的形容词在《湘君》里,是
湘君望涔阳极浦,横大江而来,"女婵媛兮为余太息",婵媛即啴
嗳,叹息之声;而想象湘夫人是"横流涕兮潺湲,隐思君兮陫侧"。
可见巫者所陈述的这个场景中,湘君与湘夫人乃至旁人、下女,皆
有会合之心,偏偏好事多磨,难以如愿。

> 麋何为兮庭中,(麋,兽名。)蛟何为兮水裔?(蛟,龙类
> 也。言麋当在山林,而在庭中;蛟当在深渊,而在水涯。以言
> 小人当处野,而升朝廷;贤者当居尊官,而为仆隶。)朝驰余马
> 兮江皋,夕济兮西澨(shì)。(济,渡也。澨,水涯。自伤驱驰
> 不出湖泽之域。)闻佳人兮召予,(予,屈原自谓也。)将腾驾兮
> 偕逝。(偕,俱也。逝,往也。屈原幽居草泽,思神念鬼,冀湘
> 夫人有命呼己,则愿腾驾而往,不待侣偶也。)

这是又一种秩序颠倒,在错乱的世界里,即使朝发江皋,夕至
西澨,迅捷无伦,而欢会偕逝之说,终归只是无法实现的愿念。

> 筑室兮水中,葺之兮以荷盖。(屈原困于世上,愿筑室水

中,托附神明而居处也。)荃壁兮紫坛,(以荃草饰室壁,累紫贝为坛。)播芳椒兮成堂。(布香椒于堂上。)桂栋兮兰橑(liáo),(以桂木为屋栋,以木兰为橑。)辛夷楣兮药房。(辛夷,香草,以作户楣。药,白芷也。房,室也。)罔薜(bì)荔兮为帷,(罔,结也。结薜荔为帷帐。)擗(pǐ)蕙櫋(mián)兮既张。(擗,折也。以折蕙覆櫋屋。)白玉兮为镇,(以玉镇坐席。)疏石兰以为芳。(石兰,香草。疏,布陈也。)芷葺兮荷屋,(葺,盖屋也。)缭之兮杜衡。(缭,缚束也。杜衡,香草也。)合百草兮实庭,(合百草之华以实庭也。)建芳馨兮庑门。(馨,香之远闻者也,积之以为门庑也。屈原生遭浊世,忧愁困极,意欲随从鬼神,筑室水中,与湘夫人比邻而处。然犹积众芳以为殿堂,修饰弥盛,行善弥高也。)

这是在大空间的动态和情绪描摹后,又突然将视线落在具体的场景细部。筑室水中,以荷叶为屋盖,虽属就地取材,近乎随意,而荃草芳椒、辛夷兰蕙,种种芳香花草的装饰,也见出十足的虔诚。

九嶷缤兮并迎,(九嶷,山名。舜所葬也。)灵之来兮如云。(言舜使九嶷之山神,缤然来迎二女,则百神侍送,众多如云。)捐余袂兮江中,(袂,衣袖也。)遗余褋(dié)兮澧浦。(褋,襜襦也。屈原设托与湘夫人共邻处,舜复迎之而去。穷困无所依,故欲捐弃衣物,裸身而行,将适九夷也。)

九嶷众山神缤纷来迎,众灵如云降临。即使这是巫觋的一面之辞,而一场正经的典礼,终须要有最终效应的陈述。捐袂江中,遗褋澧水,大约是此类仪式的典型行为。只是这样的众神聚会,是成就了湘君和湘夫人的伟大欢合,还是冲散、淹没了二人相亲的私密视野?诗中虽未明确交代,仅就下文来看,似不宜作太过美好的期待。

搴汀洲兮杜若,(汀,平也。)将以遗兮远者。(远者,谓高
贤隐士也。言己虽欲之九夷绝域之外,犹求高贤之士,采平
洲香草以遗之,共与修道德也。)时不可兮骤得,(骤,数也。)
聊逍遥兮容与。(言富贵有命,天时难值,不可数得。聊且游
戏,以尽年寿也。)

王逸注释最终还是要落实到屈原本事上来,所谓道德之思、
富贵之词,在诗中本不易寻求。而承上文祭礼的一应叙述,此处
采撷杜若不直接上呈众灵,或抛水为礼,而要馈赠远方的那个人,
则二人欢会未得成功,可视为一个确证。结末两句,与《湘君》结
尾两句完全重复,可见二诗确有关联,或者即是一组。良时欢会
不可一朝骤得,这是非常健康而坚定的情感表达;而逍遥徘徊,容
与从容,一点也没有堕入挫败感,更无愤怒指责的言行,可见湘水
二神尤其是湘夫人深沉洒脱的风容。

昔人解释《楚辞》,多谓此诗中有舜和尧女娥皇、女英之间的
故事,这当然是一种读法。又有人谓湘水神即湘君和湘夫人,为
夫妇二人,在解释上也自可成说。然《九歌》既为降神祭祀之诗,
叙述者设为宾主之辞,有男有女,大多就巫觋们的眼中叙述。所
谓逍遥容与,未必如《文选》李善注所引王逸《楚辞章句》注文所
释,指的是屈原的忧伤。今日读者如果直接以接待神灵的巫者来
理解诗中的叙述视角,则文辞之间,众芳如绘,自有神灵世界的迷
离惝恍,也有巫觋们的虔诚呼唤。那些令人惊讶的变异风景,自
属神巫世界的神奇叙事,妙在纯由巫者视野中来,神异缤纷,杂而
不乱。辞藻纷披,情浓意厚,代表了战国晚期以来文学语言的审
美高境,径归屈原名下,又谁曰不宜!

至《文选》"骚"体所录《楚辞》的《卜居》《渔父》两篇,皆似直接
将屈原列为舞台人物,以对话呈现其人的特殊处境。就结构而
言,已与汉赋类似。语言则既有雄辩之美,复借虚应之姿,空白交

流,呈其独往之致,在艺术上有很大的回味空间。此处同样也抄撮《文选》李善注本正文及善注所引王逸注。

> 《卜居》(序曰:《卜居》者,屈原之所作也。原放弃,乃往
> 太卜之家,卜己居俗,何所宜行。)

士大夫的出处进退,是横亘古典世界三千年的经典问题。在先秦诸子中,孔子、孟子、老子、庄子、韩非子诸人的作品中,都有一定程度的呈现,但在士大夫主体性还不鲜明的早期时代,还不能说是诸子作品中最为重要的问题。在《诗经》中,同样也有“衡门之士”“考槃在涧”之类隐士之辞,但只有到了《楚辞》中,才把强烈的主体性和高贵的人格,作为叙述者权衡仕隐选择的重要前提来看。就此而言,屈原或者说传说中的屈原,才是真正开辟了中国士大夫出处进退议题的第一人。当然,在此篇中,他是通过与当时占卜专家的私下交流展开的。有人会聪明地发问:既然是二人之间的私下交流,又是谁人所记,谁人传出? 这个在当时也不是没有类似档案记载的可能。但更大的可能是,这是一个讲出来的故事,故事中人可能都是真实存在的,也可能都是随时抓取,是讲述者的文学创作,也未可知。而我们所要关心的,则是故事中的这位屈原形象,和故事外作为作者的那位屈原,可真不好说是同一个人。

> 屈原既放三年,(违去郢都,处山林也。)不得复见,(道路僻远,所在深也。)竭智尽忠,(建造策谋,披胸心也。)蔽鄣于谗。(遇谄佞也。)心烦意乱,(意愤闷也。)不知所从。(迷瞀(mào)眩也。)乃往见太卜郑詹尹,(稽神明也。郑詹尹,工师姓名也。)曰:“余有所疑,(意惑遑也。)愿因先生决之。”(断吉凶也。)詹尹乃端策拂龟,(整仪容也。)曰:“君将何以教之?”(愿闻其要。)

流放三年,屈原的政治处境已经相当尴尬了。而更可怕的是

他对于个人的定位,尤其是他将自己作为忠诚和才智的代表,把政敌作为谗谄之徒,在道德上先作了审判。唯一比较安全的是他的整个政治悲剧中,没有把楚王作为负面的指责对象,只是说他受到了障蔽。在对话的开头,他的问题是"心烦意乱,不知所从",卜以决疑,这就顺理成章地走到了太卜郑詹尹的处所。"端策拂龟",龟是龟甲,属卜具,策是蓍草,属筮具。

> 屈原曰:(吐词情也。)"吾宁悃悃款款,(志纯一也。)朴以忠乎?(竭诚信也。)将送往劳来,(追俗人也。)斯无穷乎?(不困贫也。)
>
> 宁诛锄草茅,(刈蒿菅也。)以力耕乎?(耕稼穑也。)将游大人,(事贵戚也。)以成名乎?(荣誉立也。)
>
> 宁正言不讳,(谏君恶也。)以危身乎?(被刑戮也。)将从俗富贵,(食重禄也。)以媮生乎?(身安乐也。)
>
> 宁超然高举,(让官爵也。)以保真乎?(守玄默也。)将哫訾栗斯,(承颜色也。)喔咿嚅唲,(强笑噱也。)以事妇人乎?(诎蜷局也。)
>
> 宁廉洁正直,(志如玉也。)以自清乎?(修絜白也。)将突梯滑稽,(转随俗也。)如脂如韦,(柔弱曲也。)以洁楹乎?(顺滑泽也。)
>
> 宁昂昂(志行高也。)若千里之驹乎?(才绝殊也。)将泛泛(普爱众也。)若水中之凫乎?(群戏游也。)与波上下,(随众高卑。)偷以全吾躯乎?(身无忧患。)
>
> 宁与骐骥抗轭乎?(冲天驱也。)将随驽马之迹乎?(安步徐也。)
>
> 宁与黄鹄比翼乎?(飞云隅也。)将与鸡鹜争食乎?(啄糠糟也。)

这是杀伤力很大的对比,不是说对于世俗的鄙夷,而是说对于"我"与这个世界截然对立的自处，这明显是巨大的自我杀伤。在华夏文明的青春期，有这样极具青春叛逆和粗豪自设的表述，倒也不算什么智力和理性上的弱点；但在作为成年人和政治老手的屈原身上，出现这样的率性自处和黑白二分，那就真要让后来读者，为角色的智商和情商担忧了。

> 此孰吉孰凶？（谁喜忧也。）何去何从？（安所由也。）世溷浊而不清，（货赂行也。）蝉翼为重，（近谗佞也。）千钧为轻。（远忠良也。）黄钟毁弃，（贤隐藏也。）瓦釜雷鸣。（愚欢讼也。）谗人高张，（居朝堂也。）贤士无名。（身穷困也。）吁嗟嘿嘿兮，（世莫论也。）谁知吾之廉贞？"（不别贤也。）

如果只是要趋吉避凶，那么出处本来并不是难题。关键是他头脑中所认定的当代秩序，已是一片颠倒。这个世界没有标准，轻重颠倒，贤士倒霉，坏人得志。更可悲的是，这个世界一片默然（嘿嘿），没有人知道"我"是廉洁忠贞之士，这可怎么办呢？

> 詹尹乃释策而谢，（愚不能明。）曰："夫尺有所短，（骐骥不骤中庭。）寸有所长，（鸡鹤知时而鸣。）物有所不足，（地亏东南角也。）智有所不明，（孔子厄陈蔡也。）数有所不逮，（天不可计量也。）神有所不通，（日不能夜照也。）用君之心，（所念虑也。）行君之意，（遂本操也。）龟策诚不能知此事。"（不能决君之志。）

作为卜师中的太卜，也就是大卜，卜者的领导，郑詹尹一下子就看出屈原的问题所在：他缺少一位知己，也就是在道德和才识上都认可他的人。可惜郑詹尹无论如何，都扮演不了屈原知音的角色。不全是因为郑詹尹本人，可能就是屈原所控诉的那个黑暗世界的一分子，更主要的原因是屈原需要知音，却不需要导师。偏偏他的问题，需要一个在智力和学识上完全凌驾于他之上的一

位,来个当头棒喝,指点迷津。郑詹尹知道屈原不接受那样的凌
轹者,所以他只能得体地逊谢。只是他的陈述语言极具智慧,所
谓尺寸各有长短,是说标准不一是世界的常态,你的标准不一定
对,人家的标准不一定错;所谓事物常有不足,智慧也有看不到的
地方,神奇的数学也不一定捕捉到所有的现象,为神为圣也有不
能到达、照耀不到的所在。当你对于世界下了混浊不堪的结论,
应该也可以想到,这个世界上未必没有他者,正以你为麻烦,以你
为人格败坏的悲者。如果你一定要坚持自己的标准,那就按照你
自己的心意,率意直行吧。龟甲、菁草都帮不了你。郑詹尹蕴而
未发的一句话就是:你可以按照自己的想法行事,但是你必须根
据自己的选择,付出相应的代价。

这一篇《卜居》,近乎《离骚》长诗的改写,体制篇幅虽小,
而力量着实不小。文中的屈原,悍然将自我与外部世界相判
离,愤然与一世为敌,颇见《离骚》神髓。无人相知,是他以一
己对抗整个世界的必然归宿。可以说,世界之于他,他之于世
界,都是相互寂寞的存在。或者说,他和世界,都无从理解对
方。从某种哲学层面上讲,可能物我之间,不能相知自是常
态,人生的相知实属偶然。如果说,文中的郑詹尹没有更高明
的智慧和技巧,能够指导、说服对方,或许那正是作者的设定。
但是文中"屈原"的问题,是否是文外作为作者的"屈原"的问
题,或者说,作为作者的"屈原",有没有超越文中"屈原"角色
的那份智力上的冷静和理性力量? 这是每一个后来读者,都
可以提出的疑问。

而同为短章的《渔父》篇,也同样在智力上有超越文本中架构
的表演。需要指出的是,前引司马迁笔下屈原本传,只用了《渔
父》前半篇,可谓极富意味的选择,也反证司马迁本人,对于整篇
《渔父》的理解,可能当得起他本人对于读书生活的标榜:"好学深
思,心知其意。"

　　《渔父》(《序》曰：《渔父》者,屈原之所作。渔父避俗,时
遇屈原,怪而问之,遂相应答。)

　　屈原既放,(身斥逐也。)游于江潭,(戏水侧也。)行吟泽
畔,(履荆棘也。)颜色憔悴,(奸(gǎn)黧(lí)黑也。)形容枯槁。
(癯瘦瘠也。)

被放逐者一般都忧谗畏讥,在意世人的眼光,静心反思自己
的错误,这是愿意与世界和解的姿态,也是争取东山再起的常见
技巧。文中屈原则不然,他是公然外出游玩,明显不思悔改的样
子,或者说,他很是憋闷,需要有人对话,有人排解。本诗的开篇
是很精妙的陈述,而"行吟"以下三句,正画出古典诗人劳心苦思
的忧伤。憔悴枯槁,也是古往今来无数为屈大夫传真的画师们,
常常要着意传达的信息。

　　渔父见而问之(怪屈原也。)曰："子非三闾大夫欤?(谓
其故官。)何故至于斯?"(曷为遭此患也。)

在先秦诸子和历史散文中,常可见到作为第三方冷静观察者
的渔父形象。这有早期政权征税系统不大及于山泽沟壑的原因,
也有渔父处身旷野远水,自成远视之姿的关系。现在他作为屈原
徘徊江边的对话者,正有冷热、远近的强烈对照。渔父的询问并
不厚道,他直接指陈屈原的失败者处境。

　　屈原曰："世人皆浊(众贪鄙也。)我独清,(忠絜己也。)众
人皆醉(惑财贿也。)我独醒,(廉自守也。)是以见放。"(弃草
野也。)

屈原的回答令人大笑,也令人流泪。这是清醒者的寂寞,这
是高洁者的迷狂,这是一个将整个外部世界置于对立面的孤勇
者。他的所有悲剧,当然不会都来自这种极度封闭的自我认知,
所谓性格决定命运,在中国悲剧里并不占据绝对上风;但是他的

这种表达,无疑已将自己放在失败者的延长线上。这是富有同情心的后来读者,所难以释怀的。

> 渔父曰:(隐士言也。)"圣人不凝滞于物,(不困辱其身也。)而能与世推移。(随俗方圆。)举世皆浊,(人贪婪也。)何不淈其泥(同其风也。)而扬其波?(与沈浮也。)众人皆醉,(巧佞曲也。)何不餔其糟(从其俗也。)而歠其醨?(食其禄也。)何故深思高举,(独行忠直。)自令放为?"(远在他域。)

淈(gǔ),其泥,搅浑泥淖。餔(bū)其糟而歠(chuò)其醨(lí),吃那酒糟,饮那酒浆。渔父所标榜的圣人,当然不会是"知其不可而为之"的儒家式强矫的担当者,也不会是法家式的拿着惩罚和赏赐两柄大刀,肆意辅佐威权的帝王,而是道家式的清醒和灵活。什么叫"不凝滞于物"? 即是不凝固,不僵硬,不停留,不滞涩,不黏着于外部世界,不为外部因素所控制。什么叫"与世推移"? 即是与世界一起运作,一同变化。如果整个世界都是混浊的,为何不主动加入,也搅浑泥淖,也扬其波澜? 如果大家都喜欢沉醉,干嘛不吃着酒糟、饮着酒浆? 为什么一定要比别人更深刻,比别人更高明,徒然让自己与俗世隔离,等同于自我驱逐? 这种和同万物的调子,背后是对自己的深深怜惜。在西汉后期就衍生出扬雄式的明哲保身,在六朝玄言世界里,则放大为越情任性,超越地玩世。笼统来说,那都是华夏人格中个人独立和自由意志的增长。一句话,我们与世界没有那么黏着,没必要为它牺牲一切,承担一切。这样颇为"自私"的调子,在公私莫辨的传统表述系统中,从来都没法占据主流,也因此从来都没有失去其可贵的自由的风姿。问题是,这样强力撇清一己的担当和热情,在屈原那里可以得到正面回应么? 答案是"不"。

> 屈原曰:"吾闻之,(受圣制也。)新沐者必弹冠,(拂土芥也。)新浴者必振衣。(去尘秽也。)安能以身之察察,(己清絜

也。)受物之汶汶者乎?(蒙垢尘也。)宁赴湘流,(自沈渊也。)
葬于江鱼腹中,(身消烂也。)安能以皓皓之白,(皓皓,犹皎皎
也。)蒙世俗之尘埃乎?"(被污点也。)

我们会再次流泪,为屈原的清醒,更为他的沉迷。一句"吾闻
之",说明他的立场其来有自,并非都出于狂妄无知的个人骄傲。
王逸注释的"受圣制也"一句,虽说迹近夸张,却无意间窥见了屈
原叙事在后来两千年的华夏时空,对于圣贤人格中刚毅强矫、重
拙博大之风的强化效能。早期生活中,即使是贵族阶层,也不可
能实现脱衣即洗的自由。新洗了头发,一定要把沾了灰尘的帽子
打一打再戴上;新洗了澡,一定要抖掉衣服上的尘土再穿:这是大
家都在执行的生活真理。我是干净的,外界是污浊的,宁可赴身
湘水,葬于江鱼的肚腹,怎么能让自己的皓皓清白,蒙尘于俗世!
问题是,谁能帮助篇中的屈原证明,他的清浊之辨的标准是可以
遵信的? 谁又能说服他,茫茫俗世的尘埃,并不比江流深处的污
泥、江鱼肠胃中的消化物更脏? 此中有两个极为关键的字眼,古
今才人莫不动容:"吾"与"曰"。"吾"即"我"之外无标准,屈原叙
述中最光芒万丈的高贵字眼,即是高举在天地之间的"我";屈原
文本中最令人倾心的文采风流,即是他惊才绝艳的自我诉说的热
情。他以自己的才华,实现了这种强大的"我说"冲动。在淮南王
刘安和司马迁的笔下,屈原被肯定为"虽与日月争光可也"。汉初
贾谊则责其不能如凤凰般高翔、神龙般深潜;西汉后期的扬雄则
哀其不能明哲保身;在两汉之交的班彪、班固父子那里,则是"露
才扬己,显暴君过"的妙才。无论立场如何,他们都清醒地意识到
屈原文本的攻击力和强烈的自我建构内容。

渔父莞尔而笑,(笑难断也。)鼓枻而去。(叩船舷也。)乃
歌曰:"沧浪之水清兮,(喻世昭明。)可以濯我缨;(沐浴升
朝。)沧浪之水浊兮,(喻世昏暗。)可以濯我足。"(宜隐遁也。)

遂去,不复与言。(合道真也。)

渔父笑,我们也笑。渔父的笑是放弃、放松、狼狈逃离的笑,"鼓枻而去"即是划桨如飞而去。对于这种"虽九死其犹未悔"的攻击性人格和表演式自怜,除了微笑,智慧型人格还能做些什么呢? 而后来的读者,如果不抱持耽于鄙陋、善于自欺的躺平式安然,总可以笑着沉吟才章,沐浴清歌,那是战国才人从孟子以下一直倾心的《沧浪之歌》。关于外部世界的清与浊,每个人都可以有自己的判断,也都可以有足以自洽的应对方式。王逸注释对于渔父的"不复与言",解释为不再纠缠,因为屈原言行合于大道的真容,不需要外人横加干扰,这就回避了文中屈原与渔父的最后一次平行式交流的内涵。其实,他们各自都对对方无解,谁也说服不了谁,语言在这一刻极为苍白,只好以沉默作为归宿。

不是所有的辩论都该有答案,不是所有的无言都能像《楚辞·渔父》中的结局,能给予后来读者如此深沉的反思空间。诗人何为? 如果文辞只是游戏,那么热望何属? 道义何存? 勇武何依? 气韵何求? 风流何在? 温情何出? 西晋太康群英中的左思,在其《咏史诗》中曾对此发出嘹亮的回应:"振衣千仞冈,濯足万里流!"千仞高冈,似可遮蔽九嶷;万里长流,更不亚于湘水、长江。诗人可以将这个世界一笔涂抹出灰暗,这一点都不妨碍其吞吐才藻,来去自由。而楚"骚"中的渔父形象,与文中的屈原恰好形成超越和沉迷的两极,时时表演其幽默深沉和忧伤凄切的二重唱。理性与激情共存,热烈与平衡相对,不是很好吗?

参考资料:

1. 董楚平《楚辞译注》,上海古籍出版社,2012 年。

2. 闻一多《楚辞校补》,收入《闻一多全集》(全十二册)第五册《楚辞编》,湖北人民出版社,1993 年。

3. 朱东润《楚辞探诂》,收入《朱东润文存》(上),上海古籍出版社,
2014 年。

4.《游国恩楚辞论著集》(全四册),中华书局,2008 年。

5. 黄灵庚《楚辞章句疏证》(全五册),中华书局,2007 年。

6. 赵逵夫《屈原先世与句亶王熊伯庸——兼论三闾大夫的职掌》,
《文史》第 25 辑,收入其专著《屈原与他的时代》,人民文学出版
社,2002 年。

7. 郭在贻《〈楚辞〉解诂》,收入《训诂丛稿》,上海古籍出版社,1985
年;复入《郭在贻文集》第一卷,中华书局,2002 年;复收入《新
编训诂丛稿》,浙江大学出版社,2010 年(此版有郭氏《回顾我
的读书生活(代序)》,既见世情,复见学风与世风之关联,可启
深思)。

8. 郭在贻《〈楚辞〉解诂续》,出处同上。

9. 黄灵庚《〈楚辞〉文献学百年巡视》,《文献》1998 年第 1 期。

第五讲　班张巨丽太冲豪

班婕妤入《选》篇目：卷二十七；《怨歌行》。

班彪入《选》篇目：卷九；《北征赋》；卷五十二；《王命论》。

班固入《选》篇目：卷一；《两都赋序》《西都赋》《东都赋》；卷十四；《幽通赋》；卷四十五；《答宾戏》；卷四十八；《典引》；卷四十九；《汉书公孙弘传赞》；卷五十；《汉书述高纪第一》《汉书述成纪第十》《汉书述韩英彭卢吴传第四》；卷五十六；《封燕然山铭》。

班昭入《选》篇目：卷九；《东征赋》。

张衡入《选》篇目：卷二；《西京赋》；卷三；《东京赋》；卷四；《南都赋》；卷十五；《思玄赋》《归田赋》；卷二十九；《四愁诗》。

左思入《选》篇目：卷四；《三都赋序》《蜀都赋》；卷五；《吴都赋》；卷六；《魏都赋》；卷二十一；《咏史》诗；卷二十二；《招隐诗》；卷二十九；《杂诗》。

附司马相如入《选》篇目：卷七《子虚赋》；卷八《上林赋》；卷十六；《长门赋》；卷三十九；《上疏谏猎》；卷四十四；《喻巴蜀檄》《难蜀父老》；卷四十八；《封禅文》。

....

　　本讲的主题是班固、张衡和左思名下的京都大赋，同时也涉及两汉班氏家族诸才人的创作。班氏一门，史才固以《汉书》作者班固为翘楚，班固之弟、班昭同母兄班超立功万里西域，乃华夏在公元前后诞生的一代伟人。至论班氏文才，则可上溯成帝宫中妃嫔班婕妤，她为班固的祖姑，名下有一首《怨歌行》足称不朽：

新裂齐纨素，皎洁如霜雪。裁为合欢扇，团团似明月。
出入君怀袖，动摇微风发。常恐秋节至，凉飙夺炎热。弃捐
箧笥中，恩情中道绝。

《汉书·外戚传》说班婕妤为赵飞燕所谮，遂求供养太后于长
信宫，传说诗盖为此而作，其实难明。但是宫怨、男女离合、弃妇、
人情冷热、恩情中绝，凡此主题皆近乎人情世态的最真实肌肤，无
怪乎历久传唱，叹为名作。诗中以团扇自比，比兴之间优美适切，
对后来宫怨诗影响很大。此诗是乐府歌辞，属楚调曲。后人因其
音节语体，疑为伪作，要当不离于中古前期才人手笔。

而班固之父班彪在中国圣贤叙事史上有突出地位，一篇《王
命论》可称西汉帝权意识形态叙事的鲜活样本。而其文学创作，
则承西汉刘歆之后，将纪行赋发扬光大。现在最早的纪行赋，为
刘歆的《遂初赋》；班彪的《北征赋》、其女班昭的《东征赋》，则将纪
行题材的铺写特长和灵活抒情充分发挥出来，使之成为辞赋史上
重要题材之一。所谓纪行，是记述学士大夫一己行旅中的所见、
所闻、所思、所想，是自然人文和历史叙事的相激相应，是一己精
神素养在权力边缘区域的呈现和印证，时间与空间在此相逢，圣
贤与才人相互勉励，确为中古文学中极有意味的人文书写。

班彪之女名昭，字惠姬。年十四，嫁与扶风曹世叔为妻。和
帝数召入宫，令皇后、贵人师事焉，号曰大家（音姑）。兄固修《汉
书》，不终而死，大家续之。时马融受业于大家，后马融授业卢植、
郑玄等汉末宗师。班昭名下的《女诫》，朱维铮先生有"女《老子》"
的妙称，其渊静博达，即此可见。

回到《文选》京都赋，其主题所在，即在极力编织的权力叙事
与文明颂赞。论其主要作者，则以班固、张衡、左思三人为最。从
风采、名望来说，班、张一直是东汉文学的代表性人物，而左思虽
在西晋文坛颇有文名，当时也曾列入权贵贾谧的"二十四友"，后

世提及太康群英，有三张、二陆、两潘、一左之目；其实在当时及后世很长一段时间，人们都认定潘岳、陆机为时代风标，左思的地位远低于潘、陆。只有当读者瞩目于《文选》"京都赋"这一题裁，看重汉大赋的"巨丽"标目，班、张、左这三个人名才会天然联系在一起，那几乎是代表着两汉辞赋最为醒目的文学风标、创作重心及其深远的魏晋遗泽，而这三位作者，正属《文选》首批推出的伟大赋家。

固然，《文选》的第一篇作品并非出自秦汉声名极盛的赋家司马相如，而是来自东汉大手笔班固的《两都赋》，究竟还是一件很触目的事情。那当然事出有因：《文选》全书是分体编纂，即使同一文体的编排，也并非按纪年顺序，仍然是以类相从。依《文选》赋体小类的顺序，首为京都赋，其次为郊祀、耕藉，然后才是相如《子虚赋》为首的畋猎赋。无独有偶，是班固名下的史学巨著《汉书》而非司马迁名下的杰作《史记》，岿然居于唐前文史之学的中心位置。相对西汉文章的两大巨人，班固在唐前知识世界中的位阶都占据压倒性优势，主因当然不全在其人文章、史学的卓越成绩，而是整个知识体系和评价标准的剖侧所致。笼统地讲，不光是魏晋南北朝的政治、军事和社会发展承袭东汉，即便在思想观念和文学叙述领域，东汉对于随后四百年精神世界的影响，也有不容忽略的覆盖式效果。这是今天读《文选》赋时，需要加以留意的一点。

再说了，读汉赋不追溯《楚辞》，讲解东汉赋不从贾谊、枚乘、王褒、扬雄等西京大赋诸名家开始，都不会比读大赋时忽略司马相如更加令人讶异。盖东汉赋本自先秦、西汉以来的辞赋传统中来，而两汉赋家无论就词藻、章节、结构、风格，还是精神、气度、视野、情绪，达到司马相如的水准者，并不多见。我们本讲内容的安排虽不以他为中心，要当酌一蠡以观沧海。兹引其《子虚赋》《上林赋》各一节。

仆对曰：唯唯。臣闻楚有七泽，尝见其一，未睹其余也。臣之所见，盖特其小小者耳。名曰云梦。云梦者，方九百里，其中有山焉。其山则盘纡茀郁，隆崇嵂崒。岑崟参差，日月蔽亏。交错纠纷，上干青云。罢池陂陀，下属江河。其土则丹青赭垩，雌黄白坿，锡碧金银。众色炫耀，照烂龙鳞。其石则赤玉玫瑰，琳珉昆吾。瑊玏玄厉，碝石碔砆。其东则有蕙圃，衡兰芷若，芎䓖菖蒲，茳蓠蘪芜，诸柘巴苴。其南则有平原广泽，登降陁靡，案衍坛曼，缘以大江，限以巫山。其高燥则生葳菥苞荔，薛莎青薠。其埤湿则生藏莨蒹葭，东蔷雕胡，莲藕菰芦，菴䕡轩于。众物居之，不可胜图。其西则有涌泉清池，激水推移，外发芙蓉菱华，内隐巨石白沙。其中则有神龟蛟鼍，玳瑁鳖鼋。其北则有阴林，其树楩楠豫章，桂椒木兰，檗离朱杨。樝梨梬栗，橘柚芬芳。其上则有鹓雏孔鸾，腾远射干。其下则有白虎玄豹，蟃蜒䝙犴。

　　楚王猎于云梦，这是《楚辞·招魂》里已有的情节。相如捉握屈原之旧篇，张皇一己之瑰奇。这一段是铺张打猎地点，我们欣赏之前，需要先处理一下字句音义问题，同时也略略观察其行文气象。相如写云梦泽的风景，是先振起一笔，"其中有山"，这里用了好多连绵词，阅读中，大抵需要以词为单位，但是古来注家和学者们偶尔会"碎义逃难"，析词破义，将连绵词拆开来逐字解释。后来读者自可参酌，又知其错讹可也。具体看相如笔下的山：盘纡(yū)是盘结回旋，茀(fú)郁是山势屈折；隆崇是高耸，嵂(lǜ)崒(zú)大致也是高。岑崟(yín)是险峻，罢池可读若 píyǐ，倾斜而下伸貌，陂(pō)陀(tuó)是倾斜貌。他不只是讲山的高峻，而是讲它既高峻又逶迤，既遮蔽日月，向天空争雄，同时也连着江河。早期文本中的江河一般都特指长江和黄河，这就把云梦泽的空间延展到更大的区宇。接下来变幻笔锋，写云梦泽的色泽奇幻，"众色炫耀,照烂龙鳞",各种颜色是那样的绚烂、显耀,光照四野,绚烂灼人,像龙身上的鳞甲一样,这就写出了光色斑影中的威猛和力量感。具体描写可见相如是就土壤物产写其颜色、光照:"其土则丹青赭垩,雌黄白坿,锡碧金银。"丹指丹砂,青指青䔄(huò),是用作颜料的两种矿产。赭(zhě)垩(è)指赤土和白土,古代的两种涂料;雌黄,橙黄色的半透明矿物,用作颜料;白坿(fù),郭璞注引苏林曰:白石英也。碧是青绿色的玉石。随后是四种玉石的列举:瑊(jiān)玏(lè)即瑊石,石坚似玉。玄厉,黑色磨刀石。碝(ruǎn)石、碔(wǔ)砆(fū),皆类玉之石。以下分举云梦泽的四方物产:其东是蕙圃,即兰蕙等香草的园圃。衡兰芷若:据说分别是杜蘅、泽兰、白芷、杜若。芎䓖 xiōng qióng,药草。菖(jiāng)蓠(lí),一种香草。诸柘(zhè),即甘蔗;巴苴(jū),即芭蕉。其南是平原广泽:登降陁(yǐ)靡,高下绵延状。案衍,低洼貌。坛曼,平坦而又宽广。高燥处生长的是"葴菥、苞荔、薛莎、青薠",葴(zhēn)、菥(xī)、苞、荔,皆草名。或谓葴菥类似燕麦草;或谓葴指马兰草,菥指一种麦草。薛(xuē)指藾蒿,莎(suō)指莎草,青薠(fán)指一种香草。低湿处生长着的,是另外的八种植物:藏莨(liáng)即狗尾草,蒹葭即芦苇,东蔷(qiáng)即沙蓬,雕胡即茭白的子实,称菰(gū)米。莲藕在花称莲,结实为藕;瓟(gū)卢即葫芦,一说,是菰茭(菰米的嫩茎)和芦笋,疑误。菴(ān)闾(lú),指青蒿或臭蒿;轩于(xuān yú)即莸草。此处一句"众物居之,不可胜图"在功能上当然是总结前文,而一似他是实地眼见云梦泽的南部生长着无数植物,图不胜图,画不胜画,可见想象中的云梦世界,人工不胜天然,而此种文学想象,又莫非人工,此中有悠缪其辞的文心在。相如写到云梦泽的西部,是一片水国世界。水面上是芙蓉菱华,点缀着巨石白沙,优美中自有壮丽;水下则是神龟、蛟鼍(tuó),玳(dài)瑁(mào)、鳖鼋(yuán),一众爬行动物,实为古代昂贵药材和豪奢装饰品的重要来源,代表着云梦泽既富且盛的豪华面向。

"其北则有阴林",颜师古注:言其树木众而且大,常多阴也。树有六种:楩(pián)楠、豫章、桂椒、木兰、檗(bò)离、朱杨;也有解释为九种,即是把楩楠指为黄楩木和楠木,桂椒释为肉桂和山椒,檗离指黄檗和山梨,豫章有说是樟树,木兰是一种乔木,朱杨指赤茎柳。果树呢,是"櫨梨楟栗,橘柚芬芳"。有谓櫨(zhā)梨即山楂,楟(yǐng)栗即楟枣,加上橘柚,即是三种果树。此处"芬芳"一词,不仅为了押韵以成声色之美,而且渲染气味,增加兴致,可见笔触的变化和灵动。最后楚使子虚以树上的"鹓雏、孔鸾、腾远、射干"和树下的"白虎、玄豹、蟃蜒、貙犴",结束了云梦泽物产的罗列。鹓(yuān)雏即雏凤,孔鸾有释为孔雀和鸾鸟两物的,其实孔鸾与鹓雏并列,孔是大的意思。腾远一般指猿猴,射干据说类狐。加上后面的蟃(wàn)蜒(yán)、貙(chū)犴(àn),都是传说中的猛兽。即白虎、玄豹看起来是生活中所必有的物产,其实都有典籍的来源,想来都并非云梦泽中物,而是作者驱使词藻、装饰时空的主观想象,工艺式勾勒云梦空间的四面八方。

西汉辞赋的装饰性文风,并不能完全覆盖单个作者基于个人学养、见识以及其在具体创作时空中的特异造就。而文学风会的转移对于饱受经典学熏陶的东汉才人来说,既有创作层面上对于经典叙事的倾心皈依,也有文学欣赏与阐释观念中的反思与强化。就此可以增进理解东汉人眼中的相如赋作。

司马相如《子虚赋》的整个框架,大致来自春秋以来多姿多彩的外交语言,而扬弃其矜持有节之风,转采《楚辞》式的语言表演。辞赋开头,讲的是楚国子虚出使齐国,齐王大发车骑陪他打猎,事后子虚拜访了齐国的乌有先生,边上还有一位亡是公。整个《子虚》《上林》二赋的框架,就寄托在这三个子虚乌有之人的"外交"对话和"国是论述"中。而在三人骋辞铺藻的框架之下,还有更强悍的三方势力,即齐王、楚王和以笼罩四方的"巨丽"压倒一切的天子,这三方各有其力量、尺寸和权力叙述,衍生迭加,蔚为文采。

在行文逻辑上,前半篇章的齐楚外交对话,不失智力的对抗和对勇武的赞美;后半篇章的齐、楚两大国降格为大汉帝国的边远下属,亡是公势挟风雷的语言表演,是超强力量对于智力和勇武的降维打压,而将对方从挫败、杀伤的羞耻感中拯救出来的,是力量在观念世界中超然退隐,文雅的经典之声宁愿以无边的温暖、宽厚示人,帝王的权力也适时地认同古来圣贤的博爱。至此,司马相如创造性地重建了屈原、贾谊的经典叙事。秦汉才人们达成的共识,即是权力虽然庞大又强悍,终需在观念世界中受到部勒;人世间暴力工具的杀伤力有余,经典叙事仍可加以有力地规约。

　　而西汉大赋稍嫌平面化和装饰性的文风,借助叙述主体兴致勃勃的表演,自成一己的豪华壮丽。《子虚赋》先是借助乌有先生之口,简略描述了一个当时发生过的齐王田猎,算是较为接近事实的工笔素描;很快楚使子虚出场,遁辞出于浑厚,极尽虚夸地铺陈楚王狩猎云梦泽的雄奇壮丽,字里行间时时见出类似于早期华夏礼器上纹样的装饰之风,动静相生,色彩斑斓,充满了丰盛物产的奇幻展示,和迅捷发舒的力量颂扬。从行文结构和节奏上看,这种颂扬还是颇有分寸。比如上引描摹物产时常常虚实相生,神奇夹杂着日常,让人不能完全遁入想象世界;即使楚王打猎行为,也是先让勇士徒手格斗猛兽,楚王身带弓箭,驰骋猎场,间或扮演着猎手角色,更多的时候是欣赏和玩味勇士们的力量和猎物的张皇变态,这里面时近时远的距离感,显然是赋家刻意设置出来的。到《上林赋》掀天揭地、包括宇宙的猎场宣示、主臣尽欢以后,亡是公口中的汉家天子发而为礼义之言:

　　　　于是酒中乐酣,天子芒然而思,似若有亡。曰:"嗟乎!此大奢侈。朕以览听余闲,无事弃日,顺天道以杀伐,时休息于此。恐后叶靡丽,遂往而不返,非所以为继嗣创业垂统也。"于是乎乃解酒罢猎,而命有司曰:"地可垦辟,悉为农郊,

以赡萌隶。隳墙填堑,使山泽之人得至焉。实陂池而勿禁,
虚宫馆而勿仞。发仓廪以救贫穷,补不足,恤鳏寡,存孤独。
出德号,省刑罚,改制度,易服色。革正朔,与天下为更始。"

"有亡"就是有缺,有不足。自己行为有涉过分,后代靡丽,往
而不返,也是意料之中的事。"非所以为继嗣创业垂统也",赋家
以帝王本人口吻痛斥游猎奢靡,很有些"扛着红旗反红旗"的味道
了。而"解酒罢猎"迹近笑谈,"救贫补缺""出德省刑""易服改制"
"与民更始",就差不多完全是理想化的观念表述了。带着很幽默
的放松,说着很严肃的政见,这是司马相如的特色。早在汉初,丞
相萧何就向刘邦请命,想让这位大汉的开国之君,同意老百姓到
上林苑中耕作,惹得刘邦大怒,认为萧何是收了商人们的贿赂。
后来武帝时期,也有弄臣之雄东方朔提出相似期待,可见大家对
于皇家猎苑的奢侈浪费都不大接受。可惜提出的方案每每触犯
龙鳞,无论是直言还是玩笑,效果都一般。如果司马相如沿着相
似的方向谏诤,在历史上或许也不失直臣的名声。回到赋文,相
如的说辞既聪明又自在,大体是迎合最高统治者的私欲,推类而
广之,极力放大其奢侈风范,"劝百而讽一"。为何要"劝百",即
千百倍地诱导和赞颂帝王们的贪纵奢靡之风?因为那本来就是
他们作为最高权力者,掩饰不住的那份自由自在的张狂呵。而
"讽一"即百分之一比例的讽刺呢,大小高低,对比鲜明,此间荒
谬,不言而喻。相如非净臣,但离弄臣尚远,更不愿作佞臣。他
的精神发舒空间颇大,不会像东汉赋家那样,极力铺排帝王制礼
作乐的雄心和成绩,因为那本来既非他们的本心,也非事实。至
于相如文章内外的立场,是否像后期扬雄等道德家所指责的那
样,是以逢迎帝王、夸饰欲望为主,这个相信可以见仁见智。每
个读者可以一己的修养、见识、知识、期待为框架,建筑各自的
"相如阐释"。

　　而《文选》中岿然居于赋首的却是东汉以来的京都赋。其核心主题，是对于现世文明和权力聚合物的京都的赞美；西汉赋"铺张扬厉"的奇情壮采，也一变为东汉赋渊雅平彻的臣服恭顺之音。从铺排幅度上看，东汉大赋和西汉大赋一样，既远迈又深沉，而那曾经作为大赋权力叙述和尘世声华之焦点式现形的畋猎，在京都叙述中仍保有其鲜明位置，只是极为明显地降格为"京都现象"的一个侧面。东汉以来的京都赋，基本都是通过对比的结构、平面的铺排和层次分明的经典辩论展开。是的，它已不再是西汉式的辞赋表演者的舞台，毕竟那样只是偶涉经典，也不遑深入，本质上，东汉大赋已成长为表演者徜徉经典、呼吸道义的文化场域。

　　即如《文选》首篇的班固《两都赋》，开宗明义，东都主人以容忍的姿态，让西都宾盛称长安旧制，叙写西都长安。一个"旧"字，说明在"其命惟新"的儒家精神世界里，西都还谈不到有多少典范意义：秦汉帝国定都于此，只是基于关键的地理优势，而刘邦将西汉的首都选在长安尤其是不得已的权宜之计。一旦进入大赋所擅长的空间叙事和力量宣示，赋家的声音自然呈现出动人的风姿：西都地势险峻，城市富庶，四郊广袤。宫室则千门万户，崔嵬神奇，游猎则雄强卓荦，气象万千。帝王狩猎的四个功能尤足令人陶醉，所谓"盛娱游，奋泰武，夸戎狄，耀威灵"。而溢出那盛大娱乐的表层之外的，是来自经典的精神建构，集体光芒的盛大释放。经过前辈赋家扬雄的《河东赋》《长杨赋》等篇所敷陈演绎出来的权力颂扬，从此成为京都叙述的标准祈向。赋中的描写顺序则步武司马相如的《上林赋》，称扬武勇，彰显物态，猎毕继以封赏，再来一场宫廷女性的夜猎，以相如赋风呈现西都壮观，正是两得其宜。高潮已至，赋文突然结以一句"徒观迹于旧墟，闻之乎故老"，夸饰中不忘收敛，边界意识顿时得以强化。至于相如大赋饱受后期扬雄指责的"曲终奏雅"，即以文雅和礼治收束全篇的做法，在班固《西都赋》末尾则仅有端绪，不作展开。很明显，班固将更盛大的精神叙述，分配给东都部分。

单就文采感染力而论，班固承袭相如之迹甚显的《西都赋》音节浏亮，色彩绚烂，似远胜其《东都》；而赋家行文伊始即着力经营，直至贯通两赋的精神强化，才是班氏一门最为看重的不朽盛事，那也是东汉辞赋迥超西汉的经典皈依。《两都赋序》对于西汉一代的辞赋作出总结：

> 或曰：赋者，古诗之流也。昔成康没而颂声寝，王泽竭而诗不作。……或以抒下情而通讽谕，或以宣上德而尽忠孝，雍容揄扬，著于后嗣，抑亦《雅》《颂》之亚也。故孝成之世，论而录之，盖奏御者千有余篇，而后大汉之文章，炳焉与三代同风。且夫道有夷隆，学有粗密，因时而建德者，不以远近易则。故皋陶歌虞，奚斯颂鲁，同见采于孔氏，列于《诗》《书》，其义一也。稽之上古则如彼，考之汉室又如此。斯事虽细，然先臣之旧式，国家之遗美，不可阙也。

筋骨稍具，铺陈尤其盛大堂皇，即此可见西汉儒者两百年苦心经营的汉代《诗》教观。当时读者，既以"三百篇"为谏书，以美感辅翼政治，那么同时诗赋篇章之学中的粉饰和教条也就无可回避。班固认为文学是乱世期和政权草创期极难存现的盛世伟业，他在《两都赋》开头即剖白心曲，毫无祚色地为权力巧言辩护，直陈自己的作赋缘由："臣窃见海内清平，朝廷无事，京师修宫室，浚城隍，起苑囿，以备制度。西土耆老，咸怀怨思，冀上之睠顾，而盛称长安旧制，有陋雒邑之议。故臣作《两都赋》，以极众人之所眩曜，折以今之法度。"这"清平无事"四字，可谓古典时代对于太平盛世的典型描述，也是大雅之堂上颂赞文学的创生舞台。本来嘛，一提到宫室苑囿的兴造，秦汉士人的第一反应就是劳民伤财，连"夷项定汉"的高祖刘邦，看到萧何为他兴造穷奢极侈的未央

宫,也不禁大骂,唯恐招来亡国破家的不祥,吓得萧何赶紧解释,
王者的宫殿乃权力所在,四海观瞻,不得不盛大其形貌,"且令后
世之不能加也",这当然是花言巧语、掩饰之辞。班固径师萧何故
智,他在太平无事的舞台上请出西都宾和东都主人,给前者的任
务是"摅怀旧之蓄念,发思古之幽情,博我以皇道,弘我以汉京",
这就有效地包容和遮蔽了西都父老的怨怼之思;而东都主人的任
务则是讲述"建武之治,永平之事",歌颂重建汉家中兴之业的光
武帝刘秀和明帝刘庄两代帝王。《东都赋》在辞藻之间,着重讲明
汉家新都的文治新范,拓展汉儒礼仪理想在辞赋世界中的颂赞新
时空。如此构思在理念上不能算过分,可一旦落实在具体的辞藻
铺陈上,就会发现笼统论断之辞,实在不易讨好;具体描写难免
"理过其辞,淡乎寡味",振采无力,神气不扬。兹抄撮一节,看班
固笔下的东京畋猎:

> 若乃顺时节而蒐狩,简车徒以讲武,则必临之以《工制》,
> 考之以《风》、《雅》。历《驺虞》,览《驷铁》,嘉《车攻》,采《吉
> 日》,礼官整仪,乘舆乃出。于是发鲸鱼,铿华钟,登玉辂,乘
> 时龙,凤盖棽丽,和銮玲珑,天官景从,寝威盛容。山灵护野,
> 属御方神,雨师汎洒,风伯清尘。千乘雷起,万骑纷纭,元戎
> 竟野,戈鋋慧云,羽旄扫霓,旌旗拂天。焱焱炎炎,扬光飞文,
> 吐焰生风,欱野歕山。日月为之夺明,丘陵为之摇震。遂集
> 乎中囿,陈师按屯。骈部曲,列校队,勒三军,誓将帅。然后
> 举烽伐鼓,申令三驱,轈车霆激,骁骑电骛。由基发射,范氏
> 施御,弦不睼禽,辔不诡遇。飞者未及翔,走者未及去。指顾
> 倏忽,获车已实,乐不极盘,杀不尽物。马踠余足,士怒未渫,
> 先驱复路,属车案节。

处处是节制,满眼是收缩,与其说是狩猎,不如说是修道。说起
来,打猎须部勒以军礼,猎兽有似于杀敌,这在情理上未必说不过

去。至于以《诗》教和《礼》官为准则,以文雅指挥杀戮,这就没法不别扭了。在扬雄大赋里代表神奇法则的风伯、雨师和雷神,到了班固笔下,进一步退化成规行矩步的执礼甚恭者。本来嘛,帝王乘着装饰华贵的玉辂而来,与其说是打猎,不如说是欣赏,他不驾战车,更不骑马驰骋。"凤盖"是车盖,"棽(chēn)丽"是繁盛貌,"和銮玲珑"是铃铛清越。"天官"是指百官小吏等服务天子的官员们,"景从"即如影随形,紧紧追随。"寝威盛容"是放松威压,自成盛大。"山灵护野,属御方神"是典型的SVVS结构,一般的叙述顺序该是"山灵护野,方神属御",山神作为野外的卫兵,四方神灵是属车的驾驭者。元戎满山遍野,戈鋋指向云端,如此陈师列队,似军训,似表演,就是不像打猎。果然,即使是最善射的养由基、最善驾车的范氏出来,在皇家狩猎中都不用逞其所长,既不必瞄准禽兽射箭,也不必故意为了猎取而做出"诡遇"即突然横着的动作,因为倏忽之间,已经收获满车。原来帝王打猎的目的不是发泄、逞强,更非过分的盘桓于快乐和杀戮,而是要展示超强的自控力,加之以灭杀自我、克制冲动的豪迈。此种表演性狩猎,对于扩张性和侵略性天然反感,而更多倾向于时间、节奏、秩序、礼仪、神灵之类的无限虔诚。

以荐牲礼神为中心祈向的狩猎模式,很自然地就走向礼仪程式和外交表演,结果据说很好:"殊方别区、界绝而不邻,自孝武之所不征,孝宣之所未臣,莫不陆詟(zhé)水栗,奔走而来宾。"曾经被空间和距离阻隔而不朝的殊方远邻,西汉极盛时代的武帝、宣帝做不到的朝贡,现在都来了。这不是力量的效果,而是精神的归伏。陆詟水栗,即是说陆上的外夷都摆出惊吓状,水上的远人都很战栗,真是女为悦己者容,臣为强大者肃,显然在朝贡的秩序构建中,化妆和表演天赋甚为管用,臣服的第一步是姿态上的臣服。班固笔下的皇家狩猎,最终达成了君臣欢乐、礼乐齐备、天地和合、元气调顺的效果:

> 万乐备，百礼暨，皇欢浃，群臣醉，降烟煴，调元气。然后撞钟告罢，百寮遂退。

烟煴即是阴阳二气的和合。阴阳和合，元气调匀，狩猎至此，终将达致赋家心目中的最高境界。可是这还不够，赋家仍需要在西京以来大赋的框架之内，呈现其新一轮的"典终奏雅"：

> 于是圣上睹万方之欢娱，又沐浴于膏泽，惧其侈心之将萌，而怠于东作也。乃申旧章，下明诏，命有司，班宪度，昭节俭，示太素。去后宫之丽饰，损乘舆之服御，抑工商之淫业，兴农桑之盛务。遂令海内弃末而反本，背伪而归真。女修织纤，男务耕耘，器用陶匏，服尚素玄。耻纤靡而不服，贱奇丽而弗珍，捐金于山，沈珠于渊。于是百姓涤瑕荡秽，而镜至清，形神寂漠，耳目弗营，嗜欲之源灭，廉耻之心生。莫不优游而自得，玉润而金声。是以四海之内，学校如林，庠序盈门，献酬交错，俎豆莘莘，下舞上歌，蹈德咏仁。登降饫宴之礼既毕，因相与嗟叹玄德，谠言弘说，咸含和而吐气，颂曰：盛哉乎斯世！

东作即春作。农业的春耕秋获，居于四民首业；工商多淫逸之事，其与后宫、乘舆的奢华一样，概在损抑之列。这里正有秦汉以来日益定型的本末、真伪之辨："本"即农业，为第一产业，"末"即工商，为第二、第三产业，"真"是纯真、简朴，"伪"即装饰、奢华。国家法令有"弃末反本"的规定，宫廷和官府都压缩开支，把贵金属捐弃在山间，把珍珠投回深渊不用，看到纤靡的服装就感到羞耻，绝不穿它，奇丽之物一概贱视。结果是天下男女皆各务本业，服装崇尚黑白二色，器皿不外乎陶匏古制。如此则老百姓的精神境界一下子就上来了，形神像圣贤一样寂漠，绝不在意耳目之欢好。考虑到黄金等贵金属和珍宝都被丢弃，这里的"金声玉润"想来并不落实在实际物质层面，而是纯粹精神上的润泽和坚定。四海之内满是学校和庠序,到处歌舞升平,礼仪饮宴,师生们手持最朴拙的礼器,饮着最浑浊的酒,赞美玄妙的美德,歌颂伟大的时代。

> 今论者但知诵虞夏之《书》,咏殷周之《诗》,讲羲文之《易》,论孔氏之《春秋》,罕能精古今之清浊,究汉德之所由。唯子颇识旧典,又徒驰骋乎末流。温故知新已难,而知德者鲜矣。且夫僻界西戎,险阻四塞,修其防御,孰与处乎土中,平夷洞达,万方辐凑?秦岭九嶻,泾渭之川,曷若四渎五岳,带河溯洛,图书之渊?建章甘泉,馆御列仙,孰与灵台明堂,统和天人?太液昆明,鸟兽之囿,曷若辟雍海流,道德之富?游侠逾侈,犯义侵礼,孰与同履法度,翼翼济济也?子徒习秦阿房之造天,而不知京洛之有制也;识函谷之可关,而不知王者之无外也。

> 主人之辞未终,西都宾矍然失容,逡巡降阶,惕然意下,捧手欲辞。主人曰:"复位。今将授子以五篇之诗。"宾既卒业,乃称曰:"美哉乎斯诗!义正乎杨雄,事实乎相如,匪唯主人之好学,盖乃遭遇乎斯时也。小子狂简,不知所裁,既闻正道,请终身而诵之。"

此处省略五篇颂诗,须知其出自以"质木无文"著称诗歌史的班固,除非确有兴趣,否则不读可也。《东都赋》最后部分,在维持其枯燥本相的同时,行文仍有其出色处,比如它有力地列举出了几组鲜明对抗:经典与现实、古与今、本与末。此处的"温故知新",即是着眼于经典与现实的黏着度,认清各自界限与差别。而所谓"汉德",大致即是大汉的传统,就当时来说,可称东汉新德,与它相对的,是经典里的殷周传统。后者来自秦代的法家政治,在西汉表现为霸道与王道相参。相较于西汉传统中对于物质、力量、环境和现世享受的尊重,东汉新德的歌颂者一概将之视为末流。赋家对东汉建都洛阳的诋议者提出几个质问,看似肤廓无识,弃实就虚,衡以汉代儒者的立场,足称义正严辞:道义诉求比扬雄还要正直,物象铺排更比相如真实。是啊,居于关西的长安,徒具其金城汤池的山河之险,精神、格局上怎能比拟天下之中的洛阳门户大开,八方来朝? 你能说这样的自信完全是儒者的愚腐,而不是天朝上国的尊严么? 类似的高下对照尚有几组,比如秦地的山川与编织进权力叙述的五岳江河;秦和西汉宫廷对于祠神、求仙的热衷,与东汉宫廷的灵台、明堂对于经典和天人和谐理念的依附;西汉汇聚鸟兽的太液池、昆明湖,与东汉象征四海流水、歌颂道德的辟雍;西汉游侠的猖狂奢侈,与东汉学士的彬彬守法。凡此都呈现出精神和理念层面的截然两歧。换一个角度来看,从西汉到东汉精神生活的变迁,可以说是神奇退让,庸常登场;力量退却,教条登场;骄傲退却,拘谨登场。总之,秦始皇的阿房宫在被符号化为腐朽、贪婪、奢华、妄作的代名词后,建筑本身的美感力量及其作为权力叙事的本质属性,在西汉人那里还有响应和认同的空间,到了东汉,就难以维系了。这其中的关键,大约可以说是东汉开国君臣所着力构造的政治意识,容不下过多的异己力量和地方声音,当然,还有另一个值得关注的因素,即是西汉学士大夫两百年中所强力建构出的汉家威仪和经典话语,至此焕然生出夺目的光辉,远非一般意识所可抵挡。以攻击和纠正的方式向相如、扬雄表达敬意,这里显然有东汉新德的丰沛自信。

　　很明显,东汉前期辞赋家如班彪、班固、傅毅等人,和西汉时期的枚乘、司马相如、东方朔那样的宫廷文人不同,他们更加信奉经典和教条的道德力量,他们本身的学者意识或官僚兼为学者的意识也较西汉学人更浓。因此,东汉辞赋创作也就有了新现象,即展示学问,盛行用典。这显然增加了阅读的难度,但也同样增加了文章的信息含量,成为以后中国文学中颇为重要的特色。同时,东汉大赋的内容陈述里,出现大量正面宣扬儒家统治思想的

权力歌颂。许多赋家都喜作大量的说教,如班固的《答宾戏》,形
式模仿东方朔的《答客难》,内容却是针对它的批判,认为战国纵
横之士毫无可羡之处,生活在大汉王朝才是荣幸;强调学士大夫
要循正道,守礼义,安本分。

作为大将军窦宪的幕僚,班固写的《封燕然山铭》是直接吹捧
窦宪的,而窦宪作为一位作威作福的外戚,在当时和后世的记载
中,其本身品行和才华乏善可陈,当时文本和历史叙事可谓截然
对照。也许,窦宪在北伐匈奴的战斗中,领导和指挥才华并非一
无可取,却因身份和主流叙事的轻忽,在传统叙述框架中备受贬
抑。《封燕然山铭并序》篇首有李善注引文:

> 范晔《后汉书》曰:齐殇王子都乡侯畅来吊国忧,窦宪遣
> 客刺杀畅。发觉,宪惧诛,自求击匈奴以赎死。会南单于请
> 兵北伐,乃拜宪车骑将军,以执金吾耿秉为副。大破单于,遂
> 登燕然山,刻石勒功,纪汉威德,令班固作铭。

一场波及亚欧大陆、影响深远的大会战,仅以"大破单于"四
字叙述,可见史家的重心不在个人才具和战功,而是事件的前因
后果。有人根据竺可桢等气象学家的研究,认为西汉中期以前气
温较为寒冷,而此后一直到东汉后期,气温较暖,推测东汉时期蒙
古地区即使是漠北也水草丰美,生计优裕。当时匈奴南侵和防御
的战斗意愿,不会像西汉武帝时期那样强烈。更由此推断东汉对
匈奴作战较西汉略易,而领军人物未见高明。如此说法重视了历
史进程中的时和势的力量,也易于为当时人的观念和偏见所欺,
却忘记了任何一场大会战,对于组织能力的要求,都不会很低。

班固此铭的正文和序都极短,行文融经铸史,陆机《文赋》所
谓"铭博约而温润",典故博多,用语简约,"博约"二字此铭有之,
"温润"之风却不易识察。此无他,军国大政和历史沧桑的宏大主
题,使这篇铭文难以温暖收场。其序曰:

惟永元元年秋七月，有汉元舅曰车骑将军窦宪，寅亮圣皇，登翼王室，纳于大麓，惟清缉熙。乃与执金吾耿秉，述职巡御，治兵于朔方。鹰扬之校、螭虎之士，爰该六师，暨南单于、东胡乌桓、西戎氐羌侯王、君长之群，骁骑十万。元戎轻武，长毂四分，雷辐蔽路，万有三千余乘。勒以八阵，莅以威神，玄甲耀日，朱旗绛天。遂凌高阙，下鸡鹿，经碛卤，绝大漠，斩温禺以衅鼓，血尸逐以染锷。然后四校横徂，星流彗扫，萧条万里，野无遗寇。于是域灭区殚，反旆而旋，考传验图，穷览其山川。遂逾涿邪，跨安侯，乘燕然，蹑冒顿之区落，焚老上之龙庭。将上以摅高文之宿愤，光祖宗之玄灵；下以安固后嗣，恢拓境宇，振大汉之天声。兹可谓一劳而久逸，暂费而永宁也。乃遂封山刊石，昭铭盛德。其辞曰：

永元元年是公元 89 年，汉和帝刘肇登基后自纪年号的第一年，元舅即长舅。寅，敬；亮，佐；登，升；翼，辅。"纳于大麓"出于《尚书·舜典》，指接纳为总录天子事的官员，麓即录。"惟清缉熙"出于《诗·周颂·维清》，"惟清"即清，"缉熙"即光明。爰该六师：爰（yuán），于是；该，齐备；天子军队有六师，周制，一万二千五百人为师。元戎是大型战车，轻武、长毂都是古代的战车和兵车，雷辐是有车盖的载重车。高阙是阴山山脉一个缺口，鸡鹿是边塞名，碛（qì）是沙石，卤是盐卤。衅鼓，以人或畜的血液涂鼓行祭。温禺（yú）是匈奴子弟出任的官职，尸逐是匈奴异姓充任的官职。四支部队横扫匈奴，像大火星和彗星扫过天空。每个区域的敌人都被清理一空，反旆（pèi）而旋即回师凯旋。冒顿和老上是匈奴最强盛时期的单于，这一次的大胜足以摧毁匈奴所有的光荣，也足以报复当年高祖、吕后、文帝卑词求和的耻辱。窦宪也由此拜大将军，一时权威莫敌；连作为幕僚的班固也扬眉吐气得很充分，其家奴至于醉骂洛阳令，就此惹下班固下狱而死的祸根。

至于此次劳师袭远，花费多少，损失几何，班固也是一言决之："一
劳而永逸，暂费而永宁。"一应审计工作大约也都"宜粗不宜细"
了。铭文的序已经很短，铭辞只有五句三十五字：

> 铄王师兮征荒裔，剿凶虐兮截海外，敻其邈兮亘地界，封
> 神丘兮建隆碣，熙帝载兮振万世。

铄通"烁"；地界即地极，天边；碣（jié）通"碣"，指圆形的石碑；熙即
兴隆；帝载即帝王的事业。光芒万丈的王师远征荒裔，剿灭凶虐
之徒整治海外，邈远啊一直连亘天边！封祭神山啊建立高碑，兴
隆帝业啊，振作万世！

　　铭文只对窦宪战功的正面价值加以歌颂，至于序文里提及的
耻辱，则绝不涉及。一篇短短的小文章，隐然连系着周宣王以来
华夏八百年的北方边患，中间多少艰难，多少血泪，似都有了着
落。所可惜者，这样的盖世功勋，竟然是窦宪这样的外戚罪人适
逢其会，历史的吊诡处，即在于此。而文本中满布经史陈言的再
造，所谓典而丽的风格，不仅是典故的叠加，更有雄辞的镕铸；而
弥漫的豪迈之气，倒有中国文学史中不易多见的刚猛霸悍，可谓
另类之辞。然与作者笔下京都大赋一样，有其渊懿平彻的底色。

　　《两都赋》区别于相如赋的瑰玮萧森，也有别于子云赋的瑰丽
奇诡，自成典雅平丽的风格。从此京都赋的基本格局，就由班固
《两都赋》确定下来，而在六朝文家那里，京都赋也一直拥有天下
文章莫大于是的崇高地位，历代创作络绎于途，但只有张衡的《二
京赋》和左思的《三都赋》，是公认的可以上继班固的名篇。

　　相对于在世界科技史上的崇高地位，张衡在文学史上的评价
明显受到此间传统的更大约束。《文选·二京赋》作者名下有李
善注：

> 善曰：范晔《后汉书》曰：张衡，字平子，南阳西鄂人也。
> 少善属文。时天下太平日久，自王侯以下，莫不逾侈，衡乃拟

> 班固《两都》,作《二京赋》,因以讽谏。十年乃成。安帝雅闻
> 衡善术学,公车征拜郎中,出为河间相。乞骸骨,征拜尚书,
> 卒。杨泉《物理论》曰:平子《二京》,文章卓然。

可见当时、后世都认为张衡《二京》乃继班固《两都》之作,且目的十分明确,是要实现辞赋的讽谏功能。此说也颇可疑:讽刺谏诤之事,本可数言出之,为何赋家要费尽心血,摛藻铺文?史家自可不作回应,而后来读者,却能在欣赏吟咏之余,触及辞赋的愉悦功能和美感效应。

《西京赋》起始于凭虚公子与安处先生的对话:

> 有凭虚公子者,心侈体忕,雅好博古,学乎旧史氏,是以多识前代之载。言于安处先生曰:"夫人在阳时则舒,在阴时则惨,此牵乎天者也。处沃土则逸,处瘠土则劳,此系乎地者也。惨则鲜于欢,劳则褊于惠,能违之者寡矣。小必有之,大亦宜然。故帝者因天地以致化,兆人承上教以成俗。化俗之本,有与推移。何以核诸?秦据雍而强,周即豫而弱,高祖都西而泰,光武处东而约。政之兴衰,恒由此作。先生独不见西京之事欤?请为吾子陈之。"

气分阴阳,地分肥瘠,人分劳逸。这些基本的尺度加入政治教化的推演中,自有其坚定而强大的效应。强弱兴衰,由此而定。此种判断,站在两汉以后,大体可言不差。而张衡当日将之置于凭虚公子的口中,预先就明示其"不实",盖安处先生之立场,一定是两汉士大夫所热心的圣贤话语与观念体系。所谓"不实"有实,"安处"未必安,这是后来读者在阅读张赋时可以考虑到的。

《西京赋》正文一承相如《上林》、孟坚《西都》敷陈物序之长,而字句更加琢磨,长短相错,自有变化的刻意,可见前后赋家文体的进展。很明显的一点特异处,是张衡赋文常有插入语和评点语,像讲到西京地理的神迹时,插一句"厥迹犹存";讲到秦灭六

国,评一句"岂不诡哉";讲到高祖没有定都洛阳和故乡,说一句
"天命不滔,畴敢以渝",上天的命令不可更改,谁敢自己作出变
化;讲到后宫装饰,来一句"虽厥裁之不广,侈靡逾乎至尊",如此
体制虽然不太大,奢靡已经超过皇帝的陈设;讲到西京宫殿设施,
更是先声夺人,再借萧何的遁词,对帝王的狂妄放纵先作一番
讽刺:

> 惟帝王之神丽,惧尊卑之不殊。虽斯宇之既坦,心犹凭
> 而未撼。思比象于紫微,恨阿房之不可庐。

后面讲到一应建筑,也是径采史家的讥讽语气大笔勾勒,反
话正说:

> 于是采少君之端信,庶栾大之贞固。立修茎之仙掌,承
> 云表之清露。屑琼蕊以朝飧,必性命之可度。美往昔之松
> 乔,要羡门乎天路。想升龙于鼎湖,岂时俗之足慕! 若历世
> 而长存,何遽营乎陵墓?

司马迁《封禅书》以来,李少君、栾大之流利用汉武帝的长生
狂热,装神弄鬼,提及他们的端信和贞固,在史家已经是笑谈,在
赋文里编排,更是冷笔热写,诛甚斧钺。此类夹枪夹棒的"冷热语
言",几乎贯穿着全赋的各个章节。与班固比起来,似乎班氏的夸
张不失虔诚,在最高权力面前近乎是低头跪着的臣服式赞美;而
张衡虽然也是跪着的,却明显是抬起头来,时时抗颈指陈,不少避
忌。当然,这也未必完全归于叙述主体的精神属性的强弱,大体
可能还是张衡对于经典和圣贤的依托更深,指斥权力、欲望、力量
等现世繁华时更有安全感。同时,与班赋颇有分寸的夸饰不同,
张赋的夸饰几乎是不分轻重的自在调笑,它们与前述的插入和评
点语一起,构成《西京赋》更酷烈的讥讽、更深微的叹息。比如讲
到水上打猎"攫胎拾卵"尽取无遗,是"取乐今日,遑恤我后"! 讲

到后宫美女,直接说"展季桑门,谁能不营",天下最贞信不淫的柳下惠和佛门和尚,都不可能不动心。讲到汉哀帝想让位给董贤,"王闳争于坐侧,汉载安而不渝",忠臣王闳都急得当场抗议,而汉家天下屹立不倒,那么到底汉哀帝的任情任性,是过分还是有分寸呢? 凭虚公子不明说,后来读者可就得三复其词,多加忖度了。

在文体上,《东京赋》和班固《东都赋》一样,都要处理一个关键问题,单纯在理念和礼仪上歌颂一个京都,如何能够达致物类、欲望抒写和力量、速度展示一样的审美效果? 在化抽象为具象、赋礼仪以神采上,班赋做得不算很成功,而张赋后来居上,显然颇下功夫。比如《东都赋》中作为对立面的西都形象,班固只说前汉是时有未暇,才因陋就简,《东京赋》则充分展开西京诸传统:

> 且高既受命建家,造我区夏矣。文又躬自菲薄,治致升平之德。武有大启土宇,纪禅肃然之功。宣重威以抚和戎狄,呼韩来享。咸用纪宗存主,飨祀不辍,铭勋彝器,历世弥光。今舍纯懿而论爽德,以《春秋》所讳而为美谈,宜无嫌于往初,故蔽善而扬恶,只吾子之不知言也。必以肆奢为贤,则是黄帝合宫,有虞总期,固不如夏癸之瑶台,殷辛之琼室也。汤武谁革而用师哉? 盖亦览东京之事以自寤乎?
>
> 且天子有道,守在海外。守位以仁,不恃隘害。苟民志之不谅,何云岩险与襟带! 秦负阻于二关,卒开项而受沛。彼偏据而规小,岂如宅中而图大?

同样是站在中心鄙薄边缘,张赋还是比班赋周延多了,起码西京诸帝不全是负面形象,这就不仅在以礼义推翻西京传统,而且也以礼义提升西京形象了。虽然这样一来,"偏据而规小"的指责稍嫌苛刻,以丰富和分疏代替前人的简单和笼统,在文采和意味上大有径庭。

一依相如、班固等人划定的畋猎、京都赋的叙述框架,张衡极力以丰富和新奇琢磨句式，增添文采；而西晋时期的左思则在张衡《二京赋》和《南都赋》的基础框架上，创作了名重一时的《三都赋》。

左思字太冲，齐国临淄（今属山东）人，出身寒素。妹左棻以文才入宫，左思随之移家洛阳，为权臣贾谧门下“二十四友”之一，曾为贾氏讲《汉书》，可见他是以学术立身于朝的。他的《三都赋》一出，即有“洛阳纸贵”之誉，同时东吴入洛大才陆机等人都搁笔不再作，可见其成功。

左思写作《三都赋》据说是十年乃成，经营时间之长，较之司马相如犹增数倍。当时，魏、蜀、吴三国已为西晋统一，华夏区宇再经分裂之余，各种地方性观念的发展，也给左思的物产铺叙和人文礼赞带来更深层的意味，此赋的三方对照格局中，也基本上是回应班、张以来的巨丽主题。而在具体行文中，则自有神采。《三都赋序》首引扬雄、班固二家诗赋之说，然后立一物产、风土的求实标尺，指责前辈相如、扬雄、班固、张衡“侈言无验，虽丽非经”，如此似要将汉赋奢靡神奇之风扫地以尽，而成其写实辨物之体。具体效果如何，且读其《蜀都赋》一节：

尔乃邑居隐赈，夹江傍山。栋宇相望，桑梓接连。家有盐泉之井，户有橘柚之园。其园则有林檎枇杷，橙柿梬楟，榹桃函列，梅李罗生。百果甲宅，异色同荣。朱樱春熟，素柰夏成。若乃大火流，凉风厉，白露凝，微霜结。紫梨津润，樼栗罅发。蒲陶乱溃，若榴竞裂。甘至自零，芬芳酷烈。其园则有蒟蒻茱萸，瓜畴芋区，甘蔗辛姜，阳蓝阴敷。日往菲薇，月来扶疏。任土所丽，众献而储。其沃瀛则有攒蒋丛蒲，绿菱红莲，杂以蕴藻，糅以蘋蘩。总茎柅柅，裛叶蓁蓁。蒉实时味，王公羞焉。其中则有鸿俦鹄侣，鷛鹭鹈鹕。晨凫旦至，候雁衔芦。木落南翔，冰泮北徂。云飞水宿，哢吭清渠。其深

> 则有白鼋命鳖，玄獭上祭。鳣鲔鳟魴，鮪鳢鲨鲿。差鳞次色，
> 锦质报章，跃涛戏濑，中流相忘。

隐，盛；赈（zhèn），富。椵（yǐng），亦称椵枣或黑枣。榳（tíng），山梨。柹（sī）桃，山桃。甲宅，宅同"坼"，指草木发芽时种子外壳裂开。樼（zhēn）栗，即榛栗。罅（xià）发，爆裂。蒟（jǔ）蒻（ruò），魔芋。阳蒀（xū）阴敷，阳地温暖，阴湿分布。菲薇，草木茂盛。扶疏，疏密有致。丽，附丽，生长。沃瀛即肥沃的沼泽。攒（cuán），聚集。蒋、蒲、菱、莲、蕴、藻、蘋、繁，皆为水草。柅（nǐ）柅、萲萲，皆茂盛貌。蕡（fén）实，果实。时味，时鲜。冰泮（pàn），冰融。哢（lòng）吭（kēng），引吭（háng）鸣叫。鳣（zhān）、鲔（wěi）、鳟（zūn）、魴（fáng）、鮪（tí）、鳢（lǐ）、鲨（shā）、鲿（cháng），八种美味大鱼。

蜀地的江山栋宇、桑梓家园，在赋家的笔下层层铺开。与两汉赋家或从远处与其色泽以取其大势、或从近处描其样态以刻画权力的叙述不同，左太冲的果实、水草、鱼鸟之属既家常又整齐，既鲜明又神气，既属日常秩序中的活色生香，而又身带天地间生物所常有的自由神情。那不是权力在歌唱欲望，也不是赋家在摆弄辞藻，而是每一种生命在自吟自唱。无怪乎作者可以昂然在两汉传统之外，弃夸饰，回日常，越真实，越神奇，盖历经玄言润饰的文学语言，自有生命的律动和自然的灵气存焉。一句"甘至自零，芬芳酷烈"，冲决语言的雕琢和历史的俗套，一直到千百载之后，仍然能给每一个敏感的读者以生命的感动。若论其弱点，则京都赋所自带的权力中心和文明焦点，每每为细节的生动与神情的独立所稀释和瓦解。盖时有超越远迈之姿，滔滔自然风流，凡此岂是权力叙事所能牢笼？此不仅《蜀都赋》为然，即《吴都》《魏都》尽皆不免。兹录《魏都》一节：

> 右则疏圃曲池，下畹高堂。兰渚莓莓，石濑汤汤。弱葼

系实，轻叶振芳。奔龟跃鱼，有瞵吕梁。驰道周屈于果下，延阁胤宇以经营。飞陛方辇而径西，三台列峙以峥嵘。亢阳台于阴基，拟华山之削成。上累栋而重霤，下冰室而沍冥。

《文选》李善注引张载注："文昌殿西有铜爵园，园中有鱼池堂皇。"又引《离骚》："既滋兰之九畹。"《魏都赋》重点描写的是宫馆楼台，这里每个形容词和动词都颇见功夫，疏、曲、下、高、弱、轻、奔、跃、延、峙、峥嵘、亢、拟之类皆是。莓莓即每每，水草茂盛貌；石上水流湍急曰濑（lài）；汤（shāng）汤，水势浩大。葼（zōng）指细树枝，扬雄《方言》："青齐兖豫之间谓之葼。"左思不仅身在洛阳，而且他是齐地人。与上引文字中"中流相忘"类似，吕梁同样出典于《庄子》，所谓"县水三十仞，流沫四十里，鼋鼍鱼鳖之所不能游也"。本来鱼可跃而龟不必奔，但是吕梁险峻，视此或有蜕变、化龙之机。驰道是天子车马奔驰的大道，周屈即周回盘旋，果下有此施设，置身魏都或者也不是夸张。延阁是连绵的楼阁，胤（yìn）宇即连接一起的楼宇。飞陛称殿阶之高，方辇指并行的车辇。三台指铜爵台、金虎台、冰井台，皆在邺城，并非洛阳。不过邺城确实是曹魏的大本营，笼统叙述魏都地区，就包括在内了。张载注："铜爵园西有三台，中央有铜爵台，南则金虎台，北则冰井台。铜爵台有屋一百一间，金虎台有屋一百九间，冰井台有屋百四十五间，上有冰室。三台与法殿，皆阁道相通，直行为径，周行为营。"中古时代的军事设施，有如此高峻宏阔的台营，力量得到数倍的高度和速度加持，基本上就是不可抗拒的存在。所以向阳的台基高耸，阴影同样巨大，平原之上望之如华山之险。累栋即累累栋梁，重霤指承屋檐而下的木制下水道。沍（hù）冥，阴晦寒冷。

左思身处玄谈喷涌的洛阳新学世界，虽以《汉书》学自处、自显，稍能掩饰作为天子妃嫔私亲的尴尬，其于《老子》《庄子》《周易》"三玄"之书,显然也是熟极。这份超然玄意,一旦融汇贯穿于个人情绪的豪迈深沉,就能拉满文学语言与意象中的激越张力。这当然无法体现在滔滔词藻的大赋语言里,而体现在他名垂青史的《咏史》诗八首中。此录第五首:

> 皓天舒白日,灵景耀神州。列宅紫宫里,飞宇若云浮。峨峨高门内,蔼蔼皆王侯。自非攀龙客,何为欻来游? 被褐出阊阖,高步追许由。振衣千仞岗,濯足万里流。

白日神州,紫宫飞宇,这高门世界里作者想要攀附也难。效玄言英雄被褐自高,振衣千仞,濯足万里。诗人这玄意悠远的高岸身形,没有大赋作者常取的俯首乞怜之姿,也没有屈宋以来才士遭到摒弃后的黯然感伤,只有傲视俯笑、扬首天外。当此时刻,他自可置身文学史上曹植、李白一系的豪迈长廊,为千古江山抹上一丝亮色。

参考资料:

1. 踪凡编《司马相如资料汇编》,中华书局,2008 年。

2. 陈其泰、赵永春《班固评传》,南京大学出版社,2002 年。

3. 张震泽《张衡诗文集校注》,上海古籍出版社,1986 年。

4. 许结《张衡评传》,南京大学出版社,1999 年。

5. 俞士玲《左思文学系年考证》,收入《西晋文学考论》,南京大学出版社,2008 年。

第六讲 "建安风骨"陈思王

曹植入《选》篇目：卷十九：《洛神赋》；卷二十：《上责躬应诏诗表》《责躬诗》《应诏诗》《公宴诗》《送应氏诗》；卷二十一：《三良诗》；卷二十三：《七哀诗》；卷二十四：《赠徐幹》《赠丁仪》《赠王粲》《又赠丁仪、王粲》《赠白马王彪》《赠丁翼》；卷二十七：《箜篌引》《美女篇》《白马篇》《名都篇》；卷二十九：《朔风诗》《杂诗》《情诗》；卷三十四：《七启》；卷三十七：《求自试表》《求通亲亲表》；卷四十二：《与杨德祖书》《与吴季重书》；卷五十六：《王仲宣诔》。

今日理解曹植，似应着眼于三点：第一，他是汉末骄子、建安群英之首，无论在才华上，还是在心理上、精神上、社会上，都是如此。在德性和气度上，曹植一直站在时代的最高峰，这大约是他在聚光灯下最闪亮的一面。隋唐之交的王通在《文中子》中几乎遍怼中古才子，独于曹植献上赞辞："陈思王可谓达理者也，以天下让，时人莫之知也。""君子哉，思王也！其文深以典。"第二，他是魏朝的亲王，在政治上和精神上，都很难站在曹魏帝王的对立面，这往往是后来读者容易忽略的一面，却是他在当日的第一身份。也就是说，他首先是魏国王侯，无论封号是平原侯、临淄侯、安乡侯、鄄城侯，还是鄄城王、雍丘王、东阿王、陈王，也无论得失升降，心情压抑还是舒张，他都是曹魏帝王家族中最忠诚的一分子，他的个人利益也和魏国朝廷紧紧地捆捆在一起，一荣俱荣，一损俱损。第三，他是当日的文章巨公，有自己的文体追求和批评立场,也有自己的文学小圈子和趣味共同体。像他和杨修,丁仪、丁廙兄弟的关系,就不仅是政治上相互联缀的利益伙伴,更是文学上相互切磋的知音。他和王粲的交情中,恐怕主要成分也是在于文学上的相互欣赏。曹子建的文学成就,正是他在当日和后世文学史上的立身之本。脱离这三点中的任意一条,阅读曹植,很可能流于遮蔽甚至蛮悍,离读书人知人论世、多闻阙疑的要义会比较远。

理解曹植在文学史上的地位大约也得注重三条:一、曹植的文章是他立身行事的反映,他的立身就是前述那三点,那是他个人人格及其背靠的整个天赋和背景,一个丰富、深厚的时空多面体,虽然他本人看上去极其单纯。二、曹植的文章,后来钟嵘《诗品》有定评:"骨气奇高,词采华茂",这气骨后来又被称为"风骨",风和气可以互通,都指的文章的感染力,骨则是指文章的文体表现力(参见骆玉明和汪涌豪师的相关著述)。此种评价既有文章文体学的内涵,也有美学、早期人文学的味道。三、曹植的文章当然是功能性的,也就是说,它们都是有功能的目的性存在,有其实用性;同时他的文笔不仅有自叙的意味,也有基于文体和主题的对于前代文学的继承和超越。作为当世才杰和最具创造性的作者,他也一直是时人学习、欣赏的对象。这就意味着,许多关于他的传奇叙事无论正误,或多或少都会对他的个人形象、名下作品的理解产生影响,这类似于接受美学的所谓"前见"或前视野。

比如最有名的七步诗的传奇,大体即可作基于世态人情的功能性观察。《世说新语·文学篇》:

> 文帝尝令东阿王七步中作诗,不成者行大法。应声便为诗曰:"煮豆持作羹,漉菽以为汁。萁在釜下然,豆在釜中泣:本自同根生,相煎何太急?"帝深有惭色。

"然"即燃。《世说》以魏晋人的材料最多,此则出自当时人抑或后来者的创作,殊难确知。其不晚于《世说》诞生的刘宋以后,则可无疑。此诗还有一则后来人改写的简本四句,语言更为集中有力,而大致意味不变。如将此诗作为当时实况,恐未必然,而移作当时人对于曹植在曹魏宫廷中尴尬地位的一个形象说明,仿佛更为贴切。揆之实情,该是先有曹子建的宫廷处境,后有遵照此处境、夸张其境遇的创作文本。至于曹丕当时真能有此恶令,必欲曹子建七步成诗,曹植虽有捷才,又是否熟知此种民间风味,皆难以细辨。所可知者,此类叙事文本的功能非常鲜明,观念意识尤为强悍,那是汉初以来民间言辞中常可见到的朴素立场,即兄弟之情不妨置身于国法、权斗之外。同书又有一处,乃是捉刀人之说,与曹氏兄弟、父子之间以及朝堂上下皆极有关联。《世说新语·容止篇》:

> 魏武将见匈奴使,自以形陋,不足雄远国,使崔季珪代,帝自捉刀立床头。既毕,令间谍问曰:"魏王何如?"匈奴使答曰:"魏王雅望非常;然床头捉刀人,此乃英雄也。"魏武闻之,追杀此使。

史书记载,魏武帝曹操形貌短小无威仪,而其英雄人格,在当时即有许劭、乔玄等清谈名流发表生猛评语为其背书。崔琰形象素称威重,作为河北士大夫的精神领袖,在曹操击败袁绍拿下冀州时,他昂然代表河北人士发声,逼使曹操当场敛容致敬,是当日颇具地方实力的道德英雄。问题是曹操虽为一时雄主,不必对于北方蛮夷使者假以颜色,也可以理解,至于任意杀戮,究属非常可怪之事,此类故事无论如何不会出自一个稍懂政治常识者(余嘉锡《世说新语笺疏》引程炎震、李详考证,说明时、事皆不合,"此事近于儿戏,颇类委巷之言,不可尽信"),大抵属于玄虚造作。至于学者们于史书中查找匈奴来使及其外交行迹,以明此事为虚,用力虽勤而方向有误。盖此类创作虽近于向壁虚构,其功能与目的往往在故事之外。比如当日必无匈奴来使被杀之事，倒是那位河北士大夫领袖人物崔琰被杀，死非其罪，当时人颇为痛惜。《三国志·魏书·崔毛徐何邢鲍司马传》中有崔琰本传：

> 魏国初建，拜尚书。时未立太子，临菑侯植有才而爱。太祖狐疑，以函令密访于外。唯琰露板答曰："盖闻《春秋》之义，立子以长，加五官将仁孝聪明，宜承正统。琰以死守之。"植，琰之兄女婿也。太祖贵其公亮，喟然叹息，迁中尉。
>
> 琰声姿高畅，眉目疏朗，须长四尺，甚有威重，朝士瞻望，而太祖亦敬惮焉。（裴松之注引《先贤行状》曰：魏氏初载，委授铨衡，总齐清议，十有余年。文武群才，多所明拔。朝廷归高，天下称平。）琰尝荐巨鹿杨训，虽才好不足，而清贞守道，太祖即礼辟之。后太祖为魏王，训发表称赞功伐，褒述盛德。时人或笑训希世浮伪，谓琰为失所举。琰从训取表草视之，与训书曰："省表，事佳耳！时乎时乎，会当有变时。"琰本意讥论者好谴呵而不寻情理也。有白琰此书傲世怨谤者，太祖怒曰："谚言'生女耳'，'耳'非佳语。'会当有变时'，意指不逊。"于是罚琰为徒隶，使人视之，辞色不挠。太祖令曰："琰虽见刑，而通宾客，门若市人，对宾客虬须直视，若有所瞋。"遂赐琰死。……而琰最为世所痛惜，至今冤之。

魏武后期立嫡风波中，崔琰坚定站在曹丕一边，虽然曹植为其侄女婿，他也并未徇私，当得起公忠正直之评。但是他以露板回应密函，将阴暗权术置于阳光之下，太过婞直，也有违于曹操玩弄两手策略以观群臣向背的初旨，让自己的长官既敬且畏，究非佳事。后来遭致杀身之祸的罪状，只是"傲世怨谤""意指不逊"，大似统治者好杀人立威的惯技。偏偏崔琰的死亡，等于让位于河北士大夫第二代领袖人物，即是最终颠覆了曹魏政权的司马懿。曹操机关算尽，最终请出了曹魏统治集团的掘墓人，尽显权力对人性的腐蚀以及政治阴谋的反作用力。对于他这位素有智计之名的英雄来说,可谓莫大的讽刺。时人或许百思不得其解,进而造作魏武忌惮英雄、杀人灭口的故事,以变形和错位的叙事策略,力图解释此类"智者愚行"。

崔琰眼中的曹植,才具声望无论如何耀目,都不足以让他越居非次,成为曹魏集团下一代领军人物。至于曹植自己,是否刻意树立自己领袖人格的言行,史籍记载大多语焉难详,盖东汉季年的建安群才,面目各异,也难有区划严整的评估标准。而史家眼中曹植的一次鲜明的刻意表演,效果极为惊人,据说也吓到了继位次序排名第一的曹丕。《三国志·魏书·王粲传》"建安七子"条目下附"颍川邯郸淳",裴松之注引《魏略》曰:

> 淳一名竺,字子叔。博学有才章,又善《苍》、《雅》、虫、篆、许氏字指。初平时,从三辅客荆州。荆州内附,太祖素闻其名,召与相见,甚敬异之。时五官将博延英儒,亦宿闻淳名,因启淳欲使在文学官属中。会临菑侯植亦求淳,太祖遣淳诣植。植初得淳甚喜,延入坐,不先与谈。时天暑热,植因呼常从取水自澡讫,傅粉。遂科头拍袒,胡舞五椎锻,跳丸击剑,诵俳优小说数千言讫,谓淳曰:"邯郸生何如邪?"于是乃更着衣帻,整仪容,与淳评说混元造化之端,品物区别之意,然后论羲皇以来贤圣、名臣、烈士优劣之差,次颂古今文章赋诔及当官政事宜所先后,又论用武行兵倚伏之势。乃命厨宰,酒炙交至,坐席默然,无与伉者。及暮,淳归,对其所知叹植之材,谓之"天人"。而于时世子未立,太祖俄有意于植,而淳屡称植材,由是五官将颇不悦。及黄初初,以淳为博士给事中。淳作《投壶赋》千余言奏之,文帝以为工,赐帛千匹。

与王粲的人生轨迹类似,邯郸淳也是避乱客居荆州,再回到北方。而曹操拒绝了五官将曹丕的要求,把他分配给临淄侯曹植。不用说,邯郸淳既可以执行自己代表曹操考评其子才具的责任,也可以发挥自己作为才士侍奉王侯的义务。结果二人并无交流知识、歌咏性情的行为,整个过程主要是曹植在表演各种门类的才华,邯郸淳和其他宾客都"只配拥有耳朵和眼睛"欣赏。"坐席默然,无与伉者"八字,充分勾勒出曹植压倒性的安全感和表现欲。经过曹植一整天的才华与信息轰炸后,邯郸淳日暮归来,对知友作出曹植才华可称"天人"的判断。"天人"不仅是天才,而是天神般的才人。而在曹操有意给予曹植继承人地位后,邯郸淳就多次赞美曹植的才具,让曹丕很不高兴。等到曹丕成功登基、代汉自立以后,仍然看重邯郸淳的才具,给了他一个不错的官职,后者也得体地献赋,君臣之间,似能善终。而当时最有名的赋家,却并没有以才士的身份献赋,发挥赋体或颂或讽的功能,而是极力展示其作为曹魏政权藩王急欲建功立业的忠诚。曹植最优美的赋篇与其说是写给君王的表演文本,莫如说是写给自己的游神之作。也正是在他笔下,宋玉以来人神相交的主题,从情欲之篇升华为灵性歌咏。自然,如此判断是基于文学史的长时段而来,起码在当时及其后相当长的时间里,《洛神赋》逃不脱政治性的解读空间和民间式的创造性重读。此则阅读《文选》李善注本卷十九"情赋"类即"欲望赋"类之时,不妨于李善注本所引小说稍作留连。

是的,《文选》中《洛神赋》作者名下李善注所引"《记》曰",篇幅虽小,足称一篇早期的传奇小说:

> 魏东阿王,汉末求甄逸女,既不遂。太祖回与五官中郎将。植殊不平,昼思夜想,废寝与食。黄初中入朝,帝示植甄后玉镂金带枕,植见之,不觉泣。时已为郭后谗死。帝意亦寻悟,因令太子留宴饮,仍以枕赍植。植还,度辕辕,少许时,将息洛水上,思甄后。忽见女来,自云:"我本托心君王,其心

不遂。此枕是我在家时从嫁前与五官中郎将，今与君王。"遂
用荐枕席，欢情交集，岂常辞能具。"为郭后以糠塞口，今被
发，羞将此形貌重睹君王尔！"言讫，遂不复见所在。遣人献
珠于王，王答以玉珮，悲喜不能自胜，遂作《感甄赋》。后明帝
见之，改为《洛神赋》。

　　此种记载在年代、情节、事理和表述上多有疑惑，而产生时
间颇早。今存北宋初期姚宽《西溪丛语》中，即可见类似记录，那
还是《文选》李善注文本状态极不稳定的抄本和写本时代。再向
前，晚唐诗人李商隐也有"宓妃留枕魏王才"的诗句，可见它的产
生时代还可向上追溯至唐代甚至六朝时期。从细节上说，曹植封
东阿王在魏明帝太和三年，绝非汉末或魏文帝曹丕时事。其求娶
甄逸女不遂、太祖回与曹丕之说，当然是笑谈，盖此女早嫁袁绍之
子袁熙为妇。曹操建安六年春赢得官渡之战，九年八月才占领邺
城，当时仍然要执行自己战胜后收集美女的习惯。《世说新语·
惑溺》：

　　　　魏甄后惠而有色，先为袁熙妻，甚获宠。曹公之屠邺也，
　　令疾召甄，左右白："五官中郎已将去。"公曰："今年破贼，正
　　为奴。"

奴指他的儿子曹丕。"正是为了这个奴才"，虽迅疾召取而仍然失
手，恼怒和惋惜之声如在目前。虽也是小说家言，起码时间和年
龄上不算离谱。可知曹丕的第一个皇后，实在不大可能夺自其弟
曹植，要说夺自其父曹操，从实力和情势来看，更有可能。此女有
德有容，却播迁于战争和英雄冢宅，辗转于欲望和权力斗兽场，令
人叹息。建安九年曹操五十岁，(孔融《与曹公论盛孝章书》："五
十之年，忽焉已至。公为始满，融又过二。")曹丕时年十八，七年
后方出任五官中郎将兼副丞相，但在年龄和欲望上，足可与其父
争抢美女；而曹植只有十三岁，虽知男女之事，毕竟权场竞争力太

弱。甄氏一门,艳名颇盛。建安十三年曹操爱子、神童曹聪死,还特意为他娶了甄家一位逝去的女孩以做冥婚。甄后从袁家妇转为曹家妇时,年二十二;至黄初二年废死,年三十九岁;黄初七年曹丕病重时,甄后子曹叡封为皇太子,旋即继位,至此甄后可以保有正面形象。不料《洛神》一赋,辗转流传中竟引出丑声。

曹植黄初四年入朝,《记》中称曹丕将死去皇后的玉镂金带枕给其弟看,轻佻复狠毒,引曹植泣下,兄弟二人的行为都不合常态,但是曹家本有自由任性的门风,情理上也不是都说不过去。曹丕自有在上者的傲慢和绝对自由,没有任何规则能够约束他不做出略带无耻的言行;而曹植之泣,也同样有点越情任性的做派。"帝意亦寻悟"是一句更奇怪的表述,是忽然觉悟自己不该戏弄同母弟、羞辱死者,还是单纯觉得这事情可以换一种玩弄方法?他不仅让死者的儿子、也是自己的长子宴请曹植,还直接将枕头赏赐给他,后者在现代读者这里,可以视作极富性意味的嘲弄;而在中古上层社会,性也不过是一种无关紧要的浅表游戏,上升不到多高的道德紧张。于是携带枕头的亲王就在回程的洛水之滨,思而见之。这神话般的姐弟恋,不仅可以凭空将五官中郎将的称号前提至未嫁时期,一似那个战败而失去一切的前夫袁熙,其世间遗迹可以轻易抹去,而且这个传奇,可以从容将那特殊的床笫间定情物,移送给甄后的旧情人、新伴侣。即此可知,传奇中文帝的"寻悟"不仅是其个人的觉悟,而且大似冥冥中的神灵借其行为传达出新的安排。果然故事回归宋玉传统,人神相交,"用荐枕席",定情物转为用情物。随后添加细节上的神来一笔:因为死时被郭皇后以糠塞口,所以只能披发遮面,羞见君王。多亏这样的道具,一点都不影响二人的各种交流,可见古人的故事,虽迤逦情思,也还是意会神驰居多,文笔细描下更不必肉体出场。二人馈珠赠珮,曹植悲喜交集,为此作《感甄赋》,而当朝皇帝为了遮掩,易名《洛神》。

作为《洛神赋》的一个解题,此《记》可谓集各种荒唐错误于一身,满眼是头衔和年代的错乱,一似作者毫不顾及事实,只是一味地编排故事。但是作为一篇首尾完足的中古小说,它讲述了一段错过、薄情、专情、深情、离情、神交纠缠在一起的爱情传奇,加上宫廷、王子、皇帝、太子、皇后、女神、一夜情等各种鲜明标签,还有帝后、宫斗、兄弟、母子、叔侄、叔嫂等各种关系,足以令人神眩目驰,心神骀荡,从艺术的丰富性来讲,或许它依附于曹植名篇以传,也自有足够的审美张力。

有一个问题悬在空中:此《记》到底想讲什么?它的叙事功能指向何处?当曹丕以薄劣的姿态化身为背景时,似乎也不好将赋中对帝王和权力的轻忽,视为第一主题。在努力回答之前,不妨先将《洛神赋》全篇看完。

此赋有一个小序,显为曹植本人所作:

> 黄初三年,余朝京师,还济洛川。古人有言,斯水之神,名曰宓妃。感宋玉对楚王神女之事,遂作斯赋。其辞曰:

黄初四年曹植入朝,这里的"三年"有可能是抄写错误,也有可能是曹植故意悠谬其辞。谁都知道,曹魏对于宗室诸王极为忌惮、刻薄,可以推测,朝觐的过程大多不甚愉快,不过回程中是欢是戚,那就两说,端看其人其事、具体时空。曹植不作直白抒情,只说此地水神叫宓妃,而他继承的是"宋玉对楚王神女之事"的辞赋传统。现存宋玉名下的《高唐赋》《神女赋》,讲的都是人神相交的传奇,而且男女主人公是前后两位楚王和巫山神女,叙述者是宋玉。这之中有一些叙述视角的纠缠,因为宋玉并非在场者,他的辞赋表演,都是建筑在楚王的初步叙述上。对于着重辞藻铺陈的早期传统来说,不构成太大的挑战。但是曹植虽敷衍前人之绪余,却刻意洗却过多纠葛,直接将主人公和铺藻者合一,以"我"的口吻作为叙述主体,一身兼为楚王和宋玉,从艺术的角度上大大改造和提升了人神相交这一赋类。当然,一旦王、玉彻底合一,男女主人公的交流空间基本就跳脱出巫术的铺陈和民俗、宗教学的视野,作为男女两性相交相恋的彼此,就更加凸显。

> 余从京域,言归东藩。背伊阙,越轘辕,经通谷,陵景山。日既西倾,车殆马烦。

一个"余"字,强悍挣脱开西汉的华藻和东汉的典故,回到以"我"为主的屈原、贾谊传统。而自宋玉以来的情赋(欲望赋)框架,也因叙述者的强力主观介入,而顿见灵气充溢的生命气息。东藩是东方的藩国,相信这是上引《记》中为何称曹植为东阿王的一个原因。白日西倾的傍晚,车马疲乏,很自然地引出主人公的停留及以下故事。

> 尔乃税驾乎蘅皋,秣驷乎芝田。容与乎阳林,流眄乎洛川。于是精移神骇,忽焉思散。俯则未察,仰以殊观。睹一丽人,于岩之畔。乃援御者而告之曰:"尔有觌于者乎?彼何人斯,若此之艳也?"御者对曰:"臣闻河洛之神,名曰宓妃,然则君王所见,无乃是乎?其状若何?臣愿闻之。"

杜工部称,"文章曹植波澜阔","尔乃"二字,顿见波澜。"税驾"即脱驾,放下车驾,让马匹休息。蘅皋、芝田、阳林之类,置身神奇布置,以待女神出场。"精移神骇,忽焉思散"八字,明确点出这位女性非从外来,乃是他心思中的女神,她的出场即是他白日梦的创作。妙在女主的称号,乃由并无慧眼、未见其人的车夫说出。而他的最大贡献还不止于此,一句"臣愿闻之",引来千古佳作。这一声可谓聪明睿智,谦逊得体,古来车夫,少有其比。

> 余告之曰:"其形也,翩若惊鸿,婉若游龙。荣曜秋菊,华茂春松。仿佛兮若轻云之蔽月,飘飘兮若流风之回雪。远而望之,皎若太阳升朝霞;迫而察之,灼若芙蕖出渌波。襛纤得

衷，修短合度。肩若削成，腰如约素。延颈秀项，皓质呈露。
芳泽无加，铅华弗御。云髻峨峨，修眉联娟。丹唇外朗，皓齿
内鲜。明眸善睐，靥辅承权。瑰姿艳逸，仪静体闲。柔情绰
态，媚于语言。奇服旷世，骨像应图。披罗衣之璀粲兮，珥瑶
碧之华琚。戴金翠之首饰，缀明珠以耀躯。践远游之文履，
曳雾绡之轻裾。微幽兰之芳蔼兮，步踟蹰于山隅。"

御者是没有多少神奇巫术和审美超越性的，而曹子建则以宋
玉式的巫者通灵形象，为一庸人刻画梦中女神，乍看是有一些落
寞无聊，其实主要还是与自己对话。辞赋的一般框架，是必欲设
立一个交流场面，此赋因陋就简，只将车夫作为一双不甚重要的
耳朵，叙述者本人身兼叙述者、在场者、通灵者、欣赏者等多重角
色，肆意创作，大骋才思。这一段对于美女的正面叙述，华藻丽辞
只是表象，设喻之贴切，意象之鲜明，层次之丰富，剪裁之得体，人
物之雍容富贵、气度高华，神采之安适流动、动静自如，故能华美
其表，风神其里，惊才绝艳，古今少伦。此处惊鸿、游龙、秋菊、春
松之喻，从此成为中国文学中健康、矫健女神的最佳范型；而阳
光、朝霞之美，可见出浩瀚远韵，故需"远而望之"；绿波、芙蕖之
丽，灼灼其华，极度鲜明，故需"迫而察之"。此类语言，皆能在清
华中见刻削之功，流美中见意匠经营。

"于是忽焉纵体，以遨以嬉。左倚采旄，右荫桂旗。攘皓
腕于神浒兮，采湍濑之玄芝。余情悦其淑美兮，心振荡而不
怡。无良媒以接欢兮，托微波而通辞。愿诚素之先达兮，解
玉佩以要之。嗟佳人之信修兮，羌习礼而明诗。抗琼珶以和
予兮，指潜渊而为期。执眷眷之款实兮，惧斯灵之我欺。感
交甫之弃言兮，怅犹豫而狐疑。收和颜而静志兮，申礼防以
自持。

前文大段是静态描写，这里则以动态呈现为主，尤其集中于

男主人公与女神的情感互动,写出男女双方既矜持又放松的种种微妙交流。此则解佩相邀,彼则琼瑶以和。至于指向深渊以为约会场所,则诙谐之趣,入情入理。自来人神相恋,很少有如此之多的细节描写和情绪演示。

> "于是洛灵感焉,徙倚傍徨。神光离合,乍阴乍阳。竦轻躯以鹤立,若将飞而未翔。践椒涂之郁烈,步蘅薄而流芳。超长吟以永慕兮,声哀厉而弥长。

像所有的好女孩一样,一旦男方表现出足够的礼貌和分寸,女方对其好感度就成倍增加。而一切犹豫、焦躁、郁烈、深长的女性情怀,也都是恋爱中常有之义。

> "尔乃众灵杂遝,命俦啸侣。或戏清流,或翔神渚。或采明珠,或拾翠羽。从南湘之二妃,携汉滨之游女。叹匏瓜之无匹兮,咏牵牛之独处。扬轻袿之猗靡兮,翳修袖以延伫。体迅飞凫,飘忽若神。凌波微步,罗袜生尘。动无常则,若危若安。进止难期,若往若还。转眄流精,光润玉颜。含辞未吐,气若幽兰。华容婀娜,令我忘餐。

果然,对抗焦虑的有效办法是集体生活。而在男方眼中,女方的群体生活又灵动,又可爱;姐妹淘们自有欢会,无形中更增加了男方寻求佳偶的迫切和寻而不得的怅惘。而女神此时轻扬衣袖,邀游长空,有无法抗拒的种种美感、难以预期的惊人体态。她的美丽容颜,让男主人公忘记了餐食。

> "于是屏翳收风,川后静波。冯夷鸣鼓,女娲清歌。腾文鱼以警乘,鸣玉鸾以偕逝。六龙俨其齐首,载云车之容裔。鲸鲵踊而夹毂,水禽翔而为卫。

这一段神奇的场景描写,犹如现代动画片中的众神出场,各显神通,连鲸鲵、水禽之类,都在为男女双方的欢会制造神奇而热烈的气氛。

> 于是越北沚,过南冈。纡素领,回清阳。动朱唇以徐言,
> 陈交接之大纲。恨人神之道殊兮,怨盛年之莫当。抗罗袂以
> 掩涕兮,泪流襟之浪浪。悼良会之永绝兮,哀一逝而异乡。
> 无微情以效爱兮,献江南之明珰。虽潜处于太阴,长寄心于
> 君王。忽不悟其所舍,怅神宵而蔽光。

一番奔驰、飞腾之后,女神终于清醒地意识到,人神相交自有
天然的障碍和必然的错过。而理智永远无法代替情愫,她掩涕流
泪,哀悼永绝,既有珍贵的献礼,复陈坚定的誓言。"虽潜处于太
阴,长寄心于君王",这两句话确定了此番爱情的结局,虽然坚贞,
却一定是悲剧收场。而男主人公仍然不愿确认这份绝望,他无从
把握女神的居处地点,只是眼看着对方在光影中消逝。

> 于是背下陵高,足往神留。遗情想像,顾望怀愁。冀灵
> 体之复形,御轻舟而上溯。浮长川而忘反,思绵绵而增慕。
> 夜耿耿而不寐,沾繁霜而至曙。命仆夫而就驾,吾将归乎东
> 路。揽騑辔以抗策,怅盘桓而不能去。

全篇最后部分,归于拥有叙述权的恋爱男主角。他的脚步已
经移动,他的离开已不可避免。但他仍把情愫留在想象世界,左
顾右盼轻舟上溯,冀望于女神复现音容。明知奇迹难现,仍然长
夜不寐,在繁霜时分枯坐至曙。虽然已上征途,却再次盘桓不去。
这份深情无可怀疑,他所亲历的人神交往,以情相感,以礼往还,
双方相恋、离别,在在是精神和德性上的相互倾慕,它顺理成章地
超越了欲望,成就中古早期想象文学的恋爱传奇,可谓一新宋玉
以来的情赋传统。后者以欲望展开人神相交,以辞藻铺陈物化世
界,以欲望满足和游戏装饰之风绾结全篇,在感官享受上停留过
多,曾经决定性地影响了两汉辞赋的装饰之风,终于在汉魏之交

得到了一次大清算。

　　回到讨论解题时所悬的疑问。《洛神赋》虽从宋玉情赋传统中来，却扬弃了其流于浅层次辞藻表演的装饰传统。作为集中于情感叙事的想象文学，曹植只把欲望作为推动情节叙事、深化情感交流的一个动力，却并不把欲望的满足作为必须完成的情节。相比之下，《记》中的人物欢会，通篇铺陈欲望及其满足，性，几乎是小说中各组人际关系的焦点性连接。从东阿王的身份上看，那种在礼仪中早归于乱伦的欲望，几乎羞辱了包含他本人在内的各方有情。一句话，《记》中的主角是欲望，至多有其礼仪框架，却没有太多礼义和节制的空间。而《洛神赋》的主角是深情，它文体上继承和超越的是宋玉情赋传统，在主题上却回归了精神和心灵。那是《诗经·蒹葭》以来更为深远广大的渴慕传统，那种人物与世界之间若即若离的关联，其间有无法排解的孤独、无从解决的障碍感，无可回避的怅惘。综合言之，《记》类似于脱离礼仪束缚的欲望赋小篇，《洛神赋》则成功叙述了一次借助礼义升华欲望的精神恋爱，二者分属不同系统，却在人神相交和曹魏宫廷秽闻这一层面，揭示宫廷华衣之下，往往藏有不忍细视的暗影。只有弃礼仪，尊礼义，少装饰，任想象，才能徜徉于精神自由，走上想象文学之路。末了再抄一节《世说新语·贤媛》一条：

　　　　魏武帝崩，文帝悉取武帝宫人自侍。及帝病困，卞后出看疾。太后入户，见直侍并是昔日所爱幸者。太后问："何时来邪？"云："正伏魄时过。"因不复前，而叹曰："狗鼠不食汝余，死故应尔！"至山陵，亦竟不临。

　　伏魄即复魄，人死魂魄离开未久，有招取魂魄仪式，此即伏魄。历史上，招取父皇的姬妾侍奉自己，前有魏文帝曹丕，后有隋炀帝杨广，不过后者似还有宫廷权斗中的压抑和释放因素，不像前者，是尽取其父宫人，且在其父尸骨未寒之时，太过薄情。可笑魏武还有《遗令》,对于这些姬妾的处理方法有专门交代;西晋时陆机读到魏武此《令》,对其英雄气短,大不以为然。合理的推测,知父莫若子,天下美女尽已收录于魏武帐中。阴阳两隔,纵欲而非聚麀,似亦可谅。而卞太后七年之中,连遭丧夫、丧子之痛,在关键时刻,不为两代帝王遮丑,而着眼于曹丕的乱伦失礼,至于出口痛骂,不赴其葬礼,尽显礼义廉耻上的洁癖,此其所以为贤媛耶!而魏武、魏文父子越礼任情,声色欲望之心甚重,曹植之生存环境,即是如此。

曹植前期诗文,类皆慷慨豪迈,英风壮气,生命力昂扬,极富感染力,表达力惊人。兹录其乐府诗《箜篌引》:

> 置酒高殿上,亲友从我游。中厨办丰膳,烹羊宰肥牛。秦筝何慷慨,齐瑟和且柔。阳阿奏奇舞,京洛出名讴。乐饮过三爵,缓带倾庶羞。主称千金寿,宾奉万年酬。久要不可忘,薄终义所尤。谦谦君子德,磬折欲何求。惊风飘白日,光景驰西流。盛时不可再,百年忽我遒。生在华屋处,零落归山丘。先民谁不死,知命亦何忧。

葛兆光先生曾谓李白学了曹植的快,诚是。此诗节奏明快,推进颇迅疾。置酒高殿,亲友欢会,何等热闹!这是人生快乐第一层级。丰膳之外,还有歌舞,一何奢华!这是人生享受第二层级。宾主相酬,道义在口,何等谦恭君子!久要,即久约,长誓,一日为友,终身相依,有违斯义,必为道义所弃。磬折即像磬那样圆转弯腰,礼貌之态可掬。这是人生快乐中的精神道义,可谓人生消费的第三层级。惊风白日,光景西流,时间和天道适时出现,死亡在远处招手,置身生民的行列,乐天知命,超越恐惧,这是人生境界的第四层级。中外作者皆知,悲伤易工,欢乐难写。而华夏天民背负苍天,低头末耜,艰辛劳苦日长,欢欣愉悦时短。即庙堂之上,宫廷之中,以天下奉一人,倡优满目;转眼戈矛在前,变生肘腋,何尝能有多少放松的愉悦！曹植笔下,自有惊心动魄的忧伤,也常见淋漓尽致的快乐,宜乎钟嵘《诗品》说他和刘桢"殆文章之圣",赞美他：

> 其源出于《国风》。骨气奇高,词采华茂,情兼雅怨,体被文质,粲溢今古,卓尔不群。嗟乎！陈思之于文章也,譬人伦之有周孔,鳞羽之有龙凤,音乐之有琴笙,女工之有黼黻。俾尔怀铅吮墨者,抱篇章而景慕,映余晖以自烛。

以风骨归于陈思,千载颔首。其笔下欢乐主题已见上引,兹读一篇他跋涉于朝堂泥泞中的后期文本,《上责躬应诏诗表》：

> 臣植言：臣自抱衅归藩,刻肌刻骨,追思罪戾,昼分而食,夜分而寝。诚以天网不可重罹,圣恩难可再恃,窃感《相鼠》之篇,无礼遄死之义,形影相吊,五情愧赧。以罪弃生,则违古贤夕改之劝；忍垢苟全,则犯诗人胡颜之讥。
>
> 伏惟陛下,德象天地,恩隆父母,施畅春风,泽如时雨。是以不别荆棘者,庆云之惠也；七子均养者,鸤鸠之仁也；舍罪责功者,明君之举也；矜愚爱能者,慈父之恩也。是以愚臣徘徊于恩泽,而不敢自弃者也。前奉诏书,臣等绝朝,心离志绝,自分黄耇,永无执珪之望。不图圣诏,猥垂齿召。至止之日,驰心辇毂,僻处西馆,未奉阙庭,踊跃之怀,瞻望反侧,不胜犬马恋主之情。谨拜表并献诗二篇,词旨浅末,不足采览,贵露下情,冒颜以闻。臣植诚惶诚恐,顿首顿首,死罪死罪。

衅(xìn),同"釁",罪过。罪戾(lì),罪愆。罹(lí),触犯。五情即五内,喜怒哀乐怨五种情感。赧(nǎn),羞愧脸红。《诗经·曹风·鸤鸠》："鸤(shī)鸠(jiū)在桑,其子七兮。淑人君子,其仪一兮。"矜愚,怜惜愚子。自弃,自杀。心离志绝,希冀之心早离,期待之志已绝。黄耇(gǒu),年老。执珪,手执圭板上朝。猥,曲法。

垂,看顾。辇毂(gǔ),天子的车舆,用以指代天子,也用来指代京师。阙庭,宫阙朝廷,也代指皇帝。

有人根据此表中的"恩隆父母"一句,指责曹植"无父"不孝。实质君父之类称呼,本有君父一体之谓,传统权场中的最高统治者,全国人皆属他的子民。要说羞辱父母,这份罪过肯定不该由身处下位、备受摧折的曹植来承担。但是考虑到曹植的多重角色,尤其是作为当世第一才人和身为魏朝亲王的身份,这篇诚惶诚恐的上表,恐怕不仅有低头认罪的功能,更有代表曹魏宫廷中人宣示威德、表演臣服的政治意涵。不要忘记,曹植本有表演天赋。前引《三国志·魏书》卷二十一裴松之注引《魏略》之文,正见其顾盼之姿。那与其说是邯郸淳小传,不如说是临淄侯曹植的一篇素描。邯郸淳眼中的曹植表演,从胡舞等各种游戏开始,到评说古今,论人是非,次诵文章和政事,兼及用武行军之事,可见当时人的"天人"视角。而曹植如此才具,偏偏以酒醉之类错误数次触怒曹操,显属故意放弃与曹丕争夺政治继承人身份,彼之珍馐,此为臭腐。此其所以为陈思王,此其所以为建安才士第一人,是吗?

参考资料:

1. 赵幼文《曹植集校注》,人民文学出版社,1984 年(另有中华书局 2016 年新 1 版)。

2. 徐公持《曹植年谱考证》,社会科学文献出版社,2016 年。

3. 郑毓瑜《性别与家国:汉晋辞赋的楚骚论述》,上海三联书店,2006 年。

4. 刘跃进《从〈洛神赋〉李善注看尤刻〈文选〉的版本系统》,《文学遗产》1994 年第 3 期。

5. 顾农《〈洛神赋〉新探》,《贵州文史丛刊》1997 年第 1 期。

第七讲 "风流云散"王仲宣

　　王粲入《选》篇目：卷十一：《登楼赋》；卷二十：《公宴诗》；卷二十一：《咏史》；卷二十三：《七哀诗》《赠蔡子笃诗》《赠士孙文始》《赠文叔良》；卷二十七：《从军行》；卷二十九：《杂诗》。

　　附建安七子其他作者五人入《选》篇目：孔融：卷三十七：《荐祢衡表》；卷四十一：《论盛孝章书》。应玚：卷二十：《侍五官中郎将建章台集诗》。阮瑀：卷四十二：《为曹公作书与孙权》。陈琳：卷四十：《答东阿王书》；卷四十一：《为曹洪与魏文帝书》；卷四十四：《为袁绍檄豫州》《析吴将校部曲文》。刘桢·卷二十：《公宴诗》；卷二十三：《赠五官中郎将》《赠徐幹》《赠从弟》；卷二十九：《杂诗》。

　　建安文学名家,通称"三曹""七子"。三曹是武、文二帝和陈思王,他们的创作在文学史上自足千秋,考其实际,政治才是他们人生的主旋律,这大约是我们不得不面对的事实。而"七子"虽然跋涉官场,各有血泪,他们留下来的诸多文本也牵涉军国事务,属于狭义的应用文,但是他们以文学立身,世人多以文士目之。以王粲在魏国政治生活中的重要地位,魏讽之乱的处置中,曹丕直接杀掉他两个儿子,致征战回朝的曹公,有"孤若在,不使仲宣无后"的叹息。在王粲的丧仪上,曹丕的特异表现也说明,他是以游戏式的放松姿态临丧的。《世说新语·伤逝》：

　　王仲宣好驴鸣,既葬,文帝临其丧,顾语同游曰："王好驴鸣,可各作一声以送之。"赴客皆一作驴鸣。

你能想象五官中郎将曹丕会在一些重要政治人物的丧礼上这么自在吗？虽然,许多饱学之士早就考证出来,驴鸣是那个时代练气养形的惯常动作,但是在那么严肃的场合作出那样的行为,参与者心态的放松是清楚可辨的。

"七子"之名的由来,竟也出于曹丕《典论·论文》：

> 今之文人,鲁国孔融文举,广陵陈琳孔璋,山阳王粲仲宣,北海徐幹伟长,陈留阮瑀元瑜,汝南应玚德琏,东平刘桢公干：斯七子者,于学无所遗,于辞无所假,咸以自骋骥騄于千里,仰齐足而并驰。以此相服,亦良难矣。

单就这七个提名来看,背后的地理区域和曹丕作为魏国继承人的政治身份更加值得关注,他似乎在说,我们大魏人才鼎盛,关东群英皆在麾下。因此之故,他把古典时代儒家圣人的后裔孔融放在第一名,把早曾跻身大将军何进幕府的陈琳放在第二位,也就都可以理解了。至于年龄稍后的旷世才杰,山阳王粲无论在当时还是后世,都是光彩夺目的存在。《三国志·魏书·王粲传》：

> 王粲字仲宣,山阳高平人也。献帝西迁,粲徙长安,左中郎将蔡邕见而奇之。时邕才学显著,贵重朝廷,常车骑填巷,宾客盈坐。闻粲在门,倒屣迎之。粲至,年既幼弱,容状短小,一坐尽惊。邕曰："此王公孙也,有异才,吾不如也。吾家书籍文章,尽当与之。"年十七,司徒辟,诏除黄门侍郎,以西京扰乱,皆不就。乃之荆州依刘表。

少年时代就得到当世文章巨公蔡邕赏识的王粲,家世高华,祖父职居三公,自属高流,但是蔡邕明说他的长处不止于此,更兼才华卓异,"我都不如他",更说自己家里的书籍文章都会给他,这就是当众托以后事,付他以新一代文章宗主的身份。无怪乎十七岁的王粲,拒绝司徒府的征辟、黄门侍郎的显位,理由是西京政权并不稳固,于是避难远走荆州,依附刘表。

> 表以粲貌寝而体弱通侻,不甚重也。

"不甚重"就是不是特别地看重他,对于第一流才士而言,稍有怠慢都会让他大受委屈。而对刘表而言,完全不看重王粲的身份地位、才华学识是不可能的,何况蔡邕是那样的加持他。但是王粲有三个毛病,刘表很难满意.相貌丑陋,身体虚弱,性情过于通达随意、自在不守规矩。估计王粲没少当众向刘表提意见,有时可能曾让刘表下不来台。一句话,虽然年轻人家世、才华惊人,但是相貌、身体都让人没法嫁女与他,偏偏他还没做女婿呢,言行举止似乎比自亲自戚的入幕之宾还自在,这样的自高自大,老名士刘表应是觉得太过咄咄逼人,没法容忍。

> 表卒,粲劝表子琮,令归太祖。太祖辟为丞相掾,赐爵关内侯。

虽然很难找到很充分的证据,不过刘表卒后王粲的自在程度,完全可以反向推出刘表对他的压迫感之强。那是《登楼赋》产生的外在原因,也是回荡在赋文中的一个旋律。而王粲劝说刘琮降曹成功,也直接说明王粲的才华、能力早为众人所推,刘表以一己好恶和外在相貌减少对于王粲的重用,可见其人深浸于东汉中期以来流行的相人术和重视相貌的习惯,行事方面,又何止是动作迟缓一种毛病而已!

> 太祖置酒汉滨,粲奉觞贺曰:"方今袁绍起河北,仗大众,志兼天下,然好贤而不能用,故奇士去之。刘表雍容荆楚,坐观时变,自以为西伯可规。士之避乱荆州者,皆海内之俊杰也;表不知所任,故国危而无辅。明公定冀州之日,下车即缮其甲卒,收其豪杰而用之,以横行天下;及平江、汉,引其贤俊

> 而置之列位，使海内回心，望风而愿治，文武并用，英雄毕力，
> 此三王之举也。"

王粲有赠文叔良和士孙文始之诗，此二人皆应属于王粲此处言辞中的"海内之俊杰"。而刘表任用刘备镇守北门，以蒯氏、蔡氏诸人为核心力量，也不能说这些人没有任使之能，刘备尤其有英雄的威名。"不知所任"的指向，应是指向当时荆州在野派。不以成败论人的话，这些表述还可商榷。但是荆州在刘表卒后没有强有力的政权交接之道，尤其是曹操大军一旦南指，荆州的抗压能力之弱顿时呈现，"国危而无辅"的现实，坐实了王粲本人的离心离德，也暗示出王粲对于曹操的期望。曹氏戡定冀州时的举止，早有崔琰代表河北士大夫发声谴责，"缮其甲兵，收其豪杰"和"引其贤俊而置之列位"，在曹氏是随才任使，以收操控之效；在崔琰等人看来，大约是肆无忌惮的羞辱；在王粲等其他州郡新得志的士夫们这里，当然就是"海内回心""望风愿治"了。至于"文武并用，英雄毕力"的描述，"三王之举"的歌颂，都言大而夸，颇似后来描述者的张大之辞，未必出自当时王粲之口。三王当指夏商周的开国英雄夏禹、商汤和周文王三代圣君，曹操当时还是以汉献帝为君主，至少名义上王粲不应给他送上一顶圣君的大帽子，也坐实自己谄媚劝进的低俗形象。依常理推之，这样的表达只能来自曹丕代汉后的重写。当然，站在执笔者的立场，如此重写主要目的是为魏武帝树立圣名；至于王粲在此重写中的地位强化，本人大约是却之不恭，于国于家，都算被动地作出了新贡献。

> 后迁军谋祭酒。魏国既建，拜侍中。博物多识，问无不
> 对。时旧仪废弛，兴造制度，粲恒典之。

在曹操军府和公府中，王粲的地位都非常显赫，但这也是他人生的最高点，很快急转直下，百代同悲。而在他英年早逝之前，本传特意举例以见他强记默识的美名，又言其善算学，善作文，大体当

时才杰所瞩目者,他都表现突出,引人注目。

> 初,粲与人共行,读道边碑,人问曰:"卿能暗诵乎?"曰:
> "能。"因使背而诵之,不失一字。观人围棋,局坏,粲为覆之。
> 棋者不信,以帕盖局,使更以他局为之。用相比校,不误一
> 道。其强记默识如此。性善算,作算术,略尽其理。善属文,
> 举笔便成,无所改定,时人常以为宿构;然正复精意覃思,亦
> 不能加也。著诗、赋、论、议垂六十篇。建安二十一年,从征
> 吴。二十二年春,道病卒,时年四十一。

这样的年寿当然令人惋惜,而更可怕的故事,还在他身后发生:

> 粲二子,为魏讽所引,诛。后绝。

魏讽之乱发生在建安二十四年,其时西部战场曹操与刘备争夺汉
中逾年,一月黄忠击斩夏侯渊,五月曹操退还长安,基本宣告放弃
汉中。中部荆州战场,七月曹操派于禁率七军南援,关羽八月水
淹七军,围曹仁于樊城,威震华夏,曹操议欲迁都以避其锋芒。九
月魏讽反于邺城,曹丕擒杀当事诸人,计有张绣之子张泉,刘廙之
弟刘伟,宋忠之子,大致皆与荆州有关。宋忠尤称刘表荆州"后定
之学"的核心人物,可怜他牵入反叛案件的儿子,连个名字都没有
留下来。《三国志》粲本传裴松之注引《文章志》曰:"太祖时征汉
中,闻粲子死,叹曰:'孤若在,不使仲宣无后。'"曹丕诛杀王粲二
子,是出于何种考量,不甚清楚,大抵上辈御人以恩,下辈多御人
以威,宽严交相为用,算是权术的表层信息。就其深层而言,当事
诸人多有的荆州背景和曹丕、曹植兄弟争储的严峻局面,应该都
是曹丕急欲施展辣手的原因。《三国志·魏书·钟会传》附《王弼
传》裴松之注:

> 《博物记》曰:初,王粲与族兄凯俱避地荆州,刘表欲以女
> 妻粲,而嫌其形陋而用率,以凯有风貌,乃以妻凯。凯生业,

> 业即刘表外孙也。蔡邕有书近万卷,末年载数车与粲,粲亡
> 后,相国掾魏讽谋反,粲子与焉,既被诛,邕所与书悉入业。

王业即曹魏季年正始玄学的天才王弼之父,原为王凯之子,过继
王粲为后。至此蔡邕、刘表、王粲、王业、王弼一系,从东京儒学新
变,到荆州后定之学,再到何晏、王弼谈玄论道,终可串连出汉末
以来儒玄之学的流变图。

王粲为建安诸子文学的魁首,按照曹丕的说法,这个第一主
要指的他的赋体文章。"王粲长于辞赋;徐幹时有齐气,然粲之匹
也。如粲之《初征》、《登楼》、《槐赋》、《征思》,干之《玄猿》、《漏
卮》、《圆扇》、《橘赋》,虽张、蔡不过也。然于他文,未能称是。"
(《典论·论文》)又谓"仲宣独自善于辞赋,惜其体弱,不足起其
文,至于所善,古人无以远过。"(《与吴质书》)徐幹因为有一家之
言的子书《中论》,在曹丕的眼光里,那就是圣贤般的存在,所以每
每有赞美之辞。至于将王粲《登楼赋》完全淹没于众作之中,细读
文本,当知曹丕评诠未必没有偏心。《文选》将王粲此篇录入赋体
"游览"类,游则目驰心骋,览则心物相交,这是六朝文家眼中的
"游览文学":

> 登兹楼以四望兮,聊暇日以销忧。览斯宇之所处兮,实
> 显敞而寡仇。挟清漳之通浦兮,倚曲沮之长洲。背坟衍之广
> 陆兮,临皋隰之沃流。北弥陶牧,西接昭丘。华实蔽野,黍稷
> 盈畴。虽信美而非吾土兮,曾何足以少留?

这是赋的第一部分。开头十分坦诚,登楼四望,聊以销忧。"暇
日"即闲日,汉代五日一休沐,当然有假日。在休者而言,这就是
闲暇之日;而在公家,正是假借时间予你。所以"假""暇"二字义
有连属,有时互通,并无错舛。刘跃进《文选旧注辑存》谓《文选》
陈八郎本、朝鲜正德本、奎章阁本并作"假日",意谓五臣注"时天
下丧乱,逼迫无暇,故假借此日登楼而四望"为是。刘书又引颜师

古《匡谬正俗》卷七:"《楚词》云'聊假日以婾乐',此言遭遇幽厄,中心愁闷,假延日月,苟为娱耳。今俗犹言'假日度时'。故王粲云'登兹楼以四望,聊假日以消忧',取此义也。今之读者不寻根本,改假为暇,失其意矣。原其辞理,岂闲暇之意乎?"按师古、五臣皆以时危情急,汲汲救世,断无闲暇之意,斯言不确。志士仁人终身守道而不逾,并不代表他们不能从容闲暇,悠然有旷远之怀。《庄子·田子方》篇所谓"中国之君子,明乎礼义而陋于知人心",正指此辈拘墟之见。人心乃自我之区域,会通世界,总揽古今,洞察世情,戡定祸乱,皆须心胸开阔,意态悠闲,方能凝神定虑,应付裕如。

回到王粲赋文。斯宇就是此楼,他说这个楼宇安排布置非常好,显豁、宽敞得很。他在楼上看到漳水泛泛,沙洲逶迤,都如有情之物,在襄助、支撑着它;背平原,临清流,北达陶朱公的墓地,西望楚昭王的坟丘。陶朱公是助越吞吴的范蠡,据说后来归隐太湖,又北上齐魏,以商业闻于一世,最后西游楚地以终老。楚昭王是楚国历史上少有的贤王,王粲向北看到的是助越亡吴的范蠡,向西看到的是楚昭王墓,可见他心中建功立业之念甚炽。接着他又以八字描述楚地的繁富,是"华实蔽野,黍稷盈畴",真是一个既富且康的好地方。随后笔锋一转:"虽信美而非吾土兮,曾何足以少留!"它实在是一个美好的地方,可惜并非是我应该盘桓的地域,即使再多停留一会儿也不值得!为什么是这样呢? 当然是话中有话,地方如此雄富,可惜不得其人而治之,带领大家建功立业,如此江山如此历史,不是在在充满讽刺和嘲弄么! 读到这里,我们该想到寄寓荆州的另外一位大人物,左将军豫州牧刘备。《三国志·蜀书·先主传》:

　　曹公既破绍,自南击先主。先主遣麋竺、孙乾与刘表相闻,表自郊迎,以上宾礼待之,益其兵,使屯新野。荆州豪杰归先主者日益多，表疑其心，阴御之。

你稍微看一下荆州的地理位置，就会发现刘备屯兵的新野是很重要的地点，它面向许都和洛阳中心区域，对荆州来说是占据北大门的防守位置，对于北方来说，那就是进可攻、退可守的一个招揽重心，豪杰日益亲附，有自来乎？表"疑其心"，就是怀疑他有什么非分之想，这很容易理解；"阴御之"就是暗暗做好准备，一旦变起北门，也好有个防备，这都没错。就看刘备如何选择。裴松之注引《九州春秋》曰：

> 备住荆州数年，尝于表坐起至厕，见髀里肉生，慨然流涕。还坐，表怪问备，备曰："吾常身不离鞍，髀肉皆消。今不复骑，髀里肉生。日月若驰，老将至矣，而功业不建，是以悲耳。"

你可以看出来刘备在荆州刘表这里还是比较自在，或者说，这也是他一贯坚持的生存法则和道义立场，就是一意以建功、尊王为宗旨，英雄之气宛然可见。当年关羽、张飞诸人倾心相投，不离不弃，（多说一句，三国英雄虽巨，像刘备、曹仁这样基本上见不到背叛他们的人并不甚多，这样的人一般都有极佳的名声，领袖气质宛然。曹仁当时就被认为是曹魏第一勇将，比痛击孙权、驰名华夏的张辽还要勇敢。）想来也由于刘备实为有心之人，谈吐之间，每以家国为念，道义境界甚高，令人向往留连，无从抛弃。刘备看出刘表对他有戒备之心，他的策略是更充分地展示他的积极进取姿态，不仅于此，他还要发言慷慨，怂动主人：日月如梭，人生苦短，我是功业之徒，没有行事的空间，每时每刻动辄陷入悲伤，您有什么积极进功的策略，需要我为您做什么吗？这样的表白是不是豪气干云？刘备之所以能得荆州英豪之心，后来之所以据有荆益，又北向与曹操争夺汉中，胆气豪迈，揆之古人，也不遑多让。这种声威里，想来部分也与这股荆州力量的加持有关。刘备在荆州作客期间每每发语甚壮，盖不仅性气使然，也因那时他的年岁和资历，都明显逼着他在颠沛流离之中坚守积极进取之心。《三国志·魏书·陈登传》：

> 陈登者，字元龙，在广陵有威名。又掎角吕布有功，加伏波将军，年三十九卒。后许汜与刘备并在荆州牧刘表坐，表与备共论天下人，汜曰："陈元龙湖海之士，豪气不除。"备谓表曰："许君论是非？"表曰："欲言非，此君为善士，不宜虚言；欲言是，元龙名重天下。"备问汜："君言豪，宁有事邪？"汜曰："昔遭乱过下邳，见元龙。元龙无客主之意，久不相与语，自上大床卧，使客卧下床。"备曰："君有国士之名，今天下大乱，帝主失所，望君忧国忘家，有救世之意，而君求田问舍，言无可采，是元龙所讳也，何缘当与君语？如小人，欲卧百尺楼上，卧君于地，何但上下床之间邪？"表大笑。备因言曰："若元龙文武胆志，当求之于古耳，造次难得比也。"

汉末士人的风气，就是评价当世人才。所谓月旦时流，就是每月的那个特定的日子里，类似于拿出一张评价当时名流的表格出来，每个人都给他一个名目。刘表当年是列名"八俊"的大名士，现在他又在荆州与刘备一起玩这个游戏。可能是说到陈元龙的好，这位许先生表示异议，说此人是"湖海之士，豪气不除"。我们受过宋明以来小说的熏陶，总认为江湖是个好词，湖而海，就是江湖加上大海，那得要多大牌面的英雄好汉，才配得上这样的出身！豪气可不也是个好词儿！但是明显在汉末时期论人，这些词藻都是贬义。湖海之士是说陈登这人文化教养不足，有涉粗疏。当时刘备听到有人当众这样诽谤陈登，就很不高兴，但是他不是主人，他要发言反驳，先得问一下刘表的态度。刘表比较圆滑，来的都是客，许先生也是了不起的好人，不应该没有根据诋毁别人。但是要说他的评价正确，却与陈元龙的天下重名相违背。言下之意，你们要说什么我都存而不论。这样的态度对于刘备来说已经足够了，——他有足够的空间可以发挥。他立即责问许汜，你有具体的证据吗？许汜说当然有，我的亲身经历。正常情况下，虽然许汜有涉私人恩怨，大庭广众之下，刘备若是存心给予颜面，大约不必再纠缠了。可惜刘备在刘表这里正有一肚皮牢骚要发作出来，或者说时势逼人，刘表一味制礼作乐，天下大乱之时，躲在一边与宋忠之徒搞经学的"荆州后定"，今岁不征，来岁不战，想坐观成败，在道德上占据制高点，也许有朝一日，可以像周文王那样底定新朝也不一定呢！在刘备这类功业之徒眼中，这种做派当然是和缓、懦弱过甚，令人痛心疾首了！好吧，总得抓住机会激发他的壮志才好！上引髀肉复生是一例，这里怒斥许汜是又一例。总之是抓住一切可能登高望远的机会，凌轹一世，气盖古今。可怜刘备的种种用心，刘表全不放在心上。他的极具安全感的大笑，是欣赏，也是嘲笑，是坚定，也是自在。任你百般挑动，我有一定之规。我的荆州我作主。面对这样的一块死牛肉，刘备又能怎么办呢？像陈元龙这样有文武胆略的英杰，只好在古人那里找知交，要在现时人物中找一个人和他比一下，一时之间还真找不到！言词之间，几乎是骂尽天下庸才！其实陈登本人和刘备比起来，也不那么狂，起码他自认并非当世少对。《三国志·魏书·陈矫传》里有很妙的一个记载：

　　陈矫字季弼，广陵东阳人也。避乱江东及东城，辞孙策、袁术之命，还本郡。太守陈登请为功曹，使矫诣许，谓曰："许下论议，待吾不足；足下相为观察，还以见诲。"矫还曰："闻远近之论，颇谓明府骄而自矜。"登曰："夫闺门雍穆，有德有行，吾敬陈元方兄弟；渊清玉絜，有礼有法，吾敬华子鱼；清修疾恶，有识有义，吾敬赵元达；博闻强记，奇逸卓荦，吾敬孔文举；雄姿杰出，有王霸之略，吾敬刘玄德：所敬如此，何骄之有！余子琐琐,亦焉足录哉?"

陈矫也是当时待价而沽的名流,孙策、袁术在他眼中都不配做他的主人,回乡隐居待时,却推托不了仕郡之邀。(为乡土出力是士人的本分,当然你如果坚拒,也不是不可以。)陈登显然也很喜欢用他这样有骨头的名士,他说你为我到许都走一趟,京都之人对我的评价很不好,你看看他们说的都有道理吧? 回来教导我。(积极努力,完善自我形象,名利场中此亦最为要紧也。)陈矫不出门也知道此人的毛病,当然他一定会留到回来后再说。"远近之人,都说您太过骄傲自大。"陈登一听这话,可不乐意了:"怎么可以说我骄傲自大! 天下我服气的人有五六个呢!"陈登的道理听上去近乎荒唐,"我只自居天下第七,又没有自居天下第一,哪来的骄傲!"但是他横扫一切委琐之徒,倒也击中世间人才评价的荒谬:攻击他人者,大体都是不如他人者呵! 取与之间,何必拘执!

建安群才,多有才性发露、形象鲜明,如陈登,如刘备,如曹操,如吕布,皆是如此。更有陈季弼、王仲宣、华子鱼、陈元方、陈季方、孔文举之辈,虽行事有进退出处之异,才性有外朗内秀之别,率皆坚守己心,操之在我。王粲以名公巨卿交相为礼的豪华公子背景,避乱荆州不得志如此,宜乎登高一见,百感交集:

> 遭纷浊而迁逝兮,漫逾纪以迄今。情眷眷而怀归兮,孰忧思之可任? 凭轩槛以遥望兮,向北风而开襟。平原远而极目兮,蔽荆山之高岑。路逶迤而修迥兮,川既漾而济深。悲旧乡之壅隔兮,涕横坠而弗禁。昔尼父之在陈兮,有归欤之叹音。钟仪幽而楚奏兮,庄舄显而越吟。人情同于怀土兮,岂穷达而异心!

纷浊是时事混乱,迁逝就是迁移。一纪是十二年,王粲四十一岁去世,将近三分之一的年岁他都在荆州度过,可不谓之漫长! 他在《七哀诗》里,也述及这一大波折:

> 西京乱无象,豺虎方遘患。复弃中国去,委身适荆蛮。
> 亲戚对我悲,朋友相追攀。出门无所见,白骨蔽平原。路有
> 饥妇人,抱子弃草间。顾闻号泣声,挥涕独不还。"未知身死
> 处,何能两相完?"驱马弃之去,不忍听此言。南登霸陵岸,回
> 首望长安。悟彼下泉人,喟然伤心肝。

初平元年(190)董卓移都长安,很快西京即成野兽世界,形势恶劣
到什么程度,王粲诗中以妇人弃子这样的人伦悲剧做了证明。这
就迫使王粲离开中国(指中央区域)到外地去,所谓后服先叛的荆
蛮之区。十二年后应该是建安七年(202),曹操已大破袁绍,是年
五月袁绍病死。离河北即将平定还有六七年,这边荆州之地,似
还固若金汤。建安八年(203)四月,曹操进军河北大本营邺城,八
月征刘表,河北袁氏兄弟相争,曹操又返河北前线。《登楼赋》之
作,即在建安七、八年之间。所谓怀乡之念逾炽,而南北阻隔未有
穷期。

> 惟日月之逾迈兮,俟河清其未极。冀王道之一平兮,假
> 高衢而骋力。惧匏瓜之徒悬兮,畏井渫之莫食。步栖迟以徙
> 倚兮,白日忽其将匿。风萧瑟而并兴兮,天惨惨而无色。兽
> 狂顾以求群兮,鸟相鸣而举翼。原野阒其无人兮,征夫行而
> 未息。心凄怆以感发兮,意忉怛而憯恻。循阶除而下降兮,
> 气交愤于胸臆。夜参半而不寐兮,怅盘桓以反侧。

俟河之清,人寿几何! 王道一平,乃有才士效力之秋。从此
以往,刘表还要在荆州统治五六年,到建安十三年(208),曹操彻
底平定河北,再征荆州,刘表病死,刘备无法彻底掌控局面。很快
刘琮束手,虽年底曹师败于赤壁,刘备开始坐大江南,跨有荆益,
而荆州士夫若韩嵩辈皆随曹操北还。王粲怀乡之念终可告一段
落,接下来就是他生命中最后一段旅程,从凄怆荆楚到驴鸣许洛,
声音从悲切到滑稽,一代才杰,真正的还乡只能是栖身才笔,凤翔

于文学世界,达致不朽。其他所谓魏朝之兴造制度、重振典礼,仅属余事耳。

《三国志·魏书·陈登传》裴松之注复引《先贤行状》:

> 登以兵不敌,使功曹陈矫求救于太祖。登密去城十里治军营处所,令多取柴薪,两束一聚,相去十步,纵横成行,令夜俱起火,火然其聚。城上称庆,若大军到。贼望火惊溃,登勒兵追奔,斩首万级。迁登为东城太守。广陵吏民佩其恩德,共拔郡随登,老弱襁负而追之。登晓语令还,曰:"太守在卿郡,频致吴寇,幸而克济。诸卿何患无令君乎?"孙权遂跨有江外。太祖每临大江而叹,恨不早用陈元龙计,而令封豕养其爪牙。文帝追美登功,拜登息肃为郎中。

英雄和文士虽皆建安以来新时代、新空间里的新英雄,毕竟军国尚武略,文采偏装饰。粲之心灵,并不须黏着于一家一姓的政局变迁,其深情吟咏,常在世路艰险,人间离合。

> 悠悠世路,乱离多阻。济岱江行,邈焉异处。风流云散,一别如雨。人生实难,愿其弗与。(《赠蔡子笃》)

人生难处,即是愿望无从满足。飘风飞雨,流散异路,夫复何言!

参考资料:

1. 俞绍初辑校《建安七子集》,中华书局,2016 年典藏本。

2. 吴云主编《建安七子集校注》,天津古籍出版社,1991 年。

3. 于浴贤《辞赋文学与文化学探微》,中国社会科学出版社,2010 年。

4. 王怀让《王粲生平、创作中两个问题的考辨》,《齐鲁学刊》1994 年第 2 期。

5. 景蜀慧《王粲典定朝仪与其家世学术背景考述》,《四川大学学报》(哲学社会科学版)2003 年第 4 期。

6. 杨思贤《王粲〈七哀诗·西京乱无象〉注释辨误》,《江苏教育学院学报》(社会科学版)2006 年第 2 期。

第八讲　阮公广武嵇广陵

阮籍入《选》篇目：卷二十三：《咏怀诗》十七首；卷四十：《为郑冲劝晋王笺》《诣蒋公》。

嵇康入《选》篇目：卷十八：《琴赋》；卷二十三：《幽愤诗》；卷二十四：《赠秀才入军》；卷二十九：《杂诗》；卷四十三：《与山巨源绝交书》；卷五十三：《养生论》。

嵇康乃曹操子沛王曹林孙婿，阮籍乃"建安七子"阮瑀之子。他们两人的传记在正史《三国志》中的第一次出现，都属附传，而且极为简单。到了初唐群贤结撰而成的新《晋书》中，二人传记又连篇累牍，蔚为大观。这当然不排除前后两史的文笔差异，《三国志》的笔法本来就微嫌谨饬过甚，《晋书》则代表着六朝后期直至初唐史家的流畅叙述。而最根本的原因，则在嵇、阮二人在东晋南朝儒玄、文史世界中的地位一直在攀升。齐、梁之交的刘勰《文心雕龙·明诗》篇："正始明道，诗杂仙心；何晏之徒，率多浮浅。唯嵇志清峻，阮旨遥深，故能标焉。"以嵇、阮二人为正始诗歌的当然代表，这属于文学史家式的事后论定，不必与当时事实和风潮完全一致的。不过要注意的一点，是曹魏正始时代的精神焦点已开始聚焦于玄学，以老、庄之学和儒家之学的会通为极则，游仙、玄言皆祖述建安以求发展，所以，即使二人创作超然于当世诸公之上，论其思想观念，又与当时何晏、王弼等一代玄学名家的追求不无相通，这是我们后来读者所宜考量的。刘勰同书《才略》篇又

言："嵇康师心以遣论,阮籍使气以命诗",同样说明后来文评家的
眼中,嵇先生论文优长,而阮公诗歌专擅。究竟二人在当时形象
为何,还是要从史传的简约文字开始了解。

《三国志·魏书·王粲传》附《阮瑀传》:

> 瑀子籍,才藻艳逸,而倜傥放荡,行己寡欲,以庄周为模
> 则。官至步兵校尉。时又有谯郡嵇康,文辞壮丽,好言老、
> 庄,而尚奇任侠。至景元中,坐事诛。

陈寿下语不苟,文辞虽甚为简略,而"艳逸"、"壮丽"二词,实非一
般文家所可担当。刘宋裴松之的《三国志注》增补阮籍资料如下:

> 籍字嗣宗。《魏氏春秋》曰:籍旷达不羁,不拘礼俗。性
> 至孝,居丧虽不率常检,而毁几至灭性。兖州刺史王昶请与
> 相见,终日不得与言,昶叹赏之,自以不能测也。太尉蒋济闻
> 而辟之,后为尚书郎、曹爽参军,以疾归田里。岁余,爽诛,太
> 傅及大将军乃以为从事中郎。后朝论以其名高,欲显崇之,
> 籍以世多故,禄仕而已,闻步兵校尉缺,厨多美酒,营人善酿
> 酒,求为校尉,遂纵酒昏酣,遗落世事。尝登广武,观楚、汉战
> 处,乃叹曰:"时无英才,使竖子成名乎!"时率意独驾,不由径
> 路,车迹所穷,辄恸哭而反。

读到这里,该增加一些交代。阮籍之类玄谈人物的旷达和不拘,
都是在形式和规矩上寻求突破和超越,实质上,如果说在行为上
与礼法之士大有参差的话,反而在礼仪精神上有更高层级的契
合。所谓"不率常检",即是不遵守寻常的标准,因为"毁几至灭
性",哀毁痛苦到几乎就失去性命的程度,所以"性至孝",本性上
合乎最高孝道。王昶请他相见的具体情节,这里没有任何交代,
"不得与言"的说法也稍嫌奇怪,是说阮嗣宗倜傥风流,自得其乐,
外人无从测其浅深,还是说他威仪整肃,虽长辈、巨卿也惮其风

采，不敢扰其清静容仪？《晋书》本传改易一字为"终日不开一
言"，说明阮嗣宗在社交场合啬于言词，让人无从测其浅深。《晋
书》此句之前对其个性多有铺陈："籍容貌瑰杰，志气宏放，傲然独
得，任性不羁，而喜怒不形于色。或闭户视书，累月不出；或登临
山水，经日忘归。博览群籍，尤好《庄》《老》。嗜酒能啸，善弹琴。
当其得意，忽忘形骸。时人多谓之痴，惟族兄文业每叹服之，以为
胜己，由是咸共称异。"当时是汉末士风，仍承清议余习，见人多是
要品头论足一通，高明者尤喜对他人施加评语。王刺史见到曹操
幕府大手笔阮瑀之子阮嗣宗，自然也想拟作一语以为定评，但是
他言行举止深沉得近于超迈高绝，与一般少年人的急于表现迥
异，除了赞叹欣赏，竟然是无从把握。而阮籍与世人之间的不相
知一直延续到更多人那里。下来是太尉蒋济，他兴冲冲地征辟
（bì）阮籍，后者给他上了一封很漂亮的"奏记"：

> 籍死罪死罪！伏惟明公以含　之德，据上台之位，群英
> 翘首，俊贤抗足，开府之日，人人自以为掾属，辟书始下，下走
> 为首。子夏处西河之上，而文侯拥篲；邹子居黍谷之阴，而昭
> 王陪乘。夫布衣穷居韦带之士，王公大人所以屈体而下之
> 者，为道存也。籍无邹、卜之德，而有其陋，猥见采擢，无以称
> 当。方将耕于东皋之阳，输黍稷之税，以避当涂者之路。负
> 薪疲病，足力不强。补吏之召，非所克堪。乞回谬恩，以光清
> 举。（《诣蒋公》）

字面意义上，是说蒋济辟书下错了，因为本人鄙陋之姿，配不上太
尉的青眼。不难想象，在蒋济眼中，这就是阮籍的谦抑之辞。《文
选》此篇作者名下，李善注引臧荣绪《晋书》记载，蒋济"恐籍不至，
得《记》欣然，遣卒迎之，而籍已去，济大怒。于是乡亲共喻之，籍
乃就吏。后谢病归"。可见奏记之类日常应用文字，必须在相关
人物具体言行的印证下，才会顺利打开一些阐释的窗户，也随手

关闭一些窗户。蒋济的勃然大怒，显然是发觉阮籍的本意并非是谦逊，而是拒绝和羞辱。后人再读阮籍的这篇《诣蒋公》，结合当时背景和阮籍行止，会轻易发现其浓浓的讽意。臧荣绪《晋书》称他离开太尉府是"谢病归"，《魏氏春秋》则记其后来从曹爽大将军参军职位上离职。同样是"以疾归田里"，后一个行动尤其显出智者的果决，政治嗅觉非凡。年余以后，曹爽及其一众亲信即被司马懿集团诛杀干净，阮籍顺利蹚过魏晋易代的这一场腥风血雨，经历一次生死考验。作为魏朝元老的蒋济，则在高平陵之变中，先是站在司马懿一边指责曹爽，再是作为司马懿的担保方逼退曹爽，终被司马懿的翻覆狠毒出卖个干净，以愚蠢的小丑之姿可笑退场。司马懿父子相继任用他为从事中郎，而阮籍"禄仕"即为工资而仕宦的立场，说明他在魏晋易代之际采取的是半合作、半拒绝的折衷立场。他的锋芒收敛得颇为平衡：凭吊楚汉战场时阮籍对于项羽、刘邦两大集团的肆意讥评，暗示他对当代人物的不充分合作，相较他评估古来英雄人物的尺度，倒是相当宽容。阮籍的途穷恸哭之举，可谓困兽的栖惶、哲人的寂寞；智者从中看到绝望，强者从中看到软弱。作为一个淹没在污浊时代的文化巨人，阮籍天才般的表演和孤雁式的哀鸣，触动着整整一代士大夫的心灵。上引裴松之注引《魏氏春秋》继续讲述了阮籍与当时一个苏门隐者的交流：

> 籍少时尝游苏门山，苏门山有隐者，莫知名姓，有竹实数斛、臼杵而已。籍从之，与谈太古无为之道，及论五帝三王之义，苏门生萧然曾不经听。籍乃对之长啸，清韵响亮，苏门生逌尔而笑。籍既降，苏门生亦啸，若鸾凤之音焉。至是，籍乃假苏门先生之论以寄所怀。其《歌》曰："日没不周西，月出丹渊中，阳精蔽不见，阴光代为雄。亭亭在须臾，厌厌将复隆。富贵俯仰间，贫贱何必终。"又叹曰："天地解兮六合开，星辰

隙兮日月颓，我腾而上将何怀？"籍口不论人过，而自然高迈，
故为礼法之士何曾等深所雠疾。大将军司马文王常保持之，
卒以寿终。子浑字长成。《世语》曰：浑以闲澹寡欲，知名京
邑。为太子庶子。早卒。

阮籍所讲述的太古无为之道和五帝三王之义，所谓无为和有为，
苏门先生都萧然以对，毫无倾听之意。《世说新语·栖逸》首条则
谓阮籍对着苏门山真人"商略终古，上陈黄、农玄寂之道，下考三
代盛德之美以问之，仡（yì）然不应。复叙有为之教、栖神道气之术
以观之，彼犹如前，凝瞩不转"。说明一切学术话语，都难让其瞩
目倾心。只有有若鸾凤的长啸之音，才让苏门先生逌（yóu）尔而
笑，以声相和。至于阮籍的假借苏门先生以寄怀，即是收入《阮嗣
宗文集》的《大人先生传》。这位大人先生的第一特征即是大，"以
万里为一步，以千岁为一朝"，尺寸和时间，都与普通世界有千万
倍的悬殊。他与造化推移，不与世俗齐同。因此，他对规行矩步、
齐家事君的君子，径视为裈（kūn）中之虱：

> 逃乎深缝，匿乎坏絮，自以为吉宅也。行不敢离缝际，动
> 不敢出裈裆，自以为得绳墨也。饥则啮人，自以为无穷食也。
> 然炎丘火流，焦邑灭都，群虱死于裈中而不能出。汝君子之
> 处区内，亦何异夫虱之处裈中乎？悲夫！而乃自以为远祸近
> 福，坚无穷已。

所谓功名富贵，立德立言，无非即是坏絮深缝而已。这是《大人先
生传》中最有名的段落，不过，大人先生除了嘲骂儒家英雄人格的
君子，对于高蹈人格的隐士和韬世待时的薪者概以婉拒的姿态予
以否定，这就放弃了与现实俗世的关联，完全沉浸于玄远超越的
精神自由。难怪当世礼法之士对之深恶痛绝，而他收入《文选》的
另一篇应用文章《为郑冲劝晋王笺》，既为代笔文章，司马氏又有
铺天盖地的实力，本来也算不上大错。偏偏当时流传的创作情形

对阮籍的形象伤害不小,后世颇有洁癖的士君子们就更难原谅
了。《世说新语·文学》:

> 魏朝封晋文王为公,备礼九锡,文王固让不受。公卿将
> 校当诣府敦喻。司空郑冲驰遣信就阮籍求文。籍时在袁孝
> 尼家,宿醉扶起,书札为之,无所点定,乃写付使。时人以为
> 神笔。

郑冲飞马派信使到阮籍那里求文,后者在袁孝尼家宿醉中被扶
起,昏昏沉沉的状态下竟连草稿都不用打,很像是早有腹稿,成竹
在胸。当时有人认为是神妙之笔,后来也有人怀疑阮公深沉机
变,阿附权贵。人世间本就褒贬难一,应该是各有道理吧。

> 冲等死罪。伏见嘉命显至,窃闻明公固让,冲等眷眷,实
> 有愚心,以为圣王作制,百代同风,褒德赏功,有自来矣! 昔
> 伊尹,有莘氏之媵臣耳,一佐成汤,遂荷阿衡之号;周公藉已
> 成之势,据既安之业,光宅曲阜,奄有龟蒙;吕尚磻溪之渔者,
> 一朝指麾,乃封营丘。自是以来,功薄而赏厚者,不可胜数。
> 况自先相国以来,世有明德,翼辅魏室,以绥天下,朝无缺政,
> 民无谤言。前者,明公西征灵州,北临沙漠,榆中以西,望风
> 震服,羌戎东驰,回首内向。东诛叛逆,全军独克,禽阖闾之
> 将,斩轻锐之卒,以万万计。威加南海,名慑三越。宇内康
> 宁,苛慝不作。是以殊俗畏威,东夷献舞。
> 故圣上览乃昔以来礼典旧章,开国光宅,显兹太原。明
> 公宜承圣旨,受兹介福,允当天人。元功盛勋,光光如彼;国
> 土嘉祚,巍巍如此。内外协同,靡愆靡违。由斯征伐,则可朝
> 服济江,扫除吴会。西塞江源,望祀岷山,回戈弭节,以麾天
> 下。远无不服,迩无不肃。今大魏之德,光于唐虞。明公盛
> 勋,超于桓文。然后临沧州而谢支伯,登箕山而揖许由,岂不
> 盛乎! 至公至平,谁与为邻? 何必勤勤小让也哉! 冲等不通

　　大体，敢以陈闻。

这样的文章，内涵一点都不简单。比如在赞美司马氏"先相国以来"，"朝无缺政，民无谤言"之前，先列举伊尹、周公、吕尚三人公忠为国的勋绩，再收束一句："自是以来，功薄而赏厚者，不可胜数。"在圣贤叙事中大骋其《庄子》式的悠谬之辞。如果相较上古这三位盖世英贤，后来者皆算是功薄赏厚，则当世执政者是远绍先贤，功赏相当，还是龌龊鄙陋，大有惭德，这就有待寻味了。一提一顿之间，意气夭矫，昂藏盛大，不可捉摸。下文期待司马氏荡平吴蜀，然后功成身退，看似置对方于火上烘烤，却与司马氏政治操作中满口谎言的逊让态度完全合拍，——他们当然不可能宣称自己会一直大权独揽，绝不退让的。此文虽称不上颂赞有体，爱人以德，却颇能傲诞其心，尾蛇其迹，托以浮夸之辞，申其鞭挞之心，正有悠然飘荡的超迈玄意。

　　《文选》录入的阮籍两篇应用文字，一为他拒绝蒋济的文本，一为他代郑冲立言，在此类社会性文辞之间，不大可能捕捉到他的真实想法。不过，阮籍当时行迹中的闪烁掩藏，和其文本书写的含糊其辞，大体还算一致。他婉拒蒋济又不得不短期到任，任职于曹爽大将军府，同样也是借病逃离；一年后曹爽败，他又进入司马氏军府。当时玄谈之士，不左袒曹家，就得右袒司马氏，选择的余地并不大。而阮籍和司马氏之间的关系并不单纯，他在霸府行事自由，发语随便，正见双方的微妙互动，各有谅解。事实上，司马氏需要他这样放言无忌的表演工作者，好歹能掩饰一点政治折冲中的狠辣枭狡。阮籍与苏门先生的对答，先以论说遭拒，后以长啸相从，拒迎之间，同样是意味深长的表演。皇道、王道、帝道，皆非后世所宜，只有游仙体道一途可循，可见魏晋以来士大夫生活空间的逼仄和精神空间的开辟。阮籍的口不论人过，是自保也是不屑；其自然高迈，则深中礼法之士的虚伪傲狠之心，只能依赖当世霸府领袖司马昭的容忍、保全。说到底,专制体制中的下属,其一切自由皆需霸者容忍才有可能,其一切言行,也皆需在权力表演世界中觅得空间。其子阮浑"闲澹寡欲",同为玄言淘洗下的超迈人格,不过因为举世滔滔皆为玄谈中人,已经没有多少惹人嫌猜的攻击性了。

至于阮籍的八十二首《咏怀诗》,则是他丰富心灵的微妙呈现,开创文学史上蔚为大观的"咏怀"诗传统。《文选》选了十七首,兹录四首,以见其概。

> 夜中不能寐,起坐弹鸣琴。薄帷鉴明月,清风吹我衿。孤鸿号外野,朔鸟鸣北林。徘徊将何见,忧思独伤心。

中夜起坐,弹琴不足以自喻,于是望明月,拂清风,这里或许有些写实的成分;后面孤鸿、朔鸟之说,大体即是徘徊虚想了;结末曰忧、曰伤、曰独,总归是寂寞无依,无有归宿。这第一首诗里,有一个鲜明的思想者声音,那是与世界区隔得极为鲜明的大写的"我"。

> 二妃游江滨,逍遥顺风翔。交甫怀环珮,婉娈有芬芳。猗靡情欢爱,千载不相忘。倾城迷下蔡,容好结中肠。感激生忧思,萱草树兰房。膏沐为谁施,其雨怨朝阳。如何金石交,一旦更离伤。

萱(xuān),草名,又作萱。《诗经·卫风·伯兮》:"焉得萱草,言树之背。"又名合欢,据说食之忘忧。传统情感叙述略有层次、远近之分,比如男女情爱比较私密,不宜说出,更不能与朋友交往之义相提并论,有时却会以情爱故事的深密程度,状写交谊的厚薄。郑交甫与汉水女神的故事见于西汉刘向名下的《列仙传》,近似缥缈的单相思。说的是江妃二女游于汉水之滨,郑交甫见而悦之,上前陈辞,索要人家的玉佩,这当然是有意味的搭讪。人家给他后,他郑重其事地置于怀中,走了几十步后,发现怀中玉佩不见了,再一回头,二女也消逝无踪。汉儒用它解释《诗经·周南·汉广》里的"汉有游女,不可求思",貌似附会之辞,当然也可能确有所据。本来游女、神女,职业上与灵媒或多或少都有点关联,在传统性别叙事中偶尔也可相互替代。阮诗中借男女一见如故,情投意合,写出千年爱慕之情,转眼玉逝人空,脆促不堪,令人无限怅惘。后面"倾城""下蔡",用的是宋玉《登徒子好色赋》的美女典故,所谓"惑阳城,迷下蔡",讲的是绝色容颜,令人心结意沉,肠中翻转。因情生感,因爱生忧,正如《诗经·卫风·伯兮》所言:"焉得谖草,言树之背。""岂无膏沐,谁适为容。其雨其雨,杲杲出日",种谖草以忘忧,期云雨而出日,颠倒梦想,辗转反侧。感情如金坚实,友谊如石厚重,一旦背叛,则相背而远,判然两分,如何不令人瞠目结舌,无比伤怀!"金石交"有时也指君臣之间亲厚信重关系。《汉书·韩信传》记项羽遣盱眙人武涉游说韩信:"今足下虽自以为与汉王为金石交,然终为汉王所禽矣。"阮籍此诗,传写出深情必遭背叛、厚意必会瓦解的绝望。

> 嘉树下成蹊,东园桃与李。秋风吹飞藿,零落从此始。繁华有憔悴,堂上生荆杞。驱马舍之去,去上西山趾。一身不自保,何况恋妻子。凝霜被野草,岁暮亦云已。

"桃李不言,下自成蹊",一般都指称人的德性高迈,名显声扬。但是桃收李尽,即如风吹飞藿,零落成泥,大是宿命。正见繁华必有憔悴,高堂必然倾覆,荆棘丛生。如此惊心动魄的对照,诗人极难为怀,只好驱马远离,直上西山脚下。颜延之注:"西山,夷齐所居。言欲从之,以避世祸。"传说中,伯夷、叔齐兄弟二人不认同周武王伐纣自立,耻食周粟,采薇充饥,饿死首阳山下。他们留下了诗句:"登彼西山兮,采其薇矣。以暴易暴兮,不知其非矣。神农、虞、夏忽焉没兮,我安适归矣?于嗟徂兮,命之衰矣!"孟子

说伯夷是"圣之清者也",颜延之说阮籍想追随伯夷以避祸,可能
也小看了他。殊不知超迈隐逸之徒大多是倔强,对外界一步不
让,对他人常常是森冷,对亲人也偶尔流于残忍,所谓深情出以无
情。霜已凝,草已凋,岁已暮,万物走向苍凉冰冷的终点。这是心
伤者的凄然吟唱。

> 独坐空堂上,谁可与欢者。出门临永路,不见行车马。
> 登高望九州,悠悠分旷野。孤鸟西北飞,禽兽东南下。日暮
> 思亲友,晤言用自写。

可能堂上自有他人,但无可与欢,即可谓空堂。门外长路,不
见车马,则尽是荒凉。登高俯看,悠悠九州,分野无比空旷。鸟飞
西北,兽下东南,喧嚣尽去,只有寂寞。傍晚思念亲友,那是心底
深处存留的慰藉,期待晤言以倾泻本心。此诗前八句,写的是无
人处的途穷;后两句,写的是有我处的恸哭。陈沆《诗比兴笺》卷
二称此诗"悼国无人也"。"孤鸟离兽,士不西走蜀则南走吴耳。
思亲友以写晤言,其孙登、叔夜之伦耶?"如此则阮籍固是曹魏的
孤忠,连吴蜀鼎立之地,也成为曹魏士人的理想国! 这样是丹非
素的政治划分,能不为正始玄谈者所笑乎! 毕竟他们的玄意人生
中,最为要紧的不是观念系统,而是那个自然而然的精神"我"。
《世说新语·任诞》:

> 阮公邻家妇,有美色,当垆酤酒。阮与王安丰常从妇饮
> 酒。阮醉,便眠其妇侧。夫始殊疑之,伺察,终无他意。

王戎曾参与伐吴,封安丰县侯,故世号王安丰。"竹林七贤"
中他是年轻的后辈,以少年早慧有定力闻名。七人各有所溺,即
各人隐身处:阮籍隐于慎,嵇康隐于养生,山涛隐于吏,王戎隐于
吝啬,阮咸隐于音乐,向秀隐于《庄子》,刘伶隐于酒德。古来卖酒
的美妇,高明有嫁给司马相如的卓文君,无名如这一位邻家,总之

颜值美艳,以此招揽生意。以阮籍大名流兼中高级官员的地位,他如喜欢,可以巧取,可以豪夺,也可以赎买。这些他都不取,只是带着自己的一位年轻知交,到她那里喝酒。所谓放而不纵,彼既以卖酒为业,我则以饮酒处之,喝醉了便睡在她身边,好像次数还不少。这时王戎的重要性便体现出来了,一切行为艺术,得有人叙录,也得有经理陪护。那位丈夫也适时地承担起在场的检查人角色,大家共同努力,将这一场欲望叙事停留在任性的边缘。阮籍不是释出权力和身份的野兽,欲望的放纵止于有分寸的做作,如此即不涉淫滥;遭破坏的只是难免矜持和虚伪的礼教叙事,还有它背后时隐时现的贪婪政治。颜延之不仅注释了《咏怀诗》,还为竹林七贤各自作了一首诗,当然,山涛、王戎属于颜延之生平最不喜欢的一种人,高官,所以只有五首。其《五君咏·阮步兵》如下:

> 阮公虽沦迹,识密鉴亦洞。沉醉似埋照,寓词类托讽。
> 长啸若怀人,越礼自惊众。物故不可论,途穷能无恸?

"阮公虽隐身藏迹,却识见周密,有洞察力。他的沉醉像要掩藏神识,文词表达类于托词讽刺。长啸中寄怀古今贤人,逾越礼节自然惊世骇俗。世上他人,本来无须论议,但途穷之时,怎能不恸哭伤怀?"颜延年生于阮籍时代两百年后,作为新一代文人领袖,他对阮籍心理的揣摩未必是准确的,却可以看出六朝人对于阮籍风流精神的理解程度。而一千七百多年后的今天,读者仍可依稀听到他孤寂绝望的长啸,足可想到他当年那无人理解的悲哀。

与阮籍齐名的,是同样在文化史上龙骧凤翔的嵇康。《三国志·魏书·王粲传》裴松之注引嵇康事迹颇为翔实:

> 康字叔夜。案《嵇氏谱》:康父昭,字子远,督军粮治书侍

御史。兄喜,字公穆,晋扬州刺史、宗正。

督军粮治书侍御史也许不是什么了不起的高官,但肯定是曹操军府中颇有势力的后勤保障官员,非亲信干才,不易措手。这是嵇康与曹氏家族关联紧密的一个前因,同时也可以帮助后来者理解嵇康的生活质量。正常情况下,嵇康不会缺钱,他的打铁行为类似于炼丹,技艺之上,肯定还有求道的心思。而当时吃药之举,尤其非家富者莫能办。他的兄长嵇喜为晋朝扬州刺史,兄弟二人不仅仕宦显晦有别,政治立场也近乎南辕北辙了。不过这样的分野,并不影响嵇喜为嵇康留下一篇丰富的传记:

> 喜为《康传》曰:"家世儒学,少有俊才,旷迈不群,高亮任性,不修名誉,宽简有大量。学不师授,博洽多闻,长而好老、庄之业,恬静无欲。性好服食,尝采御上药。善属文论,弹琴咏诗,自足于怀抱之中。以为神仙者,禀之自然,非积学所致。至于导养得理,以尽性命,若安期、彭祖之伦,可以善求而得也;著《养生篇》,知自厚者所以丧其所生,其求益者必失其性,超然独达,遂放世事,纵意于尘埃之表。撰录上古以来圣贤、隐逸、遁心、遗名者,集为传、赞,自混沌至于管宁,凡百一十有九人,盖求之于宇宙之内,而发之乎千载之外者矣。故世人莫得而名焉。"

家世儒学似为整个家族贴金,不过,虽然嵇康自称"不涉经学",而《隋书·经籍志》录有《春秋左氏传音》三卷,称"魏中散大夫嵇康撰",则自有专门著作。而"学不师授,博洽多闻"的说法,可以视为完全符合跨时代学术大师的风派。"旷迈不群,高亮任性"、"好老庄之业"之类,也和当世玄谈者类似。至其神仙之学、养生之业,确乎为嵇氏究心所在。这样的超世之杰,不斤斤于当世政治得失,是可以想象的事。此处嵇喜有意识地遮掩嵇康之死对于家族生长空间的破坏效果,离事实应有距离。裴松之注又称引虞预《晋书》曰：

> 康家本姓奚，会稽人。先自会稽迁于谯之铚县，改为嵇
> 氏，取"稽"字之上，〔加〕"山"以为姓，盖以志其本也。一曰铚
> 有嵇山，家于其侧，遂氏焉。

华夏姓氏之学，素称难治，盖资料杂乱，显晦不一，兼乡里、郡
望，各有内涵，或冒籍以求高贵，或溯流以谋仕宦，真伪混淆，莫辨
其踪。《世说新语·德行》"王戎云与嵇康居二十年"条，刘孝标注
引王隐《晋书》曰："嵇本姓奚，其先避怨徙上虞，移谯国铚县。以
出自会稽，取国一支，音同本'奚'焉。"种种说法，基本都是只言片
语，魏晋混乱时代，姓氏改换者多。嵇氏可能是贱族托名以改命，
也可能是远迁避仇，具体原因隐秘难详。而其父置身曹操军府，
算是从龙之臣的家庭；后世家族文化地位的提升，嵇康本人算是
贡献不小；而政治地位的维持，端赖嵇喜厕身司马氏，算是延续了
家族的当世空间。裴松之注又谓：

> 《魏氏春秋》曰：康寓居河内之山阳县，与之游者，未尝见
> 其喜愠之色。与陈留阮籍、河内山涛、河南向秀、籍兄子咸、
> 琅邪王戎、沛人刘伶相与友善，游于竹林，号为七贤。钟会为
> 大将军所昵，闻康名而造之。会，名公子，以才能贵幸，乘肥
> 衣轻，宾从如云。康方箕踞而锻，会至，不为之礼。康问会
> 曰："何所闻而来？何所见而去？"会曰："有所闻而来，有所见
> 而去。"会深衔之。大将军尝欲辟康。康既有绝世之言，又从
> 子不善，避之河东，或云避世。及山涛为选曹郎，举康自代，
> 康答书拒绝，因自说不堪流俗，而非薄汤、武。大将军闻而怒
> 焉。初，康与东平吕昭子巽及巽弟安亲善。会巽淫安妻徐
> 氏，而诬安不孝，囚之。安引康为证，康义不负心，保明其事，
> 安亦至烈，有济世志力。钟会劝大将军因此除之，遂杀安及
> 康。康临刑自若，援琴而鼓，既而叹曰："雅音于是绝矣！"时

人莫不哀之。初，康采药于汲郡共北山中，见隐者孙登。康
欲与之言，登默然不对。逾时将去，康曰："先生竟无言乎？"
登乃曰："子才多识寡，难乎免于今之世。"及遭吕安事，为诗
自责曰："欲寡其过，谤议沸腾。性不伤物，频致怨憎。昔惭
柳下，今愧孙登。内负宿心，外惭良朋。"康所著诸文论六七
万言，皆为世所玩咏。

前引《世说新语·德行》刘孝标注，又述《(嵇)康别传》曰："康
性含垢藏瑕，爱恶不争于怀，喜怒不寄于颜。所知王濬冲在襄城，
面数百，未尝见其疾声朱颜。此亦方中之美范，人伦之胜业也。"
王濬冲即是王戎。看来竹林七贤的胜业，表现在形容举止上，即
是矫情镇物。嵇康面对死亡时的平静，看似对于司马氏残杀和死
亡的蔑视，贴近看来，主要还是平生极力强化的心态修行。此后
一千余年的中国读书人，虽形式多有参差，而最大要务，竟然就是
面对死亡的平静功夫，此可谓中国社会对于死亡的程式化处理。
《魏氏春秋》言及嵇康死因，首提司马氏心腹中人钟会的衔恨；复
举《与山巨源绝交书》中"不堪流俗"、"非薄汤、武"数语，所谓"大
将军闻而怒焉"。最后是吕安及其兄吕巽的家内强奸牵引的不孝
诬告，连及嵇康，则嵇康真可处死矣。"时人莫不哀之"六字，见出
嵇康之死对于司马氏集团来说，付出了巨大的舆论代价，至于此
事对于中古文人史尤其是中国文化人格的残灭诛锄效应，历经千
年发酵，大致结果可谓明白。裴松之注又谓：

> 《康别传》云：孙登谓康曰："君性烈而才俊，其能免乎？"
> 称康临终之言曰："袁孝尼尝从吾学《广陵散》，吾每固之不
> 与。《广陵散》于今绝矣！"与盛所记不同。又《晋阳秋》云：康
> 见孙登，登对之长啸，逾时不言。康辞还，曰："先生竟无言
> 乎？"登曰："惜哉！"此二书皆孙盛所述，而自为殊异如此。
> 《康集目录》曰：登字公和，不知何许人，无家属，于汲县北山

土窟中得之。夏则编草为裳，冬则被发自覆。好读《易》鼓
琴，见者皆亲乐之。每所止家，辄给其衣服食饮，得无辞让。

后来读者读到孙登的判辞，不免要重复一个问题：为什么性
情刚烈而才智超群者，在这样的社会就一定不能存活？或者说，
要什么样的文化环境和社会氛围，才能让如此良才美质尽情舒
展、充分发挥？而孙登"惜哉"二字，是惋惜嵇康不遇良时，还是惋
惜司马家儿不能用人？或者夸大其辞，实是惋惜我赤县神州难有
自由场域，必将重复此千年之殇？此则起斯人于地下，也未必得
到可靠答案也。裴松之注复引一段异闻：

> 《世语》曰：毌丘俭反，康有力，且欲起兵应之，以问山涛，
> 涛曰："不可。"俭亦已败。臣松之案：《本传》云：康以景元中
> 坐事诛，而干宝、孙盛、习凿齿诸书，皆云正元二年，司马文王
> 反自乐嘉，杀嵇康、吕安。盖缘《世语》云康欲举兵应毌丘俭，
> 故谓破俭便应杀康也。其实不然。山涛为选官，欲举康自
> 代，康书告绝，事之明审者也。案《涛行状》，涛始以景元二年
> 除吏部郎耳。景元与正元相较七八年，以《涛行状》检之，如
> 《本传》为审。又《钟会传》亦云会作司隶校尉时诛康；会作司
> 隶，景元中也。干宝云吕安兄巽善于钟会，巽为相国掾，俱有
> 宠于司马文王，故遂抵安罪。寻文王以景元四年钟、邓平蜀
> 后，始授相国位；若巽为相国掾时陷安，焉得以破毌丘俭年杀
> 嵇、吕？此又干宝之疏谬，自相违伐也。

《世语》又称《魏晋世语》，全书不传，赖《三国志》裴松之注转
引，方有残存。后来《世说新语》成书中，也多有剪截。此书后人
多以荒诞不经的小说视之，而裴注所谓著有晋朝史的一众名家如
干宝、孙盛、习凿齿诸人，皆因此处所引毌丘俭一事，而直接将嵇
康、吕安之死提前至淮南战役时，可见当时人殊不将此书弃置勿
论。裴松之注中所辨，引《山涛行状》证明嵇康之死一定在景元二

年山涛除吏部郎之后,颇为有力。盖此后方有《与山巨源绝交书》
之类文献及司马昭"闻而怒焉"。裴松之注最后抄出嵇康子嵇绍
平生,实关系魏晋南朝士大夫中人出处进退的大节:

> 康子绍,字延祖,少知名。山涛启以为秘书郎,称绍平简
> 温敏,有文思,又晓音,当成济者。帝曰:"绍如此,便可以为
> 丞,不足复为郎也。"遂历显位。《晋诸公赞》曰:绍与山涛子
> 简、弘农杨准同好友善,而绍最有忠正之情。以侍中从惠帝
> 北伐成都王,王师败绩,百官皆走,惟绍独以身扞卫,遂死于
> 帝侧。故累见褒崇,追赠太尉,谥曰忠穆公。

嵇绍腆颜事仇,在其家固为不得已,而在司马氏,正是化解士
林怨气的最好机会,故直接由郎而丞,升历显位。自古遗民不世
袭,而杀父之仇不共戴天;然则帝王即为仇雠,则臣民何所选择,
专制政体下,其实并无多大选择余地。忠孝之间,如有极大冲突,
为忠为孝,都极难一言以判。然嵇绍必须以慷慨赴死洗刷自己的
道德污点,通过灼显自己忠贞不渝的志节,来掩盖其左支右绌的
窘迫。这是学士大夫进退维谷的荒谬处境,一直延伸到现代知识
分子的悲哀和不幸,此种困境,古今中外莫不皆然也。

嵇康存世名篇颇多,如《声无哀乐论》倡"和声无象而哀心有
主"之说,一洗华夏音乐论述依违道德、混通内外的作风。又有
《赠秀才入军》十八首,是很漂亮的四言玄理之诗。秀才乃魏晋南
朝人才推举中最为崇高的头衔,嵇康所赠答的这位同父异母的嵇
喜,即是传世嵇康故事中被吕安讥嘲为"凡鸟"的那一位司马集团
成员。《文选》卷二十四"赠答类"录有五首,兹举其三首如下。

> 良马既闲,丽服有晖。左揽繁弱,右接忘归。风驰电逝,
> 蹑景追飞。凌厉中原,顾盼生姿。携我好仇,载我轻车。南
> 凌长阜,北厉清渠。仰落惊鸿,俯引渊鱼。盘于游田,其乐
> 只且。

"骏马已经娴习，丽服带着辉光。左持繁弱之弓，右拿忘归之箭。在风驰电逝中顾盼生姿，带上好友登上轻车，南上长阜，北跨清渠。仰头射下鸿雁，低身垂钓渊鱼，盘桓在原野之上，这是多么快乐！"如果说阮籍之诗是黑暗中的忧伤吟唱，那么嵇康之诗则是阳光下的快乐独白。同样是孤傲出尘，卑视俗流，也同样是驰骋想象，张大自我，阮诗深沉超迈，嵇诗清华绝俗。

> 浩浩洪流，带我邦畿。萋萋绿林，奋荣扬晖。鱼龙瀺灂，山鸟群飞。驾言出游，日夕忘归。思我良朋，如渴如饥。愿言不获，怆矣其悲。

瀺（chán）灂（zhuó）一般指水流声，也指游鱼在水中出没之态。在嵇康的想象世界里，大河围绕着家国，绿树萋萋，繁花散发光辉，山鸟鱼龙，一派生机盎然。正是留连忘返的好时光，可惜良朋不在，令人悲伤。

此诗在南朝政治史上名声颇著。《世说新语·雅量》中有数条，直接牵涉到东晋最高门阀执牛耳者，也交代出王家向谢家转移的大形势。"大才槃槃谢家安，江东独步王文度，盛德日新郗嘉宾"（《世说·赏誉》刘注引《续晋阳秋》），谢安、王坦之和郗超各自代表陈郡谢氏、太原王氏和京口郗家这三集团，郗超与其父祖的立场迥异，完全倒向实力派军阀桓温，但是早死，而王、谢两家代表的高门仕族势力仍须直面桓温晚年的霸府强势：

> 桓公伏甲设馔，广延朝士，因此欲诛谢安、王坦之。王甚遽，问谢曰："当作何计？"谢神意不变，谓文度曰："晋阼存亡，在此一行。"相与俱前。王之恐状，转见于色。谢之宽容，愈表于貌。望阶趋席，方作"洛生咏"，讽"浩浩洪流"。桓惮其旷远，乃趣解兵。王、谢旧齐名，于此始判优劣。

将王、谢两家势力的消长，简化为谢安石和王文度二人的争名，当然是有意味的笑谈。至于桓公晚年欲做贼造反的谣言,以东晋后期才俊莫不出自桓公幕府的事实,加上桓温身后势力对于整个政局的深远影响来看,那纯然是无耻的政治操控。但是作为谣言道具的嵇诗"浩浩洪流",配合着南渡士大夫普遍传承的洛阳书生咏讽腔调,竟然形成令当时英豪桓温恐惧的旷远之怀,可见在当时士人的认知习惯里,嵇诗代表着极为浩大的精神力量。

> 息徒兰圃,秣马华山。流磻平皋,垂纶长川。目送归鸿,手挥五弦。俯仰自得,游心泰玄。嘉彼钓叟,得鱼忘筌。郢人逝矣,谁与尽言?

磻(bō),古代射鸟用的拴在丝绳上的石箭镞。纶是渔人的钓绳。休息徒众于兰蕙之圃,放牧军马于华山之阳。兰蕙风雅之花,华山偃武之地,可想而知盘桓于此的军队,很接近于非战或者反战的超越性风雅之师了。而主将呢,游猎于平坡,垂纶于长川,心思耽玩于游戏式放松,目送归宿之鸿,手挥五弦之琴,俯仰之间自得其乐,醉心于玄理的体验。他所嘉许的超世钓客,即是像庄子那样的逊静、平淡、低声远世之人,他所赞赏的,也是庄子所推重的渔人,他得到鱼以后,就会洒脱地忘掉渔具。但是这样的风姿有谁能欣赏呢? 举世沉浊,只有在《庄子》书中才能见到那位郢人:

> 庄子送葬,过惠子之墓,顾谓从者曰:"郢人垩漫其鼻端,若蝇翼,使匠石斫之。匠石运斤成风,听而斫之,尽垩而鼻不伤,郢人立不失容。宋元君闻之,召匠石曰:'尝试为寡人为之。'匠石曰:'臣则尝能斫之。虽然,臣之质死久矣。'自夫子之死也,吾无以为质矣,吾无与言之矣。"

垩(è)是白灰或者白土,多用来涂饰墙壁。将白灰涂在鼻尖上,像苍蝇翅膀那样薄。石匠把大斧头挥动起来像风一样剁下去，能够把白灰都砍下来，鼻子却一点不受伤，郢都的这位楚人还能不动声色站在那里。可见一方技艺之超卓，另一方胆大心静，有完美的定力，而且双方之间，有着彻底的信任。这样心意相通的配合者，就叫质。这个故事里有一个关涉杀伤力的前提或者说是罅隙，嵇康也许早有会心，后来读者不妨再加考量：刀砍斧斫，杀伤力惊人。庄、惠二人言语相加，辞理相胜，难道也有如此杀伤力么？答案可能偏于肯定。谓予不信，可以细读嵇康名下的《与山巨源绝交书》。

此书可称魏晋南北朝文学史上的有数篇章，本来只是一封随手写就的友人间的书信，然书写者为当世名流，接收者在后来更成为一代人望。嵇康此书不止是拒绝了山涛的推荐，也不仅是谢绝当世、超然高蹈的宣言，其令人动心处，还有嵇康对于理想世界的构建，即视为中古中国的一篇乌托邦书（Utopia），也未尝不可也。

> 康白：足下昔称吾于颍川，吾常谓之知言。然经怪此意，尚未熟悉于足下，何从便得之也？前年从河东还，显宗、阿都说足下议以吾自代，事虽不行，知足下故不知之。

颍川指山涛族父颍川太守山嵚，河东与河南、河内并称"三河"，对应于关中的三辅之地，同为中古前期动见观瞻的华夏核心区域。显宗指公孙崇，阿都指吕安，后者尤为嵇康知友，也是嵇康罹祸的关键人物之一。书信开头即拈出一个"知"字，这也是华夏士大夫三千年历史中最令人心悸的主题，孔子以来传统文化念兹在兹的核心范畴，指人物之间由理解而欣赏，直至提供机会和发展平台，中古以后，渐渐凝练、简化出"知音"二字。

> 足下傍通，多可而少怪，吾直性狭中，多所不堪，偶与足下相知耳。间闻足下迁，惕然不喜，恐足下羞庖人之独割，引尸祝以自助，手荐鸾刀，漫之膻腥，故具为足下陈其可否。

山涛举荐嵇康为吏部郎,正如他后来之举荐阮咸,虽然两次都不成功,却代表山涛强烈期待清流势力掌控当时选官部门的努力,用心极苦,可惜不为知友所谅,更得不到对方的配合。"傍通"即"多可而少怪",后世所谓宽容、圆融、圆通也。"直性"即婞直的性气,"狭中"即内心不宽,狭窄难容。"听到你升迁,就很不开心,怕你羞愧于独处势利场,将要像《庄子》里说的祭礼典礼上的割肉者,非要拉着手持祭品的主祭人,递上满是膻腥的鸾刀。那我还是给你把话都说清楚吧。"

> 吾昔读书,得并介之人,或谓无之,今乃信其真有耳。性有所不堪,真不可强。今空语同知有达人,无所不堪,外不殊俗,而内不失正,与一世同其波流,而悔吝不生耳。老子、庄周,吾之师也,亲居贱职;柳下惠、东方朔,达人也,安乎卑位。吾岂敢短之哉! 又仲尼兼爱,不羞执鞭,子文无欲卿相,而三登令尹,是乃君子思济物之意也。所谓达能兼善而不渝,穷则自得而无闷。以此观之,故尧、舜之君世,许由之岩栖,子房之佐汉,接舆之行歌,其揆一也。仰瞻数君,可谓能遂其志者也。故君子百行,殊涂而同致,循性而动,各附所安。故有处朝廷而不出,入山林而不反之论。且延陵高子臧之风,长卿慕相如之节,志气所托,不可夺也。

这里有三个很强烈的表达:一是本性不能忍受,没法勉强自己;二是尧舜之君世、许由之隐、张良佐汉、接舆唱歌嘲笑孔子,他们的行为准则都是一样的,即是顺遂本心;三是志气所在,不可剥夺。这是极度自信的表白、颇为张扬的自守。所谓并介之人,即是兼济天下而又介然孤立的人。所谓达人,即通达、圆通之人,能和同世俗,偏偏还无悔无憾。达人和并介之人都是暗讥山涛,不过山公也确实当得起这个讽刺。盖其左袒司马氏,当受讥弹;而其究心吏道,苦心持守,也可谓并介之人。延陵季子是东吴文化中继泰伯、仲雍以后的第二期文化英雄,他崇敬曹国公子子臧让国的高节,正如同司马相如追慕蔺相如和同朝堂、退让为国的做人风格:重新梳理古典叙事以建构个人精神指标,这是中古文学文本中比较常见的做法。

> 吾每读尚子平、台孝威传,慨然慕之,想其为人。少加孤露,母兄见骄,不涉经学,性复疏懒,筋驽肉缓,头、面常一月十五日不洗,不大闷痒,不能沐也。每常小便而忍不起,令胞中略转乃起耳。又纵逸来久,情意傲散,简与礼相背,懒与慢相成,而为侪类见宽,不攻其过。又读《庄》《老》,重增其放。故使荣进之心日颓,任实之情转笃。此由禽鹿少见驯育,则服从教制,长而见羁,则狂顾顿缨,赴蹈汤火,虽饰以金镳,飨以嘉肴,逾思长林而志在丰草也。

尚子平为县吏,休假日采薪供馔;台孝威则穴居山中,采药为生:此类政治地位较为平凡的苦节之士,成为学士大夫的倾慕对象,大体皆见到人格典范的建构和精神观念的转移,里面有相当有力的个性化塑造。远离中心则压迫感较轻,乐于清苦则内心自由度和创造性大为舒展,所谓"内重者外必轻"。而内涵扩展,又未必不造成外在风貌的超世异观,进而发展出新的风流指标。在嵇康个案里,则早岁孤儿造成家庭内部的小空间里,富裕有余而少节制,天才的发露不受压迫,"母兄见骄"又最大化地延迟了天才的社会性化约与收缩节奏。所谓"不涉经学"乃是不涉及寻常章节俗儒之学耳,如果嵇康真的没有经学修养,太学生三千人为他求情,倒真像明代人说的,是嵇康的仇家买通太学生以促其夭亡了。本节的"头、面常一月十五日不洗",很像现代的极简生活;所谓"任实",即是任性,"实"者,情也,性也,真性情也;"禽鹿见羁"则"狂顾顿缨"的表达,后来被杜甫上玄宗皇帝《进三大礼赋表》反用典故,"与麋鹿同群而处,浪迹于陛下丰草长林",嵇氏之所畏,正杜氏之所祈,家世出处不同,晋唐之间士大夫生活空间大异,文本叙述转变若此,读来真令人不胜唏嘘。

> 阮嗣宗口不论人过,吾每师之,而未能及;至性过人,与物无伤,唯饮酒过差耳。至为礼法之士所绳,疾之如雠,幸赖大将军保持之耳。吾不如嗣宗之贤,而有慢弛之缺,又不识人情,暗于机宜,无万石之慎,而有好尽之累。久与事接,疵衅日兴,虽欲无患,其可得乎?

《孝经》里有个说法,叫"言满天下无口过,行满天下无怨恶",卿大夫能做到这点,当然可以保全他自己的首级和他家族的发展空间。在阮籍的时代,最为流行的是月旦人才、品评风流,他则登楚汉广武战场,"叹时无英雄",平常身处人群之中,又绝不施加一句臧否,所谓"口不论人过",对于别人的一些道德或才行方面的错漏,绝不提及半句,是不屑的成分多,不敢的成分少? 这是可以细加揣摩的。"至性"即是至情,"与物无伤"就是对他人和外界没有任何伤害,无论是主观上还是客观上,都无侵略性,这份修养功夫确实不凡,所以才赢得司马昭"至慎"的评语。嵇康自己呢,偏偏站在阮籍的反面,最管不住的就是嘴巴,俗话所谓"直肠子",轻率出言,伤害他人,纠弹世事,伤人害己,他也自知。如果不能躲避世事,常与外界接触,总有一天会栽倒,自误误人;除非像阮籍那样,有一个真心欣赏和保护他的巨头,俗话所谓"大腿"或"大树"也。这是此处最值得关注的表达,也不妨说是对于司马家儿的求饶;可惜恼羞成怒的对方,既不能预知嵇氏的精神辐射力或者说是对于舆论界的实际影响力,也不肯对清流付出更多妥协和宽容。

> 又人伦有礼,朝廷有法,自惟至熟,有必不堪者七,甚不可者二。卧喜晚起,而当关呼之不置,一不堪也。抱琴行吟,弋钓草野,而吏卒守之,不得妄动,二不堪也。危坐一时,痹

不得摇,性复多虱,把搔无已,而当裹以章服,揖拜上官,三不
堪也。素不便书,又不喜作书,而人间多事,堆案盈机,不相
酬答,则犯教伤义,欲自勉强,则不能久,四不堪也。不喜吊
丧,而人道以此为重,己为未见恕者所怨,至欲见中伤者,虽
瞿然自责,然性不可化,欲降心顺俗,则诡故不情,亦终不能
获无咎无誉如此,五不堪也。不喜俗人,而当与之共事,或宾
客盈坐,鸣声聒耳,嚣尘臭处,千变百伎,在人目前,六不堪
也。心不耐烦,而官事鞅掌,机务缠其心,世故繁其虑,七不
堪也。又每非汤、武而薄周、孔,在人间不止,此事会显,世教
所不容,此甚不可一也。刚肠疾恶,轻肆直言,遇事便发,此
甚不可二也。以促中小心之性,统此九患,不有外难,当有内
病,宁可久处人间邪? 又闻道士遗言,饵术黄精,令人久寿,
意甚信之。游山泽,观鸟鱼,心甚乐之。一行作吏,此事便
废,安能舍其所乐,而从其所惧哉?

　　"七不堪"联系着嵇生的"促中小心之性",天生怕早起、身体
常妄动、害怕拜上官、不爱社交相酬答、不喜欢吊丧、厌烦俗人、不
耐烦俗事,加上非圣无法、刚直放言这两个"大不可",即是"九
患"。他的认识是"不可久处人间","人间"即是俗世。所相对的
是长生游仙,悠游山泽,后者即是杜甫《岳麓山道林二寺行》"山鸟
山花吾友于",俗世间大为勉强,山野间却可悠游。一边是快乐,
一边是恐惧,这种情况似乎不难选择。

　　　夫人之相知,贵识其天性,因而济之。禹不偪伯成子高,
全其节也。仲尼不假盖于子夏,护其短也。近诸葛孔明不偪
元直以入蜀,华子鱼不强幼安以卿相。此可谓能相终始,真
相知者也。足下见直木必不可以为轮,曲者不可以为桷,盖
不欲以枉其天才,令得其所也。故四民有业,各以得志为乐,
唯达者为能通之,此足下度内耳。不可自见好章甫,强越人

以文冕也。己嗜臭腐，养鸳雏以死鼠也。吾顷学养生之术，方外荣华，去滋味，游心于寂寞，以无为为贵，纵无九患，尚不顾足下所好者。又有心闷疾，顷转增笃，私意自试，不能堪其所不乐。自卜已审，若道尽涂穷则已耳。足下无事冤之，令转于沟壑也。

"偪"即是逼。此时言辞之间，疾言厉色，气急败坏，这还是王戎印象中喜怒不形于色的嵇先生么？是他，因为关键时刻，不容有一丝含糊空间。真正的知友在于识其天性，又从而帮助他完成那种天性。以竹林七贤之高雅，山巨源、王濬冲之流，与阮嗣宗、嵇叔夜之徒，可相与琴咏，却难可携手登朝，合势图利，明矣。嵇先生的志向是"外荣华，去滋味，寂寞无为"，天性爱游仙的他，政客山巨源能保全否？

吾新失母兄之欢，意常凄切，女年十三，男年八岁，未及成人，况复多病，顾此恨恨，如何可言！今但愿守陋巷，教养子孙，时与亲旧叙阔，陈说平生，浊酒一杯，弹琴一曲，志愿毕矣。足下若嬲之不置，不过欲为官得人，以益时用耳。足下旧知吾潦倒粗疏，不切事情，自惟亦皆不如今日之贤能也。若以俗人皆喜荣华，独能离之，以此为快，此最近之，可得言耳。然使长才广度，无所不淹，而能不营，乃可贵耳。若吾多病困，欲离事自全，以保余年，此真所乏耳。岂可见黄门而称贞哉！若趣欲共登王涂，期于相致，时为欢益，一旦迫之，必发其狂疾，自非重怨，不至于此也。

好言好语，求饶若此。才华大，气度好，无所不通，偏偏不钻营，这是可贵的尘世间英杰；自己则多于病，乏于才，不过想远世自保而已，不值得称赞。总不能遇到太监夸他贞节吧！"不切事情"即是"潦倒粗疏"，是嵇康对于自己的定位。对于世事人情完全摸不到头绪，后人所谓"世事洞明皆学问"，嵇先生盖最无学问之人也。"共登王涂"，即是共同登上王道之途，为官府搜罗人才，期待得到嵇先生入局，大家一起开心地相互增益，相互提携。"真要如此逼迫，一定会发疯、发病，山先生是和嵇某人有大仇么？"

> 野人有快炙背而美芹子者，欲献之至尊，虽有区区之意，亦已疏矣。愿足下勿似之。其意如此，既以解足下，并以为别。嵇康白。

后人多有献芹之举，芹菜虽苦，食者不厌，至于太阳晒背，无人不宜，献之于至高无上的皇帝，就鄙陋得很了。嵇先生于此并不粗疏。

书信中可以发现，嵇康和阮籍一样，是魏晋南朝时代不可救药的空想主义者。他们所拟想的乌托邦，即使在千年后的现代社会，也同样是不易实现的梦境！当然，你也没必要把他们想象得有多傻，其实他们也都是在文章中，宣泄己志而已！一般的说法，嵇康是吃药的祖师，所以脾气看上去要大一些；而阮籍是喝酒的名公，囫囵吞枣，不容易露出把柄，杀伤力往往意在言外，也就不大得罪人。真要讲吃药出事的，恐怕何晏那样的政界大人物、玄学大宗师更显眼；要讲酒味浓郁，吞吐宇宙，以天地为室宇、以住宅为衣服的刘伶先生，其《酒德颂》更为高明：可见世间判断，无有定准，凌虚蹈空，很难证实。至于有读者硬要在文字中寻找到什么忠奸高下来，那就真的是以一己之愚拙，度通人之高蹈了！古贤心事，只可意会，何必多言！《世说新语·容止》：

> 嵇康身长七尺八寸，风姿特秀。见者叹曰："萧萧肃肃，爽朗清举。"或云："肃肃如松下风，高而徐引。"山公曰："嵇叔夜之为人也，岩岩若孤松之独立；其醉也，傀俄若玉山之将崩。"

"大都好物不坚牢，彩云易散琉璃脆。"（白居易《简简吟》）如此样貌,不得善终,造化弄人,有如此者!

参考资料:

1. 戴明扬《嵇康集校注》,中华书局,2015 年。

2. 庄万寿《嵇康年谱》,台湾三民书局,1981 年。

3. 吴联益《嵇康养生思想及其黄老、道教之渊源蠡测》,台湾《中国文学研究》2004 年第 18 期。

4. 刘康德《试论嵇康的哲学思想》,《复旦学报》1981 年第 6 期。

5. 陈伯君《阮籍集校注》,中华书局,2014 年。

6. 侯外庐、赵纪彬、杜国庠、邱汉生《中国思想通史》第三卷,人民出版社,2011 年。

第九讲 "陆海潘江"咏太康

陆机入《选》篇目：卷十六：《叹逝赋》；卷十七：《文赋》；卷二十：《皇太子宴玄圃宣猷堂有令赋诗》；卷二十二：《招隐诗》；卷二十四：《赠冯文罴迁斥丘令》《答贾长渊》《于承明作与士龙》《赠尚书郎顾彦先》《赠顾交阯公真》《赠从兄车骑》《答张士然》《为顾彦先赠妇》《赠冯文罴》《赠弟士龙》；卷二十六：《赴洛》《赴洛道中作》《吴王郎中时从梁陈作》；卷二十八：《猛虎行》《君子行》《从军行》《豫章行》《苦寒行》《饮马长城窟行》《门有车马客行》《君子有所思行》《齐讴行》《长安有狭邪行》《长歌行》《悲哉行》《吴趋行》《短歌行》《日出东南隅行》《前缓声歌》《塘上行》《挽歌诗》；卷二十九：《园葵诗》；卷三十：《拟古诗》；卷三十七：《谢平原内史表》；卷四十六：《豪士赋序》；卷四十七：《汉高祖功臣颂》；卷五十三：《辩亡论》；卷五十四：《五等论》；卷五十五：《演连珠》；卷六十：《吊魏武帝文》。

潘岳入《选》篇目：卷七：《藉田赋》；卷九：《射雉赋》；卷十：《西征赋》；卷十三：《秋兴赋》；卷十六：《闲居赋》《怀旧赋》《寡妇赋》；卷十八：《笙赋》；卷二十：《关中诗》《金谷园作诗》；卷二十一：《悼亡诗》；卷二十四：《为贾谧作赠陆机》；卷二十六：《河阳县作》《在怀县作》；卷五十六：《杨荆州诔》《杨仲武诔》；卷五十七：《夏侯常侍诔》《马汧督诔》《哀永逝文》。

陆云入《选》篇目：卷二十：《大将军宴会被命作诗》；卷二十五：《为顾彦先赠妇》《答兄机》《答张士然》。

潘尼入《选》篇目：卷二十四：《赠陆机出为吴王郎中令》《赠

河阳》《赠侍御史王元贶》);卷二十五:《迎大驾》。

　　太康(280—289)是西晋开国君主司马炎的第三个年号,太康元年平吴,算是开辟了一个混一区宇的新时代。太康文学无南北,而学术有新旧。大抵荆州之新学,光芒胜于东吴旧学,而于洛阳新风之影响,颇有力焉。

　　《晋书·挚虞传》:"时天子留心政道,又吴寇新平,天下乂安,上《太康颂》以美晋德。"太康末陆机、陆云兄弟以吴地才俊入洛,加入潘岳等太康群英的行列。顺此而下,即是晋惠帝的永熙(290)、元康(291—299)时代,西晋政权开始在权场阴谋和盛世幻觉中,朝堂上下不谙大势,相骗相斫,一点点沉没下去,至灭亡而后已。

　　虽然沈约《宋书·谢灵运传论》把潘、陆二杰的高光时刻定在元康以来:"降及元康,潘、陆特秀,律异班、贾,体变曹、王,缛旨星稠,繁文绮合。"究竟元康以来作者,部分重要人物如潘岳、潘尼、张载、张协、左思诸人的创作高峰期,都始于太康之前,大部分作者如陆机兄弟,他们歌咏盛时虽在元康及以后,都可谓太康时代的余晖,难以见到元康崩溃的隐隐暗影。此则本篇囊括潘、陆两大名流,笼统称谓径取"太康"二字的缘由。

　　说起来,西晋群英如以数量论,似远过前代。刘勰《文心雕龙·才略篇》对于当时盛况,有相当全面的描写:

　　　　张华短章,奕奕清畅,其《鹪鹩》寓意,即韩非之《说难》也。左思奇才,业深覃思,尽锐于《三都》,拔萃于《咏史》,无遗力矣。潘岳敏给,辞自和畅,钟美于《西征》,贾余于哀诔,非自外也。陆机才欲窥深,辞务索广,故思能入巧而不制繁。士龙朗练,以识检乱,故能布采鲜净,敏于短篇。孙楚缀思,每直置以疏通；挚虞述怀，必循规以温雅：其品藻"流别"，有条理焉。傅玄篇章，义多规镜；长虞笔奏，世执刚中：并桢干之实才，非群华之韡萼也。成公子安选赋而时美，夏侯孝若具体而皆微，曹摅清靡于长篇，季鹰辨切于短韵，各其善也。孟阳、景阳，才绮而相埒，可谓鲁卫之政，兄弟之文也。刘琨雅壮而多风，卢谌情发而理昭，亦遇之于时势也。

这一群人物中，最为耀眼的大人物首称潘岳。他比陆机大十四岁，在文学史上与陆机齐名，当时应该更为特出。唐宋以来他声名转晦，但是金元大诗人元好问的那一首《论诗三十首》其六，也足以让任何一个文学爱好者记住他了：

> 心画心声总失真，文章宁复见为人。高情千古《闲居赋》，争信安仁拜路尘！

言为心声的说法来自扬雄《法言》："言，心声也；书，心画也；声画形，君子小人见矣。"先有这样的道德批评，自然就有元好问式的反驳。至于他的反驳，对于潘安仁是否公平，这又是另外一个问题了。大体世间人物，有理想人格，有现世空间。持其理想人格以绳其现世言行，又有几人逃得过讥评呢？"拜路尘"的描述见于《晋书·潘岳传》：

> 岳才名冠世，为众所疾，遂栖迟十年。出为河阳令，负其才而郁郁不得志。时尚书仆射山涛、领吏部王济、裴楷等并为帝所亲遇，岳内非之，乃题阁道为谣曰："阁道东，有大牛。王济鞅，裴楷辎，和峤刺促不得休。"
>
> ……岳性轻躁，趋世利，与石崇等诌事贾谧，每候其出，与崇辄望尘而拜。构愍怀之文，岳之辞也。谧二十四友，岳为其首。谧《晋书》限断，亦岳之辞也。其母数诮之曰："尔当知足，而干没不已乎？"而岳终不能改。

官场的原则是谋定后动，不怕慢，就怕站。站队一错，千金难赎。"轻躁"即不稳重，太急躁；这样的节奏判断，应该是由其判断者论定是非，而被判断者一旦落入这样的陷阱，也须付出相当的代价。什么叫"干没"呢？就是贪求，贪得无厌。贾谧为当世权臣贾充的继承人，姨母即是惠帝贾皇后，惠帝不惠，她是当时的实际掌权者，任用大名流张华为执政官，故她的统治前期风闻是好的。贾谧则是当时朝堂之上最为耀眼的年轻领袖，所谓二十四友，几乎将西晋三张、二陆、两潘、一左等才士，刘玙、刘琨昆仲等俊杰，尽数囊括一空。潘岳与石崇皆对贾谧望尘而拜，石崇当时名位既高，人才也不委琐，可见"望尘而拜"的讥讽，落不到潘岳一人头上。至于他的《闲居赋》，《晋书》本传即在上引文字之下，直接将序和正文全文抄录。"既仕宦不达，乃作《闲居赋》。"这里直接将其序文录之如下：

> 岳读《汲黯传》至司马安四至九卿，而良史书之，题以巧宦之目，未曾不慨然废书而叹也。曰：嗟乎！巧诚有之，拙亦宜然。顾常以为士之生也，非至圣无轨微妙玄通者，则必立功立事，效当年之用。是以资忠履信以进德，修辞立诚以居业。仆少窃乡曲之誉，忝司空太尉之命，所奉之主，即太宰鲁武公其人也。举秀才为郎。逮事世祖武皇帝，为河阳、怀令，尚书郎，廷尉评。今天子谅暗之际，领太傅主簿。府主诛，除名为民。俄而复官，除长安令。迁博士，未召拜，亲疾辄去，官免。自弱冠涉于知命之年，八徙官而一进阶，再免，一除名，一不拜职，迁者三而已矣。虽通塞有遇，抑亦拙之效也。昔通人和长舆之论余也，固曰"拙于用多"。称多者，吾岂敢；言拙，则信而有征。方今俊乂在官，百工惟时，拙者可以绝意乎宠荣之事矣。太夫人在堂，有羸老之疾，尚何能违膝下色养，而屑屑从斗筲之役？于是览止足之分，庶浮云之志，筑室

种树，逍遥自得。池沼足以渔钓，春税足以代耕。灌园鬻蔬，供朝夕之膳；牧羊酤酪，俟伏腊之费。孝乎惟孝，友于兄弟，此亦拙者之为政也。乃作《闲居赋》以歌事遂情焉。

言辞很坦诚。"伏腊"即伏祠腊祭，或以夏祭为伏，冬祭为腊。"春税足以代耕"，《五臣注文选》吕向注："税谓春粟为米，税其利以代耕也。"赋文甚美，"退求己而自省，信用薄而才劣。奉周任之格言，敢陈力而就列。几陋身之不保，而奚拟乎明哲，仰众妙而绝思，终优游以养拙。"这个当然是做不到。等到赵王司马伦得志，他的中书令孙秀当年做小史，是潘岳的下属，多次受到潘的挞辱，"遂诬岳及石崇、欧阳建谋奉淮南王允、齐王冏为乱，诛之，夷三族"。《晋书》将诛夷之状一一写出：

> 岳母及兄侍御史释、弟燕令豹、司徒掾据、据弟诜，兄弟之子，已出之女，无长幼一时被害，唯释子伯武逃难得免。而豹女与其母相抱号呼不可解，会诏原之。

这种冷笔，是照应了《闲居赋序》结末所谓孝友之词，乱世才人，难以脱厄。潘岳的文章，在《文选》中自是大宗师的分量。诗、赋都体量巨大，名篇众多。下引一首《寡妇赋》，见出他们下笔中寓游戏于真性情的一面。

而在读潘、陆之前，不妨先看一篇张华名下的《鹪鹩赋》，以见当世学士大夫所共同倾心的人格，姿质何取？按照《文选》李善注，这是他在中书郎任上，"虽栖处云阁，慨然有感"。"云阁"即皇家书府，所谓身在魏阙，心栖自远：

> 鹪鹩，小鸟也。生于蒿莱之间，长于藩篱之下，翔集寻常之内，而生生之理足矣。色浅体陋，不为人用。形微处卑，物莫之害。繁滋族类，乘居匹游。翩翩然有以自乐也。彼鹫鹗鹍鸿，孔雀翡翠，或凌赤霄之际，或托绝垠之外。翰举足以冲天，觜

距足以自卫。然皆负缯婴缴，羽毛入贡。何者？有用于人
也。夫言有浅而可以托深，类有微而可以喻大，故赋之云尔。

缯（zēng），射鸟雀的带丝绳的箭。婴，触，缠绕。缴（zhuó），带箭
的细绳。小序表述的是近乎委琐的自我保护，正是《庄子》一书掀
天揭地的第一主题，也属于东方朔、扬雄以来才士们警惕权力杀
伤的一个传统。儒家经典《周易·系辞》本有权威说法："天地之
大德曰生，圣人之大宝曰位"，将生存与生命的主题，牢牢地捆绑
在居位掌权的统治者话语体系之中。张华则随顺当世学风，俯仰
于道家和玄言家说，着墨于个人生命，所谓生生之理，不求闻达，
只求自乐，这就在精神层面挣脱集体权力意志的牢笼，存身卑弱，
远离刚狠宏阔，隐隐透露出当时玄言才士的主体性精神。

　　何造化之多端兮，播群形于万类。惟鹪鹩之微禽兮，亦
摄生而受气。育翩翾之陋体，无玄黄以自贵。毛弗施于器
用，肉弗登于俎味。鹰鹯过犹俄翼，尚何惧于罿罻。翳荟蒙
笼，是焉游集。飞不飘飏，翔不翕习。其居易容，其求易给。
巢林不过一枝，每食不过数粒。栖无所滞，游无所盘。匪陋
荆棘，匪荣茝兰。动翼而逸，投足而安。委命顺理，与物
无患。

摄生即养生。翩翾（xuān），飞动貌。鹯（zhān），猛禽。罿
（chōng）罻（wèi），捕鸟之网。翳（yì）荟（huì），草木茂盛。张华笔
下的小鸟，形体虽微，却是造化赋形的生命之全；它的最大特色是
微小简陋，居求极少，不堪食用，猛禽不顾，这些都是事实；而不嫌
荆棘，不乐兰草，既逸又安，委命顺理，这样的玄意悠然，就只能是
赋家以己意投注其身了。"与物无患"，就是对外界没有威胁，这
同时也就最大限度地保存了自己。

　　伊兹禽之无知，何处身之似智？不怀宝以贾害，不饰表

以招累。静守约而不矜，动因循以简易。任自然以为资，无
诱慕于世伪。雕鹖介其觜距，鹄鹭轶于云际。鹓鸡窜于幽
险，孔翠生乎遐裔。彼晨凫与归雁，又矫翼而增逝。咸美羽
而丰肌，故无罪而皆毙。徒衔芦以避缴，终为戮于此世。苍
鹰鸷而受缧，鹦鹉惠而入笼。屈猛志以服养，块幽絷于九重。
变音声以顺旨，思摧翮而为庸。恋钟岱之林野，慕陇坻之高
松。虽蒙幸于今日，未若畴昔之从容。

赋家悠谬其辞，小鸟无知，似智而非智，然寄托此意，正可应付世
道的艰难肃杀。怀揣宝物，装饰华丽，不免招来祸害，有累自身。
贾（gǔ）害，贾是求取，此指招揽，招惹。"静守约而不矜"，安静是
持守简约之道，又能不矜持，这样纯任自然以资自守，真是谈何容
易。"动因循以简易"，行动中没有特出刻意之举，只是因循旧迹，
出以简略率易，毫不羡慕世间诈饰的容华，也不受人为增伪的诱
惑。雕鹖（hé）嘴尖，鹄鹭高飞，鹓鸡幽窜，孔雀、翠鸟生于远方，晨
鸭、夜雁振翅高飞：它们就因为美丽有肉，故无罪而死亡，即使聪
明善逃，衔芦避箭，还是杀戮以终。苍鹰猛鸷（zhì）以就缚，鹦鹉聪
惠而入笼。块，孤独貌。幽絷（zhí），拘囚。摧翮（hé），垂翅。庸，
通"佣"，为人役使。无论是勇武的猛禽，还是聪明的灵鸟，它们在
失去自由的情况下，虽然得到施展才具的可能，但违背本性，远离
林野高松，实非所愿。

> 海鸟鹓鶋，避风而至。条枝巨雀，逾岭自致。提挈万里，
> 飘飘逼畏。夫唯体大妨物，而形瑰足玮也。阴阳陶蒸，万品
> 一区。巨细舛错，种繁类殊。鹪螟巢于蚊睫，大鹏弥乎天隅。
> 将以上方不足，而下比有余。普天壤以遐观，吾又安知大小
> 之所如？

鹓（yuán）鶋（jū），一作爰居，大海鸟。条枝，即条支，西域国
名，在安息以西，临西海，在底格里斯河和幼发拉底河之间。提

挈,相互扶持。逼畏,畏惧。这些大鸟为何恐惧如此?因为体形
巨大就会炫人眼目,引人注意,妨碍了别人的空间;更何况形体又
如瑰玮之类美玉一样,极具诱惑。阴阳造就万物,千万品种同处
一区。大小错杂,种类繁多,各有特点。鹪螟,亦作"焦冥""焦
螟",出《列子·汤问》:"江浦之间生么虫,其名曰焦螟,群飞而集
于蚊睫,弗相触也。"虫子小到可以群居在蚊子的睫毛上,大鹏鸟
展翼翱翔,充满天际。鹪鹩跟大鸟比起来自然太小,跟小虫子比
起来,也不失其大。放眼天壤之间,大小、愚智都不是问题,怎样
明哲保身,生命不息才是全德。

依从庄老玄智,自处卑微,和光同尘,对于才智焕发的张茂先
来说,确实难能可贵,无怪乎传说阮籍当日读了此赋,称其为"王
佐才也"。张华自西晋新朝即一路上升,虽期于自保、乐于遁世而
不能。至于潘岳、陆机等较年轻的俊才,则心气、欲望大为不同,
驰骋才藻尤称富盛。陆机见后半,潘岳大作琳琅,仅读短篇《寡妇
赋》,以见其大概:

> 乐安任子咸,有韬世之量,与余少而欢焉!虽兄弟之爱,
> 无以加也。不幸弱冠而终,良友既没,何痛如之!其妻又吾
> 姨也,少丧父母,适人而所天又殒,孤女藐焉始孩,斯亦生民
> 之至艰,而荼毒之极哀也。昔阮瑀既殁,魏文悼之,并命知旧
> 作寡妇之赋。余遂拟之,以叙其孤寡之心焉。其辞曰:

此为小序,说明任子咸不仅与潘岳少年友好,且其妻又是潘之妻
妹。任妻少年早孤,嫁人又沦为寡妇,只有一个始孩即二三岁的
孤女。对其处境,潘岳的结语是:最大的人生不幸,极度的苦难悲
哀。论其文体,则承继魏文君臣为阮瑀遗孀所作《寡妇赋》,而潘
岳拟写的主题,正是孤独寡妇的心灵。具体是这样的吗?得通读
全文,方能有进一步的判断:

> 嗟予生之不造兮,哀天难之匪忱。少伶俜而偏孤兮,痛

忉怛以摧心。览寒泉之遗叹兮,咏《蓼莪》之余音。情长戚以
永慕兮,思弥远而逾深。

不造,即不成,不幸;"天难之匪忱",天降灾祸,不由诚信。忉
(dāo)怛(dá),悲痛貌。寒泉,出典于《诗·邶风·凯风》:"爰有寒
泉,在浚之下。有子七人,母氏劳苦。"为思母之篇。蓼(lù)莪(é),
《诗经·小雅》篇名,思慕父母之诗。赋篇开头即以寡妇的口吻,
讲述自己的平生故事。

> 伊女子之有行兮,爰奉嫔于高族。承庆云之光覆兮,荷
> 君子之惠渥。顾葛藟之蔓延兮,托微茎于樛木。惧身轻而施
> 重兮,若履冰而临谷。遵义方之明训兮,宪女史之典戒。奉
> 蒸尝以效顺兮,供洒扫以弥载。彼诗人之攸叹兮,徒愿言而
> 心痗。何遭命之奇薄兮,遘天祸之未悔。荣华晔其始茂兮,
> 良人忽以捐背。静阖门以穷居兮,块茕独而靡依。易锦茵以
> 苦席兮,代罗帱以素帷。命阿保而就列兮,览巾箑以舒悲。
> 口呜咽以失声兮,泪横迸而霑衣。愁烦冤其谁告兮,提孤孩
> 于坐侧。

行,即出嫁。有行,即有嫁人之事。奉嫔,奉行妇道。庆云,美丽
之云,喻尊严,此指父母。女子既得父母教养,又得夫君的照拂恩
爱。嫁于夫家,如葛藟(lěi)藤蔓,升于樛(jiū)木,战战兢兢,勤于
家务,正如诗人长叹,愿言恩爱,只余心痗(mèi)。痗,指病痛。命
运何等不幸,上天降祸毫无怜悯,荣华正值盛年,忽遭良人谢世。
穷居独处,苦席素帷。巾箑(shà)即绢扇,恐是亡夫遗物,见之悲
痛,泪湿沾衣。愁烦冤痛向谁倾诉,提携孤子置身灵座。此段从
出嫁持家到夫亡守灵,大喜大悲,急转直下,惊心动魄。

> 时暧暧而向昏兮,日杳杳而西匿。雀群飞而赴楹兮,鸡
> 登栖而敛翼。归空馆而自怜兮,抚衾裯以叹息。思缠绵以眷

乱兮，心摧伤以怆恻。曜灵晔而遄迈兮，四节运而推移。天凝露以降霜兮，木落叶而陨枝。仰神宇之寥寥兮，瞻灵衣之披披。退幽悲于堂隅兮，进独拜于床垂。耳倾想于畴昔兮，目仿佛乎平素。虽冥冥而罔觌兮，犹依依以凭附。

时昏日晚，鸡雀归巢。空馆自怜，思乱心伤。魏晋文家非常喜欢描写众物归宅的景象，从长远的维度看，它是后来陶渊明以回家为一切皈依的滥觞。笼统说来，那是中古文学叙述进一步向家庭倾斜的一个部分。何况时节流易，露凝霜结，叶落枝陨，宇宙寂寥。此人进退悲哀，耽想畴昔，虽幽冥路隔，犹依依凭附。

　　痛存亡之殊制兮，将迁神而安厝。龙辒偃其星驾兮，飞旐翩以启路。轮按轨以徐进兮，马悲鸣而踯顾。潜灵邈其不反兮，殷忧结而靡诉。睎形影于几筵兮，驰精爽于丘墓。自仲秋而在疚兮，逾履霜以践冰。雪霏霏而骤落兮，风浏浏而夙兴。雷泠泠以夜下兮，水潇潇以微凝。意忽悦以迁越兮，神一夕而九升。庶浸远而哀降兮，情恻恻而弥甚。愿假梦以通灵兮，目炯炯而不寝。夜漫漫以悠悠兮，寒凄凄以凛凛。气愤薄而乘胸兮，涕交横而流枕。亡魂逝而永远兮，时岁忽其遒尽。容貌俪以顿悴兮，左右凄其相愍。感三良之殉秦兮，甘捐生而自引。鞠稚子于怀抱兮，羌低徊而不忍。独指景而心誓兮，虽形存而志陨。

龙辒(ér)，丧车。此段从葬礼讲起，车徐马鸣，尚自有情，行人殷忧，精神奔驰于坟墓。历仲秋至严冬，雪落风夜，雷泠水凝，意悦神迁，哀降情恻，总之是沉浸于伤痛中，不能自拔。于是祈愿入梦通灵，偏偏长夜难眠。气愤涕横，形容顿悴。有殉死捐生之意，又因孤子而不忍。最终对着阳光发出誓言，形体虽存而志意陨灭，大体保留身体，殉葬精神。

重曰:仰皇穹兮叹息,私自怜兮何极!省微身兮孤弱,顾
稚子兮未识。如涉川兮无梁,若凌虚兮失翼。上瞻兮遗象,
下临兮泉壤。窈冥兮潜翳,心存兮目想。奉虚坐兮肃清,愬
空宇兮旷朗。廓孤立兮顾影,块独言兮听响。顾影兮伤摧,
听响兮增哀。遥逝兮逾远,缅邈兮长乖。四节流兮忽代序,
岁云暮兮日西颓。霜被庭兮风入室,夜既分兮星汉回。梦良
人兮来游,若阊阖兮洞开。怛惊悟兮无闻,超惆怳兮恸怀。
恸怀兮奈何,言陟兮山阿。墓门兮肃肃,修垄兮峨峨。孤鸟
嘤兮悲鸣,长松萎兮振柯。哀郁结兮交集,泪横流兮滂沱。
蹈恭姜兮明誓,咏《柏舟》兮清歌。终归骨兮山足,存凭托兮
余华。要吾君兮同穴,之死矢兮靡佗。

结语基本上是把前面的内容重述一遍,感叹上天残酷,哀伤
自己和孤儿,身处遗像和下泉之间,进退无归。寡妇心存目想的,
是以亡夫为中心的黑暗世界,而她所拟想和盘桓的虚座、空宇、长
廊、独响,似乎都成为那个黑暗世界的扩大和延伸。她的顾影自
怜,长想时序,也都是亡灵回归主宰她的生活世界的想象。墓门
肃肃,修垄峨峨,孤鸟长松,涕泗滂沱,这样的铺叙结果,很容易地
走向发誓,生不同归死同穴,寡妇的身份和命运,就这样永恒地与
死亡捆绑在一起。起码在中古男女离婚和改嫁、再嫁都并非罕见
的大背景中,这样的全方位激情捆绑,虽然只围绕葬礼前后展开,
仍然有其铺天盖地的压迫感,这未必不是作赋者有意无意所追求
的效果之一。

说起来,这样的赋是代言体,满眼是辞藻的丰蔚和道德的持
守,这两者与寡妇内心的凄楚和孤独的情境之间,本来有很难平
衡的差舛。此种差舛和隔膜,同样见之于潘岳的《悼亡诗》。所谓
言辞越是丰茂,情绪越流于表演,文学本来就有游戏的层面,在正
常情境下,无言才是最深沉的情感表达。可惜对于六朝作者尤其

是赋家来说,沉默和蕴藉,很难与其装饰和表演性的美学风貌相融洽。不过后来读者不妨稍作延伸,在领会女主人公作为表演与建构的存在对象之余,透过游戏笔墨的浅表,见出赋文另有功能,或者说其别具实际作用:把女主人公带入公共叙事的舞台,远离遗弃和湮灭,间接上让她有了更大、更安全的生存空间,倒也无须一概以轻薄之态视之。

潘岳的名篇太多,如《西征赋》《悼亡诗》等皆有细读的价值。而陆机作为"太康之英",洵为西晋文学的标杆式人物。他的本传在《晋书》中是非常特别的存在,因为号称唐太宗御撰,李世民似要特意借用异代才人的处境,来展示他天下一家、用人唯才的立场。

> 陆机,字士衡,吴郡人也。祖逊,吴丞相。父抗,吴大司马。机身长七尺,其声如钟。少有异才,文章冠世,伏膺儒术,非礼不动。抗卒,领父兵为牙门将。年二十而吴灭,退居旧里,闭门勤学,积有十年。以孙氏在吴,而祖父世为将相,有大勋于江表,深慨孙皓举而弃之,乃论权所以得,皓所以亡,又欲述其祖父功业,遂作《辩亡论》二篇。

他的身份是典型政治人格的放大,而他的《辩亡论》,结论也近乎贾谊《过秦论》式的意识形态建构:"彼此之化殊,授任之才异也。"教化不彰,用人不明。《晋书》在全篇抄入二《论》以后,接下来的场景描写意味深长:

> 至太康末,与弟云俱入洛,造太常张华。华素重其名,如旧相识,曰:"伐吴之役,利获二俊。"又尝诣侍中王济,济指羊酪谓机曰:"卿吴中何以敌此?"答云:"千里莼羹,未下盐豉。"时人称为名对。张华荐之诸公。后太傅杨骏辟为祭酒。会骏诛,累迁太子洗马、著作郎。范阳卢志于众中问机曰:"陆

逊、陆抗于君近远?"机曰:"如君于卢毓、卢廷。"志默然。既起,云谓机曰:"殊邦遐远,容不相悉,何至于此!"机曰:"我父祖名播四海,宁不知邪!"议者以此定二陆之优劣。

二陆的优劣当然不好这么定。他们兄弟联手入洛发展,似乎颇有刚柔相济的自觉。最终当然还是荣损同在,并不能有完全相反的选择。至于《晋书》接下来的几句话,颇有点事后诸葛、英雄欺人的味道:

> 时中国多难,顾荣、戴若思等咸劝机还吴,机负其才望,而志匡世难,故不从。

二陆既然凤翔于洛水,哪能轻易俯仰逃避。诸人事后回顾,应该是惊魂未定的情绪居多吧。至于二陆的下场,《晋书》多有描写,太宗门下才士本来也不少,虞世南、李义府、许敬宗、上官仪皆一世高才,不知何人代为捉笔,经纬才藻:

> 时成都王颖推功不居,劳谦下士。机既感全济之恩,又见朝廷屡有变难,谓颖必能康隆晋室,遂委身焉。颖以机参大将军军事,表为平原内史。太安初,颖与河间王颙起兵讨长沙王乂,假机后将军、河北大都督,督北中郎将王粹、冠军牵秀等诸军二十余万人。机以三世为将,道家所忌,又羁旅入宦,顿居群士之右,而王粹、牵秀等皆有怨心,固辞都督。颖不许。机乡人孙惠亦劝机让都督于粹,机曰:"将谓吾为首鼠避贼,适所以速祸也。"遂行。颖谓机曰:"若功成事定,当爵为郡公,位以台司,将军勉之矣!"机曰:"昔齐桓任夷吾以建九合之功,燕惠疑乐毅以失垂成之业,今日之事,在公不在机也。"颖左长史卢志心害机宠,言于颖曰:"陆机自比管、乐,拟君暗主,自古命将遣师,未有臣陵其君而可以济事者也。"颖默然。机始临戎,而牙旗折,意甚恶之。列军自朝歌至于

河桥，鼓声闻数百里，汉、魏以来，出师之盛，未尝有也。长沙王乂奉天子与机战于鹿苑，机军大败，赴七里涧而死者如积焉，水为之不流，将军贾棱皆死之。

初，宦人孟玖弟超并为颖所嬖宠。超领万人为小都督，未战，纵兵大掠。机录其主者。超将铁骑百余人，直入机麾下夺之，顾谓机曰："貉奴能作督不！"机司马孙拯劝机杀之，机不能用。超宣言于众曰："陆机将反。"又还书与玖，言机持两端，军不速决。及战，超不受机节度，轻兵独进而没。玖疑机杀之，遂谮机于颖，言其有异志。将军王阐、郝昌、公师籓等皆玖所用，与牵秀等共证之。颖大怒，使秀密收机。其夕，机梦黑幰绕车，手决不开，天明而秀兵至。机释戎服，著白帢，与秀相见，神色自若，谓秀曰："自吴朝倾覆，吾兄弟宗族蒙国重恩，入侍帷幄，出剖符竹。成都命吾以重任，辞不获已。今日受诛，岂非命也！"因与颖笺，词甚凄恻。既而叹曰："华亭鹤唳，岂可复闻乎！"遂遇害于军中，时年四十三。二子蔚、夏亦同被害。机既死非其罪，士卒痛之，莫不流涕。是日昏雾昼合，大风折木，平地尺雪，议者以为陆氏之冤。

机天才秀逸，辞藻宏丽，张华尝谓之曰："人之为文，常恨才少，而子更患其多。"弟云尝与书曰："君苗见兄文，辄欲烧其笔砚。"后葛洪著书，称"机文犹玄圃之积玉，无非夜光焉，五河之吐流，泉源如一焉。其弘丽妍赡，英锐漂逸，亦一代之绝乎！"其为人所推服如此。然好游权门，与贾谧亲善，以进趣获讥。所著文章凡三百余篇，并行于世。

孙拯者，字显世，吴都富春人也。能属文，仕吴为黄门郎。孙皓世，侍臣多得罪，惟拯与顾荣以智全。吴平后，为涿令，有称绩。机既为孟玖等所诬，收拯考掠，两踝骨见，终不变辞。门生费慈、宰意二人诣狱明拯，拯譬遣之曰："吾义不可诬枉知故，卿何宜复尔？"二人曰："仆亦安得负君！"拯遂死狱中,而慈、意亦死。

云字士龙,六岁能属文,性清正,有才理。少与兄机齐名,虽文章不及机,而持论过之,号曰"二陆"。幼时吴尚书广陵闵鸿见而奇之,曰:"此儿若非龙驹,当是凤雏。"后举云贤良,时年十六。吴平,入洛。机初诣张华,华问云何在。机曰:"云有笑疾,未敢自见。"俄而云至。华为人多姿制,又好帛绳缠须。云见而大笑,不能自已。先是,尝著缞绖上船,于水中顾见其影,因大笑落水,人救获免。云与荀隐素未相识,尝会华坐,华曰:"今日相遇,可勿为常谈。"云因抗手曰:"云间陆士龙。"隐曰:"日下荀鸣鹤。"鸣鹤,隐字也。云又曰:"既开青云睹白雉,何不张尔弓,挟尔矢?"隐曰:"本谓是云龙騤騤,乃是山鹿野麋。兽微弩强,是以发迟。"华抚手大笑。刺史周浚召为从事,谓人曰:"陆士龙当今之颜子也。"

历来史书的功能,即是袁宏《后汉纪》所谓"通古今而笃名教",此处述二陆身边孙拯及其门生之死,以明富贵不可妄求,更宜避之如水火,远之如毒药。而身经事变,英名、道义为先,固当守死不贰。

陆机名下篇章,大都值得通读,尤其《文赋》一篇,为文学批评史上有数杰作。其序曰:

余每观才士之所作,窃有以得其用心。夫放言遣辞,良多变矣,妍蚩好恶,可得而言。每自属文,尤见其情,恒患意不称物,文不逮意,盖非知之难,能之难也。故作《文赋》,以述先士之盛藻,因论作文之利害所由,佗日殆可谓曲尽其妙。至于操斧伐柯,虽取则不远,若夫随手之变,良难以辞逮,盖所能言者,具于此云。

西汉以来,赋的主题,若游猎,若京都,若宫殿,若纪行,若游览,若江海,若鸟兽:六合之内,无物不可传写。而陆机此赋,主题为文,所谓写为文之用心,论作文之利害与精妙处,自需降龙伏虎手段。此序矜持中极度自信,内行人说内行话,"意不称物,文不逮意"二句,确属古今文章之大难题。"它(佗)日殆可谓曲尽其妙"之"它日",除钱锺书《管锥编》外,皆谓将来之意;独钱先生坚排众说,引《孟子》及唐时诗句为例,说明"它日"乃陆机神通前贤之语,所谓前辈当日之妙,"先士之盛藻",可谓神解!《诗经·豳风·伐柯》:"伐柯伐柯,其则不远","柯"指斧柄,"则"指师范。持斧伐取用作斧柄的树木,自当取法于手中之斧柄。

> 伫中区以玄览,颐情志于典坟。遵四时以叹逝,瞻万物而思纷。悲落叶于劲秋,喜柔条于芳春,心懔懔以怀霜,志眇眇而临云。咏世德之骏烈,诵先人之清芬。游文章之林府,嘉丽藻之彬彬。慨投篇而援笔,聊宣之乎斯文。

开首第一段,即想象一位立于天地之间的文章家,经典陶冶其情志,时节、物象供应其情怀,此处可见毛泽东所谓间接知识与直接知识。而他像屈原一样家世高华,自可讽诵先人的清芬,歌咏祖宗的伟烈;承接往世风流,师法前辈才藻,慨然援笔,宣之斯文,也正是文家第一义。

> 其始也,皆收视反听,耽思傍讯,精骛八极,心游万仞。其致也,情曈昽而弥鲜,物昭晰而互进。倾群言之沥液,漱六艺之芳润。浮天渊以安流,濯下泉而潜浸。于是沈辞怫悦,若游鱼衔钩,而出重渊之深;浮藻联翩,若翰鸟缨缴,而坠曾云之峻。

"收视反听,耽思傍讯",即是光华内收,深思博采,乃文家搦翰操笔之始。愈内敛乃愈宏阔,故能八荒万仞,驰骋心游。曈(tóng)昽(lóng),欲明未明;昭晰,昭然明晰。"情"与"物"相联并,"情"指事情,与人相关,故统谓之情;"物"指外物,乃人事之外者。"群言"指过去众贤之辞,较之"六艺"经传诚为下乘,而自有其沥液即涓滴精华所在,固可欣赏而倾尽其美。"六艺"则须含咀玩味,得其芳香润泽。六朝文章,以词藻为第一盛事,此处上穷青天之高,下擢九泉之深,无非遣辞探藻。沉(沈)辞即深埋之辞,其出甚难,所谓怫悦意为难涩,譬如重渊之鱼虽已吞钩,未必能引之上岸;浮藻则正如水上萍藻联翩而来,恰如高飞之鸟已着箭镞,自层云之中明白坠下,拾取甚易。

> 收百世之阙文,采千载之遗韵。谢朝华于已披,启夕秀于未振。观古今于须臾,抚四海于一瞬。然后选义按部,考辞就班。抱景者咸叩,怀响者毕弹。或因枝以振叶,或沿波而讨源。或本隐以之显,或求易而得难。或虎变而兽扰,或龙见而鸟澜。或妥帖而易施,或岨峿而不安。

百代之前所缺之文藻,千载以来不传之词语,皆收而采之,这是以继承之姿传写藻饰的新创。"朝华"即早晨的花朵,代指前人文采,概当谢绝,不作重复;"夕秀"则傍晚的花朵,尚未盛开,代指后来者的创作可能。"选义""考辞",皆部勒整齐,此处以军伍之事比拟作文。"抱景"即呈现光影色泽之辞,"怀响"即具有节奏音律之文,皆须收罗处理。析辞比字,有时像手持枝条,花叶振作,有时像沿着波流,源头顿显。有时由含蓄达致鲜明,有时求流利却辞义艰涩。有时像猛虎一出,百兽驯服,有时像神龙一现,众鸟惊飞。有时字妥语顺,文辞安适,有时词语不安,绝不顺服。岨(jǔ)峿(yǔ),不安貌。

> 罄澄心以凝思,眇众虑而为言。笼天地于形内,挫万物于笔端。始踯躅于燥吻,终流离于濡翰。理扶质以立干,文垂条而结繁。信情貌之不差,故每变而在颜。思涉乐其必笑,方言哀而已叹。或操觚以率尔,或含毫而邈然。

罄(qìng),空;眇,远。心灵空无、澄澈方能凝思,思维超出常

虑方可作文。挫,折,引申为处理。踯(zhí)躅(zhú),徘徊不前;燥
吻,唇吻干燥,引申为笔端干涩;流离,文笔顺畅。情发则貌变,感
动则色改,确信无差。操觚(gū),手持木简。有时随便,信手写
作;有时含毫深思,邈然不动。

> 伊兹事之可乐,固圣贤之所钦。课虚无以责有,叩寂寞
> 而求音。函绵邈于尺素,吐滂沛乎寸心。播芳蕤之馥馥,发
> 青条之森森。粲风飞而猋竖,郁云起乎翰林。

伊,语气词。作文之事诚为可乐,固为圣贤所钦慕。无中生
有,寂里求音,尺素之间涵绵邈之意,方寸之心有滂沛之情,播香
葳蕤之花,森然绿树之条,疾风粲然冲起,浓云起于翰林。

> 体有万殊,物无一量。纷纭挥霍,形难为状。辞程才以
> 效伎,意司契而为匠。在有无而僶俛,当浅深而不让。虽离
> 方而遁员,期穷形而尽相。故夫夸目者尚奢,惬心者贵当。
> 言穷者无隘,论达者唯旷。诗缘情而绮靡,赋体物而浏亮。
> 碑披文以相质,诔缠绵而凄怆。铭博约而温润,箴顿挫而清
> 壮。颂优游以彬蔚,论精微而朗畅。奏平彻以闲雅,说炜晔
> 而谲诳。虽区分之在兹,亦禁邪而制放。要辞达而理举,故
> 无取乎冗长。

此处专论文体。纷纭,杂乱貌;挥霍,迅疾貌。李善注:"众辞
俱凑,若程才效伎;取舍由意,类司契为匠。"僶(mǐn)俛(miǎn),勉
力。文采有无,当勉力求其有;文意深浅,当竭力求之深。员通
"圆",方圆即规矩;"离方遁圆",即脱弃规矩。作者有取于文章色
泽者,就会崇尚辞藻富丽;要快于心者,以文辞贴切为贵;语言穷
尽可能,则无施不可;论述充分,则意味超旷。诗歌因情而作,语
言绮靡;赋体描摹物象,语言浏亮。碑体铺陈文采以衬托内涵;诔
体情感缠绵而凄怆伤怀。铭文事博文约,语言温润;箴体节奏顿

挫,语必清壮。颂体从容表达,不着痕迹,务求文质相符,词藻蔚然;论体思虑精微,文辞朗畅。奏文要平实而完整,文字闲雅;说体盛大,难免虚言欺瞒。虽各体有别,而皆须守道无邪,克制放荡。行文的目的是文辞明白晓畅,道理称说清楚,所以并不需要冗长。

> 其为物也多姿,其为体也屡迁。其会意也尚巧,其遣言也贵妍。暨音声之迭代,若五色之相宣。虽逝止之无常,固崎锜而难便。苟达变而识次,犹开流以纳泉。如失机而后会,恒操末以续颠。谬玄黄之秩叙,故淟涊而不鲜。

此处论色泽声调。声色多样,故谓多姿;变化不穷,所谓屡迁。经纬文章要求巧妙,陈言铺辞贵乎妍美。其音声更迭变换,就像五色相得益彰。崎锜(yǐ),不安貌。虽然声调动静不一,常常崎岖不顺,如果通达声调变化,了解迭代伦序,就如挖开河堤,接纳泉水。如果失去流利之机,错过声调谐协,一定头尾颠倒。秩(zhì)叙,次序;淟(tiǎn)涊(niǎn),垢浊,卑污。譬如刺绣黼黻、织锦文章,如果玄黄失序,就会污浊不美。

> 或仰逼于先条,或俯侵于后章。或辞害而理比,或言顺而义妨。离之则双美,合之则两伤。考殿最于锱铢,定去留于毫芒。苟铨衡之所裁,固应绳其必当。

有时前段压迫后段,有时下文侵犯上文;有时辞藻不利却义理有序,有时言语顺畅却妨碍内容。拆开它们,就各自安适;合在一起,就两相伤害。孰先孰后,锱铢必较;孰留孰去,分析毫芒。如果天平上裁判分明,那就一定要绳其轻重,期于恰当。

> 或文繁理富,而意不指适。极无两致,尽不可益。立片言而居要,乃一篇之警策。虽众辞之有条,必待兹而效绩。亮功多而累寡,故取足而不易。

适(dí),通"适",中主,正主;指适,指向正中。极,《管锥编》

引《尚书·洪范》"皇建其有极","中也"。有时文辞多端文理繁富，而文意眩乱无中主。意旨之主脑，不可有二心；旨尽，不必多加。警策，扬鞭；以驭马比喻作文。树立单句，为文主脑，譬如一篇之中，有指挥者在。虽然其他辞句藻采分明，必待此警策即主意之句，而后发挥作用。如此安排，作用很明显，功多错少，足以振领全篇，故不必变易途辙。

　　或藻思绮合，清丽千眠。炳若缛绣，凄若繁弦。必所拟之不殊，乃暗合乎曩篇。虽杼轴于予怀，怵佗人之我先。苟伤廉而愆义，亦虽爱而必捐。

有时文思美如绮罗，清丽光鲜。焕若锦绣，凄楚动人有如繁弦急张。但是所拟写的不能异于他人，暗合曩日之篇，虽然自出机杼，却怕他人先有创写。如果伤于廉洁，害于道义，虽然自己极度珍惜，也得捐弃无余。杼（zhù）轴（zhóu），构思。

　　或苕发颖竖，离众绝致。形不可逐，响难为系。块孤立而特峙，非常音之所纬。心牢落而无偶，意徘徊而不能揥。石韫玉而山辉，水怀珠而川媚。彼榛楛之勿翦，亦蒙荣于集翠。缀《下里》于《白雪》，吾亦济夫所伟。

苕（tiáo），凌霄花，亦指芦苇或野豌豆。颖，禾苗顶端。有的文句，如凌霄挺生，禾苗直竖，超越众庶，有绝世之致。它文采色泽难追，文辞声调难继，块然孤立，实非庸常之音所能附丽。它心情寂寞而无友，徘徊冷落无所适从。揥（dì），舍弃，离开。正如山藏美玉，能使山石辉映，水藏珍珠，川流迤逦妩媚。榛楛丛生未经剪除，翠鸟来栖也能叼光。《下里》俗曲点缀《白雪》高唱，也大可成就奇伟之篇。

　　或托言于短韵，对穷迹而孤兴。俯寂寞而无友，仰寥廓而莫承。譬偏弦之独张，含清唱而靡应。

此言文笔单窘之病。"短韵""孤兴"皆指文采之单薄。盖出于无足轻重的事迹,此之谓"穷迹"。孤韵小文,譬如琴上独张之弦,音声虽美而少应和。

> 或寄辞于瘁音,徒靡言而弗华。混妍蚩而成体,累良质而为瑕。象下管之偏疾,故虽应而不和。

此言声色不谐之病。有时辞窘音瘁,徒有丽靡而不华美,生拉硬凑,美丑混合,连累美辞亦成瑕疵。就像堂下吹管太过疾促,即使有堂上清歌相应,却不成和美之音。

> 或遗理以存异,徒寻虚以逐微。言寡情而鲜爱,辞浮漂而不归。犹弦么而徽急,故虽和而不悲。

徐复观谓此乃儒家立场,指陈玄言诗之失。弃儒学存异端,只是徒然追寻玄虚和微妙之辞。言语寡情鲜爱,辞藻飘浮而无归宿。就像音乐的弦促调急,纵然和谐也难感人。李善注引《说文》:"么,小也。"又引《淮南子》:"邹忌一徽琴,而威王终夕悲。"许慎注:"鼓琴循弦谓之徽,悲雅俱有,所以成乐。"

> 或奔放以谐合,务嘈囋而妖冶。徒悦目而偶俗,固高声而曲下。寤"防露"与"桑间",又虽悲而不雅。

此指当时艳歌俚诗之病。奔放,恣肆放纵。嘈囋(zá),喧闹杂乱。寤寐耽乐于"防露""桑间"等恋情之诗,虽然感人,毕竟不雅。《诗经·召南·行露》:"岂不夙夜,谓行多露。"又同书《鄘风·桑中》:"期我乎桑中。"

> 或清虚以婉约,每除烦而去滥。阙大羹之遗味,同朱弦之清氾。虽一唱而三叹,固既雅而不艳。

此指简约文章的缺失。大羹虽简,绰有余味。《礼记·乐记》:"清庙之瑟,朱弦而疏越,壹倡而三叹,有遗音者矣。"朱弦代

指清庙之音,疏越而有遗音。清氾(fàn),即清泛,散而不密,较之
遗音有余之朱弦,复有憾焉。所以一唱三叹,虽有其雅,而稍缺
余味。

> 若夫丰约之裁,俯仰之形。因宜适变,曲有微情。或言
> 拙而喻巧,或理朴而辞轻。或袭故而弥新,或沿浊而更清。
> 或览之而必察,或研之而后精。譬犹舞者赴节以投袂,歌者
> 应弦而遣声。是盖轮扁所不得言,故亦非华说之所能精。

体裁有丰有约,体貌有高有下,根据需要而有变通,曲尽其
情,微妙难言。有时语言朴质却成巧喻,有时朴素出自轻靡,有时
沿袭故常而更加新奇,有时来自鄙俗却长成清美。有的一览之下
即甚分明,有的研阅已久才能精通。譬如舞蹈者依照节拍而挥
袖,歌唱者随着旋律而发声,(貌似有规可循,实则微妙难言)恰似
《庄子》中的轮扁,"得之于手而应于心",却口不能言。论及文事,
虽有美辞,终必止于默而不言。

> 普辞条与文律,良余膺之所服。练世情之常尤,识前修
> 之所淑。虽濬发于巧心,或受欬于拙目。彼琼敷与玉藻,若
> 中原之有菽。同橐籥之罔穷,与天地乎并育。虽纷蔼于此
> 世,嗟不盈于予掬。患挈瓶之屡空,病昌言之难属。故踸踔
> 于短垣,放庸音以足曲。恒遗恨以终篇,岂怀盈而自足。惧
> 蒙尘于叩缶,顾取笑乎鸣玉。

各种辞体文律,皆所心服。知晓世人常犯错误,了解前修作
文之长。虽然发于巧心深处,有时也遭俗人嗤笑。欬(chī),与
"嗤"同,笑也。琼敷,玉饰,喻佳句。那些如同美玉的佳句,就像
豆菽满布中原,随时可采。《老子》五章:"天地之间,其犹橐籥乎?
虚而不屈,动而愈出。"橐(tuó)籥(yuè),风箱,喻指造化、大自然。
文章像橐籥生息无穷,将与天地并存。虽文采纷纭于世界,可叹

我所求一捧,竟不能满。提瓶汲水常患屡空,前人昌言难以追随。踸(chěn)踔(chuō),跳跃。勉强跳跃超越于短墙,竭力所作不过庸音,只求终篇而已。总是各种遗憾,哪能自满自足。如同叩缶土音,终将蒙尘;对比鸣玉雅音,足供笑料。

> 若夫应感之会,通塞之纪,来不可遏,去不可止。藏若景灭,行犹响起。方天机之骏利,夫何纷而不理。思风发于胸臆,言泉流于唇齿。纷威蕤以驳遝,唯毫素之所拟。文徽徽以溢目,音泠泠而盈耳。

刘勰《文心雕龙・物色》:"情往似赠,兴来如答",此即所谓应感之会,主体与客体间的交流与互动。"通塞之纪",即文思灵便与塞涩之时。来时无法遏止,断绝亦无从留下。藏起来如光影顿灭,出来时听响即至。当文思迸发,无论何种纷杂,皆可理顺。思路出自胸臆,像风吹起;唇齿间文辞,滔滔如泉流。藻采葳蕤众多,笔锋随心,无不如意。驳(sà)遝(tà),众多。文采照耀满目,音调泠泠入耳。

> 及其六情底滞,志往神留。兀若枯木,豁若涸流。揽营魂以探赜,顿精爽于自求。理翳翳而愈伏,思乙乙其若抽。是以或竭情而多悔,或率意而寡尤。虽兹物之在我,非余力之所勠。故时抚空怀而自惋,吾未识夫开塞之所由。

六情,喜、怒、哀、乐、好、恶。底滞,钝涩,阻塞。徐复观称"志往"是"心想创作","神留"是"不能发挥想象思考之力"。文思不畅时,干涩如枯木,空虚如干涸的河床。营魂、精爽,皆指精神;赜(zé),深奥。综揽精神以探,集中魂魄摸索。文理模糊更加深藏,文思纠缠如同疼挛。所以有时竭力却多悔,有时率意却无差。时常抚胸空空只有自叹,实在不知道文思是打开还是闭塞,莫测其来由。乙乙,难出貌。

> 伊兹文之为用，固众理之所因。恢万里而无阂，通亿载而为津。俯贻则于来叶，仰观象乎古人。济文武于将坠，宣风声于不泯。涂无远而不弥，理无微而弗纶。配沾润于云雨，象变化乎鬼神。被金石而德广，流管弦而日新。

文章的功能，实在是众理的呈现之路。恢阔万里无所阻隔，沟通亿载作为津梁。给后代留下准则，仰古贤之法象。救济文武之道不使坠落，宣达风教德音不使泯没。路途再遥远都会到达，道理再微妙也会讲通。像云雨一样滋润万物，像鬼神一样千变万化。配乐金石圣德自广，流声管弦日进日新。

《文赋》以外，陆机乐府诗模仿汉魏古诗，钟嵘《诗品》赞为"惊心动魄，一字千金"，倾倒如此。其《吊魏武帝文》，为鲁迅所深赏。《汉高祖功臣颂》所谓"尚友古人"，大抵皆以前代才人作为描写对象，骋思画藻，极见本人深沉内涵。而其《演连珠》五十首，可称天才绮练之作，尤为才人所钦，注《世说新语》之梁代高才刘孝标，即为之作注。兹引一首，稍见其余蕴：

> 臣闻鉴之积也无厚，而照有重渊之深；目之察也有畔，而眂周天壤之际。何则？应事以精不以形，造物以神不以器。是以万邦凯乐，非悦钟鼓之娱；天下归仁，非感玉帛之惠。

镜子的体质并不厚重，却能照进重渊之深；眼睛的观察也有范围，却能周彻高天之际。眂(shì)，视也，观察之意。为什么它们能这样呢？因为应物是用魂魄而非形体，造物也靠精神而非器具。所以万邦奏凯，当然不单是钟鼓之类娱乐，天下归仁，也不是悦怿于玉帛之类礼物。此条陆机直接引用《论语》孔子名言，"礼云礼云，玉帛云乎哉！乐云乐云，钟鼓云乎哉！"却一点都不嫌陈腐，盖自处高远，俯仰古今，便于藻采澜翻；中心激越，情绪饱满，易于辞意相副。不其然欤？

参考资料：

1. 杨明《陆机集校笺》，上海古籍出版社，2016 年。

2. 刘运好《陆士衡文集校注》，凤凰出版社，2007 年。

3. 王增文《潘黄门集校注》，中州古籍出版社，2002 年。

4. 张少康《文赋集释》，人民文学出版社，2002 年。

第十讲 "操调险急"鲍参军

鲍照入《选》篇目：卷十一：《芜城赋》；卷十四：《舞鹤赋》；卷二十一：《咏史》；卷二十二：《行药至城东桥》；卷二十七：《还都道中作》；卷二十八：《东武吟》《出自蓟北门行》《结客少年场行》《东门行》《苦热行》《白头吟》《放歌行》《升天行》；卷三十：《数诗》《玩月城西门解中》；卷三十一：《拟古》《学刘公干体》《代君子有所思》。

鲍照字明远，唐时为避讳称鲍昭。《文选》中鲍照名篇不少，算是第一流作者的待遇。其人在当时政治地位，远不能与谢灵运、颜延之相提并论，但在文学上却卓然为一大门派。杜甫歌颂李白诗歌："清新庾开府，俊逸鲍参军"，后来诗论者眼中，"俊逸"二字真是说不出的贴切。其实这两句完全可以有其他解释，比如，可以说李白是更清新的庾开府，更俊逸的鲍参军。不过，"俊逸"二字，尤其是强调远韵和超越情怀的鲍明远，真的能算是鲍诗中所呈本色么？而在当时，这样单纯就语体风格立论的标目，倒真的是未必合适。《宋书·宗室·刘道怜传》附《刘义庆传》：

> 性简素，寡嗜欲，爱好文义，才词虽不多，然足为宗室之表。受任历藩，无浮淫之过，唯晚节奉养沙门，颇致费损。少善骑乘，及长，以世路艰难，不复跨马。招聚文学之士，近远必至。太尉袁淑，文冠当时；义庆在江州，请为卫军咨议参

军。其余吴郡陆展、东海何长瑜、鲍照等,并为辞章之美,引为佐史国臣。太祖与义庆书,常加意斟酌。

鲍照,字明远,文辞赡逸,尝为古乐府,文甚遒丽。元嘉中,河、济俱清,当时以为美瑞,照为《河清颂》,其序甚工。……

世祖以照为中书舍人。上好为文章,自谓物莫能及,照悟其旨,为文多鄙言累句,当时咸谓照才尽,实不然也。临海王子顼为荆州,照为前军参军,掌书记之任。子顼败,为乱兵所杀。

"赡逸""遒丽"之说,皆是当时论文常语,有此类标目,足见当年声名;鲍照才尽之说,当早于"江郎才尽"之说,然权场之中,样样事实皆不宜单就表面轻下结论,如此方可不为方家所笑。而正史中另有刺眼记录,谓鲍照处世、立言皆急切过甚,正属寒门士人常态。在他自己,则是坚决不屑于浅薄之辞的攻击,径自置身于高门华胄的雍容舞台!《南史·宋宗室及诸王上·刘义庆传》:

鲍照,字明远,东海人,文辞赡逸。尝为古乐府,文甚遒丽。元嘉中,河济俱清,当时以为美瑞。照为《河清颂》,其序甚工。照始尝谒义庆未见知,欲贡诗言志,人止之曰:"卿位尚卑,不可轻忤大王。"照勃然曰:"千载上有英才异士沉没而不闻者,安可数哉。大丈夫岂可遂蕴智能,使兰艾不辨,终日碌碌,与燕雀相随乎?"于是奏诗,义庆奇之。赐帛二十四,寻擢为国侍郎,甚见知赏。迁秣陵令。文帝以为中书舍人。上好文章,自谓人莫能及,照悟其旨,为文章多鄙言累句。咸谓照才尽,实不然也。临海王子顼为荆州,照为前军参军,掌书记之任。子顼败,为乱兵所杀。

刘义庆虽为宗室之表,彭城刘氏何尝有些许斯文传承呢?而作为鲍照等文章巨公的恩主,乃因权场威逼,收敛锋芒,养晦自保,故弃武弄文。可想而知,其属下虽有才词,亦无从发挥。要到朝堂要冲之地,方能尽展其才,偏偏又遇到一位欲以文辞饰己惊众的帝王!上下同栖于鄙言累句之中,千古同悲,又岂止鲍照一人!稍后齐梁之际的钟嵘著有《诗品》一书,颇用心于古今才人诗笔的品级等第。书中"宋参军鲍照"诗一条:

> 其源出于二张,善制形状写物之词,得景阳之諔诡,含茂先之靡嫚。骨节强于谢混,驱迈疾于颜延。总四家而擅美,跨两代而孤出。嗟其才秀人微,故取湮当代。然贵尚巧似,不避危仄,颇伤清雅之调。故言险俗者,多以附照。

《庄子·德充符》:"彼且蕲以諔诡幻怪之名闻,不知至人之以是为己桎梏邪?"諔(chù)诡即奇异。张协字景阳,在《诗品》中列为上品,而鲍照与张华茂先、谢混叔源、颜延之延年皆列名中品,然则"跨两代而孤出"者,岂非晋宋两代诗人第一之谓耶?何必既知其"才秀人微""取湮当代",仍然黜落甚严,难道是其过于险俗,远离清雅之风?此则时风通论,严峻如此。如将鲍照及其影响置于南朝前期文坛总体样貌之中,则其不能置身第一流行列,理由甚明。萧子显《南齐书·文学传论》:

> 今之文章,作者虽众,总而为论,略有三体。一则启心闲绎,托辞华旷,虽存巧绮,终致迂回。宜登公宴,本非准的。而疏慢阐缓,膏肓之病,典正可采,酷不入情。此体之源,出灵运而成也。次则缉事比类,非对不发,博物可嘉,职成拘制。或全借古语,用申今情,崎岖牵引,直为偶说。唯睹事例,顿失精采。此则傅咸五经,应璩指事,虽不全似,可以类从。次则发唱惊挺,操调险急,雕藻淫艳,倾炫心魂。亦犹五色之有红紫,八音之有郑、卫。斯鲍照之遗烈也。

可见宋初三家,谢灵运、颜延之和鲍照,在齐梁之际各自衍伸

出一派。当时的"谢灵运体",语言华旷,"典正可采,酷不入情",
是登于公宴的社交体诗歌;"颜延之体"大致同于傅咸、应璩以来
的风气,以对偶和典故见长;"鲍照体"最称俗调,"发唱惊挺,操调
险急",是倾人心魂的淫艳之体,远离士大夫生活中所极力标榜的
分寸与平衡感,其不为当时名流所容,可以想见。

　　鲍照本人作品,《选》中名篇既多,读者当于熟读精思中,需体
会杜公"俊逸"二字标目的贴切意味。鲍照《选》外又有《登大雷岸
与妹书》,实为南朝早期骈文有数杰作。此书是鲍照在从建康去
江州的途中,经过望江的大雷口,写给妹妹鲍令晖的家书。除首
尾略述旅途之感受外,基本都是对自然景色的描写,承用辞赋式
的铺陈手法,可谓当时文章新体。此书的语言风格,与鲍照其他
诗文相类,色彩瑰丽,辞韵雄健,而写景之生动,尤为难得。

　　　　南则积山万状,负气争高,含霞饮景,参差代雄,凌跨长
　　陇,前后相属,带天有匝,横地无穷。东则砥原远隰,亡端靡
　　际。寒蓬夕卷,古树云平。旋风四起,思鸟群归。静听无闻,
　　极视不见。……西南望庐山,又特惊异。基压江潮,峰与辰
　　汉相接。上常积云霞、雕锦缛。若华夕曜,岩泽气通,传明散
　　彩,赫似绛天。左右青霭,表里紫霄。从岭而上,气尽金光,
　　半山以下,纯为黛色。信可以神居帝郊,镇控湘、汉者也。

　　带天有匝(zā),即绕天一周。匝,周也,圈也。砥(dǐ)原,磨
刀石般平原;远隰(xí),平远洼地。若华,若木之花,此指霞光。
"岩泽气通",谓山岩水泽之间气息相通。此处以动写静,气象极
为阔大,可见作者本人的心胸、气魄。有论者谓:"正是寒门出身
的鲍照要用自己的才智与凭借门第而取得高官厚禄的人较量一
番,这是鲍照才高气盛的自然流露,也反映了鲍照对门阀制度的
不满。"略嫌求之过深,不过可以作为参考。(刘文忠选注《汉魏六
朝文选》,人民文学出版社,2020年)鲍照笔下的山水,既峥嵘又雄

强,精神耸动,光色耀目,若有神灵居焉,很像一篇强化版、精巧版的《子虚赋》,真有笔补造化的神奇效果。

而鲍照名世杰作,当然还是一篇《芜城赋》。此赋主题若何,世有异说。然恐怖、死亡、游戏,似皆有理。凡诸述作,自当以细读为先。

《文选》李善注本卷十一《芜城赋》,题注:

> 《集》云:登广陵故城。《汉书》曰:广陵国,高帝十一年属吴,景帝更名江都,武帝更名广陵。江都易王非、广陵厉王胥皆都焉。

钱仲联《鲍参军集注》本承继其祖钱振伦集注之书,明确属于钱仲联所著部分,即为每篇注文后段之"补注"。此篇"集注"先引李善注,再引李周翰注:"宋孝武帝时,临海王子顼镇荆州,明远为其下参军,随至广陵。子顼叛逆,昭见广陵故城荒芜,乃汉吴王濞所都,濞亦叛逆,为汉所灭,昭以子顼事同于濞,遂感为此赋以讽之。"复引清代何焯之说:"宋世祖孝建三年(456),竟陵王诞据广陵反,沈庆之讨平之,命悉诛城内男丁,以女口为军赏,照盖感事而赋也。"随加按语:"子顼于大明六年(462)出镇荆州,至明帝泰始二年(466)赐死,年才十一。似前此未必有逆谋,疑何说为近。"此下补注:

> 宋本题下注曰:"登广陵城作"。梁章钜《文选旁证》曰:"翰注不见于沈约《宋书》,考《孝武十四王传》子顼至被杀时,年才十一,前此不受命,举兵反以应晋安王子勋者,长史孔道存也,则翰注谓:'昭以事同于濞,遂感为此赋以讽之',不过臆说附会而已,全无所出。"临海王以大明六年镇荆州,至泰始二年被杀,凡五年,照在荆州与同祸,其间无随至广陵事。至竟陵王诞反广陵,事在大明三年(459),何(焯)云"孝建三年",亦误。考宋文帝元嘉二十七年(450)冬十二月,北魏太

武帝南犯,兵至瓜步,广陵太守刘怀之逆烧城府船乘,尽帅其民渡江。大明三年四月,竟陵王诞据广陵反;七月,沈庆之讨之。是十年间(450—459),广陵两遭兵祸,照盖有感于此而赋,故既云"通池既已夷,峻隅又已颓。直视千里外,唯见起黄埃","边风急兮城上寒,井径灭兮丘陇残",极言大兵之后,千里荒凉之狀;又云"东都妙姬,南国丽人,蕙心纨质,玉貌绛唇,莫不埋魂幽石,委骨穷尘,岂忆同舆之愉乐,离宫之苦辛哉",哀竟陵王眷属之同尽也。大明三、四年(459—460)间,照有《日落望江赠荀丞诗》,荀丞者,荀万秋,大明三、四年为尚书左丞,见《宋书·礼志》。诗有"延颈望江阴"及"君居帝京内,高会日挥金。岂念慕群客,咨嗟恋景沈"等句。水南曰阴。是照在江北望江南、帝京遥寄荀丞者。此赋自注云:"登广陵城作。"以诗证赋,可知是在大明三、四年间客江北时也。

马积高先生《赋史》:"显然作者之感不只在封建割据者的覆灭,也含有慨叹中国南北分裂之意,钱氏以为针对魏太武帝北侵及竟陵王诞之乱两事而发,是很有见地的。"曹道衡先生《汉魏六朝辞赋》则说:"许多学者以为此赋作于宋孝武帝大明三至四年(459—460),其根据是大明三年时,宋竟陵王刘诞在广陵(今扬州)起兵反对朝廷,遭到残酷镇压,使广陵城受到很大破坏。此说有一定根据,但究系推测。因为据《文选》李善注,此赋是登广陵故城所作。赋中所写的广陵昔日盛况是指汉景帝时吴王刘濞建都时的广陵,下距鲍照作赋时已六百年左右,广陵城址完全可能有变迁,李善所谓'故城',当非南朝时南兖州刺史所治的广陵城。再说刘诞举兵之事,宋孝武帝十分恼火,攻下广陵后,曾下令屠杀以泄愤。在这种情况下,鲍照冒着风险去凭吊兵火之余的广陵,似不甚近情理。再说他和刘诞也没有什么交往,不可能随便去犯此忌讳,所以还是作为一般的凭吊古迹之作较好理解。"

按：曹道衡先生之说甚为合理，所可补充者，是六朝赋家的游戏心态似较两汉尤甚，欣赏此赋，与其追踪史迹，考证地理，必欲寻得一合理解释，以落实其背后史实、地理之事，莫若径探文本，深体其游戏辞藻之美、笔墨铺陈之长。

> 泒迤平原，南驰苍梧涨海，北走紫塞雁门。柁以漕渠，轴以昆岗。重江复关之陜，四会五达之庄。当昔全盛之时，车挂辖，人驾肩。廛闬扑地，歌吹沸天。孳货盐田，铲利铜山。才力雄富，士马精妍。故能侈秦法，佚周令。划崇墉，刳浚洫，图修世以休命。是以板筑雉堞之殷，井幹烽橹之勤。格高五岳，袤广三坟。崒若断岸，矗似长云。制磁石以御冲，糊赪壤以飞文。观基局之固护，将万祀而一君。出入三代五百余载，竟瓜剖而豆分！

欲状荒芜，先铺天盖地，言其盛况。只在最后收束一句："瓜剖而豆分"，盛极而衰，有摧枯拉朽之效，顺便引出下文衰飒之象。泒（mǐ）迤（yǐ），绵延貌。苍梧郡，在今广西梧州一带。涨海，南海别称。秦筑长城，土为紫色，故长城又称紫塞。东亚沿海的大平原，实在没有绵延如此之广，赋家逞思极远，综览宇宙，纯以神行，正可在语言游戏世界重构一个绵延华夏南北的大平原。以漕渠为柁，以昆岗为轴，此喻扬州如巨舟、如大车，驰骋于天地之间。陜（yù），深隐处。庄，大路。车挂辖（wèi），人驾肩，车轮相碰撞，人肩相挤压。辖指车轴之端。廛（chán）闬（hàn），住宅区和里门。扑地，遍地。孳货，滋生钱财。铲利，开矿获利。侈，引申为超过。佚通"轶"，超越义。划崇墉，建高墙；刳（kū）浚（jùn）洫（xù），挖深沟。板筑，用木板筑墙。城墙高一丈、长三丈，叫一雉。堞，城上端凸凹的墙。殷，多。井幹（hán），建筑脚手架。烽橹，城上望楼。高度超越五岳，广袤胜过"三坟"。"三坟"出典于《左传·昭公十二年》，有谓指三皇之书，有谓天、地、人，则括囊一切，确实广袤。

崒(zú),高峻。用磁石制作门户,以红土为墙增饰。赪(chēng),
红色。看它的基础和防护措施,将要万代一系,太平富盛。谁知
汉、晋、宋三代五百余年中,竟然任人宰割,如瓜如豆。这一句冷
冷的断语,将繁华富盛推向背面,转出全文的荒芜主题。

> 泽葵依井,荒葛罥涂。坛罗虺蜮,阶斗麇鼯。木魅山鬼,
> 野鼠城狐。风嗥雨啸,昏见晨趋。饥鹰厉吻,寒鸱嚇雏。伏
> 虣藏虎,乳血飧肤。崩榛塞路,峥嵘古馗。白杨早落,塞草前
> 衰。棱棱霜气,蔌蔌风威。孤蓬自振,惊砂坐飞。灌莽杳而
> 无际,丛薄纷其相依。通池既已夷,峻隅又已颓。直视千里
> 外,唯见起黄埃。凝思寂听,心伤已摧。若夫藻扃黼帐,歌堂
> 舞阁之基;璇渊碧树,弋林钓渚之馆。吴蔡齐秦之声,鱼龙爵
> 马之玩。皆薰歇烬灭,光沉响绝。东都妙姬,南国丽人。蕙
> 心纨质,玉貌绛唇。莫不埋魂幽石,委骨穷尘。岂忆同舆之
> 愉乐,离宫之苦辛哉!

水井和路途本来是居人的所在,泽葵相依,荒葛罥(juàn)挂,
顿见荒凉无人之象。虺(huǐ)蜮(yù),毒蛇和含沙射影的害虫。麇
(jūn)鼯(wú),麋鹿和鼯鼠。这些本来为鬼为蜮、藏头露尾的品
类,堂而皇之地罗生于坛上,玩闹于阶前。木魅、山鬼、野鼠、城
狐,在风雨交加中晨见昏出,构成惊心动魄的鬼怪世界。这个黑
暗空间也并非完全没有人的气息,只是他们似乎早就主客异势,
作为这些怪物的侵食对象,恐怖地想着那些饥鹰在磨牙,老虎在
伏藏。嚇音 hè 或 xià,"寒鸱嚇雏"用的是《庄子》的典故。说是凤
凰非醴泉不饮,非梧桐子不食。一只猫头鹰见到鸱雏即凤凰飞
过,生怕它要抢夺自己叼着的死老鼠,立即发出护食的恫吓之声。
乳血飧(sūn)肤,吸血食肉。飧,吞食。接下来又以路断途穷、白
杨塞草、霜气风威,铺陈其衰败景象;馗(kuí)即逵,大路。孤蓬自
振,惊砂坐飞,以奇怪景象渲染其恐怖;灌莽连绵,丛薄相依,复增

其寂寞之感。向之城池楼阁,率皆平夷颓败,千里直视,唯见黄尘。凝神静听,不见人声,情离志绝,心灵摧伤。曾经的华堂林馆、四方玩好,皆香消烬灭,光影沉绝;丽人美姬,玉貌蕙心,也都魂埋石底,骨弃荒尘。谁会想起那些曾经同车的欢愉,跋涉离宫的苦辛,喜怒哀乐同归寂灭。这是从消失的反面,再次拉出繁华富盛的过往,强化当前荒芜之景的死亡意象。通池,城壕。峻隅,城墙。藻扃(jiōng),藻绘的门户。黼帐,彩绣帷帐。璇(xuán)渊,玉池。碧树,玉树。弋(yì)林,猎苑。鱼龙、爵马,赏玩之物。薰歇,香气散尽。蕙心,芳心。纨质,腻肌。同舆,指与大人公子同车,游猎、玩赏。

> 天道如何?吞恨者多!抽琴命操,为芜城之歌。歌曰:
> 边风急兮城上寒,井径灭兮丘陇残。千龄兮万代,共尽兮何言!

谁知天道如何?大多吞声饮恨!取琴演曲,唱那芜城之歌。歌中说,边塞风急城上寒,井径毁灭丘陇残。千秋万代,尽皆死亡,何须言传!井径,田野与道路。《文选》李善注引《周礼》:"九夫为井","夫间有遂,遂上有径。"按此出自《周礼·地官司徒第二》,井径为城外郊、畿之间田野场所,丘陇则坟墓之所。既称城池荒芜,复及野外皆残,见荒芜之景弥漫内外。此赋不仅描画死亡之城,更欲概述天地之间,一切皆属毁灭世界。此赋以芜城为名,述其富盛与荒芜两面的同时,仍有推展至更大描写范围的祈向。可知赋家之心,"苞览宇宙"(《西京杂记》中司马相如自述语),游戏之笔,触及深心,固不必以一时一地为界限。

鲍明远《乐府》入《选》八首,极见其激越豪迈之气,今选三首如下。

> 主人且勿喧,贱子歌一言:仆本寒乡士,出身蒙汉恩。始随张校尉,占募到河源。后逐李轻车,追虏穷塞垣。密途亘

万里,宁岁犹七奔。肌力尽鞍甲,心思历凉温。将军既下世,部曲亦罕存。时事一朝异,孤绩谁复论? 少壮辞家去,穷老还入门。腰镰刈葵藿,倚杖牧鸡独。昔如鞲上鹰,今似槛中猿。徒结千载恨,空负百年怨。弃席思君幄,疲马恋君轩。愿垂晋主惠,不愧田子魂。(《东武吟》)

与建安陈、王以来的乐府诗相比,鲍照乐府诗的最大长处是较少贵族气,而接近汉乐府的平民气息。这样他的细节描写生活气味浓郁,情感铺陈也不再以捐躯报国的高亢为主,而是更为曲折而深沉,那种千回百折的痛苦和忧伤,说出了下层士兵的怨恨和凄凉,同时也不失战士的豪迈和超越情怀。《东武吟》中的这位被鲍明远代言的士兵,自称寒士,承认国恩;同时细数自己跟从张骞和李蔡等将军纵横边塞,往返奔波,他斤斤计较自己的劳苦和处境,愤叹战场上下的不公和挫折,这样的市井气和平民风,在建安诸子那里是很少看到的,这也是鲍照乐府在中国乐府诗史中所呈现出的最大特色。至于诗中用李蔡之类的典故,也极见鲍照的搜拣之功。盖李蔡人才为下中等,庸人庸将,不值一提,偏偏极善为官,故升迁远超同时名将李广。在斯人手下为兵卒,潦倒之时,回望主将,更增愤惋。"晋主惠"讲的是晋文公重耳流亡结束,回国途中抛弃旧物,因舅犯之谏而停止,此之谓晋主之恩惠。"田子魂"指田子方有仁者不忍之心,见老马罢病之余,仍须躬耕田野,赎而免之,寒士归心,此即田子方所招引之心魂。鲍照诗之深沉隽永处在此,或即杜甫所称之俊逸欤! 独(tún),小猪。鞲(gōu),打猎时的臂套,可用来驻停猎鹰。

　　羽檄起边亭,烽火入咸阳。征骑屯广武,分兵救朔方。严秋筋竿劲,虏阵精且强。天子按剑怒,使者遥相望。雁行缘石径,鱼贯度飞梁。箫鼓流汉思,旌甲被胡霜。疾风冲塞起,沙砾自飘扬。马毛缩如猬,角弓不可张。时危见臣节,世

乱识忠良。投躯报明主,身死为国殇。(《出自蓟北门行》)

开头极擅造势,见边郡紧急,各方严兵相抗。虏则弓筋、箭竿皆劲,阵势精强,我方则天子按剑,大军逶迤而出。战场上军乐飘扬,胡霜拂面,疾风沙砾之中,马毛猬缩,角弓不张,此皆是侧面写战争之严酷。而笔锋正面推出的,只是臣节忠良、捐躯赴死两端。此在鲍照乐府中,可谓最富英雄主义的一首。只是天子所期待的,并非只有忠良死节一隅,而是战场凯旋。诉诸诗中描述,只见严酷危险,而不见己方胜利迹象,相反,倒是只有死亡,是可以明确想象的结果。就此而言,鲍照此诗讲的并非是英雄的业绩,而是英雄的肃杀归途。它与天子期待之间,可以很近,也可以很远。

　　骢马金络头,锦带佩吴钩。失意杯酒间,白刃起相仇。追兵一旦至,负剑远行游。去乡三十载,复得还旧丘。升高临四关,表里望皇州。九涂平若水,双阙似云浮。扶宫罗将相,夹道列王侯。日中市朝满,车马若川流。击钟陈鼎食,方驾自相求。今我独何为,坎壈怀百忧。(《结客少年场行》)

这一首更纯属代笔,盖少年恩仇,结客杀人之事,非有力之家,莫可承担。开头两句,见身价不凡;后面失意杯酒,白刃相杀,负剑远游,无非少年意气。而乡国一体,回乡即是还都。"升高"以下,见出一切富贵繁华,铺天盖地而来,它们在老少年的心胸中郁激起无边欲望。结末两句,见出跃跃欲试之态。结果如何,诗人并不明说,颇有回环不尽之趣。此其所以开阔、深沉、隽永且激越者哉!

乐府诗外,鲍照的纪行诗同样激情澎湃。如《还都道中作》:

　　昨夜宿南陵,今旦入芦洲。客行惜日月,崩波不可留。侵星赴早路,毕景逐前俦。鳞鳞夕云起,猎猎晓风遒。腾沙郁黄雾,翻浪扬白鸥。登舻眺淮甸,掩泣望荆流。绝目尽平原,时见远烟浮。倏悲坐还合,俄思甚兼秋。未尝违户庭,安能千里游?谁令乏古节,贻此越乡忧。

鲍照为临川王刘义庆的王国侍郎,幕主由江州刺史转为南兖州刺史,他也随刘义庆从浔阳下江赴任广陵。江州可称外郡,南兖州所在的广陵,离京郊不远,所以诗题径称"还都"。诗中写景既激越又深沉,开头节奏甚快,直陈主题,昨夜南陵,今晨芦洲。行旅本该惜时,急流崩波不可停留。不同于谢灵运的情景相激相荡,也不同于陶渊明的触目陌生之感,鲍明远在旅途中目往心移,与奔凑而来的风景大有盘桓之意,脚步却一刻不停,盖心胸浩荡,肆情而绝不任性,栖身权场,贪婪而绝不黏着。他是目的感很强的寒门才俊,时时记得自己的归途之地是欲望都市,是利害之途。无怪乎眺望处,是郁郁黄雾,翻浪白鸥,是掩泣,是悲思,激愤中不失豪迈,挣扎中不掩深沉之姿。结末两联,归到男儿四方之志,不离家门,安能远游?没有古人出仕之节,才会耽留于离忧别愁。

《玩月城西门解中》:

> 始见西南楼,纤纤如玉钩。未映东北墀,娟娟似蛾眉。蛾眉蔽珠栊,玉钩隔琐窗。三五二八时,千里与君同。夜移衡汉落,徘徊帷户中。归华先委露,别叶早辞风。客游厌苦辛,仕子倦飘尘。休澣自公日,宴慰及私辰。蜀琴抽《白雪》,郢曲发《阳春》。肴干酒未缺,金壶启夕沦。回轩驻轻盖,留酌待情人。

解,通"廨"(xiè),官署和官舍。墀(chí),台阶。珠栊(lóng),珠饰的窗棂。时鲍照为秣陵令,夜晚在官舍中赏月怀人。全诗分三部分,前段八句全讲月色,缺月虽美,却蔽于珠栊,隔于琐窗,只能想象在圆月的十五、十六两夜,清辉映世,千里同观。中段八句是诗人的自我描绘。衡指玉衡,北斗七星之一,代指北斗。汉指银汉,即银河。休澣(huàn),亦作休浣,指公休日。夜深时分,徘徊感慨,落花委露,落叶辞风,客子辛苦,仕宦倦游。公休之日,宴饮以求宽慰。后段六句,再回到第八句想象中的那位千里同心。司马相如善于鼓琴,宋玉文章讲到《阳春》《白雪》,和者稀少,大概鲍照这位朋友,也是他的文章知己。肴已尽,酒尚多,漏壶声声,告知夜晚将尽。此时回车驻盖,留酒待人。不用说,那位被鲍照深情怀慕的朋友,未必能在晨晓时分到来,于是诗人留下这份等待,将之书写为永恒的寂寞华章。

在鲍照这里,文学究为逞才述学之一体,自当精琢细刻,以见才智。如《学刘公干体》:

> 胡风吹朔雪,千里度龙山。集君瑶台里,飞舞两楹前。
> 兹辰自为美,当避艳阳年。艳阳桃李节,皎洁不成妍。

有点逞才使气的味道,也刻意翻出新篇。朔风吹雪,从千里之外,直到君子两楹之前。然积雪虽美,却不耐艳阳普照。在桃李盛开的阳春三月,这皎洁的雪景,绝然留不住妍美。诗中艳阳、桃李,是否皆有隐寓之意?很难指陈。即使将之视作单纯的物象书写,也足供玩赏。

《咏史》诗则以汉赋先繁后简之体格,写历史因时而变、人情因人而变的现实。开头一片声色势利,通衢飞甍,华缨轻鞶,轩盖鞍马,人情冷暖,取媚春华。而蜀郡严君平先生安于学术,寂寞静美,其身与其世,两无关联,则贤人君子于当日繁华,绝无所感:

> 五都矜财雄,三川养声利。百金不市死,明经有高位。
> 京城十二衢,飞甍各鳞次。仕子彯华缨,游客竦轻鞶。明星
> 晨未稀,轩盖已云至。宾御纷飒沓,鞍马光照地。寒暑在一
> 时,繁华及春媚。君平独寂漠,身世两相弃。

五都当泛指京都,王莽当年立雒阳、邯郸、临淄、宛、成都五市。三川或指洛阳,韦照《国语注》称韩国三川郡有河、洛、伊三河。《史记》陶朱公曰:"千金之子,不死于市。"鲍照改为百金,似谓不必千金,即家有百金,其子必不至于悬首市井,益见财富之贵重。《汉书》载:"蜀有严君平,卜于成都市,日阅数人,得百钱足自养,则闭肆下帘而授《老子》。"《庄子》曰:"夫欲勉为形者,莫如弃世,弃世则无累矣。"

《行药至城东桥》仍以抒情述怀为主,见此公虽以文笔游戏自豪,而心灵深处,有无限情愫,有待发舒:

> 鸡鸣关吏起,伐鼓早通晨。严车临迥陌,延瞩历城闉。蔓草缘高隅,修杨夹广津。迅风首旦发,平路塞飞尘。扰扰游宦子,营营市井人。怀金近从利,抚剑远辞亲。争先万里涂,各事百年身。开芳及稚节,含采吝惊春。尊贤永昭灼,孤贱长隐沦。容华坐消歇,端为谁苦辛?

行药亦称行散,盖服食五石散此类药物后,身体发热难挨,须及时出门散步,以散其药性。鲍照行药至城东桥,正是鸡鸣伐鼓、晨起开城之时。严整的车辆要向着远方奔驰,早早想着穿过城门。闉(yīn),城门。蔓草沿着高墙生长,长杨夹生河岸两边,晨风迅疾,平路飞尘,游宦之士,市井中人,一切都在扰扰营营。或怀金以求利,或离亲而远行,争先恐后,投入一生。花开须在少时,光彩惊艳一时,自当珍惜。孔安国《尚书传》:"吝,惜也。"贵人、贤达永远显赫,孤贫、卑贱长久隐沦。生命因之消歇,辛苦究竟为谁?这最后的深重叹息,乃是服食之后的鲍照,站在珍惜生命的角度,对于世间的欲望奔驰,送上深沉一问。同时,这也不啻是对于一己汲汲名利、尽情挣扎的冷峻回望。后来齐梁时代操调险急的"鲍参军体",大约很难达此种清峻超绝,进而从容恢诡,呼吸太素。

参考资料：

1. 《鲍参军集注》,钱振伦集注,钱仲联增补、集说、校,上海古籍出版社,2005 年。

2. 丁福林、丛玲玲《鲍照集校注》(上、下),中华书局,2016 年。

第十一讲　"澄江如练"谢玄晖

王融入《选》篇目：卷三十六：《永明九年策秀才文》《永明十一年策秀才文》；卷四十六：《三月三日曲水诗序》。

沈约入《选》篇目：卷二十：《应诏乐游苑饯吕僧珍诗》《别范安成诗》；卷二十二：《钟山诗应西阳王教》《宿东园》《游沈道士馆》；卷二十七：《早发定山》《新安江水至清浅深见底贻京邑游好》；卷三十：《和谢宣城》《应王中丞思远咏月》《冬节后至丞相第诣世子车中》《学省愁卧》《咏湖中雁》《三月三日率尔成篇》；卷四十：《奏弹王源》；卷五十：《宋书·谢灵运传论》《宋书·恩幸传论》；卷五十九：《齐故安陆昭王碑文》。

谢朓入《选》篇目：卷二十：《新亭渚别范零陵诗》；卷二十二：《游东田》；卷二十三：《同谢谘议铜雀台诗》；卷二十六：《郡内高斋闲坐答吕法曹》《在郡卧病呈沈尚书》《暂使下都夜发新林至京邑赠西府同僚》《酬王晋安》；卷二十七：《之宣城出新林浦向板桥》《敬亭山诗》《休沐重还道中》《晚登三山还望京邑》《京路夜发》；卷二十八：《鼓吹曲》；卷三十：《始出尚书省》《直中书省》《观朝雨》《郡内登望》《和伏武昌登孙权故城》《和王著作八公山》《和徐都曹》《和王主簿怨情》；卷四十：《拜中军记室辞隋王笺》；卷五十八：《齐敬皇后哀册文》。

....

永明三大家，以文学成就计，似王融（467—493）最弱，主要是家世最高华而门第单弱、入值中枢时间甚早、铩羽离世也最早的

缘故。然以政治地位而言,不免超沈越谢。他是王弘的曾孙,祖
父僧达以傲诞被杀,父亲道琰为庐陵内史,未至郡而卒。融幼孤,
母谢氏教以书学。以父宦不达,弱年便思重振家声。齐武帝永明
(483—493)初,举秀才。永明四年(486)为晋安王南中郎行参军,
因公事免。寻为竟陵王萧子良司徒法曹行参军,迁太子舍人。与
谢朓、范云、沈约、萧衍等出入竟陵王西邸,号"竟陵八友"。上表
求自试,武帝即迁其为秘书丞、丹阳丞、中书郎等职。北魏与齐通
使求书籍,朝议不许,融与帝皆认为宜许。后武帝欲北伐,融上
书,益为帝所赏。永明九年(491)、十一年(493)策秀才文,皆为融
手笔。永明九年三月三日武帝华林园禊宴,群臣赋诗,融作序,文
辞富丽,为时所称。十一年北使南来,以融才辩,使接北使,作为
一国学识才具的代表人物,那当然是南朝文士的极大光荣。融年
龄虽弱而自大自期过甚,《南齐书》本传载:

> 融自恃人地,三十内望为公辅。直中书省,夜叹曰:"邓
> 禹笑人。"行逢大舫开,喧湫不得进。又叹曰:"车前无八驺
> 卒,何得称为丈夫!"

邓禹是光武帝刘秀从龙旧臣,自小相亲,故最为宦达。古今当只
有极少数人,在仕宦迁升速度上能不为邓禹所笑。大舫(háng),
即朱雀航,东晋南朝建康城南的浮桥,正对朱雀门。喧湫(qiū),
即喧哗窄仄。驺(zōu),掌管车马者。当时北魏有南伐意,"竟陵
王子良于东府募人,板融宁朔将军、军主。融文辞辩捷,尤善仓卒
属缀,有所造作,援笔可待。子良特相友好,情分殊常。晚节大习
骑马。才地既华,兼藉子良之势,倾意宾客,劳问周款,文武翕习
辐凑之。招集江西伧楚数百人,并有干用"。事实上,这样的文武
双全形象,对萧子良和王融来说,都很容易造成某种掌控一切的
错觉。

> 世祖疾笃暂绝,子良在殿内,太孙未入,融戎服绛衫,于

> 中书省阁口断东宫仗不得进,欲立子良。上既苏,太孙入殿,朝事委高宗。融知子良不得立,乃释服还省。叹曰:"公误我。"郁林深忿疾融,即位十余日,收下廷尉狱……诏于狱赐死。时年二七。临死叹曰:"我若不为百岁老母,当吐一言。"融意欲指斥帝在东宫时过失也。

在齐武帝逝世之前的那一段关键时刻,王融深度参与政治搏击。疾笃,病势沉重。暂绝是暂时断气。王融严令东宫仪仗不得入武帝寝殿,废立之意显然。但是武帝又死而复苏片刻,招东宫即太孙萧昭业入殿,朝政大权归于高祖萧道成之侄、右卫将军萧鸾,就此断却王融和萧子良的念想。萧鸾执政后清除异己,纵萧昭业为恶,再废为郁林王。几经辗转,萧鸾终以小宗偏枝,入承大统,成为史上深沉肃杀的齐明帝,而王融和萧子良都成为明帝帝业成就过程中既有用又无能的关键牺牲品。大体本传中录入的往来言语,可以见到当时公文的实况,而融之处境与心地、识见,也宛然可见。究竟王融所依赖者,一则武帝,二则竟陵王。武帝即终,萧子良才弱,无可担当。

> 融被收,朋友部曲参问北寺,相继于道。融请救于子良,子良忧惧不敢救。

《南史》王融本传里列出当时太学生虞羲、丘国宾私下讨论语:"竟陵才弱,王中书无断,败在眼中矣。"所谓"无断"的传言,也许是暗示王融没有在武帝暂绝的时候,纵容手下伧楚弑杀清场,这样的判断流于事后诸葛,也不符合南朝高门望族子弟随顺因时的拒守之姿。他们早就失去了东晋初期"王与马共天下"时的那份实力和果决,这份早已失去的硬度,指望王融扛起,完全不切实际。事后望去,王融在权场的短暂声名,远不能与他在文场的地位相应。毕竟,王融与沈约、谢朓并称"永明体"创始者,作诗极重声律。钟嵘《诗品》称融尝语嵘"欲作《知音论》而未就",声病之说，"王元长创其首，谢朓、沈约扬其波"。王融之诗好用典，"拘挛补衲，蠹文已甚"，然其诗实非其长，"至于五言之作，几乎尺有所短"，但也谓其诗"词美英净"，也有长处。《文选》不录其诗，可见当时众议。今选其《永明九年策秀才文》五首其一，以见其才。

> 问秀才、高第、明经：朕闻神灵文思之君，聪明圣德之后，体道而不居，见善如不及。是以崆峒有顺风之请，华封致乘云之拜；或扬旌求士，或设虡待贤，用能敷化一时，余烈千古。朕寅奉天命，恭惟永图，审听高居，载怀祗惧。虽言事必史，而象阙未箴，寤寐嘉猷，延伫忠实。子大夫选名升学，利用宾王，懋陈三道之要，以光四科之首，盐梅之和，属有望焉。

秀才，指秀异之才可为士者。高第，品第排名高者，一般指选士、选官中的成绩优异者。明经，明晓经术者，汉代以来即以明经射策取士。《史记·五帝本纪》记黄帝"生而神灵"，神灵即神奇威灵。《尚书·尧典》："钦明文思安安"，《经典释文》引马融之说：经纬天地谓之文，道德纯备谓之思。君、后同义，皆指君主。"体道而不居"：自身即体现大道，但并不以大道自居。不及，唯恐达不到。崆（kōng）峒（tóng），据《庄子·在宥》篇，广成子在崆峒之山，南首而卧，黄帝顺下风膝行，稽首而进，再拜而问道。华封出同书《天地》篇，尧观于华，其地封人祝圣，辞甚辩而高明，有"乘彼白云，至于帝乡"的神仙境界。旌指幡旗，设于大路以招贤。虡（jù），钟磬之类乐器的悬架，代指乐器表演。古代宴享，从天子到诸侯、卿大夫，悬乐各有标信；或谓大禹之时，听五声以治，设铭于虡。敷化即敷陈教化。寅（yín），敬畏。"审听高居"出自《六韬》，谓"王者之道，如龙之首，高居而远望，徐视而审听"。祗（zhī）惧，敬惧，小心警慎的样子。《礼记·玉藻》："动则左史书之，言则右史书之。"象阙，又称象魏，悬挂法令的高大宫门。未箴，未列上有道直言的箴文。"寤寐嘉猷"，日夜期待好的谋略。"延伫忠实"，延首静等忠实之言。选名,秀出者入选登名。升学,进入太学。利用,利于实用。宾王,即傧王,辅佐君王。懋,美也。三道,《汉书注》张晏曰:"国体、人事、直言也。"四科,崔寔《政论》:"故事,三公辟召以四科取士:一曰德行高妙,志节清白;二曰学通行修,经中博士;三曰明晓法令,足以决疑,能按章覆问;四曰刚毅多略,遭事不惑,才任三辅、剧县令。"或者,孔门四教,文、行、忠、信,以文为首。"盐梅之和",五味调和。《尚书·说命》:"若作和羹,尔惟盐梅。"盐、梅皆调味品,调和鼎鼐,以味论治,乃经典格言。然盐梅常指宰相之类与闻国政者,此处用典,或嫌诱导过当。以下四问,曰农、曰刑、曰财、曰制度,率皆肤浅,不值深思。可见王元长之文,典而无实,内无劲气,颇称其才。

沈约(441—513)为吴兴沈氏光大门楣之俊。《南史·沈约传》记其先祖沈警"内足于财,为东南豪士,无进仕意"。警子穆夫"少好学,通《左氏春秋》。王恭命为前将军主簿,谓警曰:'足下既执不拔之志,高卧东南,故屈贤子共事,非吏职婴之也。'"又插入当时杜明师故事:

> 初,钱唐人杜炅,字子恭,通灵有道术,东土豪家及都下贵望并事之为弟子,执在三之敬。警累世事道,亦敬事子恭。子恭死,门徒孙泰、泰弟子恩传其业,警复事之。隆安三年,恩于会稽作乱,自称征东将军,三吴皆响应。穆夫在会稽,恩以为余姚令。及恩为刘牢之所破,穆夫见害。先是,穆夫宗人沈预与穆夫父警不协,至是告警及穆夫弟仲夫、任夫、预夫、佩夫,并遇害。唯穆夫子深子、云子、田子、林子、虔子获全。田子、林子知名。

可知当时三吴豪家颇因道教卷入孙恩起事者,沈警及子穆夫皆是。平乱之际,宗人或为自保,或因仇隙,转而告发以害之。无奈其家二子极有干才,后来更成长为刘裕克平北方最为重要的猛

士骁将,可称帅才而善于自保者。其功业附见于《沈约传》,兹不具见。此处独引沈林子报仇、止功二节,以见吴兴豪俊心思之一斑:

　　林子,字敬士,少有大度,年数岁,随王父在京口,王恭见而奇之,曰"此儿王子师之流也。"尝与众人共见遗宝,咸争趋之,林子直去不顾。年十三,遇家祸,既门陷妖党,兄弟并应从诛,而沈预家甚强富,志相陷灭,林子兄弟沉伏山泽,无所投厝。会孙恩屡出会稽,武帝致讨,林子乃自归陈情,率老弱归罪请命,因流涕哽咽,三军为之感动。帝甚奇之,乃载以别船,遂尽室移京口,帝分宅给焉。林子博览众书,留心文义,从克京城,进平都邑。时年十八,身长七尺五寸。沈预虑林子为害,常被甲持戈,至是林子与兄田子还东报仇。五月夏节日至,预政大集会,子弟盈堂。林子兄弟挺身直入,斩预首,男女无论长幼悉屠之,以预首祭父、祖墓。

　　帝至阌乡,姚泓扫境内兵屯峣柳。时田子自武关北入,屯军蓝田,泓自率大众攻之。帝虑众寡不敌,遣林子步自秦岭以相接援。比至,泓已破走。田子欲穷追,进取长安,林子止之曰:"往取长安,如指掌尔。复克贼城,便为独平一国,不赏之功也。"田子乃止。林子威震关中,豪右望风请附。帝以林子、田子绥略有方,频赐书褒美,并令深慰纳之。长安既平,姚氏十余万口西奔陇上,林子追讨至寡妇水,转斗至槐里。大军东归,林子领水军于石门以为声援。还至彭城,帝令林子差次勋勤,随才授用。文帝出镇荆州,议以林子及谢晦为蕃佐。帝曰:"吾不可顿无二人,林子行则晦不宜出。"

读史至此,可见秦汉报仇之义,至南朝而不衰;而功高不赏,自古所患,斯则现代民主制度犹不能免,何况古人! 至于沈林子与谢晦皆见亲接,为何沈能保全而谢氏灭亡? 意者,身经前线者,

常能披肝沥胆，不避危仄，而身处帷幄者局于矜持，每不能倾诚以
待，似大有关联。

　　沈约为吴兴豪家中不世出的英杰，早著盛名，晚岁在梁，实为
朝堂之望，他顺利地度过了齐梁易代的激流险滩。然其门第既
豪，本人复深沉有见识，自齐代中叶即与梁武帝同朝仕宦，并不屈
从，故终不能得到新朝创业之主的足够谅解，遑论信任。读其诗，
可以见出理想世界和自由思考的空间，至文辞洗练、用心声律等
处，也可看出六朝诗体的新趋向。兹录诗二首：

　　　　秦皇御宇宙，汉帝恢武功。欢娱人事尽，情性犹未充。
　　锐意三山上，托慕九霄中。既表祈年观，复立望仙宫。宁为
　　心好道，直由意无穷。日余知止足，是愿不须丰。遇可淹留
　　处，便欲息微躬。山嶂远重叠，竹树近蒙笼。开衿濯寒水，解
　　带临清风。所累非外物，为念在玄空。朋来握石髓，宾至驾
　　轻鸿。都令人径绝，唯使云路通。·举陵倒景，无事迁华嵩。
　　寄言赏心客，岁暮尔来同。(《游沈道士馆》)

　　秦皇御宇，汉帝扩张，后来中外史家多致赞美之辞，而在沈约
等传统士大夫眼中，却与娱乐纵欲之事并列。情性即心意，不世
武功尚不能使其满足，于是锐意求仙访道，以长生为目标。所谓
祈年之观、望仙之宫，无非欲望，贪婪之意无穷，哪里算是内心深
处向慕道术呢？这前面十句诗，说的是帝王级别的欲望世界，实
为道教中的长生一派。而作者所代表的止足之士，可谓道教信徒
中的审美一派。远山重叠，近树蒙笼，开衿濯水，解带临风。心灵
所承担的，并非来自外在因素，而是己身玄妙空虚之想。此后数
句结语颇有意味，盖石髓、轻鸿，也属游仙之物；云路、华嵩，尽为
神妙世界：可见其与祈年观和望仙宫的精神祈向，并无太大不同。
唯一可以分别的，大约即是士大夫有更多的精神自由，更少的向
外索求。或者说，士大夫逍遥玄妙的游仙之旅，因有审美的心灵

和放松的心态，而超然跃升于帝王欲求之上。这样的叙述和诗意描摹，可以说是士大夫本位的。

一般都认为沈休文对于沈恭修道场馆的表述，是讽喻和游仙主题的混合。讽喻的对象不言而喻，是最高统治者。由于统治者所承担的国家大政，任何私人欲望甚至超越情怀，都不可避免地影响到他作为一国之君的政治责任。由此而言，传统诗学体系里，士大夫提及帝王欲望主题，天然地带有讽喻倾向，是可以理解的。问题是这位最高统治者未必就接受作为三吴强宗的吴兴沈氏，可以像东晋时王谢高门一样，滔滔风流，发挥其导扬一世的精神影响；至于二人当年沐浴永明玄风时的交谊，更不会坦然延伸至帝宫魏阙之内。沈约他懂这些吗？他懂的，但是他打赌萧老公可以容忍他。后者也确实忍到他即将下世的那一天，并在沈氏弃世之后，赐他一个很带讽刺和攻击意味的谥号——"隐"。再读一首沈约与谢朓的唱和诗，可以看到当时士大夫交往中常所萦怀的精神内容：

> 王乔飞凫舄，东方金马门。从宦非宦侣，避世不避喧。揆余发皇鉴，短翮屡飞翻。晨趋朝建礼，晚沐卧郊园。宾至下尘榻，忧来命绿樽。昔贤侔时雨，今守馥兰荪。神交疲梦寐，路远隔思存。牵拙谬东氾，浮惰及西昆。顾循良菲薄，何以俪玙璠。将随渤澥去，刷羽汎清源。（《和谢宣城》）

王子乔的故事见于范晔《后汉书》，言其为叶县令，每次到京城都不带车骑，唯见双凫即野鸭飞来。人们举罗张之，但得一双舄(xì)，正是尚方所赐官履。他和以避世之心隐居朝廷贱职的东方朔一样，都是道术通神而身处卑位者。"从宦非宦侣"，意谓以仕为隐者，并非一般人的投身仕宦，故而不可视为仕宦者的同僚；他们的"避世"是心灵超脱，并非要逃避浅层次的外在喧嚣。揆余，估量我的能力。皇鉴，君王的判断。短翮(hé)，短羽，喻才智短拙。屡飞翻,屡次出仕。建礼,宫殿名。晚沐,晚上休沐时。"伻时雨"出典于《孟子·尽心上》:"君子之所以教者五,有如时雨化之者,有成德者,有达财者,有答问者,有私淑艾者。""兰荪"出典潘尼《赠河阳诗》:"流声馥秋兰。"二者皆美谢朓为宣城郡守有美政。以下描写与谢朓的交谊,顺便带出自己,牵率庸拙,谬居东阳太守,东汜(sì)即汤谷,日之所出;浮懈怠惰,滥为国子祭酒,西昆为帝王书府,此泛指己身回京职官(谢朓此前有《在郡卧病》)。"不堪俪玙璠",不配与美玉即京师群才比并。扬雄《解嘲》:"江湖之雀,渤澥之鸟。"沈约结句意谓自己将随渤澥之鸟,刷羽江湖,浮泛清流之上。

大体沈约诗歌,形式颇为考究,而内容尤为用心,情感非不深沉,而绝不流溢纸上,也不追求动人心魂的效果,这是他刻意淘炼的结果,恐怕也是永明体诗歌形成过程中必然会有的收缩和淘洗现象,读者不必认其为情思淡薄之人。其诗情感深度貌似不及二谢,性情仅为其表,技巧方为主因。至其论诗,宣称"好诗当圆转流美如弹丸",所谓轻清流荡,遒劲密丽,二者实难并存。至谢朓,则用笔明丽,发语天然,不求劲利,神韵方显。此则谢玄晖虽为百代之师,尤不为过,何止为江左谢氏风华流美之冠,洵属中古文学灵心秀骨、明洁兴象的典范。李太白所谓"解道澄江静如练,令人长忆谢玄晖"(《金陵城西楼月下吟》),"蓬莱文章建安骨,中间小谢又清发"(《宣州谢朓楼饯别校书叔云》),清新焕发,确为谢玄晖之长。

《南齐书》谢朓本传载事颇详:"祖述,吴兴太守。父纬,散骑侍郎。朓少好学,有美名,文章清丽。解褐豫章王太尉行参军,历随王东中郎府,转王俭卫军东阁祭酒,太子舍人、随王镇西功曹,转文学。子隆在荆州,好辞赋,数集僚友,朓以文才,尤被赏爱,流连晤对,不舍日夕。长史王秀之以朓年少相动,密以启闻。"可见树欲静而风不止,王谢子弟有高才者,更加不易存活。随后回京,渐见亲用，至掌中书诏诰、中书郎，出为宣城太守，复为中书郎，逐渐卷入政争。先是举报岳父王敬则谋反，得不反坐。继而拒绝江祐、江祀兄弟和萧遥光的逆谋，遭其反诬。诏书明正典刑：

> 朓资性轻险，久彰物议。直以彫虫薄伎，见齿衣冠。昔在渚宫，构扇蕃邸，日夜纵谍，仰窥俯画。及还京师，翻自宣露，江、汉无波，以为己功。素论于兹而尽，缙绅所以侧目。去夏之事，颇有微诚，赏擢曲加，逾迈伦序，感悦未闻，陵竞弥著。遂复矫构风尘，妄惑朱紫，诋贬朝政，疑间亲贤。巧言利口，见丑前志。涓流纤蘖，作戒远图。宜有少正之刑，以申去害之义。便可收付廷尉，肃明国典。

轻险，轻浮阴险。渚宫指荆州，"江、汉无波"指长江上游无事。去夏即谢朓举报王敬则谋反之事，所以颇有些微的忠诚。陵竞指陵压奔竞。"矫构风尘"即指其再次举报谋逆之事。少正指孔子诛杀的少正卯，所谓利口覆邦家者。于是"使御史中丞范岫奏收朓，下狱死。时年三十六"。"朓善草隶，长五言诗，沈约常云'二百年来无此诗也'。"谢朓即作为朝堂上的害虫被清理了。所谓"二百年"者，沈休文盖言其足以上继潘岳、陆机诸贤。钟嵘《诗品》将之置于中品，前有鲍照，后则江淹，皆中古诗史中难得的好诗人。信乎才之为难，评才尤难：

> 其源出于谢混，微伤细密，颇在不伦。一章之中，自有玉石，然奇章秀句，往往警遒，足使叔源失步，明远变色。善自发诗端，而末篇多踬，此意锐而才弱也，至为后进士子之所嗟慕。朓极与余论诗，感激顿挫过其文。

谢混是晋宋之交从玄言诗里走出来的山水诗人，其诗"务其清浅，殊得风流媚趣"。"细密"作为谢诗缺点，吕德申《诗品校释》引明代陈祚明《采菽堂古诗选》"按章使字，法密旨工"，认为指的是谢

脁诗的平仄和对仗;曹旭《诗品集注》认为指"谢脁新体诗多讲对
仗、声律,诗句略微繁密琐碎"。钟嵘《诗品序》早谓王融、沈约、谢
脁三人的影响是:"士流景慕,务为精密,襞积细微,专相陵架",可
见"细密"者,即是物象描摹过于细微,铺排过甚,影响精神层面的
洒脱和超越,算是站在玄言立场对于物象世界的不屑。与之有关
联的"不伦",即不类,不类玄言家的超越性纵观综览之姿。至于
美其"发端"而讥其"末篇多踬",踬即跌倒。谢脁诗歌发语多奇而
末尾不振,是否即是钟嵘所谓诗意敏锐而才藻不衬? 当可深入讨
论。而其人平常与钟嵘讨论文义颇多,致使后者认其仅属近代才
人翘楚,这是典型的因为时空距离太近而导致的忽略与遮蔽。小
谢诗天才绮练,不宜少读,兹选五首如次:

> 朔风吹飞雨,萧条江上来。既洒百常观,复集九成台。
> 空濛如薄雾,散漫似轻埃。平明振衣坐,重门犹未开。耳目
> 暂无扰,怀古信悠哉。戢翼希骧首,乘流畏曝鳃。动息无兼
> 遂,歧路多徘徊。方同战胜者,去蒿北山莱。(《观朝雨》)

空灵洒脱的朔风飞雨萧条而来,它既跳荡又轻松,虽然笼罩
天地,却并无多少侵略性和压迫感,对于诗人来说,正是一个超越
现实利禄的悟思空间。诗人此时在哪? 他结束整齐,振衣而坐,
正待朝堂重门大开。此时的空濛、散漫,有如神助,让他不为世尘
所染,想到戢翼奋飞之鸟、骧首进取之驹,而乘流振跃之鱼,不能
化龙,曝鳃水边。世间出处的利弊,殊难兼得,所以大多徘徊于歧
路,进退失据。诗人的最后陈辞,是坚定地效法古贤,战胜富贵荣
华之俗念,则朔风飞雨之来路,正是归途。此诗既有旋律之美,兼
有明快节奏,可读性很强。

> 江南佳丽地,金陵帝王州。逶迤带渌水,迢递起朱楼。
> 飞甍夹驰道,垂杨荫御沟。凝笳翼高盖,叠鼓送华辀。献纳
> 云台表,功名良可收。(《鼓吹曲》)

据说这是谢朓奉隋王的教命，要他作一首《古入朝曲》。谢诗以"鼓吹"命名，是类似短箫、铙歌的军乐。吴淇《六朝选诗定论》谓"用之朝会宴享者曰黄门鼓吹，用之道路从行者曰骑吹，师行而奏之马上者曰横吹，旋师而奏之社庙者曰短箫铙吹"，此曲"盖用之道路从行者耳"。此类乐府之诗，有言辞可诵者，有精神可究者，有形象可议者，有音节可赏者。此诗言辞华丽而无做作之态，铺排充分而不觉多余，颂赞见于言外而不为谄，盖本地风景，本该如此；王者气象，不言自具；声华功业，皆鼓吹曲应有之义，出之以语言明畅，音节婉和，洵为得体之作。

> 灞涘望长安，河阳视京县。白日丽飞甍，参差皆可见。余霞散成绮，澄江静如练。喧鸟覆春洲，杂英满芳甸。去矣方滞淫，怀哉罢欢宴。佳期怅何许，泪下如流霰。有情知望乡，谁能鬒不变？（《晚登三山还望京邑》）

开首以王粲离京和潘岳赴任之前的回望，交代己身作为古今才人群体中的后来者，对于京师无比留恋。依依别情，泪眼相瞩，但见宫殿飞甍，在阳光的照耀下光彩鲜明，参差互见。天边彩霞散作一片绮罗，傍晚大江静谧，有如一道白练。众鸟喧嚣，群落春洲，芳草平铺，杂花满眼。离京之后，即将久留异地，怎不怀念刚刚结束的亲友送行、欢呼高宴？"滞淫"即淫滞，长久停留。怅然思忖回乡的佳期，泪水落下如同雪霰。身不免有情，定知会时常回望家乡；谁又能头发乌黑，永远不变！三山在江宁县北十二里滨江之地，为当时离京外任所经道路上的津口要地。刚离京邑不久，谢朓就已经在傍晚霞光的提醒下，深深陷入怀乡的离愁别恨中。毕竟，京城不仅是他的故乡，更是他可以驰骋才华的舞台，远离即意味着不长不短的退场，对于他的功业之心、振刷之意，都是一个挫折。好在他以灵秀之笔，留下一幅炯烂鲜丽的春江晚照图，为自己也为那个时段，留下足供追怀的近角景观。

还望是中古诗歌极有意味的姿态。回望繁华富盛的美丽京国,犹如屈原哀郢,贾生去国。抓不住的是曾经留连的美景,忘不了的是亲朋好友的欢会。人心易老,岁月常衰。这样无情的事实,越加衬托斯情斯景难以割舍。而下面两首诗,或俊逸或轻灵,可以对读:

> 大江流日夜,客心悲未央。徒念关山近,终知反路长。秋河曙耿耿,寒渚夜苍苍。引顾见京室,宫雉正相望。金波丽鳷鹊,玉绳低建章。驱车鼎门外,思见昭丘阳。驰晖不可接,何况隔两乡。风云有鸟路,江汉限无梁。常恐鹰隼击,时菊委严霜。寄言蹑罗者,寥廓已高翔。(《暂使下都夜发新林至京邑赠西府同僚》)

《文选》李善注:"萧子显《齐书》曰:谢朓为随王子隆文学,子隆在荆州,好辞赋,数集僚友,朓以才文尤被赏爱。长史王秀之以朓年少相动,密以启闻。世祖敕朓可还都。朓道中为诗,以寄西府。"荆州为上游要冲,其在南朝的地位,视"西府"之称谓,与建康执政者"东府"相比并,即可知。王秀之的职权中,想来该有"密启"即秘密举报这一条;"年少相动"即少年喜好生事,大有诱激府主作乱的可能,这真是必欲置之死地的可怕攻击。难怪谢朓得到回都的敕令后,归途中有此一首激越、轻薄兼而有之的抗议诗。大江日夜无尽,客心无尽悲感,物象人情交织,产生了巨大的张力。"关山"一般都取其险阻义,论者多谓其建康城,似大谬不然。诗人在"下都"之路与荆州同僚话言,所谓近者以荆州为宜。而"下都"亦当指顺江而下回都之意。若谓"下都"当指荆州,然荆州何尝有京都之名目。诗人虽以荆州关山为近,而回归西府其路已长,即不知何时返回荆州。诗题所谓"暂使",也属狡狯语,盖虽长逝不回、远离迫害,表面上却须说是短暂回京、必将西返。新林在建康城西南不远,过此则很快进入京城都市区,星夜奔波,可见行

人的急迫；而秋夜将尽，征途将终，在月色之下的宫殿，愈加显得
秀丽安闲，给远道的归人一种说不出的舒适感。秋河指秋日银
河，宫雉指宫墙，金波指月光，鸤鹊、建章，皆宫殿名，玉绳指星象。
作者星夜行路，回望中的宫殿哪能如此清晰，不妨说这只是悬想，
是在一己脑海中浮现出想象中的京城，星空照耀下的宫城，美丽
又宁静，安闲又坚定，给作者带来无比的安全感。诗人想象自己
驱车鼎门，回想楚地贤王旧迹。即使奔驰的日光，也无法从荆州
照到诗人的身上，何况双方遥隔他乡。风云阻不了飞鸟之路，大
江汉水却无桥梁。最后的一段不无庆幸，却也稍嫌轻薄：常常恐
惧于鹰隼般的打击，就像秋菊憔悴于严霜；给那些张网渔猎的人
带个话，我已在寥阔青空振翅高翔。

> 江路西南永，归流东北骛。天际识归舟，云中辨江树。
> 旅思倦摇摇，孤游昔已屡。既欢怀禄情，复协沧州趣。嚣尘
> 自兹隔，赏心于此遇。虽无玄豹姿，终隐南山雾。(《之宣城
> 出新林浦向板桥》)

永明体诗歌的篇幅，大体都在十句左右。此诗前四句，写宣
城与京城之间，有江路往还，有舟船可用，自是同一世界；然天际
乃识归舟，云中可辨江树，见出此路极长，此景极高，在那虚无缥
缈之处，乃有诗人心灵归处，此为江湖沧洲之趣，亦"永""骛"二字
着力处。"旅思"二句，将思绪拉回自己，神思摇摇，倦于行路，早
知人生无非孤游独往。"既欢怀禄情"，明白说出自己不想错过世
俗人生，心存禄利，耽玩权场，亦有乐趣，此句回答诗人内心深处
的一个自问：为何不长归园林？"复协沧洲趣"，乃体认心灵归宿，
有与江湖山野契合处。若此，则出守外郡，正不须徬徨失措，既可
得享禄利，兼能隔绝喧嚣，留连心赏，何乐不为！三山与板桥一
起，李善注引《水经注》："江水经三山，又湘浦出焉。水上南北结
浮桥渡水，故曰版桥浦。江又北经新林浦。"结语欲作南山玄豹，

典出《列女传》曰："陶答子治陶三年,名誉不兴,家富三倍。其妻抱儿而泣,姑怒,以为不祥。妻曰:'妾闻南山有玄豹,隐雾而七日不食,欲以泽其衣毛,成其文章。至于犬彘,肥以取之,逢祸必矣。'期年,答子之家,果被盗诛。"意者谢朓出守宣城,不欲效陶答子治陶以自肥,乃期陶妻之玄智,效玄豹隐于南山。然则前文所谓怀禄之情,其义云何? 与人同乐者,必与人同忧,诗人真能脱弃尘俗,全身而退? 历史将会给出清楚的答案,然此恐亦非诗人所能知。

参考资料:

1. 陈庆元《沈约集校笺》,浙江古籍出版社,1995 年。

2. 林家骊《沈约研究》,杭州大学出版社,1999 年。

3. 戴燕《永明体新论——以沈约为中心》,《杭州师范大学学报》(社会科学版)2012 年第 5 期。

4. 林晓光《王融与永明时代:南朝贵族及贵族文学的个案研究》,上海古籍出版社,2014 年。

5. 陈冠球编注《谢宣城全集》,大连出版社,1998 年。

6. 孙兰《谢朓研究》,齐鲁书社,2014 年。

第十二讲 "弦箭文章"名教里

朱浮入《选》篇章:卷四十一:《为幽州牧与彭宠书》。

陈琳入《选》篇章:卷四十:《答东阿王笺》;卷四十一:《为曹洪与魏文帝书》;卷四十四:《为袁绍檄豫州》《檄吴将校部曲文》。

刘琨入《选》篇章:卷二十五:《答卢谌诗》《重赠卢谌》;卷二十八:《扶风歌》;卷三十七:《劝进表》。

....

何谓"名教"？顾名思义,即是以名为教,以名分为教化的内容、约束的理由,此处有一套以儒家名分与伦常道德为准则的礼法系统及其运作方式。礼法是以礼为法,以礼代法。"教"字的本义,从孝从攴,前者指下对上的模仿效法,后者指上对下的持杖以训,《说文》所谓"上所施,下所效也",《礼记·乐记》所谓"教者,民之寒暑也"。可见"教"之所在,强力训戒随之。至于这个"名",《礼记·王制》:"明七教,以兴民德。"所谓七教,父子、兄弟、夫妇、君臣、长幼、朋友、宾客也。这七对名词概念,可称十四"名"。同书《经解》篇:"五教,《诗》、《书》、《乐》、《易》、《春秋》也。"这五种经典,也就是五种"名"的系统。以名为教,以礼为法,看似颇有束缚强制的意味,和家庭和学校里师长们所推行的言传、身教相比,似乎天然地带着更多世俗权力和暴力的臭味,不好亲近;实质只要调转一个方向,将之与政教、神道、法术、刑名之类更雄强的控制系统作一比较,就立即可以看出它强悍坚韧的质地之上,自具一种温柔甜糯的亲和力。一句话,名教是一种弱控制系统,它主要依托于观念,同时期待于权力,有时也等同于权力。据钱锺书先生考察,"名教"这个名词虽来源甚早,而其作为现实政治中普遍表述的一种说法,则大盛于晋代。当时多将其与"自然"相对照,所谓周、孔重名教,老、庄重自然;袁宏《三国名臣序赞》:"天怀发中,名教束物","天怀"即"自然",天然的情感发自内心深处,外加的礼法约束心外世界的一切人际百态。

　　一般来说,礼法的执行是以稳定的政治军事秩序所延伸出的关怀度、安全感为前提,在战乱或者秩序崩溃的昏错时代,名教礼法系统的呈现往往面临许多权变的考验,而是否能够在这样的变量考验中延续下来,也就成了这套系统之生命力和弹性系数的衡量指标。从礼法作为一种观念形态的运作方式来说,通过相关者的反复认可和多次挑战,观念的展开空间和弹性系数,也会在一种动态平衡中得到强化和拓展。

　　中古以来的名教系统,到了宋元以后迭经观念强化和社会变迁,晚期帝国时代尤有朽烂崩解的迹象,它与现实社会之间的落差或者说它的虚伪指数,也往往对其本身造成破坏。但其基本输出模式并未大变,依靠家国同构中的师长垂训和道义示范,仍有动人心魂的感召力;而急于救世的一干功业之士,大多也不会舍置不取。《管锥编》第四册"《放达为非道论》"条:

　　　　冯煦《蒿庵随笔》卷一记曾国藩一事,略谓曾督两江,提倡宋学,皖士杨某著《不动心说》呈曾,有曰:"今置我于粉白黛绿之侧,问:'动心乎?'曰:'不动'。今置我于红蓝顶带之傍,问:'动心乎?'曰:'不动。'"曾幕僚李鸿裔见而大笑,题后曰:"白绿粉黛侧,红蓝顶带傍,万般都不动,只要见中堂。"曾大怒,诃李"狂悖",李不服,曰:"有请者:某之为此说,为名乎,为实乎?"曾曰:"子盍为我解'名教'二字。"李罔措,曾曰:"彼以名来,我即以名教"(张祖翼《清代野记》卷下亦载此事,

谓杨为池州进士杨长年）。解颐正复资解诂也。以名为教，
初不限于儒家，"名治"、"法治"亦非背驰而未尝合辙：《庄
子·养生主》"为善无近名，为恶无近刑"，已堪征二者并行俪
立矣。……

两江总督曾国藩有一个大学士的头衔，类似于使相，所以可
称中堂大人。当太平天国初平之后，坐镇两江的曾氏刻意以宋学
即道学规范来经营世道，当然就引来了杨某等一些投机客。李鸿
裔才子轻薄，头脑却并不简单，他问曾：照您看来，杨某人此书此
行，为的是虚名呢，还是实利呢？实际上即是指责杨某虚伪。曾
国藩反诘：那你帮我解释一下"名教"二字用意为何吧。他的立
场，即是道义判断上应该论迹不论心，名教系统本以虚名行世，某
人既手持虚名而来，我们当然就可以用虚名约束之。像李鸿裔之
类言行，逼着对方承认自己内心深处的谋利动机，有嫌于孟子所
谓"率兽而食人"，大家一起露出自私谋利的丑陋面目，在事实层
面，好似要将一干名教和道义称谓，尽数投入垃圾桶里！此在名
教立场，自属狂妄、悖谬无疑。

　　回到《文选》。书中有三篇文章都来自中古前期王朝交替和
战乱时代，时间跨度从两汉之交一直延伸到西晋末年，正是礼法
系统多次变动和强化的新时代。通过阅读有关文献，我们可以户
开一扉，借以窥视名教伦理和区域互动尤其是东北亚地缘政治之
间的微妙关联。当然，文献本就庞杂，再加笔者思维能力所限，这
里的透视只能适可而止。

　　先看朱叔元（朱浮字叔元）的公开信《为幽州牧与彭宠书》。
此信标题颇奇怪，与《文选》同卷前后的书信标题中也带"为"字者
迥然有别。后者大体都意指作者代他人立言，独有此篇似乎是朱
浮作为幽州牧的自撰。虽然从语意上说，这样也并非就不能讲
通，只是自己强调幽州牧的身份，未免远于古人行文唯谨唯谦的

文雅惯例。须知两汉之交的州牧，从职级说来不过二千石，与郡守平级。当初汉武帝首设刺史，以六条法规监察州部官员，官秩只有六百石，而当时县令则为六百到一千石（小县无令，长官称县长，秩仅三百至五百石之间），可见虽然辖区不小，实际职权和官秩都不能与其名义上的下属郡守两千石相比。后来名称变为州牧，职级也多所变更，王莽时期复由刺史改称州牧，秩两千石，除监察权外，又加上军事征伐之权，但仍无地方大吏的亲民职权，想指挥那些动辄有权渔盐专卖、兵强马壮的边疆郡守，很不容易。此所以作为幽州牧的朱浮，在战乱时节征发渔阳郡资粮，竟然会遭到渔阳太守彭宠的断然拒绝，二人间的纷争，在当时的东北边疆区域引发了一场不大不小的叛乱。

《为幽州牧与彭宠书》即是那封刻意激化矛盾、唯恐彭宠不造反的书信。全书从头至尾用语都极度辛辣，尽采居高临下之姿，又禁不住令人狐疑：这究竟是光武帝刘秀借朱浮之口，强化自己新朝廷的新名分体系，还是朱浮以光武大司马府故吏的身份，行事居心完全依从自己对于主公心思的准确揣摩？无论如何，这一封不在意自己是否激反对方的书信，肯定有远比一般军国之事更深层的居心。在追寻此种心思之前，大约首需虑及两汉之交的名教世界及其缝隙信息：

> 盖闻智者顺时而谋，愚者逆理而动，常窃悲京城太叔以不知足而无贤辅，卒自弃于郑也。

顺逆之变、智愚之分，现实生活中哪能如此简单划分！但这样斩钉截铁的表达，仿佛真理在握的样子，借简单粗豪的表面语言，以传递巨大的自信和舆论压力。随后直接引述《左传》首篇中郑庄公击败其弟太叔的疯狂侵夺，以证成己说。《左传》本书的立场，虽然大家都有责任，太叔终归是弟弟，他的"不弟"，主因还在于庄公"不兄"。弟弟在母亲的支持下不断侵夺事权，增加领地，最终失败而逃亡：太叔的操作固然愚悍，推原其始，郑庄公这位哥哥别有用心的纵容，也难辞其咎。盖同母兄弟之间不能和同，长兄本就有先天优势，有教导少弟的责任，而作为国家的新领导人，更有约束下级的义务。这种责善、责长以全、以备的说法，朱浮倒也并未直接反驳。他只是对责任的另一方提出其失败理由：贪婪妄行而无贤者辅助。《文选》李善注又直接将《左传》相关部分约略抄撮于下：

> 《左氏传》曰：郑武公生庄公及共叔段。姜氏爱共叔段，欲立之，亟请于武公，公弗许。及庄公即位，为之请制。公曰：制，岩邑也，虢叔死焉，他邑唯命。请京，使居之，谓之京城太叔。既而太叔令西鄙北鄙贰于己，公子吕曰：国不堪贰，君将若之何？公曰：不义不昵，厚将崩。太叔完聚，缮甲兵，具卒乘，将袭郑。公闻其期，曰：可矣！命子封帅车二百乘以伐京，京叛太叔段，段入于鄢。公伐诸鄢，五月辛丑，太叔出奔共。书曰：郑伯克段于鄢。

《左传》擅长将判断权交给读者，大体还是极具观念意味的文字。而早期叙事文学的一大任务，即是挣脱抽象观念的牢笼，回到事实和人情事态的特定时空。做妈妈的不喜欢大儿子，先是废嫡未成，后则立意倾夺，这确实不是理想中的母亲该做的事情。而太叔段也毫不收敛，仗着母亲的支持，将西边、北边都收入囊中。也不能说庄公起始即欲陷弟于不义，起码其母为其弟请求制邑的时候，他说了很重的话："那是一个险峻的城市，先公（郑武公）灭掉东虢国时，东虢君就死在那里。"其母、其弟并不理会他的严重警告，既然制这个城邑不给，那就退而求其次，先拿到京邑再说吧。当公子吕严正提出国家不可有两个中心的质问，庄公的回答是：不正义的人，别人不会真正亲近他，拿到的越多，崩溃越快，这就接近于"幸灾乐祸"了，当然也说明他成竹在胸，并未把对方视为强大威胁。当太叔即将对国都发起进攻,所谓"恶贯满盈"之时,庄公果断先发制人,派公子封率领二百辆兵车讨伐京邑,公子段逃到鄢,再次追讨,只好逃亡到外国。《左传》对于庄公求全责备,对于其母在国家政治生活中的任性行为、其弟的不知进退都作充分暴露,这一段叙述的"书法"即书写规则为何?历代经学家的多次阐释,渐渐将此节塑造为传统名教叙述的经典文献。而回到朱浮这篇书信的具体时空,当他引用经典段落时,作为他的观念叙述的事实铺陈,是否与曾经发生的历史层面相符,似并非是重要问题。起决定性作用的,显然是太叔及其当代对应者彭宠的立场,他们对于庄公和光武帝的背叛,说到底是对于自己作为下位者的不满。按朱浮的说法,这就是"不知足",偏偏身边还没有足够明智的人提醒他,这里话中有话,暗示彭宠身边的所谓悍妻骄吏,没少在他那里怂恿挑唆,朝廷显然对于渔阳的各种信息有充分掌握。

> 伯通以名字典郡,有佐命之功,临人亲职,爱惜仓库,而浮秉征伐之任,欲权时救急,二者皆为国耳。即疑浮相谮,何不诣阙自陈,而为族灭之计乎?

彭宠父为汉哀帝时渔阳太守,宠少为郡史,在王莽新朝末年曾入军队,因同母弟在义军中,惧诛,与同乡吴汉逃亡渔阳,依附其父当年的下属。南阳起义军领袖刘玄称帝,即历史上的更始帝,他派使者韩鸿宣示北州,彭宠以刘玄南阳同乡的身份,与使者相谈甚欢,遂拜为偏将军,行渔阳太守事。光武帝刘秀以更始帝属下萧王的身份镇慰河北,彭宠与上谷太守耿况结谋支持光武,渔阳步骑三千人以吴汉、盖延、王梁等为将,与上谷郡守子、军事天才耿弇所领突骑归光武,彭宠本人则承制封为建忠侯,赐号大将军。更始帝刘玄安辑四方的策略颇有效果,其他叛逆者大致都会平定。(可参见朱东润《后汉书考索》)继而光武自立,群雄翕翼,终使刘玄丧亡。"名字",即声名。朱浮笔下的"名字典郡",即指韩鸿宣示北州之事,而"佐命之功",则是渔阳、上谷突骑拥戴刘秀之事。"临人"即"临民"(唐代抄写本避太宗名讳)以下,可见本篇作者朱叔元名下李善注:

> 范晔《后汉书》曰:朱浮,字叔元,沛国萧人也。初从世祖为大司马主簿,迁偏将军,从破邯郸。后乃为大将军幽州牧,守蓟城。浮少有才能,颇欲励正风迹,收士心,辟召州中涿郡王岑之属,以为从军事。及王莽时故吏二千石,皆引置幕府,乃多发诸郡仓谷,赡其妻子。渔阳太守以为天下未定,不宜多置官属,以费军食,不从其令。浮密奏宠遣吏迎妻,而不迎其母。又受货贿,杀害友人,多聚兵谷,意计难量。宠既积怨,闻遂大怒,举兵攻浮,浮以书责之。

幽州牧对地方有监察权,但是职级与郡守一样为二千石,幸而彭宠有大将军衔,朱浮同样也有大将军的头衔,官秩平级而秉监察、征伐之任,进取心和舆论工作略强,如此,统帅和地方长官之间着实不易相处。朱浮与彭宠之间的争执,看上去是对于军需物资的调配问题,实际上隐示着名教系统中的上下牵扯,也基本上即是集权时代中央与地方关系里随时发作的矛盾。朱浮作为光武的亲信属下,他辟召官属,引置幕府,收罗士心,完全是效法光武的召募、安抚之道,无怪乎彭宠被举报后要求双方平等待遇,一起晋京述职,却被朝廷断然拒绝。

> 朝廷之于伯通,恩亦厚矣,委以大郡,任以威武,事有柱石之寄,情同子孙之亲。匹夫媵母尚能致命一餐,岂有身带三绶,职典大邦,而不顾恩义,生心外叛者乎!

朝廷一般即指代皇帝。所谓委以大郡,身带三绶即大将军、建忠侯、渔阳太守,在彭宠立场,可能认为之前本有类似的职级,刘秀只是给予适当认可,谈不到多大的恩义。而在刘秀、朱浮君臣,则上下关系的确认,本该牢不可破。

> 伯通与吏人语,何以为颜? 行步拜起,何以为容? 坐卧念之,何以为心? 引镜窥景,何以施眉目? 举厝建功,何以为人? 惜乎! 弃休令之嘉名,造枭鸱之逆谋,捐传叶之庆祚,招破败之重灾,高论尧、舜之道,不忍桀、纣之性,生为世笑,死为愚鬼,不亦哀乎!

为何与吏民说话,应该感到没脸? 行走拜访,应该羞愧难当? 坐着、躺着思考问题,都该心不在焉? 对着镜子化妆,连眉目之间如何安置都难? 更没法作为一个人物,推出政策,建立功勋? 因为他的不忠,将一切秩序、尊严、心灵、外表和人格,都打乱了。这是铺天盖地的道义指责,前提即是前述君臣关系的认定。《论语·子路》:"名不正则言不顺,言不顺则事不成,事不成则礼乐不兴,礼乐不兴则刑罚不中,刑罚不中则民无所错手足。故君子名之必可言也,言之必可行也。君子于其言,无所苟而已矣。"在孔门,大体是君子立身行道的必然要求,盖上行下效,名正言顺。推而及于政治,则礼乐刑罚,莫非规矩,君子以之治民,百姓从之行事。但是名教之所以为名教,并非仅是上下尊卑的秩序表达,还应有优容和缓的风度展示。朱浮言辞霸悍,下语狠辣,难道他的主要目的即是激怒对方?

> 伯通与耿侠游俱起佐命,同被国恩。侠游谦让,屡有降挹之言;而伯通自伐,以为功高天下。往时辽东有豕,生子白头,异而献之,行至河东,见群豕皆白,怀惭而还。若以子之功高论于朝廷,则为辽东豕也。

将彭宠与耿况(况字侠游)放在一起比较,既公平又不公平。说公平,是因为双方确实都有佐命之功,也都在光武最为危弱的

时期给予最宝贵的军力支持。说不公平,是虽然双方支援部队的
领导人后来都在政治、军事领域有很大的发展,但是渔阳突骑的
领导人吴汉、王梁们的官运再亨通,他们与彭宠最多是故史关系,
说不上是渔阳彭氏的势力扩展;而上谷突骑出身的耿弇,则是太
守耿况的儿子,他在东汉初年削平群雄中展示出卓越的军事天
才,本身即是耿氏的光荣。将耿况的谦让和彭宠的不平简单捏置
一处,然后再讲一出辽东白头豕的故事,后来读者大可平心一问:
到底谁是轻薄之徒,谁又存心不公呢?

> 今乃愚妄,自比六国。六国之时,其势各盛,廓土数千
> 里,胜兵将百万,故能据国相持,多历年世。今天下几里,列
> 郡几城,奈何以区区渔阳而结怨天子?此犹河滨之人捧土以
> 塞孟津,多见其不知量也!

这里大约是彭宠最不能接受的事实表述。彭宠举兵之初,刘
秀并未集中兵力解决幽州问题,不仅是因为彭宠打出的名号仅仅
是燕王,这也是他深心认为自己应得的王号,——他并未自立为
帝;更主要的原因,当然是南阳方向有刘秀姻亲的叛乱,变生肘腋
之下。将渔阳一郡与天下比较,居然以六国争斗之局自处,确可
称愚妄。问题是将洛阳中央在建武二、三年间的直接控制地区,
与全国其他割据地区比较,朝廷的优势倒也并不明显呵。范晔
《后汉书·冯岑贾列传》记建武三年(27),田戎妻兄谏阻其归降:
"今四方豪杰各据郡国,洛阳地如掌耳,不如按甲以观其变。"可见
一斑。

> 方今天下适定,海内愿安,士无贤不肖,皆乐立名于世。
> 而伯通独中风狂走,自捐盛时,内听骄妇之失计,外信谗邪之
> 诔言,长为群后恶法,永为功臣鉴戒,岂不误哉!

朱浮此文写于建武二年(26)。须知三年以后的建武五年

(29),才有班彪在陇上隗嚣处,为回应隗氏的"战国复起之论",作那篇颇负时名的《王命论》,宣扬刘氏为王的坚强理据。再到建武十二年(36)以后,光武才大略削平群雄,让甚嚣尘上的"新战国论"彻底破产。可知此处"天下适定""皆乐立名于世"之说,皆流于乐观和梦想,大体仅具宣传意味。而"骄妇""谗邪"之说,用词既酷烈又带有分寸,倒并没有把彭宠归来的大门彻底关闭。

> 定海内者无私仇,勿以前事自误,愿留意顾老母幼弟。凡举事无为亲厚者所痛,而为见仇者所快。

起码渔阳彭家的老母和幼弟还在朝廷手里。彭宠在刘秀鞭长莫及之时,是仅仅做出自封王爵的蠢事,还是义无反顾地谋反自立?很明显他选择的是前者。而每一个读者,都会基于当时的基本政治军事形势,认定朱浮此信的目的并非安抚,而是激化矛盾。正如《后汉书》朱浮本传所言,朱浮此信确实没能阻止彭宠的起事,相反,倒是"攻之愈急",而光武仅以偏师应付,将主力用于南阳方向叛军的事实,无疑在暗示读者,刘秀方面对于渔阳彭宠的野心和实力,有相当清楚的判断。而君臣二人的区别在于,朱浮必须在前线直面彭宠的怒火,而光武却从容不迫,明知彭宠并无自立的野心,却仍然有意挑起这场本可消弭的局部动荡,貌似要释放郁积颇深的叛变可能,同时借之强化名教叙述。正如历史上无数强悍的政治操盘者所做的,他们往往不怕矛盾激化,更擅长在矛盾激化之中趁势达成自己的多元目标。也许建武二年到五年的刘秀,就需要在不致伤筋动骨的北方渔阳边郡之地,发生一场可以操控的名教表演。

对于彭宠来说,朱浮文章充满着铺天盖地的霸道,大言不惭的谎言。而对于文中口口声声所关爱的吏民百姓,那一句"天下适定,海内愿安"的判词,在建武十年之前,也注定只是一个美好的期待。当然,事后回望,自从王莽末年以来即苦苦挣扎于死亡和血泪中的普通民众,又何尝不期待这份无比温暖的安定? 自然,观念建构和人心思定并非一事,作为说服甚至压服对方的强硬理由,更难让人心服,这一句判词是耶非耶,端看读者何处立足,如何思忖。

值得关注的一个细节来自范晔的《后汉书·朱浮传》,此传共收录传主四篇文字,除《与彭宠书》对于有反叛倾向的地方豪强势力嬉笑怒骂,是明确站在中央立场,另外三篇皆是站在自我和地方立场,对于以光武帝为代表的中央朝廷表示不满。东汉新体制"架空台阁,信用刺举之吏",以及严苛对待地方郡守,几乎是本能地激发出体制内士大夫有力的抗争之音,而朱浮表达出的不满情绪,可谓东汉早期士大夫文化的一抹亮色;这样的立场最终给朱浮本人带来了杀身之祸。光武刚刚去世不久,其子汉明帝刘庄立即清理朱浮,在为父报仇的外表下,是统治者对于异议之声绝不容忍的肃杀态度。而朱浮一生行止,对于《与彭宠书》中所刻意强化的名教叙述,也不失为有力的补充。

简单一句:《为幽州牧与彭宠书》激化了彭宠的反叛情绪,北疆渔阳兵连祸结三载,朱浮本人在前线溃败,杀妻独行,单骑逃脱,像极了舞台上的小丑。而就整个事件来看,前期朱浮对于光武帝刘秀招揽名贤的行为刻意模仿,到中间彭宠自称燕王,与幽州叛军联兵,光武帝先是偏师出征,主要让朱浮承担后果;后期是刘秀从容等到了渔阳内部的反叛,彭宠及妻子被杀,渔阳平定,整个过程尽在光武掌握之中。回看建武三年到五年间的刘秀,虽离完全削平群雄、奠定帝业的时间还早,但他从初期参加绿林起义军开始,即有意识地着重"汉官威仪"的品牌建构,一路走来,从来都以名教和精神建构为立身行事的主导性法则。朱浮承教出守幽州,在前线情势危急之际,并未等来光武迅速而强大的支持,那时他该明白,彭宠和他都只是新皇帝政治操作棋盘上的棋子而已。唯一可以安慰的是,他这枚棋子虽很狼狈,却自有名教可依。

此后只要性命尚存,大可期待立身朝廷,据持名教。

东汉一代,朝堂兴作儒雅,执经问难,不遗余力。学者师道相传,士大夫诗礼传家,学术界"游学增盛","章句渐疏",汉代经学盛极而变,又势所必然。汉末建安年间,袁绍和曹操相拒于官渡,幕下陈琳写了一篇非常有名的檄文:《为袁绍檄豫州》。此文在名教和观念视野里,无论从技巧还是文采,都值得细读。标题中的"为",当然比"为幽州牧与彭宠书"中的"为"要清楚得多;豫州指左将军、豫州刺史刘备,为袁绍集团盟友中级别最高者,借以领起全文:

> 左将军领豫州刺史、郡国相守:盖闻明主图危以制变,忠臣虑难以立权。是以有非常之人,然后有非常之事;有非常之事,然后立非常之功。夫非常者,故非常人所拟也。

郡国相守即是郡守和国相,皆是所在区域的行政长官。权即是变,反经而合道,谓之权。理想状态下,制度喜常不喜变,解困纾难,同样应该倚经不倚权。六个"非常"的表述,来自建安学者文学识别中最鲜明深刻的公约数之一——司马相如和汉武帝的语言。相如《难蜀父老》早有:"盖世必有非常之人,然后有非常之事;有非常之事,然后有非常之功。"武帝诏则说:"盖有非常之功,必待非常之人。"为什么陈琳比前人还要强调"非常"二字呢?很简单,因为袁绍是以下犯上,他攻击了曹操集团,也就直接扛上了曹操拥戴天子、拱卫京师所持有的道义和中央制高点。兴平二年(195)献帝曾经渡过黄河进入袁绍辖区,后者并未接受谋臣沮授"挟天子而令诸侯"之议,机会错过之后,又反过来讥刺曹操要挟天子,不说"挟"字本有辅助、支撑之义,即使事实上有机会挟持,也是袁绍集团主动放弃的结果。河北地区的学士大夫要将袁绍讨曹的正当性分疏清楚,就非得将"权"和"变"的大道理充分展开。于是陈琳直接宣称,只有明主和忠臣才有制变和立权的道义理由。

> 曩者强秦弱主，赵高执柄，专制朝权，威福由己，时人迫
> 胁，莫敢正言，终有望夷之败，祖宗焚灭，污辱至今，永为世
> 鉴。及臻吕后季年，产、禄专政，内兼二军，外统梁赵，擅断万
> 机，决事省禁，下凌上替，海内寒心。于是绛侯、朱虚兴兵奋
> 怒，诛夷逆暴，尊立太宗，故能王道兴隆，光明显融。此则大
> 臣立权之明表也。

秦末故事和吕后末年，两个故事一反一正，说明不作为的危害和
有作为的益处。逻辑力量稍弱，表达效果上却很鲜明。

> 司空曹操祖父中常侍腾，与左悺、徐璜并作妖孽，饕餮放
> 横，伤化虐民。父嵩，乞匄携养，因赃假位，舆金辇璧，输货权
> 门，窃盗鼎司，倾覆重器。操赘阉遗丑，本无懿德，僄狡锋协，
> 好乱乐祸。

匄即丐，僄狡即敏捷狡猾，锋协即锋挟，勇猛陵压，有谓"锋协"意
为仗势凌人，从文中看，似不确。强调曹操的阉宦出身，属于古今
中外最狠毒也最有效的人身攻击，无怪乎曹操据说记恨很久。自
赵高以来，宦官身份从来都与卑劣政治相关，无人在意他们只是
最高权力的爪牙、无尽势利的裙边，剪却他们，也就伤害到帝王的
尊严和力量。妖孽当然是邪恶，饕餮是极度放大的欲望，放横即
放纵、蛮横。"乞匄携养"是说宦官不能生子，家里的孩子无非是
从最卑贱的人群中拣选而来，乞丐的标签是穷，携养就是被有钱
有势者携带视作玩物的孩子，标签是贱。"因赃假位"是说太监的
钱来路不正，用赃钱买官，自然肮脏。先秦以来，政府为增加收
入，卖官鬻爵是常态，而买官所需钱财，来路为何，就更受瞩目了。
"舆金辇璧，输货权门，窃盗鼎司，倾覆重器"这四句，都从"假位"
即"借位"二字而来，金、璧、货，都是钱财，权门、鼎司、重器，都是
权力的名称，钱权相交，古人所羞，无奈太监的家庭成员本来就被
人蔑视，买官卖官走的也是因钱生权的不正之路，权位既然是假

借而来的,用起来更肆无忌惮,似乎也是事理之常。檄文给曹操的定义,是"赘阉遗丑",阉宦之徒只算帝王有用的累赘,他们的孩子就是遗留的丑类,本来就不配拥有美好的品德。至于又敏捷又狡猾,又勇猛又陵压,可谓特异之才。"好乱乐祸",既是英雄的常态,也是少年人的心性。

> 幕府董统鹰扬,扫除凶逆,续遇董卓,侵官暴国,于是提剑挥鼓,发命东夏,收罗英雄,弃瑕取用。故遂与操同谘合谋,授以裨师,谓其鹰犬之才,爪牙可任。至乃愚佻短略,轻进易退,伤夷折衄,数丧师徒。幕府辄复分兵命锐,修完补辑,表行东郡,领兖州刺史。被以虎文,奖蹙威柄,冀获秦师一克之报。

幕府是大将军袁绍的敬称,如同陛下是皇帝的敬称。董、统,皆领导义。鹰扬,军队。关东群雄初起之时,袁绍为领袖,曹操为盟友,也为袁氏事实上的下属;曹操的东郡太守和兖州刺史的头衔都是袁绍的加持,正史中倒几乎都予抹杀。曹操在关东群雄中特为勇敢,所以丧败也多,"轻进易退",虽贬有褒。"秦师一克之报",用的是秦穆公三用败将孟明视,终于击败强大晋军的典故。

> 而操遂承资跋扈,肆行凶忒,割剥元元,残贤害善。故九江太守边让,英才俊伟,天下知名,直言正色,论不阿谄,身首被枭悬之诛,妻孥受灰灭之咎。自是士林愤痛,民怨弥重,一夫奋臂,举州同声,故躬破于徐方,地夺于吕布,彷徨东裔,蹈据无所。幕府惟强干弱枝之义,且不登叛人之党,故复援旌擐甲,席卷起征,金鼓响振,布众奔沮,拯其死亡之患,复其方伯之位。则幕府无德于兖土之民,而有大造于操也。

残民害士,基本上是军阀掩不住的恶德。盖名位不正,行权立威,常常过分狠毒。袁绍集团指责曹操如此,而彼方未必不可反唇相讯。奇怪的是士愤民怨,身破地夺,为何袁绍还要继续支持曹操?
陈琳这里列举了两条理由,一是强干弱枝,曹操与吕布相比,毕竟
政治地位更高;一是不登叛人之党,反叛者天下难容:这两条都是
古代社会极为强悍的教条。而段末表述既无耻又聪明:无德于兖
州民众,而有大恩于曹操。

> 后会鸾驾反旆,群虏寇攻。时冀州方有北鄙之警,匪遑
> 离局,故使从事中郎徐勋就发遣操,使缮修郊庙,翊卫幼主。

这里解释了袁绍为何放弃挟天子以令诸侯的机会,其实当时河北
集团曾经讨论过,结论是有了皇权在身边,未必增加多少权威,却
无形中多了很多约束,可见集团首领袁绍的经学世家出身,让他
对于教条的力量有一种本能的忌惮和不适。而曹操出身阉宦,倒
似乎对于名教观念毫无恐惧,随时利用也随时抛却,予取予求,自
在得很。

> 操便放志专行,胁迁当御省禁,卑侮王室,败法乱纪,坐
> 领三台,专制朝政,爵赏由心,刑戮在口,所爱光五宗,所恶灭
> 三族,群谈者受显诛,腹议者蒙隐戮。百寮钳口,道路以目,
> 尚书记朝会,公卿充员品而已。

这一段是独裁者的典型画像,此时为建安五年,自然多为陈琳的
污辞;曹操要真能做到这一步,总要在削平袁绍等北方群雄、诛杀
孔融等士林领袖之后。要想"放志专行",首先即是胁迫当道,迁
都换人,将最高统治者纳入自己的口袋里。以下所有卑侮王室、
败法乱纪的事情,就都好办了。三台是三公的一种称谓,东汉以
太尉、司徒、司空为三公,如果不带"录尚书事",就纯属名誉头衔,
并无与闻政事的权力。三台也指三大官府机构,所谓尚书为中
台,谒者为外台,御史为宪台。

> 故太尉杨彪,典历二司,享国极位。操因缘眦睚,被以非

罪,榜楚参并,五毒备至,触情任忕,不顾宪网。又议郎赵彦,
忠谏直言,义有可纳,是以圣朝含听,改容加饰。操欲迷夺时
明,杜绝言路,擅收立杀,不俟报闻。又梁孝王先帝母昆,坟
陵尊显,桑梓松柏,犹宜肃恭。而操帅将吏士,亲临发掘,破
棺裸尸,掠取金宝,至令圣朝流涕,士民伤怀。操又特置发丘
中郎将、摸金校尉,所过隳突,无骸不露。身处三公之位,而
行桀虏之态,污国虐民,毒施人鬼。加其细政苛惨,科防互
设,罾缴充蹊,坑阱塞路,举手挂网罗,动足触机陷,是以兖豫
有无聊之民,帝都有吁嗟之怨。

杨彪、赵彦和死去的梁孝王,都是很有指标性的人物。圣朝指汉
献帝。"发丘中郎将"和"摸金校尉"之说,仅见于此,也许是玩笑,
也许确有其事,着实难以厘清。至于曹操治国崇尚严峻,与诸葛
亮皆属法家,汉末许多人物都认本朝政教过松,流衍成习,非以苛
条峻法整治一新不可。结果就是"举手挂网罗,动足触机陷",确
实非常可怕。

历观载籍,无道之臣,贪残酷烈,于操为甚。幕府方诘外
奸,未及整训,加绪含容,冀可弥缝。而操豺狼野心,潜包祸
谋,乃欲摧挠栋梁,孤弱汉室,除灭忠正,专为枭雄。往者伐
鼓北征公孙瓒,强寇桀逆,拒围一年。操因其未破,阴交书
命,外助王师,内相掩袭,故引兵造河,方舟北济。会其行人
发露,瓒亦枭夷,故使锋芒挫缩,厥图不果。尔乃大军过荡西
山,屠各左校,皆束手奉质,争为前登,犬羊残丑,消沦山谷。
于是操师震慑,晨夜逋遁,屯据敖仓,阻河为固,欲以螳螂之
斧,御隆车之隧。

河北集团只有彻底坐实曹操的"乱臣贼子"面目,才好为己方的权
变行为申辩。袁绍击灭公孙瓒,是南向争衡之前的必要动作,袁
绍有大将军的称号,自称王师,似无不可。而曹操从己身所在的

青兖集团的利益出发,与袁绍的敌手暗通款曲,派行人、使者想要连衡,甚至派军队试图掩袭,这种藏头藏尾的阴暗之举,既不光明磊落,也不免有忘恩负义的私憾。大军过荡西山一事,时空有点错乱,盖其事发生在七年前的初平四年(193),《后汉书·袁绍传》引文少此一节。或许陈琳此处行文务求效果,于事实本身不甚着意。屠各是匈奴的一支,左校大约是当时一支农民起义军,秦代官署有左、右、前、后、中五校,后来仅设左右校令。东汉置左右工徒,凡大臣犯罪,可罚入左校劳作。农民起义首领冒认朝廷官员,事属寻常。震慑(shè),即震慑。

> 幕府奉汉威灵,折冲宇宙,长戟百万,胡骑千群,奋中黄育获之士,骋良弓劲弩之势,并州越太行,青州涉济漯,大军汎黄河而角其前,荆州下宛叶而掎其后。雷霆虎步,并集虏庭,若举炎火以焫飞蓬,覆沧海以沃漂炭,有何不灭者哉! 又操军吏士,其可战者皆自出幽冀,或故营部曲,咸怨旷思归,流涕北顾。其余兖豫之民,及吕布、张扬之遗众,覆亡迫胁,权时苟从,各被创夷,人为雠敌。若回旆方徂,登高冈而击鼓吹,扬素挥以启降路,必土崩瓦解,不俟血刃。

河北再强,也不敌大汉的威灵。那么屯据许都的曹操集团呢? 自然就代表大汉了,因为皇帝在他们手里,这样的行文令人发笑。中黄、育、获,指中黄伯、夏育、乌获,皆古代勇士。焫同爇(ruò),点燃。这一段先讲袁绍河北集团实力强大,更有荆州盟友相助。再讲曹操军队中有袁绍当年支援的军力,还有被他屠灭的吕布、张扬所残留的部曲,这些人迫于威胁苟且投曹,檄文号召他们阵前反戈。

> 方今汉室陵迟,纲维弛绝,圣朝无一介之辅,股肱无折冲之势,方畿之内,简练之臣,皆垂头揾翼,莫所凭恃。虽有忠义之佐,胁于暴虐之臣,焉能展其节? 又操持部曲精兵七百,

> 围守宫阙,外托宿卫,内实拘执。惧其篡逆之萌,因斯而作。
> 此乃忠臣肝脑涂地之秋,烈士立功之会,可不勖哉!

再次回到名教表述,陵迟即是衰败,纲维即是法度。弛,松弛;绝,断绝。朝廷即皇帝没有一个辅佐,大臣们一点点军事权力都没有。国都君臣为何都作垂头搨翼的呆鸟状呢?陈琳点出曹氏暴虐和缺少凭借这两点理由为他们开脱。而曹操以七百精兵守卫宫禁,既可以说是保护,也可以说是拘执,端看你站在何种立场。这是政治攻击中最难回避的流言。篡逆之萌,即反叛的萌芽。如果不明就里,仓卒行事,唯求建功立业,保不齐转眼之间,忠臣烈士也可被骂为乱臣贼子,或者是好心办坏事的愚昧之徒。此则第三方立场或者叙述权力之可贵也。

> 操又矫命称制,遣使发兵,恐边远州郡,过听而给与,强寇弱主,违众旅叛,举以丧名,为天下笑,则明哲不取也。即日幽并青冀四州并进,书到荆州,便勒见兵,与建忠将军协同声势。州郡各整戎马,罗落境界,举师扬威,并匡社稷,则非常之功,于是乎著。其得操首者,封五千户侯,赏钱五千万。部曲偏裨将校诸吏降者,勿有所问。广宣恩信,班扬符赏,布告天下,咸使知圣朝有拘逼之难。如律令。

帝王的命令可称制。过听即错听。"违众旅叛"即违反众意,帮助叛逆。一旦听从了曹操假借皇帝之名下达的命令,发兵援曹,就会助长寇虐,丧失清名。建忠将军指张绣,当时屯在宛城,与荆州刘表连兵。所谓"圣朝有拘逼之难",即是伟大的皇帝遇到被拘禁逼迫的大难。最后一次烘托行权用变的必要性。

这一篇文采飞扬的书信,要急于解释的,是袁绍为何以下犯上;而不动声色地宣示的,则是己方的雄厚实力。起码从名教的立场,它是一篇乱臣贼子的反噬之辞。当时的状况是汉室权威急剧衰落,军事统帅们各拥实力,举要而言,曰有三类:他们要么是如曹操这般拱卫中央,同时操纵局势以便发展自己;要么是袁绍这般毫不顾及帝室存亡的关东领袖,他一直举着反对董卓专政的旗帜,袁氏垮台后也未放弃,成为事实上的另一个中央,却没有足够自立的精神和观念资源;还有就是在二者间游移的大大小小地方军阀。袁绍一直享受着强大实力和家族传统所带来的领袖地位,却在与曹操的最终较量中,愈加尴尬地发现自己的反叛者形象。陈琳这篇文章的目的,即是在袁、曹争霸中为袁绍正名。他从权变的角度出发,以夭矫大笔,描绘奸臣贼子祸乱宫廷的惨状,申明忠臣志士不得不铲除祸害的决心,表达技巧是很高明的。至于这样的技巧是否真的能够辅助军国事务,引导舆论的转移和同情,打压敌营,宣扬威势,不幸袁绍是当日军阀混战中的败者组第一名,并不容易保存多少对他有利的信息。不幸者也包括胜利者曹操,他虽为创建新朝的第一推手,却又因后代国祚短促,害得他开国君主的形象,远远遮盖不了纵横捭阖的霸者嘴脸。他的精神观念与东汉经学世家相距甚远,立身行事每每造成摧陷廓清名教系统的效用。他在《让县自明本志令》中所言:"设使国家无有孤,不知当几人称帝,几人称王",似乎不自知他与那些称王称帝的军阀们相距不远。事实上,曹操一肩担起东汉国祚,将之延长了二十年,他自己以周公、齐桓、晋文乃至周文王自命,并不能掩盖他事实上的篡权者身份。曹操终究在中古以来的叙述系统中,倒在了名教系统的脚下,成为东汉政权崩溃的最大罪人,虽有冤屈,也不失理据。既得魏朝太祖之名,又安能厕身于汉朝纯臣!

　　《三国志·魏书·王魏二刘傅传》:"袁氏败,琳归太祖。太祖谓曰:'卿昔为本初移书,但可罪状孤而已,恶恶止其身,何乃上及父祖邪?'琳谢罪,太祖爱其才而不咎。"裴松之注引《典略》:"琳作诸书及檄,草成呈太祖。太祖先苦头风,是日疾发,卧读琳所作,翕然而起曰:'此愈我病。'数加厚赐。"而《文选》此篇作者名下,李善注引《魏志》曰:"琳避难冀州,袁本初使典文章,作此檄以告刘备。言曹公失德,不堪依附,宜归本初也。后绍败,琳归曹公。曹公曰:'卿昔为本初移书,但可罪状孤而已。恶恶止其身,何乃上及父祖邪!'琳谢罪曰:'矢在弦上,不可不发。'曹公爱其才,而不责之。"曹氏诚然爱才,而陈琳曾为大将军何进主簿,资格甚老。曹操像几乎所有的旧时官员一样,面对前辈,态度中总会略有逊让,此亦属事理之常。

同样国祚短暂的西晋,在观念领域受到的清算,则大体集矢于其建国过程中删夷名族、诛除异己的虚伪奸诈,以及"八王之乱"这样毁灭一切的宫廷恶剧,这与曹氏集团以通达小人形象示人虽成两极,而无耻杀戮、残酷猜忍的各种恶劣行为,则无有不同。其实魏晋之际虽承两汉经学繁盛的余荫,旧有的名教系统哪能有效分疏权力分化和重组过程中的各种矛盾?自东汉以来渐渐华戎相参的北中国,终于迎来边疆民族沸腾中土的新时代。在西晋两个末代皇帝——被匈奴骑兵俘虏的凄凉风雨中,那一位身系家国兴亡之重的悲剧英雄刘琨,在当时东北亚地缘政治的大背景下,贡献出一篇颇有名教意味的《劝进表》,自然,此中处处可见观念层面的认同性建构:

> 建兴五年三月癸未朔十八日辛丑,使持节、散骑常侍、都督河北并冀幽三州诸军事、领护军匈奴中郎将、司空、并州刺史、广武侯臣琨,使持节、侍中、都督冀州诸军事、抚军大将军、冀州刺史、左贤王、渤海公臣碑:顿首死罪,上书。

建兴是晋愍帝司马邺的年号,可是他在建兴四年已经被俘。这第五年当然只是顺次而言,要到司马睿江东登基以后,新年号定为建武,然后建兴五年即是建武元年(317)。持节依权力大小为序,依次为使持节、持节、假节(假持节)三种。刘琨最大的权力即是这个"使持节",而他最基本的官职是并州刺史。当西晋末年,刘琨身处并州,南有石勒,北有匈奴,东有王浚,军事力量孤危,不足以让他有向外扩展的机会,而他忠贞家国,一身兴亡几乎即是西晋一代兴亡。此前一年,鲜卑拓跋部内乱,刘琨质子也是他的庶长子,乘机带回华夷三万人马,并州士气大振,刘琨担心师老兵疲,不敢接受部下坐观成败之论,奋力率军出战,十一月败于石勒,父母俱没,长史李弘以并州降敌,他只好出奔蓟城,依鲜卑另一部段匹磾。这次失败,基本上宣示西晋在北中国再无机会存在。而在他卷入段氏内部权争、死亡来临之前,刘、段联名,率河北征镇夷夏一百八十人上书江东司马睿,可谓北中国大部分认同华夏正统的军事力量,对于江东新政权的有力支持。

> 臣琨、臣磾,顿首顿首,死罪死罪。臣闻天生蒸人,树之以君,所以对越天地,司牧黎元。圣帝明王鉴其若此,知天地不可以乏飨,故屈其身以奉之;知黎元不可以无主,故不得已而临之。社稷时难,则戚藩定其倾;郊庙或替,则宗哲纂其祀。所以弘振遐风,式固万世,三五以降,靡不由之。

这是华夏的基本叙述。蒸人即是万民,君主的力量来源于上天对百姓的眷顾。对越即是答谢、颂扬,帝王祭祀天地神灵即称对越。戚藩指作为亲戚的藩王,宗哲指宗族中的杰出者。当国家社稷遇到危难,皇帝更替,戚藩和宗哲就出来扶其将倾,继承大位。大振远风,万代永固,这是三皇五帝以来华夏的叙述传统、名教依归。

> 臣琨、臣磾,顿首顿首,死罪死罪。伏惟高祖宣皇帝肇基景命,世祖武皇帝遂造区夏,三叶重光,四圣继轨,惠泽侔于有虞,卜年过于周氏。自元康以来,艰祸繁兴,永嘉之际,氛厉弥昏,宸极失御,登遏丑裔,国家之危,有若缀旒。赖先后之德、宗庙之灵,皇帝嗣建,旧物克甄。诞授钦明,服膺聪哲,玉质幼彰,金声凤振。冢宰摄其纲,百辟辅其治,四海想中兴之美,群生怀来苏之望。不图天不悔祸,大灾荐臻,国未忘难,寇害寻兴。逆胡刘曜,纵逸西都,敢肆犬羊,凌虐天邑。

> 臣等奉表使还,仍承西朝,以去年十一月不守,主上幽劫,复沈虏庭,神器流离,再辱荒逆。臣每览史籍,观之前载,厄运之极,古今未有。苟在食土之毛,含气之类,莫不叩心绝气,行号巷哭。况臣等荷宠三世,位厕鼎司,承问震惶,精爽飞越,且悲且惋,五情无主,举哀朔垂,上下泣血。

景命即是天命。区夏即诸夏、华夏,代指统治区。三叶即三代,四圣指宣帝司马懿、景帝司马师、文帝司马昭、武帝司马炎。降下的恩惠同于有虞氏的尧舜,占卜的享国年岁超过周代。这些都是套语,不能说有什么事实上的讽刺,虽然离事实相差太远。西晋自惠帝元康年间以来的"八王之乱",几乎摧残了西晋一代精英;晋怀帝永嘉年间四海奔腾,刘聪、石勒等外夷势力喧扰中夏。氛厉是凶危之气,宸(chén)极指北极星,代指帝位。登遐指帝王之死,丑裔指外夷及其居住区。"国家之危,有若缀旒。"国家的危亡,有如旗帜悬垂的装饰品,代指国君为人把持,大无自主。惠帝弱智,怀帝平庸,丧败之余,愍帝登基,他所依靠的是出身陇上豪族的麹允、索琳二人,偏偏他们却不能与陇上力量协调和同。所谓"四海想中兴之美,群生怀来苏之望",来苏即复苏,真是谈何容易!愍帝在长安围城中食物短缺,出降时称:"误我事者,麹、索二公也。"只是说明皇帝对于亲近大臣的期望,并不能由此证成二人才德有关家国兴亡。西晋两代皇帝皆沦入虏庭,只要是食物来自国土之上的植物、庄稼,呼吸生灵之气的人类,都会捶打胸膛,痛苦得喘不过气来,行走大路、居于里巷之人,莫不号哭。何况大臣们像刘琨等一门三代都得到朝廷的光宠,位列宰辅之位,听到噩耗更加震动、悲苦。五情即喜怒哀乐怨,通指情绪。举哀北向,上下泣血,均属身处局中的得体行为。

> 臣琨、臣碑,顿首顿首,死罪死罪。臣闻昏明迭用,否泰相济,天命未改,历数有归,或多难以固邦国,或殷忧以启圣

> 明。齐有无知之祸,而小白为五伯之长;晋有骊姬之难,而重
> 耳主诸侯之盟。社稷靡安,必将有以扶其危;黔首几绝,必将
> 有以继其绪。

一旦拉长距离,在兴衰迭变的大时空中观察,多大的灾难似乎也
只是光荣的前奏。有深厚历史意识的国度,吞吐忧伤的能力常常
令人惊讶,前提是大家还能笑得出来,没有被时局彻底淹没。后
世民间俗语有"千棺从门出,其家好兴旺",看上去是残忍,也不妨
说是雄强。所谓昏暗和光明交相为用,苦难与太平相互成就,这
种类似《周易》思维的历史循环论,确实会给身处苦难的人们以坚
定的精神支撑。至于说天命没有更改,时历和数字皆有所归,这
当然是对于帝王家族表达了应有的尊敬。殷忧即是深忧。此处
讲述齐桓公小白、晋文公重耳历经家国混乱而终成一代霸主的故
事,是颇有分寸的譬喻,盖愍帝只是被俘,死讯尚未证实,而司马
睿在江东称帝也非咄嗟可办,所以用诸侯霸主为比况,算是留足
了进退的空间。

> 伏惟陛下,玄德通于神明,圣姿合于两仪,应命代之期,
> 绍千载之运。夫符瑞之表,天人有征,中兴之兆,图谶垂典。
> 自京畿陨丧,九服崩离,天下嚣然无所归怀,虽有夏之遘夷
> 羿,宗姬之离犬戎,蔑以过之。陛下抚宁江左,奄有旧吴,柔
> 服以德,伐叛以刑,抗明威以摄不类,杖大顺以肃宇内。纯化
> 既敷,则率土宅心;义风既畅,则遐方企踵。百揆时叙于上,
> 四门穆穆于下。昔少康之隆,夏训以为美谈;宣王之兴,周诗
> 以为休咏。况茂勋格于皇天,清辉光于四海,苍生颙然,莫不
> 欣戴,声教所加,愿为臣妾者哉!

欲尊戴之,先颂其德。自"玄德""圣姿"以下,直到"蔑以过之",是
任何人皆能适用的堂皇套语,然自政权而言,却有不得不言的规
矩在。神明、天地、期运、符瑞,此皆冥冥之中的神奇力量和宇宙

暗号,在精神建构和统治话语中,有着牢不可破的强大力量,任何一位君主,有之则喜,无之则忧。遘,遇到。夷羿,即后羿。自"抚宁江左"以下,则是针对司马睿本人故事的贴近书写,再继之以虚辞浮言,所谓纯粹的德化既已敷润,正义之风也已欢畅,茂盛的功勋上达于天,苍生像鱼群一样喁喁期待,欣然爱戴,此类说法皆以名教伦理的理想,写尽众生的期待。

> 且宣皇之胤,惟有陛下,亿兆攸归,曾无与二。天祚大晋,必将有主,主晋祀者,非陛下而谁? 是以迩无异言,远无异望,讴歌者无不吟咏徽猷,狱讼者无不思于圣德,天地之际既交,华裔之情允洽。一角之兽,连理之木,以为休征者,盖有百数;冠带之伦,要荒之众,不谋而同辞者,动以万计。是以臣等敢考天地之心,因函夏之趣,昧死以上尊号。愿陛下存舜、禹至公之情,狭巢、由抗矫之节,以社稷为务,不以小行为先,以黔首为忧,不以克计为事。上以慰宗庙乃顾之怀,下以释普天倾首之望。则所谓生繁华于枯荄,育丰肌于朽骨,神人获安,无不幸甚。

全篇最坚实、最强大的表述在此。名教的框架基于礼仪,礼仪的血脉在于宗亲。宣帝司马懿的嫡系子孙,唯此一人,亿兆民众的信仰归宿,只能在此。如果上天还愿意存续伟大的晋朝,那么就一定会给世界指派一位真正的主人;以帝王之尊主持大晋的祭祀,不是您,还有谁呢? 徽猷,高明的谋略。洽,润泽。天地相交合,化成万物;华夷广众,尽皆润泽。一角兽、连理木,皆是帝王应世的祥瑞。"函夏之趣",即是华夏区宇间的心意归宿。巢父、许由皆是传说中的隐逸名流,不俯同俗人,远离浊世。他们的节操是抗俗矫世,以能谦让为美德;相较而言,虞舜、夏禹等以天下大公为心,以国家社稷为重,忧心于黎民百姓,较之谦让、离俗等小行小善,要伟大得多了。"生繁华于枯荄,育丰肌于朽骨"二句,直面凄惨的现实,规行矩步,颂声洋洋中,不离戡乱救民的本怀,振作衰世的深心,此其所以可敬。

> 臣琨、臣碑,顿首顿首,死罪死罪。臣闻尊位不可久虚,万机不可久旷。虚之一日,则尊位以殆;旷之浃辰,则万机以乱。方今钟百王之季,当阳九之会,狡寇窥窬,伺国瑕隙,齐人波荡,无所系心,安可以废而不恤哉!陛下虽欲逡巡,其若宗庙何,其若百姓何!昔惠公虏秦,晋国震骇,吕郤之谋,欲立子圉。外以绝敌人之志,内以固阃境之情,故曰丧君有君,群臣辑穆,好我者劝,恶我者惧。前事之不忘,后代之元龟也。陛下明并日月,无幽不烛,深谋远虑,出自胸怀,不胜犬马忧国之情,迟睹人神开泰之路。是以陈其乃诚,布之执事。臣等各忝守方任,职在退外,不得陪列阙庭,共观盛礼,踊跃之怀,南望罔极。谨上。

浃辰,指十二日。钟,当。百王之季,即百千圣王结束后的衰飒末季。阳九之会,指灾荒年景与厄运相交会。窬,门边圭形小洞。齐人,平民。逡巡,顾虑、推让。《左传》僖公十五年(前645),秦晋战于韩原,晋惠公夷吾被俘,晋大夫吕甥、郤乞谋立其子子圉,以断绝秦人要挟晋国的念头,坚固晋人的抵抗信念,这就叫失去了国君,又有新的国君。群臣和睦,喜欢晋国的人都得到劝勉,讨厌晋国的人感到害怕。元龟即大龟,占卜以知吉凶。刘琨紧紧围绕君位议论,多用诸侯尤其是晋国典故,可谓立言有体。而江东政权新立,得到河北征镇的有力背书,在名教系统中可谓堂皇正大。

> 臣琨谨遣兼左长史右司马臣温峤、主簿臣辟闾训,臣碑遣散骑常侍、征虏将军、清河太守、领右长史、高平亭侯臣荣劭,轻车将军关内侯臣郭穆奉表。臣琨、臣碑等,顿首顿首,死罪死罪。

温峤、辟闾训、荣劭、郭穆四人辛苦！其中温峤尤其堪称一代伟人，他到江东后，赞美王导，支持庾亮，与陶侃合作打败苏峻叛军，洵为朝堂之望。

如果东晋司马睿政权没有在江东成功立足，这样的一篇劝进公文，大约会像历史上无数仁人志士的泣血之作一样，消逝于历史的风烟。但是东晋政权立足于江汉吴越富庶之地，英才继踵，常对北方中国持进取之姿，可惜内忧频仍发作，致使刘琨英气，委屈幽并，祖逖抑郁，敛冀河南；同时中原地区少数民族英雄相继，北中国进入华夷相参新时代。而当时北方之鼎沸与江南之粗安，也给华夏文明保存于江南一隅之地，提供了充分解释。

参考资料：

1. 曹道衡、沈玉成编撰《中国文学家大辞典》（先秦汉魏晋南北朝卷），中华书局，1996年。
2. 曹道衡、沈玉成《中古文学史料丛考》，中华书局，2003年。
3. 吴云主编《建安七子集校注》，天津古籍出版社，1991年。
4. 徐公持《魏晋文学史》，人民文学出版社，1999年。

第十三讲　茂陵刘郎秋风客

李斯入《选》篇章：卷三十九：《上书秦始皇》。

汉高祖入《选》篇章：卷二十八：《歌》。

武帝刘彻名下入《选》篇章：卷三十五：《诏》《贤良诏》；卷四十五：《秋风辞》。

傅亮入《选》篇章：卷三十六：《为宋公修张良庙教》《为宋公修楚元王墓教》；卷三十八：《为宋公至洛阳谒五陵表》《为宋公求加赠刘前军表》。

⋯⋯⋯⋯⋯⋯⋯⋯⋯⋯⋯⋯⋯⋯⋯⋯⋯⋯⋯⋯⋯⋯⋯⋯⋯⋯⋯⋯⋯⋯⋯⋯⋯

茂陵刘郎自然指的是汉武帝刘彻，不过本讲上及汉高祖名下之《歌》，连带着述及宋武帝刘裕，他们都是《文选》中名下有文本或有代表声音的伟大帝王，拼合一起讲述同一个主题，即权力的声音。武帝名下的文笔，有的是他本人味道重些，有些疑似司马相如等宫廷人物的声音。（凡此皆须细辨，也有不易下结论的地方，只好约略言之。）宋武名下并无文章入《选》，不过他幕下傅亮的文章足以代表他的立场和政治观点。

《文选》有关权力的声音显然比上列篇章要多，比如司马相如的《封禅书》、扬雄的《剧秦美新》、班固的《典引》，还有潘勖的《册魏公九锡文》、任昉《宣德皇后令》，等等。不过本讲所聚焦的，是有关最高权力的一些基本层面和生命感受的篇章，故以上列为主。

在倾听权力的声音之前，此处拟先插入一节战国末期特殊文本，即是李斯名下的《谏逐客书》。作为当日身处外国霸主宫廷中的特殊表述，或谓权力的服务者、证成者、执行者和歌颂者文本，其目的性和功能性极强，是为自己也同时为所有将被驱逐的外国客卿请命。在长期服务于秦国的韩国水工郑国暴露了间谍本相以后，似乎整个秦廷都倾向于驱赶所有的外来人员。而李斯的谏书绝不直接面对事实和逻辑，绝不为郑国在秦国的实际功业张本，而是从秦廷君主的需求和玩好着手，在论证策略上纯取迂回的角度，在具体论述上极力强化秦王的征服野心，显示出极强的说服力量，效果也很好。一个清醒的读者自然也会看出整个文本背后的那种自甘仆役的配合者面目，在李斯本人，那或许算不上罪过；而在文家和文人传统而言，却是让人心悸的自抑和自欺。

此篇在《文选》中错误地以《上书秦始皇》为篇名，李善注在作者名下所列小传中，将李斯从秦王到秦朝的整个悲剧人生，作了交代：

> 《史记》曰："李斯者，楚上蔡人也。西说秦，秦拜斯为客卿。会韩使郑国来间秦，以作溉渠，已而觉，秦室大臣皆言秦王曰：诸侯人来秦者，只为其主游间秦耳，请一切逐客。李斯议亦在逐中。斯乃上书，秦王乃除逐客之令，复李斯官。始皇帝以斯为丞相。后二世具斯五刑，论腰斩咸阳市。"

秦室大臣对于外来人才的攻击，恰如当代世界一些国家动辄以国家安全为名对于外来者的猜忌和驱逐；而秦王仅因李斯一封上书，即直接叫停逐客之令，很让人怀疑秦王本人原本即未必俯同这不问青红皂白的排外政策。小传中的李斯在成功复职后，又在新朝代中升至官员之首，盛极必衰，秦二世让李斯备尝五种酷刑，判他腰斩于咸阳街市。《史记》的《李斯列传》记载他身为三川郡守的长子李由已被楚将项梁击杀，故临刑时"顾谓其中子曰：'吾欲与若复牵黄犬俱出上蔡东门逐狡兔，岂可得乎！'遂父子相哭，而夷三族"。可见其人认可的人生快乐，正是牵狗打猎，并未认知他本人实同被逐狡兔，终被权场猎杀。

> 臣闻吏议逐客，窃以为过矣。昔穆公求士，西取由余于戎，东得百里奚于宛，迎蹇叔于宋，来邳豹、公孙支于晋。此五子者，不产于秦，穆公用之，并国三十，遂霸西戎。孝公用商鞅之法，移风易俗，民以殷盛，国以富强，百姓乐用，诸侯亲服，获楚魏之师，举地千里，至今治强。惠王用张仪之计，拔三川之地，西并巴蜀，北收上郡，南取汉中，包九夷，制鄢郢，东据成皋之险，割膏腴之壤，遂散六国之从，使之西面事秦，功施到今。昭王得范雎，废穰侯，逐华阳，彊公室，杜私门，蚕食诸侯，使秦成帝业。此四君者，皆以客之功。由此观之，客何负于秦哉！向使四君却客而弗纳，疏士而弗用，是使国无富利之实，而秦无强大之名也。

像所有的好文章一样，开头第一句不多废话，直接亮明观点。接下来列举前代贤王任用各国才士所建立的功勋，最后总结一句，是国家的富利强大，主要来自客卿与士人，这里悄悄加入本国士人，暗示想要驱逐客卿的，都是秦国上层贵族，至于下层士人，完全可以与外来人才一起建功立业。施（yì），延续。

> 今陛下致昆山之玉，有和随之宝，垂明月之珠，服太阿之剑，乘纤离之马，建翠凤之旗，树灵鼍之鼓。此数宝者，秦不生一焉，而陛下悦之，何也？

这里简直连一句回答都不需要，这些奇珍异宝不出于秦，而为秦王所悦，就是因为它们都是宝贝呀！

> 必秦国之所生然后可，则夜光之璧不饰朝廷，犀象之器不为玩好，而赵卫之女不充后庭，骏良駃騠不实外厩。江南金锡不为用，西蜀丹青不为采。所以饰后宫、充下陈、娱心

> 意、悦耳目者，必出于秦然后可，则是宛珠之簪，傅玑之珥，阿
> 缟之衣，锦绣之饰，不进于前；而随俗雅化，佳冶窈窕，赵女不
> 立于侧也。

这些奢华富丽的宫廷所需，正是权力所拥有的最佳道具和武器，可惜秦汉以后的帝国叙述，很难找到这么清楚的罗列和揭示。而从语言表述上看，一系列"不"字，塑造出强烈的剥夺和远离感。

> 夫击瓮叩缶，弹筝搏髀，而歌呼呜呜快耳者，真秦之声
> 也；郑卫、桑间、《韶虞》《武象》者，异国之乐也。今弃叩缶击
> 瓮而就郑卫，退弹筝而取《韶虞》，若是者何也？快意当前，适
> 观而已矣。

在音乐上，中国从来都是国际交流的入超者，华夏的大部分音乐都是从周边和远方而来。秦国僻处西戎，在文化上确实低于中原大国，对于音乐和礼乐方面却未必低于中原，所缺少的只不过是技巧、眼光和积累而已。李斯居高临下的奚落，说明对于中原文化的认同和向心力，已经在秦国形成沛然莫之能御的大势，与之而来的对于中原人才的涌入所抱有的敌意，只不过是一股逆流而已。问题的关键不是秦国本土人士的排外有多少道理，而是秦王和执政者有多少理由，抵御这股逆流。

> 今取人则不然，不问可否，不论曲直，非秦者去，为客者
> 逐。然则是所重者在乎色乐珠玉，而所轻者在乎民人也。此
> 非所以跨海内制诸侯之术也。

重享受轻人民，本是高高在上者的通病，秦王想来也未能免。不过在言辞上他是绝对不会承认的。所以李斯最有说服力的不在这里，而是对于排外的彻底和过分所表示的质疑；最有力的一句当然要触及秦王心中的最大渴求：跨海内，制诸侯。至于其术即策略何在？下面即是要铺陈这一关键信息：

　　臣闻地广者粟多,国大者人众,兵强者则士勇。是以太
山不让土壤,故能成其大;河海不择细流,故能就其深;王者
不却众庶,故能明其德。是以地无四方,民无异国,四时充
美,鬼神降福,此五帝三王之所以无敌也。

　　仍然是春秋以来国力展示三标尺:粮食、民众、军队。在秦国
扩张的宏大叙事里,容不得任何小鼻子小眼睛的排外之念。当李
斯将秦王树为四海之主、鬼神所向、五帝三王之列,他就直接将秦
王视为天下才士的主人,逐客之举也就失去了最大支持力量。行
文至此,已有极佳效果。而最后一段则从反面视角,将说服效果
推到顶点:

　　今乃弃黔首以资敌国,却宾客以业诸侯,使天下之士退
而不敢西向,裹足不入秦。此所谓藉寇兵而赍盗粮者也。夫
物不产于秦,可宝者多;士不产于秦,愿忠者众。今逐客以资
敌国,损民以益雠,内自虚而外树怨诸侯,求国无危,不可
得也。

　　藉,借。赍(jī),送。这里当然有夸大其辞,"却宾客"诚有之,
哪里会抛弃流入秦国的普通百姓呢? 当诸侯相争、敌进必然我退
的战国之世,驱逐外人的做法,自然迹近于资敌强仇、弱己自损的
愚蠢之行。而所谓"树怨诸侯"之说,类似于毒化国际友好氛围,
这就把逐客的所有负面影响,都交代完毕。还有一个重要问题,
即是逐客的原始动机即国家安全和本土势力反弹,李斯此书为何
不作正面辨析呢? 在此读者可以将之视为李斯的行文策略,不直
面矛盾的焦点,而是迂回到君主内心的情感、野心和平衡系统;当
然,也可以将之视为华夏经典叙事的一个现形,即从来不认为事
实、逻辑和正面对抗,才是解决问题的必由之路。

　　这样的文字风格在战国后期出现,可见当时的文学篇章,已
在文体上有相当可观的进展。最值得注意的即是,基于外国人才

即所谓客的问题,却并不一直纠缠于人才的功业,而是一切都依从统治者的立场,端就其利害得失立言。禁不住使人想起他的同学韩非念兹在兹的赏罚权柄之论。没错,这样的文本并不遵循事实第一原则,而是赤裸裸的权力叙事。

同样来自战国末期的荆轲名下的剑客之《歌》,与李斯文章一样服务于王权,但自具超越怀抱,令人感动:

> 燕太子丹使荆轲刺秦王,丹祖送于易水上。高渐离击筑,荆轲歌,宋如意和之。曰:
> 风萧萧兮易水寒,壮士一去兮不复还!

《文选》本篇作者名下李善注引《史记》曰:"荆轲,卫人,其先齐人。徙于卫,卫人谓之庆卿。之燕,燕人谓之荆卿。荆卿好读书击剑。"此《歌》序言,大体为集部编撰者截取史书而来。祖送,饯行。祖为道神,出行时祭路神,引申为送行。正文只有两句,却悲凉慷慨,绰有余情。盖无论是出发地燕国,还是燕国的太子丹和这位昂然行刺的剑客,都直接面对着死亡。有必死之心,才可行刺,即使行刺成功,也仍然难逃被杀的命运,此所谓"一去不复还"。萧萧风声,易水皆寒,天地间笼罩着的死亡气息,愈加衬托出慷慨捐躯者的伟岸和生命的脆弱。在现实的群体冲突中,没有人能逃脱暴力的碾压,这悲剧的人生恰是此间生命的一个本相。

很难说汉高祖刘邦有何学问文采,偏偏留下一首大有意味的《大风歌》。《文选》则仍以"歌"之一字名之:

> 高祖还,过沛,留。置酒沛宫,悉召故人、父老子弟佐酒。发沛中儿得百二十人,教之歌。酒酣,上击筑自歌曰:
> 大风起兮云飞扬,威加海内兮归故乡,安得猛士兮守四方!

高祖是从镇压英布谋反的淮南前线回来。前线的胜利并不能带来足够的安全感,何况他还在战场上负伤并拒绝医治,可见他的求生意志并不强烈;一般的说法,他可以在战场上掌控全局,却在朝堂内外屡遭挫折。比如他试图更换太子时,就受到太子背后的新贵势力和吕后为代表的丰沛旧人的联合阻止。像许多独裁者一样,高祖也喜欢回到自己的家乡和下层百姓中寻求温暖,在乡野的纯朴和逼窄鄙陋中得到精神共鸣。

事实上,浅层次的共鸣也于高祖无补。《文选》李善注称:"风起云飞,以喻群凶竞逐,而天下乱也。威加四海,言已静也。夫安不忘危,故思猛士以镇之。"基本没有触及此篇的时空局限性问题。"飘风不终朝,骤雨不终日",故风起云飞,也不过是天地间一瞬;英雄出世,威加海内,又能如何!故乡虽温馨,本非朝堂,断不可久留;四方不宁,须有猛士镇抚。可见最高权力虽似无远弗届,无穷无尽,实则既有空间约束,也有时间局限,哪能彻底自由自在。此《歌》明显触及这种局限,在永恒的时间面前,无论多么强悍的现实权力,都须体验到这种无奈。可惜歌者、演者、观者、解者,皆未必觉察耳。

当然统治者名下篇章,仍以实用性为存在标准。《文心雕龙·诏策第十九》对于帝王名下的诏策之体,有相当正面的描述:

> 观文景以前,诏体浮新,武帝崇儒,选言弘奥。策封三王,文同训典;劝戒渊雅,垂范后代。及制诏严助,即云"厌承明庐",盖宠才之恩也。……

> 夫王言崇秘,大观在上,所以百辟其刑,万邦作孚。故授官选贤,则义炳重离之辉;优文封策,则气含风雨之润;敕戒恒诰,则笔吐星汉之华;治戎燮伐,则声有洊雷之威;眚灾肆赦,则文有春露之滋;明罚敕法,则辞有秋霜之烈。此诏策之大略也。

刘勰说西汉文帝、景帝以前的诏书浮浅驳杂,汉武帝因为崇尚儒术,他的诏书语言便弘大深奥。分封三子为齐王、燕王和广陵王的策书,文辞如同《尚书》中的训、典二体,劝诫之意深厚雅正,可为典范。而武帝给严助的诏书,竟然语体随意,"既然你厌倦在朝任职,就到家乡去做官吧",这种破体之文,正显示出帝王优宠人才的恩泽。

百辟(bì),百君,诸侯。孚(fú),信服。大体帝王之辞,即以统治者名义发出公文,权力的声威和意识形态的建构,都算是有意识展示的权力,而对于一篇精美有分寸的文章,写作的技巧和表达的节奏,在权力的展示中往往特别重要。天下观瞻,谓之"大观";百官典范,天下信服。授官选才,意义明白如同重离即日月光辉;优宠文诰、封爵策书,文气温润当如和风细雨;救正训诫的常诰,笔吐银河之光;军事征伐,当如雷震之威;宽赦过失,当如春露之泽;明正处罚,辞如秋霜之烈。燮(xiè),协同。洊(jiàn),一次次。眚(shěng),过失,造成灾害。肆赦,宽纵赦免。刘勰此篇强调的,即是文体表述的度或分寸,由此展开权力叙述的空间与弹性,凡此皆属传统文化中最令人瞩意的微妙内容。而有些特殊情地的观察,似非最高权力,难能达致。如前引高祖的那篇无奈之《歌》,又如下引武帝的这篇萧瑟之《辞》。

《文选》卷四十五"辞"体部分,录有汉武帝《秋风辞一首(并序)》:

> 上行幸河东,祠后土,顾视帝京欣然,中流与群臣饮燕,上欢甚,乃自作《秋风辞》曰:
>
> 秋风起兮白云飞,草木黄落兮雁南归。兰有秀兮菊有芳,携佳人兮不能忘。泛楼舡兮济汾河,横中流兮扬素波。箫鼓鸣兮发棹歌,欢乐极兮哀情多。少壮几时兮奈老何!

黄河流经山西省境,自北而南,故称山西境内黄河以东地区为河东。秦汉时有河东郡,治所在安邑,与河内、河南通称"三

河"，为关东权力核心区域。祠，祭祀。后土，土地神。舡
(chuán)，同"船"。棹(zhào)歌，引棹而歌。所谓"欢甚"，是饮燕
(宴)甚为快乐；自作《秋风辞》，是快乐之后而抒发的深沉之章，可
见武帝本人的情感深度与艺术修养。

全篇以秋风起兴，游仙之辞《白云谣》出于西晋汲冢书《穆天
子传》，与武帝此诗孰先孰后殊难确定。秋风白云，木落雁归，正
属强如帝王也只能顺从的时间节候；兰秀菊芳，佳人随侍，可见其
秀美芳香，正与宫廷美女同列，尚非后世所稳定指称的高洁之姿。
同样时间可疑的《汉武故事》，曾记武帝自云："能三日不食，不能
一日无妇人。"未必真出武帝口吻，然《秋风》"佳人"之辞，正见其
情浓意切，确为欲望中人。后面高高楼船，中流扬波，箫鼓棹歌，
见其正穷奢极欲，忽然转入哀情，乐极生悲，固属人间常态，而帝
王之悲，尤其对比强烈。凡此个体生命的短促、乐往哀来的感喟，
见出帝王与常人同样脆弱。同样无奈。此种超越个体政治标目
和道义立场的文学书写，与那些铺展权力叙事的应用篇章，即使
同出最高权力，一则同悲共叹，一则冷寂独行，落差分外鲜明。武
帝时代，应用公文远比抒发情绪的半私密文字重要得多，更准确
地说，权力话语对于权场中人来说，才是合乎身份的技术性表演。
下引武帝之《诏》，几乎每个字眼都透出那种居高临下的自在和
霸悍。

《文选》卷三十五所录汉武帝《诏》，与同卷另一篇汉武名下的
《贤良诏》，都是直接面对杰出人士的表白和呼吁。当然，《贤良
诏》是召唤贤良们的对策，《诏》则是呼唤杰出之士为其所用。此
诏一般认为出于元封五年(前106)：

> 诏曰：盖有非常之功，必待非常之人。故马或奔踶而致千
> 里，士或有负俗之累而立功名。夫泛驾之马，跅弛之士，亦在御
> 之而已。其令州县察吏民有茂才异等，可为将相及使绝国者。

踶(dì),踢。负俗,背离世俗标准。累,过失。泛驾、覆驾,掀翻车驾。跅(tuò)弛,放荡不循规矩。御,驾驭、控制。茂才,即秀才,后避光武帝刘秀名讳,更秀为茂。异等,越异等伦,超越同侪。绝国,绝远之国。

值得注意的是文中对人才使用的表达,即是所谓控御。不可控御,虽高必弃,甚至杀灭而后已,此则控御说之余义。至于对待"非常之人",唯以"非常之功"为标准,所谓不应指责胜利者,即使缺点众多,带着失德标签,都无所谓,只须立功,即为帝王作出贡献,此皆与当代人才市场高级猎头之说若合符契。此篇另有值得注意之处,即是把将相与出使远国的使者,都作第一流人才看待,可见中古早期朝廷对外交流的迫切和用心,而当时愿意立功西域者,除去走投无路的死刑人员,即是此类眼宽心大的超世之杰。依今日眼光,张骞、班超、傅介子等人,皆千载之英,横绝百代,何止与同时将相等伦耶!

《文选》汉武名下另有《贤良诏》,出于元光元年(前134),较上篇早二十八年:

> 朕闻昔在唐虞,画象而民不犯,日月所烛,罔不率俾。周之成康,刑措不用,德及鸟兽,教通四海。海外肃慎、北发、渠搜、氐羌来服。星辰不孛,日月不蚀,山陵不崩,川谷不塞。麟凤在郊薮,河、洛出图、书。呜呼!何施而臻此乎?

率(lǜ)俾(bǐ),顺从。孛(bèi),彗星,古代天文认其不吉。黄河出《河图》,洛水出《洛书》,皆为传说中的神奇文本。显然,汉武对于这些伟大的吉祥和天瑞,抱有极大的渴望。他不禁提问:到底古代圣明之君施行了怎样的政策措施,才会达致经典中所艳称的盛世之象?

> 今朕获奉宗庙,夙兴以求,夜寐以思,若涉渊水,未知所济。猗欤伟欤!何行而可以彰先帝之洪业休德?上参尧舜,

> 下配三王,朕之不敏,不能远德,此子大夫之所睹闻也。贤良
> 明于古今王事之体,受策察问,咸以书对。著之于篇,朕亲
> 览焉。

凤兴夜寐,若涉渊水,皆是经典中对于圣帝贤王的一般描述,可见
武帝对于此类标准形象的期冀;他将先帝的洪业休德置于追随和
表彰的行列,可见他的政治智慧,"远德"即远及圣德。而他于贤
良对策的要求,是明于古今"王事之体",即通晓古今圣王行事。
这样的策试,就是先画好框架,然后让那些自居于贤良的官员、学
者们画策而对。君主双方用心要能齐一,殊非易事。可见董仲舒
的"天人三策",最了不起的地方还是把握到武帝的政术追求、精
神祈向。诏中以德治国的一个指标,是"刑措不用",正同孔子所
谓"听讼,吾犹人也,必也使无讼乎"(《论语・颜渊》),直接将法治
社会置于健康社会的低下阶梯,是传统社会漠视事实和逻辑之外
的另一个值得警惕的地方。

最后要关注的,是晋宋之交大手笔傅亮代表其府主刘裕所作
的政治表白。读者会须在迂回的声音中,找出代言者的谨慎表述
和执政者的立场宣示,在古今人物和文本的交流中,勘察出立言
者的用心所在。此篇即是《文选》卷三十六"教"体之下的《为宋公
修张良庙教》,"教"体下,李善注:"蔡邕《独断》曰:诸侯言曰教。"
篇名下,李善注引"裴子野《宋略》曰:义熙十三年,高祖北伐,大军
次留城,令修张良庙。"

> 纲纪:夫盛德不泯,义存祀典;微管之叹,抚事弥深。张
> 子房道亚黄中,照邻殆庶,风云玄感,蔚为帝师,夷项定汉,大
> 拯横流,固已参轨伊望,冠德如仁。若乃交神坦上,道契商
> 洛,显默之际,窅然难究,渊流浩瀁,莫测其端矣。

纲纪,意谓总领事务,是对军府中主簿的称呼,公侯之教令,
需主簿宣导布置,故有此称。盛德之名永不泯灭,其事就表现在

后代祭祀他的典礼中；孔子叹息如果没有管仲，他将披发左衽，用夷变夏，如今想及这个典故，确为深长之思。张良体道行义，仅次于"黄中通理，正位居体"的君人一流；神明焕发，差不多接近孔门颜子的风标。他风云际会，微妙感通，竟成为皇帝的老师，帮助高祖夷平项羽，创定汉业，挽救一世横流，实在可以置身于伊尹、吕望等人行列，其德行道义足可冠名为仁人。至于他神交圯（yí）桥上的高士黄石公，道合商洛山中高隐"四皓"，有时显明，有时寂默，育（yǎo）然深藏，难以探究，如同深流浩荡，无从测其端倪。这里把张良之类有道高才的深静之美，充分铺展开来。"黄中"出自《易传·坤文言》："君子黄中通理，正位居体，美在其中而畅于四支，发于事业，美之至也。"圯（yí）上是一个特殊的地名，出典于张良传奇，讲他少年时在圯桥之上遇到一位神秘的老师，教给他兵法。后来再见，只有一块大黄石，这就是流传后世的《黄石公兵法》的故事。商洛山四个白发皓然的老人在秦末隐居不仕，刘邦招之不能致；只是在其威胁到太子时，吕后在张良的提醒下请出四位高隐辅佐太子，挫败他更改储君的谋划，致其拒医而死。张良像神龙一样忽然领袖群伦，忽然隐居远逝，无人测其深浅，无人知其显晦，无人致其祸福。

　　涂次旧沛，伫驾留城，灵庙荒顿，遗像陈昧，抚事怀人，永叹寔深。过大梁者，或伫想于夷门；游九京者，亦流连于随会。拟之若人，亦足以云。可改构栋宇，修饰丹青，蘋蘩行潦，以时致荐。抒怀古之情，存不刊之烈。主者施行。

大军行军中经过旧时沛郡，停车留城，眼见灵庙荒颓，遗像陈旧蒙尘，想其功业，怀其为人，长叹无尽。周览大梁城，谁不会留想信陵君与夷门高隐的传奇？心游九原，必会遥想"利君不忘其身，谋身不忘其友"的智略之士随会。以此比拟，也足以怀想张良。应改建栋宇，粉刷一新。谨以蘋蘩流水，四时祭祀，抒发怀念

古贤的高情,以存永不磨灭的功勋。主持者执行此事。李善注引
《礼记》:"赵文子与叔誉观乎九京,文子曰:死者如可作也,吾谁与
归? 叔誉曰:其阳处父乎! 文子曰:利君不忘其身,谋身不忘其
友,我则随武子乎!"复引郑玄曰:"武子,士会也,食邑于随。"又引
《左传》:"君子曰:蘋蘩蕴藻之菜,潢汙行潦之水,可荐于鬼神。"

　　理解此篇的关键,即是傅亮的府主刘裕所对应的叙述对象,
不是汉高祖刘邦,而是其帐下谋臣张良。稍显不一的,是刘裕并
非谋臣,而是韩信、英布那样的帅才和军事领袖。刘裕在东晋末
季的政治地位,以及他即将采取的北伐行动,对于东晋朝堂群臣
而言,不啻震主之威,功在不赏。但是刘裕不可能像其部属沈田
子、沈林子兄弟那样,为了避嫌只能顿兵灞上,不敢灭掉敌国;而
结果即是刘裕的一举一动,皆属当时军府霸主对于整个东晋权力
运作系统的调动和激发。可知,这是一篇坦露心曲的微妙之辞。
作者代刘裕立言,表面上说的是自己对于汉初三杰之一、运筹帷
幄之中决胜千里之外的张良,有着无限的景仰和怀念,特意对其
庙宇做出增修并举行诚挚的祭礼仪式,实际上说的却是上古以来
中国知识分子念兹在兹的功成身退的传统美德。对于势倾中外、
即将北伐中原、建立不世功勋的刘裕来说,他的最大担心或者说
最大敌人,显然还是在萧墙之内。而这一篇充满中古士人精神之
恬退祈向和逊让立场,刻意体现出的古典修为,要刻意塑造出一
个谦卑得体的人臣形象。就是不知东晋朝堂的那一群政客,对他
的这一番表白是否能够接受? 还是说,这样的一种赤裸裸的诈欺
表演,徒然让人惊讶于文臣和霸主之间的言辞错舛?

参考资料:

1.《韩非子》,高华平、王齐洲、张三夕译注,中华书局,2020 年。

第十四讲　"古诗"魂魄存十九

李陵入《选》篇章：卷二十九：《与苏武诗三首》；卷四十一：《答苏武书》。

苏武入《选》篇章：《诗四首》。

无名"古诗"入《选》篇章：卷二十九：《古诗十九首》。

"古诗"在《文选》中列入"杂诗"，此前已列补亡、述德、劝励、献诗、公宴、祖饯、咏史、百一、游仙、招隐、游览、咏怀、哀伤、赠答、行旅、军戎、郊庙、乐府、挽歌、杂歌，共二十小类；而"杂诗"类之后，复有"杂拟"，总成诗大类，共二十二小类。"杂诗"以"杂"为名，而首列《十九首》，次及"苏李诗"，一般不认其为西京作品，大体皆视为东汉以来诗作。虽然，偶有托名枚乘者，故《文选》列于苏武、李陵诗之上。今依仿程千帆、沈祖棻《古诗今选》体例，概视"苏李诗"与"古诗"为同类，而文本一依《文选》之旧。

自来读苏武、李陵诗者，皆知其真伪问题很大。迄于今世，仍有是丹非素之文络绎发表。今笼统视其为中古李陵传奇叙事中的特殊文本，既正视其与历史中李陵故事的牵连，同时也尊重其在诗体上的优秀成就。从时间上看，视其为西汉之诗，不免太过特出，即视为东汉前期诗歌，仍难列举出哪怕接近其艺术水准的五言诗作。故其最早当不外建安或以下，而最晚也应早于宋齐时代。盖刘宋诗人颜延之《庭诰》云："逮李陵众作，总杂不类，元是假托，非尽陵制。"他是从诗体上指证李诗的文体没有统一特色，肯定不是李陵一个人的制作。更深入的讨论在齐梁批评家刘勰《文心雕龙·明诗篇》：

> 汉初四言，韦孟首唱，匡谏之义，继轨周人。孝武爱文，《柏梁》列韵；严、马之徒，属辞无方。至成帝品录，三百余篇，朝章国采，亦云周备。而辞人遗翰，莫见五言，所以李陵、班婕妤见疑于后代也。按《召南·行露》，始肇半章；孺子《沧浪》，亦有全曲；《暇豫》优歌，远见春秋；《邪径》童谣，近在成世。阅时取证，则五言久矣。又《古诗》佳丽，或称枚叔，其《孤竹》一篇，则傅毅之词。比采而推，两汉之作乎。观其结体散文，直而不野，婉转附物，怊怅切情，实五言之冠冕也。至于张衡《怨篇》，清典可味；仙诗缓歌，雅有新声。

刘勰说西汉初年的四言诗，是从韦孟《讽谏诗》开始的；汉武帝爱好文学，《柏梁台诗》分列皇帝、宰相以下诸人同一韵脚的诗句；严忌、严助父子和司马相如虽擅属辞，却并无稳定的文体。至汉成帝时期开始，刘向父子编录皇家藏书，"凡歌诗二十八家，三百一十四篇"(《汉书·艺文志·诗赋略》)，这些擅长辞赋的作者，并没有留下五言诗，所以李陵、班婕妤名下皆有五言诗，就让后来者很惊讶。到此为止，刘勰仅是在采摘当时的一般看法。而他自己当然别有裁断：《诗经·召南·行露》有半章是五言，《沧浪之歌》去掉两个"兮"字，就全篇五言了。《国语·晋语》里有《暇豫歌》四句，三句是五言；汉成帝时期的童谣《邪径败人田》也纯为五言。刘勰的断语是"五言久矣"，时代很久远。他接下来又举了《古诗十九首》，有人称为汉初枚乘所作，其中的《冉冉孤生竹》篇，则是东汉初作者傅毅的作品，从文采上看，枚乘、傅毅名下的这些两汉作品，篇章结构和文采铺陈都切直而有文采，排比物象很婉转，情怀深沉感人，实在是五言诗的好代表。而张衡的《怨诗》清丽典雅，可以讽味；他的《同声歌》("仙诗缓歌")则雅正而有新调。

那么刘勰是认可李陵、苏武的著作权呢，还是不认可？他没有明说，如果仔细核对，可以发现他语带暧昧，只坚持五言诗在时间上产生较久，似乎站在肯定者一边；但是下面论及《古诗》时，又特别强调了结构和文采，单列张衡的两首诗，也强调了各篇的文体成绩，这似乎都在说，直到东汉中期的张衡，文人五言诗才有这样的成绩，那么枚乘、傅毅的著作权还可靠吗？刘勰并不明说，只是说从文采观察，若论西汉初的枚乘和东汉初的傅毅可以写出"古诗"水准的作品，那么李、苏名下诗作也未始不可说是两汉的作品。

"两汉"当然包括东汉和西汉。可见刘勰只是帮忙将写作时间的范围稍作压缩，具体时间段则完全由读者自己体会。

确实，关于时间和作者的结论，重要不重要可以另作研究，但是具体的诗歌文本已经编织进古典文化和文明的精神叙述资料库。今若不拟纠缠著作权和细节上的诸多疑惑，原也不妨轻松迈上文本细读和美学欣赏的陶冶之路。

读"苏李诗"，首先是李陵名下的三首《与苏武》，标题直接宣称是对苏武的赠辞；类似的应和诗篇，《文选》基本都列入下一小类的"杂拟"诗。可见"苏李诗"原是作为相对独立的一类：

良时不再至，离别在须臾。屏营衢路侧，执手野踟蹰。仰视浮云驰，奄忽互相逾。风波一失所，各在天一隅。长当从此别，且复立斯须。欲因晨风发，送子以贱躯。（其一）

嘉会难再遇，三载为千秋。临河濯长缨，念子怅悠悠。远望悲风至，对酒不能酬。行人怀往路，何以慰我愁。独有盈觞酒，与子结绸缪。（其二）

携手上河梁，游子暮何之？徘徊蹊路侧，恨恨不得辞。行人难久留，各言长相思。安知非日月，弦望自有时。努力崇明德，皓首以为期。（其三）

　　设想这里写的正是李陵和苏武的离别场景。一位是艰苦备尝、守节不屈的贞臣，一位是声名俱丧、苟延残喘的降将，他们的离别，首先追怀的是曾经在一起言笑晏晏的"良时"，而须臾之间，即将分手。屏（bīng）营是彷徨，踟蹰是徘徊。双方都是豪迈的人格、大尺度的视野：他们在伸向远方的大路边惜别，在无边的旷野上执手依依。仰视天上的浮云，倏忽之间你追我赶，恰如经常相聚的知交，但是风卷波荡，转眼天各一方。长别是今后的宿命，就珍惜眼前的斯须之间吧。这一番无比缠绵的景象，不像朋友，倒像是情人、夫妇之间。好在传统叙述里，常常将最崇高的友谊比拟为最深沉的爱意，知交之间热情洋溢，微嫌过分，故全诗结以具体的送行举动，情绪上稍加按勒。而晨风清冷，更觉凄凉。有谓此处用典《诗经·秦风·晨风》，晨风指猛禽，则大鸟迅疾入林，以拟送别者心情骀荡，或亦可通。

　　第二首则以"嘉会"即曾经一同参与的盛会发端，此处的"三载"启人疑窦。盖苏武居留漠北十九年，李陵降胡也多历年所，二人相处远不止三年，要是上溯到京城长安的交往更属久远。这"三年"似乎也不宜直接以虚数释之，只好反推首句的"嘉会"当有确切所指，即是分别之前三年曾经一起的聚会。但是用汉语称赞漠北风沙中的聚会为"嘉会"，合适么？第三句的"临河"同样让人不解，盖中古前期语言中，"河"字往往直接指代黄河。苏李二人的分手，不大可能在黄河最北端也即汉匈多次争夺的河套地区，所以合理的解释是，这里的河，只能是在匈奴控制区沙漠戈壁地带的一条小河。二人在河边想到了什么呢？竟然是孟子和屈原都惯常听到的《沧浪之歌》："沧浪之水清兮，可以濯我缨；沧浪之水浊兮，可以濯我足。"难道可以说漠北的河水也是清澈如斯？接下来留念的怅然、悠然，就不仅是人情，也有物态，居止是乡，留连日久，未免有情了。有人看不惯，就说这里的长缨非指盔帽之缨，而是行人车辆上的马鞅，至于为何要在离别之时洗濯马车上的革

带,亦殊难释其因由。此诗后半只写劝酒,有悲风,有离愁,有难
舍的难忘,有绸缪的深情。

　　第三首则把离别的场所从衢路转到河上,却铸造出千古离别
之语:"携手上河梁,游子暮何之?"看似问得蹊跷,却尽显茫然无
助之慨;在诗人和哲学家共享的傍晚时分,降将、节臣携手桥梁之
上,河水无声,洗尽人心嘈杂,蹊路盘桓,竟作无语相看。悢
(liàng)悢为悲伤、惆怅貌。此时无言是对的,一旦行礼如仪,各言
相思,那就跳脱深情,回归俗世风尘。但是此中自有不舍、不平:
怎么知道我们就一定会永远绝望,而不能像日月星辰一样,有时
如下弦之月,有时逢既望之时,虽有变化,尽可期许呢? 只要我们
努力崇升德行,纵然白首暮年,定有感动天地的相会之时。

　　如此缠绵悱恻的同性间情诗,考虑到古人情感浓郁厚重,倒
也确实不宜以特殊情绪视之。苏武名下的《诗四首》,标题倒并不
指明李陵,但是在中古诗学的阐释语境中,既然李陵有离别苏武
之作,苏武名下作品自可捆绑一处,同样以二人离别释其本事。

　　　　骨肉缘枝叶,结交亦相因。四海皆兄弟,谁为行路人?
　　　况我连枝树,与子同一身。昔为鸳与鸯,今为参与辰。昔者
　　　常相近,邈若胡与秦。惟念当离别,恩情日以新。鹿鸣思野
　　　草,可以喻嘉宾。我有一樽酒,欲以赠远人。愿子留斟酌,叙
　　　此平生亲。(其一)

　　　　黄鹄一远别,千里顾徘徊。胡马失其群,思心常依依。
　　　何况双飞龙,羽翼临当乖。幸有弦歌曲,可以喻中怀。请为
　　　《游子吟》,泠泠一何悲。丝竹厉清声,慷慨有余哀。长歌正
　　　激烈,中心怆以摧。欲展清商曲,念子不能归。俯仰内伤心,
　　　泪下不可挥。愿为双黄鹄,送子俱远飞。(其二)

　　　　结发为夫妻,恩爱两不疑。欢娱在今夕,燕婉及良时。
　　　征夫怀往路,起视夜何其。参辰皆已没,去去从此辞。行役

在战场，相见未有期。握手一长叹，泪为生别滋。努力爱春华，莫忘欢乐时。生当复来归，死当长相思。(其三)

　　烛烛晨明月，馥馥我兰芳。芬馨良夜发，随风闻我堂。征夫怀远路，游子恋故乡。寒冬十二月，晨起践严霜。俯观江汉流，仰视浮云翔。良友远离别，各在天一方。山海隔中州，相去悠且长。嘉会难两遇，欢乐殊未央。愿君崇令德，随时爱景光。(其四)

如果以各种文献无征或者情理之辞辩解李陵著作权，勉强算说得过去；苏武的著作权其实更为奇怪，惜乎关注者远不能与李陵相比。组诗其一是送别敬酒，其二是送别弦歌，其三是征夫别妻，其四是笼统送别，全部四诗，都与李陵、苏武之间的故事很难捏置一起。

从诗歌语言来看，苏武名下作品似较李诗更为清新，而就言情叙事而论，则远逊，盖章法不密，乍出乍入。比如第一首，先说四海皆兄弟，似情感不深；再讲如鸳如鸯，离为参辰相隔，胡秦异路，又情感殊密；再以嘉宾远行为说，再次拉开距离，平生之亲只能解释为平常交往，不能说是一生之友，这样的言情叙事，无论是官场还是私交，都不易说是真情实意，很像逢场作戏。其二纯用"比"体，黄鹄千里，胡马失群，飞龙相乘，情深情浅不易辨析，丝竹、歌吟，悲哀、慷慨，激烈惟怆，辨不清是表演的效果，还是心灵的展开，这样的表达，分寸感太过清晰。其三明确夫妻关系，口吻纯粹是男性的，对方则一无所言，也一无所示，虽然，自来少有征夫出发之前的情感叙事，此诗颇有开创性，而女性在家庭中地位之低，也很是鲜明。其四发语出以"兴"体，却化实为虚，不分游子、征夫，只就季节流移、人情物态立言。"俯观江汉，仰视浮云"，是诗人的视野，却无法落实到具体人物形象上去。再言良友天各一方，等于把叙述空间再次拉大，远隔山海、中州，似谓无边绝望。

结论是及时行乐,这样的具体描述,和同时前后的《古诗十九首》
在精神内容上,足可相通。

《文选》李善注本在《古诗十九首》题名下有注文:

> 并云古诗,盖不知作者。或云枚乘,疑不能明也。诗云:
> 驱马上东门。又云:游戏宛与洛。此则辞兼东都,非尽是乘
> 明矣。昭明以失其姓氏,故编在李陵之上。

这是说十九首中有列名汉初枚乘之下的,自然较附列于西汉武
帝、昭帝时期李陵、苏武名下的作品,时间更早。其实枚乘的著作
权基本可以忽略,盖汉初诗歌语言,很难想象有如此鲜明的语体;
恐怕最早作品,也不会早于东汉时期。从具体文本看来,往往类
似于早期诗歌的集体编撰,所以不止是"古诗",即是"苏李诗"乃
至《诗经》《楚辞》,都应考虑到集体著述和编辑的可能面相。

李陵在齐梁之际钟嵘《诗品》中名列上品,评曰:

> 其源出于《楚辞》。文多凄怆,怨者之流。陵,名家子,有
> 殊才,生命不谐,声颓身丧。使陵不遭辛苦,其文亦何能
> 至此!

可见钟嵘对于李陵的著作权完全接受。他是把李陵传世文本作
为从《楚辞》以来的"怨者之诗"的传人,然后张大诗歌批评中的孟
子"知人论世"之旨,直接将凄怆之诗和生命叙述关联起来。这样
的表述与其说是历史的,不如说是建构的。一句话,是借李陵的
故事,书写钟嵘自己的"生命诗学"。而钟嵘的古诗评语,也完全
配合它的上品第一的地位:

> 其体源出于《国风》。陆机所拟十四首,文温以丽,意悲
> 而远,惊心动魄,可谓几乎一字千金! 其外"去者日以疏"四
> 十五首,虽多哀怨,颇为总杂。旧疑是建安中曹、王所制。
> "客从远方来"、"橘柚垂华实",亦为惊绝矣! 人代冥灭,而清

音独远,悲夫!

《诗品》提及的古诗,体量远比《文选》所录十九首为多,其中有一些,可见之于南朝后期另一本总集《玉台新咏》。这里只就十九首观察:

　　　行行重行行,与君生别离。相去万余里,各在天一涯。道路阻且长,会面安可知?胡马依北风,越鸟巢南枝。相去日已远,衣带日已缓。浮云蔽白日,游子不顾反。思君令人老,岁月忽已晚。弃捐勿复道,努力加餐饭。(其一)

从语体来看,"古诗"在诗学上的很大贡献,是宣示诗歌语言的形式之美,并不完全落足于字句、章法、音节、韵脚,或者说,真正的形式之美,是超越表面形式之上的灵性表述。比如这里的首句,五字中四字只是一个"行"字,造成的效果就是山重水复的跋涉之劳、心灵深处的无限阻碍:君子既不断远行,妾身则身陷绝望,至死无休,此所以生离比死别为可怕。"相去"以下四句,就是将前面"生别离"的状态具体化。"胡马"一联既续写南北异路相远,也强化离家与在家之间的张力,所谓胡马依依于北风,越鸟归巢于南枝,南北共通的是对于家园的归依感。而相去渐远,衣带渐缓,写出离别中人的日渐消瘦,那是思念的代价、时间的杀伤,岁月无情,日暮降临,似欲将人拖入无边的黑暗。最后则奋力抛开,徒自挣扎。精神、心理问题得不到解决,只好以肉体、生理的满足,来填塞空虚,这是最真实的无情、无聊、无助的失望,却不失生活中的真实质地。

　　　青青河畔草,郁郁园中柳。盈盈楼上女,皎皎当窗牖。娥娥红粉妆,纤纤出素手。昔为倡家女,今为荡子妇。荡子行不归,空床难独守。(其二)

短短一诗,写的是人间肃杀本相,饶是风流无限,也终将抹去、默杀,不剩分毫。青青、郁郁、盈盈、皎皎、娥娥、纤纤,写尽那人美感;至于她为何不深藏闺阁,偏要将形象铺展于笔墨之下,一副不安分的样态?诗中交代,她曾历尽繁华,惯于热闹,今虽嫁为人妇,却不甘隐没于红尘。荡妇即荡子之妇,荡妇的良人,即是游荡难归之人;荡妇的称谓,与其人品性也毫不相关,只是其夫社会身份的自然呈露。而空床难守,窗牖弄姿,谁有权利迫使她一定要含贞履洁!生命力不受拘束的张扬,不免会撞碎这楼台囚牢、名节枷锁。难说一场似有似无的悲剧,已隐隐藏身在文笔之外;而女主情思无言,诗人文笔骀荡,生命在孤独和等待中的耗散,甚至渐渐灰灭,却是正在展开的事实。

> 青青陵上柏,磊磊磵中石。人生天地间,忽如远行客。斗酒相娱乐,聊厚不为薄。驱车策驽马,游戏宛与洛。洛中何郁郁,冠带自相索。长衢罗夹巷,王侯多第宅。两宫遥相望,双阙百余尺。极宴娱心意,戚戚何所迫?(其三)

宛、洛皆四方都会,为何不驱驰骏马,遨游天下?偏要驽马缓步,庸弱示人。这正是诗中的秘密所在。开篇是生命与死亡相向,石头本属冷硬无情之物,加上屡经淘洗,见惯风霜,带出短促人生,犹如远客,一切责任义务,自可轻轻放下,斗酒相乐,言谈优渥。这样的小确幸、小快乐,恰如驽马出行,悠然自得。洛阳天下之中,王侯冠带如云,长衢宫阙相望。城中的欢乐是盛极之宴,娱心动意。但是,无论是崇高还是庸俗,大家一样要面对生命的尽头、岁月的淘洗,所以最后有戚然迫促的表述,说明抹平一切才是人生的本相。不论是斗酒还是极宴,其实都将遁入凄凉死寂,相差不远。

> 今日良宴会,欢乐难具陈。弹筝奋逸响,新声妙入神。令德唱高言,识曲听其真。齐心同所愿,含意俱未申。人生寄一世,奄忽若飙尘。何不策高足,先据要路津?无为守穷

贱,辗轲长苦辛。(其四)

"及时行乐"一词,重心在哪里?应在"及时"二字,就是紧紧抓住时间所给予的机会;从反面来说,即是不失其时。这个"时",也是孔子作为"圣之时者也"的"时",那是孔门心法之一。诗中说道:良会高宴之上,筝响入妙,令德高言,识者皆洞察其本意,大家心愿一致,只是未加申论而已。然则此诗要做的,就是这篇申论:人生如寄,风尘奄忽,高足快马,先据要津,此之谓及时。一旦失去机会,则坎坷穷贱终老,那是何等可怕的人生!有谓此诗中有讽刺之意,若人生不过是无谓的折腾,享乐无非是生命的耗散,则汲汲于名利,确属可讽可刺之事。但若折腾里自有乾坤,享乐也包含着生命力的张扬,此所谓华夏文明本是落脚现世的本来面目,那又何必戟指痛责,自居高明呢?

> 西北有高楼,上与浮云齐。交疏结绮窗,阿阁三重阶。上有弦歌声,音响一何悲!谁能为此曲?无乃杞梁妻。清商随风发,中曲正徘徊。一弹再三叹,慷慨有余哀。不惜歌者苦,但伤知音稀。愿为双鸣鹤,奋翅起高飞。(其五)

借他人之酒杯,浇自己之块垒。《左传》襄公二十三年齐将杞梁殖战死,其妻自杀以殉。《文选》李善注引《琴操》,谓有琴曲《杞梁妻叹》:"殖死,妻叹曰:上则无父,中则无夫,下则无子,将何以立吾节?亦死而已。援琴而鼓之。曲终,遂自投淄水而死。"明显一套"三从"(在家从父,出嫁从夫,夫死从子)既倒、女人绝望无依的说辞,后来牵合进孟姜女哭倒长城的传奇,绝望再继之以惊天动地,自是别一种叙事。此诗以西北高楼发端,其人身处高位,极尽繁华,偏偏弦歌清苦,弹奏的是《杞梁妻叹》之类凄伤曲调。听者知识、见识俱佳,不仅惋惜其音声凄苦,更伤其知音难觅。他是为自己感到遗憾吗?还是心期万世,怀想终古?结尾一联发愿奋飞,高翔九霄,是《十九首》中难得一见的振起之音。绮(qǐ)窗,雕

刻或绘饰得很精美的窗户。阿阁,四面都有檐溜的楼阁。商为五
声之一,古谓其调凄清悲凉,故有"清商"之称。

> 涉江采芙蓉,兰泽多芳草。采之欲遗谁?所思在远道。
> 还顾望旧乡,长路漫浩浩。同心而离居,忧伤以终老。
> (其六)

这是童话般的情景构造,近景是芙蓉芳草,无限风光,涉江采
摘,尤见少年式的豪情盛气,视野拉开,所思所想,远在天外。那
远方是他的故乡,更有他情投意合的知己。可惜长路漫漫,只可
遥想音容,无从欢然相对。滔滔江水可以渡越,浩浩离愁不可排
解。诗人只好手持芙蓉,吟唱一曲忧伤终老的情歌。

> 明月皎夜光,促织鸣东壁。玉衡指孟冬,众星何历历。
> 白露沾野草,时节忽复易。秋蝉鸣树间,玄鸟逝安适?昔我
> 同门友,高举振六翮。不念携手好,弃我如遗迹。南箕北有
> 斗,牵牛不负轭。良无盘石固,虚名复何益?(其七)

明月高悬启人遐思,却难以亲近,促织鸣于东厢,提醒诗人,
秋凉已至。玉衡为北斗七星第五星,居于斗柄。一般依斗柄在夜
晚来临即初昏时的指向,说明季节流移,东则为春,南则为夏,西
则为秋,北为冬。而每个方向又依孟、仲、季三个月份细分。孟
冬,大体是北方稍左位置。然此诗景象明明皆为仲秋时节,为何
玉衡指向孟冬?古今注家纷纭,甚至有人据此反证此诗写于汉武
帝太初改历之前。据劳榦、金克木诸先生考证,其实诗中所写,并
非初昏,相反,已是夜半以后,斗柄当然已经转向孟冬方向,其时
天相历历,白露降临,时节流易,北燕南归。在这萧疏冷寂的秋
夜,诗人想到当年好友的背弃,一如天上星宿名不符实。那似乎
就确证着世情冷暖,本是恒常。

> 冉冉孤生竹,结根泰山阿。与君为新婚,兔丝附女萝。

兔丝生有时，夫妇会有宜。千里远结婚，悠悠隔山陂。思君令人老，轩车来何迟！伤彼蕙兰花，含英扬光辉。过时而不采，将随秋草萎。君亮执高节，贱妾亦何为？（其八）

这是一首新嫁娘诗，思君令人老，轩车来何迟，看起来应是出嫁之日的情境，有期待，有依附，有焦虑，有感伤，尽写新娘对于夫君的忐忑心情。就诗中物象而言，孤竹虽显单薄，结根泰山之阿，自有骨力气节；嫁为人妇，转以兔丝自比，刚韧柔弱之转，于女子而言是常态，也可知新妇眼中有见，心中有识。兰蕙之花，含英扬辉，美态翩然，而句首着一"伤"字，顿有好景不常、美人迟暮之感。就此回归《十九首》的一大母题：及时。而过时之美，顿为萎草。君子岸然矜持傲慢，妾妇凄然徒唤奈何，妇女依附性的背面，是两性关系中触目可见的不平等和不公平。

庭中有奇树，绿叶发华滋。攀条折其荣，将以遗所思。馨香盈怀袖，路远莫致之。此物何足贡？但感别经时。（其九）

早期诗歌中的风景确实都是精神和想象中的风景，或者它就是人际、人文风景。谓予不信，请看此诗开篇。庭中花树美到神奇，绿叶华滋，并没引来人们的刻意呵护，相反，是攀枝折花，以作馈赠。树尽其材，也算人树同庭，居止相亲。可惜馨香盈袖，无从远寄，只是成就了一段怀念的情绪。区区花朵有何可贵，因为那位已经远行的人，当年离别，也是此庭此树，此花此人。看似人与自然同科，实则自然仅是人际的注脚，所谓人为万物的灵长，背后是对于自然予取予求的利用和遮蔽。

迢迢牵牛星，皎皎河汉女。纤纤擢素手，札札弄机杼。终日不成章，泣涕零如雨。河汉清且浅，相去复几许？盈盈一水间，脉脉不得语。（其十）

字面上,是天上牵牛、织女二星的传奇,实际上当然是人间夫妇的现世风景。男人永远是似近还远,如隔山河;人妇则皎然美丽,静若星宿。整日操劳织布,竟然不成匹段,只是泣涕如雨,这就见出托于天神的好处了,人间哪能给女人提供如此放肆泪流的空间! 相比她们的爱情,天上星汉确实不够深沉,略嫌清浅;至于盈盈一水,脉脉无言,如此的静美,也确实只有天上的星宿可以担当。在古代中国,除了这些拥有神奇力量的天神和帝王,也没有哪个男人和女人,能够如此从容地尽情挥洒、无边沐浴在自己的爱情世界。此所以银汉既冷且遥,在中国文学中竟如此热切,令人沉迷?

> 回车驾言迈,悠悠涉长道。四顾何茫茫,东风摇百草。所遇无故物,焉得不速老?盛衰各有时,立身苦不早。人生非金石,岂能长寿考?奄忽随物化,荣名以为宝。(其十一)

转过头来驾车远行,悠悠长道令人茫然。东风吹过,百草动摇,虽有生生之意,但行人大可漠然无视。大约故人皆高腾远逝,富盛在彼,衰老在此,无人照拂之余,不免自悔立身不早,功业无成。想到生命短暂,随时可能死亡,更觉荣华富贵、名声地位,是实实在在的便利和获得,确实应该看重。这样有涉庸俗吗? 有点。不过此诗最关键的不是庸俗,而是对生命逝去的恐惧。漂浮在日渐陌生、无边恐惧的大海上,诗人恨不得抓住任何一根救生绳,哪怕是枯枝,是朽索。

> 东城高且长,逶迤自相属。回风动地起,秋草萋已绿。四时更变化,岁暮一何速!《晨风》怀苦心,《蟋蟀》伤局促。荡涤放情志,何为自结束?燕赵多佳人,美者颜如玉。被服罗裳衣,当户理清曲。音响一何悲,弦急知柱促。驰情整中带,沈吟聊踯躅。思为双飞燕,衔泥巢君屋。(其十二)

东城的墙头又高又长,旋风吹起,秋草萋然绿色,那是冷色调的季节信息。《诗经·晨风》"忧心钦钦",《诗经·蟋蟀》局促"不乐",凡此皆非通达之见,会须荡涤情志,自解束缚。下文有人认为当另作一诗,依《十九首》常有的回环叠加结构和多人整合的样态,分割为二诗,或维持为一首,皆无不可。今作一诗讲读,则如玉佳人,急弦悲音,皆可理解为荡涤情志之举,于是有放松,有遐想,化身双燕,温暖入屋。

> 驱车上东门,遥望郭北墓。白杨何萧萧,松柏夹广路。下有陈死人,杳杳即长暮。潜寐黄泉下,千载永不寤。浩浩阴阳移,年命如朝露。人生忽如寄,寿无金石固。万岁更相送,圣贤莫能度。服食求神仙,多为药所误。不如饮美酒,被服纨与素。(其十三)

孔子提倡敬鬼神而远之,显然并非鬼神可怕,但从此除非祭祀或典礼,平常不再轻易言说,倒是渐渐成了传统。此诗大张旗鼓讲解死亡,从遥望墓地讲到白杨松柏,再到长眠不醒的地下者,语调放松而幽默,似在开创中国文学中轻松调笑死亡的新传统。而如此大声言说的目的,即是由死亡的永不回归,称说生命的可贵和脆弱。依此前提,圣贤言辞、神仙丹药,都不仅无益而有害。美酒美服、及时行乐,竟然是最切当、最无害的人生。这里的说法对么,家庭位望有余者,扬眉即可及时,俯身即可行乐。而对大部分位望不足乃至卑贱者呢,通向及时行乐之路,大多并不平坦。不过,贵贱贤愚读此诗,大都能体会到字里行间的放松和自在,这该是不错的。

> 去者日以疏,生者日以亲。出郭门直视,但见丘与坟。古墓犁为田,松柏摧为薪。白杨多悲风,萧萧愁杀人。思还故里闾,欲归道无因。(其十四)

离开这人世的,慢慢在人心里也就疏远了,活着的人日渐稀少,倒也日渐亲密,这算是死亡对于社会交往的促进作用。但是出门所见,尽皆丘坟;更古的坟墓早就犁作农田,墓上松柏也化为柴火,这世上一切都会消失,包括那惊心动魄的死亡的遗迹。在一切的不确定中,还有可以确定的两样东西:一是自然世界的萧萧风声,一是远客思家的痛楚。

> 生年不满百,常怀千岁忧。昼短苦夜长,何不秉烛游?为乐当及时,何能待来兹?愚者爱惜费,但为后世嗤。仙人王子乔,难可与等期。(其十五)

人生百年,忧苦千秋,这不是太傻了吗?白日易尽,尚有长夜,干嘛不秉烛夜游,耽此清欢!能快乐就不要错过,干嘛还拖到明天。蠢人百般吝啬,难免被后来人嗤笑。你想做神仙王子乔,问题是做不到呵。

> 凛凛岁云暮,蝼蛄夕鸣悲。凉风率已厉,游子寒无衣。锦衾遗洛浦,同袍与我违。独宿累长夜,梦想见容辉。良人惟古欢,枉驾惠前绥。愿得常巧笑,携手同车归。既来不须臾,又不处重闱。亮无晨风翼,焉能凌风飞?眄睐以适意,引领遥相睎。徙倚怀感伤,垂涕沾双扉。(其十六)

"岁云暮"出典于《诗经·小雅·小明》"岁聿云莫",指岁终。聿(yù)为语助词,无义。《诗经》原来诗句,大体即指良人远行思归,此首则全篇铺陈,在岁晚日暮,凉风凄厉,游子衣单。至诗人置身何处,须作细思。看其设身处地,想到良人锦绣衣裳遗失于洛浦仙居,好友远离,恐也无从照应,只能独宿长夜,梦中相见。然此为良人之梦,抑或思妇设想良人梦境,皆难确认。下文写良人只愿念"古欢"即旧爱,此或亦思妇深情厚意,唯愿自己良人如此;"枉驾前绥"则明显是回想自己当年出嫁场景,夫婿来迎,情意优渥。可惜巧笑同归之乐,即使梦中,也是须臾即去,留下重闱之中无尽阻隔,关山难越。明知不能有大鸟晨风之翼,御风而飞,若此才好目往情牵,任意遨游,引颈相望。事实是徙倚徘徊,感伤垂涕。旧日论家如陈祚明谓"良人之寡情,于言外见之,曾未斥言",确为有见。此诗冷情热写,梦里梦外,一片哀伤。

> 孟冬寒气至,北风何惨栗! 愁多知夜长,仰观众星列。三五明月满,四五詹兔缺。客从远方来,遗我一书札。上言长相思,下言久离别。置书怀袖中,三岁字不灭。一心抱区区,惧君不识察。(其十七)

以初冬寒气起兴,惨栗北风中,忧愁愈多,寒夜愈长,众星历落,令人孤寂,这里写的是思妇的心理和感觉。十五月圆,二十月缺。这月相的更移,映衬着心境的变化。远方来客带来离人的信札,不外乎相思离别之辞,置于怀袖,三年字迹不灭,可见用心珍藏。此"三岁"乃诗中之眼,此则一心一意,百转千回,彼则空言无归,类同抛弃。结语中一个"惧"字,是疑,是惑,是期待,是忧伤。

> 客从远方来,遗我一端绮。相去万余里,故人心尚尔。文采双鸳鸯,裁为合欢被。著以长相思,缘以结不解。以胶投漆中,谁能别离此?(其十八)

首句言"客",是从对面落笔;一端绮罗,激发一片深心。万里之遥,人心宛在。那绮缎上绣着一对恩爱的鸳鸯,正好裁成合欢的被缛。长长丝线恰如长久相思,边缘打结似那不解情缘。胶漆相投,谁能分离?这有情人的深情告白,几乎让人忽略了那念想的由头,只是一端万里之外的寻常绮缎,故人之心究竟若何,既不可从此方深情中尽窥端倪,也难以从万里之外得到更多确证。这世上难见的是人心,难解的是相思,胶漆相投,蜜里调油,无非是自己愿意构造出的多情世界。

> 明月何皎皎,照我罗床帏。忧愁不能寐,揽衣起徘徊。

客行虽云乐,不如早旋归。出户独彷徨,愁思当告谁。引领还入房,泪下沾裳衣。(十九)

明月越是皎洁,心灵越是清冷;罗帏越是明白,精神越见寂寞。忧愁难成梦寐,揽衣独自徘徊。想来那人为客,即使游乐盘桓,何如快快归来?忧愁无人告诉,只有彷徨门外,引领入房,泪湿衣裳。此篇与前篇一样,都是一方落笔,思妇心肠。而前者火热,后者凄凉。热切则万里无忧,心冷则天涯泪尽。这主观的世界里唯一能确证的,即是那高挂天宇的明月,可惜它又那样的远,那样的冷,那样的明白,让人忧伤。

相较于汉乐府多为集体的声音和写实的坚凝,苏、李诗和古诗多为个体的情绪、虚灵的想象。作为苏、李传奇故事的一个载体,两组七首诗歌,几乎将整个传奇叙事中的家国对立与贞洁、叛逆等宏大主题尽数改写。鲁迅所谓"遥想汉人多少宏放",那份阔气和自信里,不仅有《史记》无边激越中的冷静观察,也不仅是班固《汉书》的坚实渊雅中时常呈现的伟岸心胸,还有汉人超出帝国实控范围的精神阔绰。也许只有在汉人的苏武传记中,才会读到节士与叛将离别之际的深情交流,那种悲剧的痛苦和感伤的情怀,几乎照亮了汉末以来古典诗歌的个性化抒情之路。而以他们对比鲜明的宏阔世界为背景所演生出的"苏李诗",虽细节时有可议,却贡献出中古诗歌令人最为心动的离别和忧伤主题。

不同于"苏李诗",《古诗十九首》没有依附于情感丰沛的特定人格的悲剧世界,只以古人、古意为辞,倒是无形中弱化了叙述空间的内在矛盾。(如果走出家门即意味着忧伤愁苦,那有什么必要非要将出仕和隐居放大为人生的必由之路?)《十九首》大部都以家庭尤其是夫妻关系为描写对象,几乎彻底坐实了华夏文明以家庭为单元、华夏叙事以夫妻为第一主角、以情绪为第一主题的强悍面相。快乐而情牵家园,忧伤而不失期许,此间情绪书写的尺度和深稳、华夏精神的魂与魄,也可在《十九首》中见到其依稀的造型。

参考资料:

1. 隋树森《古诗十九首集释》,中华书局,2018 年。

2.《马茂元、朱自清说古诗十九首》,上海古籍出版社,1999 年。

3. 曹旭《古诗十九首与乐府诗选评》(上),上海古籍出版社,2011 年。

4. 章培恒、刘骏《关于李陵〈与苏武诗〉及〈答苏武书〉的真伪问题》,《复旦学报》1998 年第 2 期。

第十五讲 "江郎才尽""龙门"寂

　　江淹入《选》篇章：卷十六：《恨赋》《别赋》；卷二十二：《从冠军建平王登庐山香炉峰》；卷二十七：《望荆山》；卷三十一：《杂体诗三十首》；卷三十九：《诣建平王上书》。

　　任昉入《选》篇章：卷二十三：《出郡传舍哭范仆射》；卷二十六：《赠郭桐庐出溪口见候余既未致郭仍进村维舟久之郭生方至》；卷三十六：《宣德皇后令》《天监三年策秀才文》；卷三十八：《为齐明帝让宣城郡公第一表》《为范尚书让吏部封侯第一表》《为萧扬州荐士表》《为褚谘议蓁让代兄袭表》《为范始兴作求立太宰碑表》；卷三十九：《奉答敕示七夕诗启》《为卞彬谢修卞忠贞墓启》《启萧太傅固辞夺礼》；卷四十：《奏弹曹景宗》《奏弹刘整》《到大司马记室笺》《百辟劝进今上笺》；卷四十六：《王文宪集序》；卷五十九：《刘先生夫人墓志》；卷六十：《齐竟陵文宣王行状》。

　　本讲主要涉及齐梁文学中的两个大人物：江淹、任昉。任彦升是梁代前期最会揄扬后进的显宦之一，当时有一世龙门之称，而江淹则为齐代文坛上最具光彩的赋家之一，一句"黯然销魂者，唯别而已矣"，几于和宋玉"悲哉秋之为气也"类似，同为文学史上"片言夺席"的成功典型。

　　先讲江淹。他在文学史上有三大贡献，而其人"江郎才尽"的传奇故事及其演生脉络尚不与焉。一则类型化的情感表达，如《恨赋》《别赋》之类，可见"真情实感"之类笼统之词，殊未能尽情感描写之底蕴及深度；二则以写为评，《杂体诗三十首》几于对汉魏以来作家作一次全方位的描摹，此则超越谢灵运"拟写魏太子邺中集"偏于一时之揣摩书写，而推展仿写古今才士诗作，实以心灵沟通和语体模仿作为连结前后、批评前贤的一大工具，故被视为极富意味的批评行为之一；三则个性化的文本书写，如《诣建平王上书》之类，论者多谓其书仿自邹阳，实则邹阳之时，叙述空间犹有战国余绪，而人物自怜自喜之态可掬；刘宋时代，虽仍有东晋以来贵族社会之余澜，帝室及朝堂早已有意括囊寒门才士，尽力限缩高门贵仕，王谢才人纵横驰骋的舞台已嫌迫促，何况济阳江氏虽曾为高门，至江淹时代，迹近寒门，故无独立撑持之实力，故只是貌袭，归于游戏而已。

这里先讲其第一类作品，选《别赋》一篇，以见齐梁文学中类型化书写的妙处。

> 黯然销魂者，唯别而已矣！况秦吴兮绝国，复燕宋兮千里。或春苔兮始生，乍秋风兮暂起。是以行子肠断，百感凄恻。风萧萧而异响，云漫漫而奇色。舟凝滞于水滨，车逶迟于山侧。棹容与而讵前，马寒鸣而不息。掩金觞而谁御，横玉柱而沾轼。居人愁卧，怳若有亡。日下壁而沈彩，月上轩而飞光。见红兰之受露，望青楸之离霜。巡曾楹而空掩，抚锦幕而虚凉。知离梦之踟躇，意别魂之飞扬。

只有离别，才会让人黯然销魂。何况秦、吴之间遥遥绝远，燕国、宋国相隔千里。有时在春日出发，草木始生；突然是秋季来临，冷风乍起：距离和季节因素叠加，于是行人肝肠寸断，凄凄恻恻。"风萧萧"以下，写的是离人眼中风云变色，舟车犹疑，棹（zhào）马不前，有酒不能下咽，徒然登轼流泪而已。而居人则神情恍惚，但知日光下移，冷月飞轩。凉露滴上红兰，冰霜落于青楸（qiū）。寂寞的她高台空掩，锦幕虚凉，只好期于梦中与那人相见。这是笼统描述离别双方的悲情苦绪。

> 故别虽一绪,事乃万族。至若龙马银鞍,朱轩绣轴。帐
> 饮东都,送客金谷。琴羽张兮箫鼓陈,燕赵歌兮伤美人。珠
> 与玉兮艳暮秋,罗与绮兮娇上春。惊驷马之仰秣,耸渊鱼之
> 赤鳞。造分手而衔涕,感寂漠而伤神。

首列声容显赫的贵游之别。"帐饮东都",讲的是西汉二疏的
功成身退;"送客金谷",则是西晋石崇的骄奢酷烈。精神实质虽
相隔悬远,外在声华则颇为相似。琴张鼓陈,美人伤歌,送别的主
角尽可虚与委蛇,逢场作戏,珠玉艳照秋光,罗绮逞娇春日,那惊
心动魄的美丽,效果自足动人。连驷马皆为仰秣,赤鳞也耸动深
渊,无怪乎送者衔涕,行客神伤。

> 乃有剑客惭恩,少年报士。韩国赵厕,吴宫燕市。割慈
> 忍爱,离邦去里。沥泣共诀,抆血相视。驱征马而不顾,见行
> 尘之时起。方衔感于一剑,非买价于泉里。金石震而色变,
> 骨肉悲而心死。

次为慷慨赴死的刺客之别。一"惭"一"报",交代此中情感的
激越渊深,掩蔽着世俗利害的极不平衡。远赴韩国击杀侠累的聂
政、吞炭藏厕欲刺赵襄的豫让、剑藏鱼腹刺杀吴王的专诸、傲饮燕
市怒发冲冠的荆轲,他们无一不是割弃慈亲、抛却家人的忍人,要
酬报恩遇,只有泣血离别。亲人色变心死,刺客径赴黄泉。

> 或乃边郡未和,负羽从军。辽水无极,雁山参云。闺中
> 风暖,陌上草薰。日出天而耀景,露下地而腾文。镜朱尘之
> 照烂,袭青气之烟煴。攀桃李兮不忍别,送爱子兮沾罗裙。

次为无可奈何的征夫之别。边疆战起,羽书纷纭,征人从军
于辽水雁山,闺中寂寞于草薰风暖。日耀于九天之上,露凝于九
地之下。红尘灿烂,春风烟煴。桃李攀折,爱子远征。无论是征

妇还是亲人,都在温暖中感受肃杀,在光景中窥见暗夜深渊,天地终不让人类从容于有情世界,而无情底色上的有情,美感极为鲜明。

> 至如一赴绝国,讵相见期? 视乔木兮故里,决北梁兮永辞。左右兮魂动,亲宾兮泪滋。可班荆兮赠恨,唯罇酒兮叙悲。值秋雁兮飞日,当白露兮下时。怨复怨兮远山曲,去复去兮长河湄。

次为怨慕难消的去国之别。绝远他邦,归见无期,乔木故里,河梁长辞。这里重新塑造了孟子的故家乔木和李陵传奇中的执手河梁,意味扭曲之余,时空秩序顿显。侍奉者魂魄不宁,亲人们泪眼婆娑。班荆道故,樽酒叙悲,秋雁横空,白露下滋。远山含怨曲尽离愁,长河一去别绪难消。"班荆"指故人于路相逢,直接将荆条铺陈为席,相互诉说平生。罇(zūn),同"樽"。

> 又若君居淄右,妾家河阳,同琼珮之晨照,共金炉之夕香。君结绶兮千里,惜瑶草之徒芳。惭幽闺之琴瑟,晦高台之流黄。春宫閟此青苔色,秋帐含兹明月光。夏簟清兮昼不暮,冬釭凝兮夜何长! 织锦曲兮泣已尽,回文诗兮影独伤。

次为泣尽影伤的夫妻离别。淄右河阳,千里结婚;琼珮金炉,晨照夕香。完全是恩爱夫妻的美满生活,一旦千里赴任,闺居独芳,琴瑟幽晦,流黄无光,春宫含秘,秋帐怨长。夏簟冬釭(gāng),回文织锦,心离志绝,对影神伤。古代世界仕宦中人所付出的情感代价之惨烈,等同于极不人道的相互弃绝。閟(bì),幽闭。釭,油灯。

> 傥有华阴上士,服食还山。术既妙而犹学,道已寂而未传。守丹灶而不顾,炼金鼎而方坚。驾鹤上汉,骖鸾腾天。暂游万里,少别千年。惟世间兮重别,谢主人兮依然。

次为驾鹤腾天的仙人之别。华山是神仙的居所,服食与道术相参,丹灶与金鼎同功。仙人的世界无比广大,空间和时间的尺度都迥异常人,但是既然他们盘桓于人间,当其离开之际,淡漠冲虚、心冷志坚的炼气士大可拂衣而去,世间的东道主仍会依依惜别。仙家不弃凡俗,只好语笑相对,深长致意。

> 下有芍药之诗,佳人之歌。桑中卫女,上宫陈娥。春草碧色,春水渌波。送君南浦,伤如之何! 至乃秋露如珠,秋月如珪。明月白露,光阴往来。与子之别,思心徘徊。

最后是肠断心伤的情人之别。芍药相赠,佳人独立。桑间濮上,男女奔弃。春草春水,一别伤怀;秋露秋月,白露凝结。最热烈的情愫,终归会遇到最凄冷的离开。柔情款款,只剩悲哀。从来情伤,只有无尽思念才是归宿。

> 是以别方不定,别理千名。有别必怨,有怨必盈。使人意夺神骇,心折骨惊。虽渊云之墨妙,严乐之笔精。金闺之诸彦,兰台之群英。赋有凌云之称,辩有雕龙之声。谁能摹暂离之状,写永诀之情者乎?

所以离别的方向无从把握,离别的理由万万千千。有离别必有埋怨,那埋怨必定盈满心胸,定会让人们心折神散,刻骨惊骇。王褒、扬雄、严安、徐乐,号称文字佳妙;金马门的才子,兰台寺的英杰,纵有凌云赋笔,雕龙之辩,谁能摹写暂离、刻画长诀! 至此一篇告终,在最笼统的语言中做最刻露的呈现,以最模糊的语言,状写最凄美的诗篇。原因不外是,千山万水尚可攀登跨越,心阻神离,虽大圣无从措手。世间最大的怅惘只是渴慕,世间最深的阻隔即是离别,这是人类的命运,借重江文通绝世彩笔,铺陈一二。

江淹的第二类作品,即以创作显示其批评眼光和文体素养的

《杂体诗三十首》。李善注本节录其诗原序曰："关西、邺下，既已罕同；河外、江南，颇为异法。今作三十首诗，学其文体，虽不足品藻渊流，庶亦无乖商榷。"①"关西、邺下"则指向西汉和建安文学，"河外、江南"一般指河西和晋宋以来的南方文学，在文体或者诗体上，它们都自成风格。而江淹的创作目的，有夫子自道，是"品藻"和"商榷"。兹举《杂体诗三十首》之《古离别》以见其手段：

> 远与君别者，乃至雁门关。黄云蔽千里，游子何时还？送君如昨日，檐前露已团。不惜蕙草晚，所悲道里寒。君在天一涯，妾身长别离。愿一见颜色，不异琼树枝。兔丝及水萍，所寄终不移。

显然江文通以"离别"为"古诗"的典型主题。开头两句刻意古拙，以"远"字带出别意，君子亦是游子。后面黄云蔽天，千里同色，夸张得并不自然，问询的句子又转为女性口吻。以下皆是妾身视角，送君如昨，看到露水立即想到对方征途寒冷。"长别离"是始终牵挂，"琼树枝"是无比珍爱。兔丝水萍，攀树托水，是坚贞纯情之意。而隔着千山万水的依附之态，是不是汉魏时期士人生活的常情，倒也真不是问题，毕竟这终究是江淹自己在古诗中所读出的人情世态。

《诣建平王上书》本事见于《梁书》江淹本传："宋建平王景素好士，淹随景素在南兖州。广陵令郭彦文得罪，辞连淹，系州狱。淹狱中上书曰：……景素览书，即日出之。"似乎此书在惊心动魄的申诉过程中，达成很明显的效果。具体如何，殊难确知。节选一段如下：

_____

① 五臣注本引序文甚长："夫楚谣汉风，既非一骨；魏制晋造，固亦二体……世之诸贤，各滞所迷，莫不论甘而忌辛，好丹而非素，……又贵远贱近，人之常情；重耳轻目，俗之恒弊……然五言之兴，谅非夐古，但关西邺下，既已罕同"云云，可以与李善注本参看。

　　下官本蓬户桑枢之人，布衣韦带之士，退不饰诗书以惊愚，进不买名声于天下。日者，谬得升降承明之阙，出入金华之殿，何尝不局影凝严，侧身扃禁者乎？窃慕大王之义，复为门下之宾，备鸣盗浅术之余，豫三五贱伎之末。大王惠以恩光，顾以颜色，实佩荆卿黄金之赐，窃感豫让国士之分矣。常欲结缨伏剑，少谢万一，剖心摩踵，以报所天。不图小人固陋，坐贻谤缺，迹坠昭宪，身限幽圄，履影吊心，酸鼻痛骨。下官闻亏名为辱，亏形次之，是以每一念来，忽若有遗。加以涉旬月，迫季秋，天光沈阴，左右无色，身非木石，与狱吏为伍。此少卿所以仰天槌心，泣尽而继之以血者也。

　　承明、金华，皆宫阙名。局影，蜷局自己的身影。凝严，拘束、俨然。侧身扃（jiōng）禁，倾侧身体以表乖顺；扃禁即宫禁。鸣盗，鸡鸣狗盗。"三五贱伎"，疑为宫廷流行的游戏。"坐贻谤缺"，因致毁谤缺损。"迹坠昭宪"，形迹堕入昭昭法令的制裁。幽圄（yǔ），幽暗的图圄，即牢狱。"履影吊心"，步履唯有影随。"忽若有遗"，突然像是有弃生自残之念。

　　此处江淹乃以司马迁自居，言其屈辱也以马迁自喻。有谓少卿为李陵，此处指李陵含冤之事，似不确。此处少卿当指司马迁《报任少卿书》之任安，江淹似为含混其辞，不当指向李陵。然此书最能引起建平王刘景素哀怜之心的，大约应是通篇所流露的柔顺和自轻自贱，在东晋向刘宋的权力转移中，帝王将相对于这份来自当年贵族的哀求之声，还是相对比较受用。或者，此即是江淹所以能够自救的原因？

　　任昉的文学史上成就似较江淹稍弱，而当时声名，可谓远过。齐梁间诗歌领袖，当然是沈约、谢朓，论及文笔，则以任彦升为第一，所谓"沈诗任笔"。在读他文章之前，先浏览一下《梁书》卷十四《任昉传》，可见任公当时的盛况：

昉雅善属文，尤长载笔，才思无穷，当世王公表奏，莫不请焉。昉起草即成，不加点窜。沈约一代词宗，深所推挹。明帝崩，迁中书侍郎。永元末，为司徒右长史。

高祖克京邑，霸府初开，以昉为骠骑记室参军。始高祖与昉遇竟陵王西邸，从容谓昉曰："我登三府，当以卿为记室。"昉亦戏高祖曰："我若登三事，当以卿为骑兵。"谓高祖善骑也。至是故引昉，符昔言焉。……梁台建，禅让文诰，多昉所具。

高祖践阼，拜黄门侍郎，迁吏部郎中，寻以本官掌著作。天监二年，出为义兴太守。在任清洁，儿妾食麦而已。友人彭城到溉，溉弟洽，从昉共为山泽游。及被代登舟，止有米五斛。既至无衣，镇军将军沈约遣裙衫迎之。重除吏部郎中，参掌大选，居职不称。寻转御史中丞，秘书监，领前军将军。自齐永元以来，秘阁四部，篇卷纷杂，昉手自雠校，由是篇目定焉。

六年春，出为宁朔将军、新安太守。在郡不事边幅，率然曳杖，徒行邑郭，民通辞讼者，就路决焉。为政清省，吏民便之。视事期岁，卒于官舍，时年四十九。阖境痛惜，百姓共立祠堂于城南。高祖闻问，即日举哀，哭之甚恸。追赠太常卿，谥曰敬子。

昉好交结，奖进士友，得其延誉者，率多升擢，故衣冠贵游，莫不争与交好，坐上宾客，恒有数十。时人慕之，号曰任君，言如汉之三君也。陈郡殷芸与建安太守到溉书曰："哲人云亡，仪表长谢。元龟何寄？指南谁托？"其为士友所推如此。昉不治生产，至乃居无室宅。世或讥其多乞贷，亦随复散之亲故。昉常叹曰："知我亦以叔则，不知我亦以叔则。"昉坟籍无所不见，家虽贫，聚书至万余卷，率多异本。昉卒后，高祖使学士贺纵共沈约勘其书目，官所无者，就昉家取之。

昉所著文章数十万言,盛行于世。

初,昉立于士大夫间,多所汲引,有善己者则厚其声名。及卒,诸子皆幼,人罕赡恤之。平原刘孝标为著论曰……云云。

刘论即是有名的《广绝交论》,究竟是借他人之酒杯,在当时引起轩然大波。那是下一讲将要阅读的文本。此处要欣赏的,是任君笔下的《刘先生夫人墓志》,它归于《文选》的"墓志体",李善注:"吴均《齐春秋》,王俭曰:'石志不出礼典,起宋元嘉颜延之为王琳石志。'"篇题下的李善注,则主要交代了刘先生名号及其妻家世出身:

萧子显《齐书》曰:"太祖为刘瓛娶王氏女。瓛卒,天监元年,下诏为瓛立碑,号曰贞简先生。"王僧孺《刘氏谱》曰:"瓛娶王法施女也。"

婚姻本义,婚指男家,姻指女家。婚姻主要即是男女两个家族的联姻。李善注引文颇简,查《南齐书》:"瓛有至性,祖母病疽经年,手持膏药,渍指为烂。母孔氏甚严明,谓亲戚曰:'阿称便是今世曾子。'阿称,瓛小名也。年四十余,未有婚对。建元中,太祖与司徒褚渊为瓛娶王氏女。王氏椓壁挂履,土落孔氏床上,孔氏不悦,瓛即出其妻。及居父丧,不出庐,足为之屈,杖不能起。"刘瓛当日以学养闻名,天子提亲,为其娶东海王家女子,清流名门联姻王谢世家,不可谓非门当户对。可惜男贫女富,生活习惯和技能多有出入,女方虽极力弥合,终难让夫家满意,结果悲剧收场,女子屈辱遭弃,抑郁而死。十几年后,当男方去世,乃有仗势回柩,谋求夫妻合葬之举。在刘家诚为势屈,而在那个凄凉逝去的女子,不啻是迟到的公正。当世文章巨公任彦升的这篇《刘先生夫人墓志》,完全是空中着笔,观念铺陈,并不沾连多少俗世纠缠:

既称莱妇,亦曰鸿妻;复有令德,一与之齐。实佐君子,

> 簪蒿杖藜；欣欣负载，在冀之畔。

《列女传》载老莱子逃世躬耕，楚王来聘，其妻坚拒，投畚（běn）而去，老莱随之。可见莱妇之贤，有匡正其夫之能。鸿妻即与东汉大贤梁鸿举案齐眉的孟光，任昉举这两位女子为喻，是对刘夫人的极大尊重，同时也置刘先生于老莱子和梁鸿等前贤行列，可谓极力揄扬。"簪蒿杖藜"，以蒿草为发簪，以藜草为拐杖，此处微微点明刘家生活清苦，其妻尽心辅佐，有安贫乐道之姿。"欣欣负载"，欣然背负肩扛。冀谓《左传》中的冀缺，"耨（nòu），其妻馌（yè）之，敬，相待如宾"。刘先生忙于教学，应无耕种田亩之事，夫人也不必专门到田畦去送饭，此处重点在勤苦生活、相敬如宾之义。

> 居室有行，亟闻义让。禀训丹阳，弘风丞相。籍甚二门，风流远尚。肇允才淑，阐德斯谅。

居室指夫人闺居有德，义让指先生兄弟友于。亟（qì），多次。刘瓛先生，晋丹阳尹恢六叶孙；夫人王氏，弘扬东海王丞相的高风。籍甚，盛大。风流世家遥相承传，尚即传承。肇允出《诗经·周颂·小毖》，始信之意。或谓肇为语气词，无义。总之，男女俱有才德，俱承高门，不计贫富，仍可称门当户对。

> 芜没郑乡，寂寞杨冢。参差孔树，毫末成拱。暂启荒埏，长扃幽陇。夫贵妻尊，匪爵而重。

荒芜郑玄之乡，寂寞扬雄之冢，直指大贤身后荒凉，家门并无豪势贵宦，所以王氏棺柩从容入穴合葬。大树成拱，可见并非刘先生丧亡之年；暂启荒埏同样也说明是将已封闭的墓穴重新打开，有学者谓当是刘夫人去世晚于先生，事实上虽有可能，但更大的可能倒是王氏早已丧亡，只是在等待一个合适的机会，比如刘家凋零，或王家地位转升之类。说到底，这仍是两家力量的博弈。

而任彦升的最后表述点明真相：丈夫高贵，妻子必然会受到尊重，这并非是官爵的力量，而是夫妻关系在逻辑上的当然展开。

通篇高举高打，说的好像都不是那个女子，但又确实就是那位饱受委屈的被休弃之妇该有的人生空间和精神世界。大抵齐梁间骈文精密，都在音节藻采之间，此篇略能见其音容，后来读者可细参之。

参考资料：

1. 丁福林、杨胜朋《江文通集校注》，上海古籍出版社，2017 年。
2. 杨赛《任昉与南朝士风》，上海古籍出版社，2011 年。

第十六讲 "芬芳郁烈"刘孝标

刘峻入《选》篇章：卷四十三：《重答刘秣陵沼书》；卷五十四：《辩命论》；卷五十五：《广绝交论》。

....

刘峻字孝标，才气学识，在萧梁作者中可称首屈一指。标题中的"芬芳郁烈"，来自其人对于前代才人的赞美之辞。他的赞美对象是两汉之交的才士冯衍（字敬通）。作为文学史上怀才不遇母题下的子题，刘孝标的《自序》通行文本并非完篇，仅仅是其自传的节选；也许读者感兴趣的不仅在他的文章，还有他的故事。此文没有进入《文选》，不过《梁书》《南史》中的刘孝标本传，都引用了文字大体相同的这节《自序》：

> 余自比冯敬通，而有同之者三，异之者四。何则？敬通雄才冠世，志刚金石；余虽不及之，而节亮慷慨，此一同也。敬通值中兴明君，而终不试用；余逢命世英主，亦摈斥当年，此二同也。敬通有忌妻，至于身操井臼；余有悍室，亦令家道辕轲，此三同也。敬通当更始之世，手握兵符，跃马食肉；余自少迄长，戚戚无欢，此一异也。敬通有一子仲文，官成名立；余祸同伯道，永无血胤，此二异也。敬通脊力方刚，老而益壮；余有犬马之疾，溘死无时，此三异也。敬通虽芝残蕙焚，终填沟壑，而为名贤所慕，其风流郁烈芬芳，久而弥盛；余声尘寂漠，世不吾知，魂魄一去，将同秋草，此四异也。所以

自力为叙,遗之好事云。

"祸同伯道",意指自己与邓攸一样,"天道无知,使邓伯道无儿!"(《晋书·邓攸传》)文中的冯敬通幼有奇才,博通群书。王莽末年天下兵起,将军廉丹受命讨伐山东义军,辟冯衍为掾即僚佐,由此进入历史舞台。冯衍在两汉之交先为将军下属,以言辞陈说得失,后为更始帝刘玄的属下,与将军鲍永一起坚守上党、界休等地。在刘秀帝业渐成的过程中,冯衍的才具越大,带给刘秀的障碍感、刺心感就越强。偏偏他还见事迟缓,投诚迁延不决,在善于洞察人心却又并不脱略小节、也并不豁达大度的英主眼中,冯衍基本上即是一个心思深沉、难以信用的人物。鲍永毕竟有将军之名,手下有部队,故可立功赎罪,得到信用;冯衍文士,只能栖迟待时。建武六年(30)日食,冯衍"上书陈八事:其一曰显文德,二曰褒武烈,三曰修旧功,四曰招俊杰,五曰明好恶,六曰简法令,七曰差秩禄,八曰抚边境"。这样的格局和气派,立即得到光武召见的机会,而惧怕其上位的有心人也不得不紧张,结果是光武帝听信谗言放弃约见。说到底,刘秀本人就心思深沉,面对冯衍、马援等一世高才,并没有足够的自信;而冯衍投诚以后依然保留着才士的性情和社交热情,毫不掩饰自己的功业饥饿感,在许多现任官员那里,恐怕都会造成一种压迫性的忧恐。毕竟权力资源紧张,讲究先来后到,对于即将参与分食的新来者,不免顾虑重重,敌意甚浓。这一点,决定了冯衍在刘秀离场、明帝登基以后,只因一句"文过其实"的评语,就依然废黜于家。

刘孝标愤慨于自己的盛年不遇,引前辈高流以作比方,列举的相关议题,可以视作中古才士的人生坐标。雄才冠世、摈斥于明君、遇妻不淑,这是他刘峻同于冯衍的地方;忧乐不同、子嗣有无、身体强弱、名声显晦,这是他异于冯衍的地方。所谓三同四异,论牢骚的烈度和攻击性,是前者较显著;论情感的深度和感染力,似后者更强烈。其实读这样极富文学史内涵的文本,前后贯穿很重要。刘孝标《自序》文本相对比较简略,许多意在言外的信息,一旦翻看一下冯衍名下的文本,就会有相当清楚的感受。比如冯衍名下《显志赋》的序文起始部分:

> 冯子以为大人之德,不碌碌如玉,落落如石。风兴云蒸,一龙一蛇,与道翱翔,与时变化,夫岂守一节哉!用之则行,舍之则藏,进退无主,屈伸无常。故曰:"有法无法,因时为业,有度无度,与物趣舍。"常务道德之实,而不求当世之名,阔略杪小之礼,荡佚人间之事。正身直行,恬然肆志。顾尝好儌傥之策,时莫能听用其谋,喟然长叹,自伤不遭。久栖迟于小官,不得舒其所怀。抑心折节,意凄情悲。

杪小即渺小。情绪的感伤波荡还不甚显眼,关键是自处"大人",不屑守节,视礼节为杪小,不以声名为意,这样的自怨自伤,包含着愤世的攻击和高蹈的自在,其鲜明的对抗性,是统治者和礼法之士难以容忍的。无怪乎仕途屡经阻挡,而倾心模仿他们文体的清代学者汪中,当世竟也有芜秽之名。此处不避冗赘,复抄撮汪中《自序》如下,以见古人文章历世相续的事实:

> 昔刘孝标自序平生,以为比迹敬通,三同四异,后世诵其言而悲之。尝综平原之遗轨,喻我生之靡乐,异同之故,犹可言焉。

平原为刘氏籍贯,即以此代称之。遗轨即遗范,留下的范本。"喻我生之靡乐",说明一生凄苦无欢的事实,此句为一篇文眼。

> 夫亮节慷慨,率性而行,博极群书,文藻秀出,斯惟天至,非由人力。虽情符曩哲,未足多矜。余玄发未艾,野性难驯。麋鹿同游,不嫌摈斥。商瞿生子,一经可遗。凡此四科,无劳举例。

汪容甫自认性情、博学、文采,皆不逊前哲,所谓"未足多称",
乃因自己富有。五十发白,类同艾草;汪氏作文时为四十三岁,故
曰"未艾"。商瞿事见《孔子家语》,三十八无子,孔子谓其四十后
必有子,果然;"一经可遗",谓儿子家学可期。此为汪容甫极自信
之事,其实甚为危险。盖其人五十一岁去世,子汪喜孙九岁而孤。
喜孙自称"年六岁,先君写定皇象本《急就篇》《管子·弟子职》,
教授于礼堂。明年,更写郑康成《易注》、卫包未改本《尚书》、顾炎
武《诗本音》《仪礼·丧服·子夏传》,以次授读"。即此可见清代
乾嘉汉学极盛时代,扬州学派名家课子之学之一斑。此有子传经
之事,加之前述三事,合称"四科"。

> 孝标婴年失怙,藐是流离,托足桑门,栖寻刘宝。余幼罹
> 穷罚,多能鄙事,赁春牧豕,一饱无时。此一同也。孝标悍妻
> 在室,家道辗轲。余受诈兴公,勃豀累岁。里烦言于乞火,家
> 构衅于蒸梨,蹀躞东西,终成沟水。此二同也。孝标自少至
> 长,戚戚无欢。余久历艰屯,生人道尽。春朝秋夕,登山临
> 水,极目伤心,非悲则恨,此三同是也。孝标夙婴赢疾,虑损
> 天年。余药里关心,负薪永旷。鲦鱼嗟其不瞑,桐枝惟余半
> 生;鬼伯在门,四序非我。此四同也。

"婴年失怙(hù)",指婴儿时失去父亲的庇护。罹(lí),遭受。
"受诈兴公"用的是东晋的典故,孙绰字兴公,他使诈将恶女嫁与
高门,此处暗示自己娶妻被骗。勃豀,吵架,一般皆指家庭里婆媳
或妯娌间的争吵。凌廷堪《汪容甫墓志铭》称:"初娶孙氏,不相
能,援古礼出之。"可视其为母出妻,古今同慨。容甫下有"乞火"
"蒸梨"之言,前典出《汉书·蒯通传》,里妇夜中丢失粱肉,婆婆疑
其自盗,遂逐之,幸赖邻居假托借火烘烤昨夜因得肉而相斗、相杀
之犬,才得辨清原委;后典出《孔子家语》,曾参后母诬其妻蒸梨不
熟,曾不得已出妻。此则变相为其弃妇辩诬。李金松《述学校笺》

于此篇尽力引证、辩诬,以还公道;引弃妇诗句"人意好如秋叶后,
一回相见一回疏",见其才情。蹀(dié)躞(xiè),跋涉。沟水,指夫
妻分离,泥水不同,此二语并出传说中卓文君名下的《白头吟》,指
责相如变心另娶,汪容甫于此几乎直承其妇清白。"药里关心"出
典杜诗《酬郭十五判官》,指常常生病,故究心药物。"负薪永旷"
出典《礼记·曲礼》,谓其子尚幼,长时间不能帮忙干活。"鳏鱼"
句指独夫夜晚不眠。"桐枝"句借梧桐半死比喻生命力脆弱。"鬼
伯"句谓鬼魂相邀,生意将尽,四季更迭,春温秋肃皆与病体无缘。

> 孝标生自将家,期功以上,参朝列者十有余人;兄典方
> 州,余光在壁。余衰宗零替,顾影无俦,白屋藜羹,馈而不祭。
> 此一异也。孝标倦游梁楚,两事英王;作赋章华之宫,置酒睢
> 阳之苑;白璧黄金,尊为上客;虽车耳未生,而长裾屡曳。余
> 簪笔佣书,倡优同畜,百里之长,再命之士,苞苴礼绝,问讯不
> 通。此二异也。孝标高蹈东阳,端居遗世,鸿冥蝉蜕,物外天
> 全。余卑栖尘俗,降志辱身,乞食饿鸱之余,寄命东陵之上,
> 生重义轻,望实交陨。此三异也。孝标身沦道显,藉甚当时,
> 高斋学士之选,安成《类苑》之编,国门可悬,都人争写。余著
> 书五车,数穷覆瓿,长卿恨不同时,子云见知后世,昔闻其语,
> 今无其事。此四异也。孝标履道贞吉,不干世议。余天谗司
> 命,赤口烧城,笑齿啼颜,尽成罪状,跬步才蹈,荆棘已生。此
> 五异也。

期功指古代服丧之制。期,服丧一年。功,按关系亲疏分
大功和小功,大功服丧九月,小功服丧五月。"期功以上"指五
服之内的宗亲。白屋,贫士之居。藜羹,粗粝之饭,只堪食用,不
合祭祀。"车耳"句典出扬雄《太玄经》,所谓积善成名,则车生耳。
王者之门,可曳长裾。此谓刘孝标颇有际遇。己则人生刚一提
笔,就只能抄写以谋生,职业低贱,世间蓄养如同倡优。"百里之

长"指县长级别,"再命"即所谓上士,皆指微官。苞苴即包裹。
"鸿冥蝉蜕"句,指刘孝标像飞鸿那样翔入苍穹,像蝉蜕皮一样隐
世,故可在俗世之外,保全天性。而自己连饥饿的猫头鹰所叼着
的残余腐鼠也要乞求,盗跖所盘桓的东陵也愿意寄身。为了活
着,道义先放一边;名声和实利交相失去。刘孝标当年虽然沉沦
微官,而道义彰显,名显当世,入选晋安王的高斋学士(汪中记忆
有误),也是安成王编辑《类苑》的成员,其文可悬之国门,邀人赏
鉴,都市中人争相抄写。而自己著书虽多,命运不住,只配覆在酱
缸之上。武帝错误地以为不能与司马相如同时,扬子云当年寂寞
却在后世大受尊崇,这是昔贤所有的地位,自己绝无指望得到。
刘孝标体道贞吉,当世并无异议;自己的命运却由天谗星掌控,就
像扬雄《太玄经》所云"赤舌烧城",遭人赤口白舌攻击,有若烈火
烧城。笑的时候露出牙齿,哭泣的时候颜面有泪,皆有人指为罪
状。刚走出一小步,脚下已满生荆棘,可见处境的狼狈不堪。

> 嗟夫!敬通穷矣,孝标比之,则加酷焉。余于孝标,抑又
> 不逮。是知九渊之下,尚有天衢。秋荼之甘,或云如荠。我
> 辰安在?实命不同。劳者自歌,非求倾听。目瞑意倦,聊复
> 书之。

九渊之下,犹有更深之地,如若天街;秋荼虽苦,有人尝过更
苦,视之如荠之甘。我的时运在哪儿?实在是命运不好(与权贵
不同)。汪中的文章在清代确可称为翘楚,尤其作为清代骈文的
六朝派代表,大章情辞澎湃,短篇风华幽渺,极富才情,也足以动
人。而作为其依仿目标之一,刘孝标本人的文章,则是本讲的主
要对象。

作为齐梁间有数的作者,由北转南士大夫寒门才士中的翘
楚,以《世说新语注》名垂青史的杰出学者,刘峻在朝堂之上从来
不受梁武帝待见,主要原因大约不仅是外在因素,他自己的性格

也占很大的比例。其入于《文选》的三篇,大文小章皆可细读。其本传见于姚思廉《梁书》卷五十《文学传》下:

> 刘峻,字孝标,平原平原人。父斑,宋始兴内史。峻生期月,母携还乡里。宋泰始初,青州陷魏,峻年八岁,为人所略至中山,中山富人刘实愍峻,以束帛赎之,教以书学。魏人闻其江南有戚属,更徙之桑乾。峻好学,家贫,寄人庑下,自课读书,常燎麻炬,从夕达旦,时或昏睡,爇其发,既觉复读,终夜不寐,其精力如此。齐永明中,从桑乾得还,自谓所见不博,更求异书,闻京师有者,必往祈借,清河崔慰祖谓之"书淫"。时竟陵王子良博招学士,峻因人求为子良国职,吏部尚书徐孝嗣抑而不许,用为南海王侍郎,不就。至明帝时,萧遥欣为豫州,为府刑狱,礼遇甚厚。遥欣寻卒,久之不调。天监初,召入西省,与学士贺踪典校秘书。峻兄孝庆,时为青州刺史,峻请假省之,坐私载禁物,为有司所奏,免官。安成王秀好峻学,及迁荆州,引为户曹参军,给其书籍,使抄录事类,名曰《类苑》。未及成,复以疾去,因游东阳紫岩山,筑室居焉。为《山栖志》,其文甚美。

王国内史,级别大致相当于郡守。孝标期月即与其兄一起随母回乡,显然是其父病故后,家族在江南无人顾养孀妇孤子。其人卒于普通二年(521),年六十,则刘宋泰始初(465)青州陷魏时,他应为四岁左右,八岁始为人所略卖,应该是与母兄三人俱没。其时汉人孤弱者在北方受到欺压凌虐,当非止一家一人。中山富人刘实,有谓刘宝。束帛之说,可粗见当时人口价格。燎(liáo),延烧。爇(ruò),焚烧。南海王侍郎差可养家,但离京师太远,孝标所以不就,主因当是无法博览图书。徐孝嗣之流为吏之缺,可见一斑。孝标在齐代做到萧遥欣豫州刑狱参军,入梁后召入西省校书,又为萧秀荆州户曹参军,编录《类苑》。至此,除了探亲时私载禁物免官的挫折,应该说齐代时仕途尚可。

> 高祖招文学之士,有高才者,多被引进,擢以不次。峻率
> 性而动,不能随众沉浮,高祖颇嫌之,故不任用。峻乃著《辨
> 命论》以寄其怀。

此处为梁武帝尊者讳,语焉未详。《南史》对于孝标一生遭
遇,颇为同情。故先记其在北魏,"时魏孝文选尽物望,江南人士
才学之徒,咸见申擢,峻兄弟不蒙选拔"。"物望"即是人望,人才
有名望者。再记其与梁武帝的故事:

> 武帝每集文士策经史事,时范云、沈约之徒皆引短推长,
> 帝乃悦,加其赏赉。曾策锦被事,咸言已罄,帝试呼问峻,峻
> 时贫悴冗散,忽请纸笔,疏十余事,坐客皆惊,帝不觉失色。
> 自是恶之,不复引见。及峻《类苑》成,凡一百二十卷,帝即命
> 诸学士撰《华林遍略》以高之,竟不见用。乃著《辩命论》以寄
> 其怀。

"事"即典故,"策锦被事",即是策问关于锦被的典故。后来
梁朝丧败于侯景之乱,江南决定性地被北方征服,推原其始,主要
因素之一,即是梁武帝的贪婪和私心。此人在朝堂上下,处处与
臣工争权、争名,一国之君有如此狭隘可笑者。刘孝标的"率性而
动,不能随众浮沉",大约很见出其幼稚和书生气,不能老于世故,
一似少年磨难,南北流离,并不能摧折其棱角,变化其气质。同时
刘孝标的个案,也给出一份梁武帝心性缺陷的原始资料。

《文选》李善注在《辩命论》作者下,有一段同情之论:

> 孝标植根淄右,流寓魏庭,冒履艰危,仅至江左。负材矜
> 地,自谓坐致云霄,岂图逡巡十稔,而荣惭一命,因兹著论,故
> 辞多愤激,虽义越典谟,而足杜浮竞也。

所谓"坐致云霄",倒也未必是刘峻本人的野心;"逡巡十稔"

即徘徊十年,"荣惭一命"即是惭愧不得一个光荣的任命。以此解释《辩命论》的愤激之辞,似嫌过于狭窄。李善注赞美此篇虽然观念上超出经典立场,在精神上足以杜绝轻浮和贪竞,又似揄扬过甚。

孝标此论开宗明义即表明是对于梁武帝朝堂之上议论的回应:

> 主上尝与诸名贤言及管辂,叹其有奇才而位不达,时有在赤墀之下豫闻斯议,归以告余。余谓士之穷通,无非命也。故谨述天旨,因言其致云。

管辂(lù),字公明,《三国志·魏书》本传裴松之传引《辂别传》,载其"明《周易》,仰观、风角、占、相之道,无不精微"。仰观是上晓天文,善观天象。风角,是古代占卜之法。占,泛指占卜吉凶的方法。相,指相术。此皆当时俗人所仰慕的道术通神的大才,极为政治、军事人物所看重。此类人物率多神秘难知,仕隐无常,萧梁朝堂上下为之叹惜,似颇为不智;而刘峻借题发挥,感慨淋漓,大有余情。赤墀(chí),皇宫台阶多以丹漆涂饰。豫闻,即与闻。穷通,困厄与通显。命,即天命,不因环境和个人努力而更移的先天注定的命运。天旨,即天意。致,充分展开,详情。

> 臣观管辂,天才英伟,珪璋特秀,实海内之名杰,岂日者、卜祝之流乎?而官止少府丞,年终四十八。天之报施,何其寡与?然则高才而无贵仕,饕餮而居大位,自古所叹,焉独公明而已哉!故性命之道,穷通之数,夭阏纷纶,莫知其辩。仲任蔽其源,子长阐其惑。至于鹖冠瓮牖,必以悬天有期;鼎贵高门,则曰唯人所召。诐诐欢咋,异端斯起。萧远论其本而不畅其流,子玄语其流而未详其本。

所谓"臣观管辂",是开篇即以对话萧衍为言。珪璋,以美玉

比英才。日者,古代观察日象和卜筮的人。卜祝,占卜和祷祝的
人。少府为九卿之一,丞为辅助少府卿做事的属官。"高才而无
贵仕",本为常态,无伤大雅。"饕餮而居大位",愚蠢贪吃之徒居
于大位,近乎骂詈当朝,言辞不逊。性,指天生的刚柔迟速之质。
命,指贵贱夭寿之类,凡此皆归于"道",即天道。穷厄、通达,冥冥
之中自有定数,凡此皆归于"数",即神秘难知的规律。夭阏(è),
阻塞。纷纶,杂乱。仲任即王充,他不理解命运的根源。子长即
司马迁,他阐发了关于命运的疑惑。鹖(hé)冠子,楚国隐君子,以
鹖羽为冠,以瓮为户牖(yǒu),类似他这样的穷困之徒,就会认同
命运悬之于老天;鼎食富贵之人,就会认为是每个人努力的结果。
譊(náo)譊,争辩。欢咋,咋呼。李康字萧远,著有《运命论》,钱锺
书《管锥编》赞其"波澜壮阔,足以左挹迁袖,右拍愈肩,于魏晋间
文,别具机调",认为足以与司马迁、韩愈相比并,推崇几于备至。
钱氏还认为"刘峻《辩命论》树义已全发于此,序次较井井耳",观
点都从这里来,只不过笔致编排更整齐而已。李萧远认为天下治
乱都在老天,与人关系不大,(梁武帝之类创业之主,多认为自己
神武盖世,一切都是自己努力的结果,故绝难容忍"天定论"。)刘
峻认为他抓住了问题的根本,但没有充分展开。郭象字子玄,通
行本《庄子》三十三篇即是郭象删削、注释的成果;他著有《致命由
己论》,刘孝标攻击他只说到了现象和支流,完全未掌握根本
道理。

　　尝试言之曰:夫通生万物,则谓之道,生而无主,谓之自
　然。自然者,物见其然,不知所以然,同焉皆得,不知所以得。
　鼓动陶铸,而不为功,庶类混成,而非其力。生之无亭毒之
　心,死之岂虔刘之志!坠之渊泉非其怒,升之霄汉非其悦。
　荡乎大乎,万宝以之化;确乎纯乎,一化而不易。化而不易,
　则谓之命。命也者,自天之命也。定于冥兆,终然不变。鬼

神莫能预,圣哲不能谋,触山之力无以抗,倒日之诚弗能感。短则不可缓之于寸阴,长则不可急之于箭漏。至德未能逾,上智所不免。

通生即畅通不息之创生,万物创生,谓之大道;大道并不主导,也不用力,所以叫自然。这个自然,即是万物各有其本来面目,而无人知其原因;万物俱有其形貌,而不知为何得此形貌。天道鼓舞、陶铸万物,却不显任何功夫;万类混混然形成,也不见任何用力。万物生长,不见大道有养育之心,万物死亡岂见杀除之意。"亭毒"出自《老子》"亭之毒之",即成之熟之,养育之意。虔刘,出于《左传》,意为杀害。坠入深渊不因愤怒,升入云汉不因喜悦。广荡呵巨大呵,万物顺应大道而变化;坚固呵纯粹呵,变化以后就相对稳定不变。变动后不再更改,这就是上天的命定。命定,就来自老天呵。定于冥冥初始之时,到最后也不会更改。鬼神不能干预,圣哲不能谋划,触动大山的力量也不能抗衡,推挽太阳的志诚也无从感化。命定为短,不可延缓一寸光阴;命定为长,犹如计时的箭漏也不可加速。最高尚的有德者也不能逾越,最智慧的人也不能幸免。此处的命定之说,主要是排除后来人世间的干预和觊觎,要反驳和推开的,是自大刚狠的帝王将相,拒绝其傲慢。

是以放勋之世,浩浩襄陵,天乙之时,焦金流石。文公踬其尾,宣尼绝其粮。颜回败其丛兰,冉耕歌其芣苢。夷叔毙淑媛之言,子舆困臧仓之诉。圣贤且犹若此,而况庸庸者乎?至乃伍员浮尸于江流,三闾沈骸于湘渚。贾大夫沮志于长沙,冯都尉皓发于郎署。君山鸿渐,铩羽仪于高云;敬通凤起,摧迅翮于风穴。此岂才不足而行有遗哉?

放勋指唐尧,天乙指商汤。尧时有大洪水,浩浩然漫上山陵;商汤时大旱,金石都焦枯熔化。文公即周公,谥号为文。"踬其尾"谓其进退失据。踬(zhì),即疐,踩。《诗经·豳风·狼跋》:"狼跋其胡,载寲其尾",谓老狼有长胡须,进则踏其须,退则踩其尾。宣尼即孔子,在陈绝粮。颜回早死,即所谓"败其丛兰"。冉耕有恶疾,李善注引《韩诗》曰:"采苢,伤夫有恶疾也。"夷叔即伯夷、叔齐兄弟,隐于首阳山,采薇而食。李善注引《古史考》:"野有妇人谓之曰:'子义不食周粟,此亦周之草木也。'于是饿死。"孟子字子舆,鲁平公准备拜访孟子,小臣臧仓诉诸谗言成功阻挡。伍员即伍子胥,谏阻吴王夫差与越连和不成,被迫自杀,尸浮江上。三闾即屈原,投身湘江支流。贾大夫即贾谊,迁谪长沙,即是志向受沮。冯唐为郎中署长,汉文帝以"父老"称之。桓谭字君山,《周易·渐卦》通篇以飞鸿降落比喻仕进,桓君山渡过两汉之交的激流险滩,最终却在光武朝堂上因为反对谶纬之学,几遭杀身之祸。冯衍字敬通,其不遇事见上文,所谓如凤凰般起飞,终摧折铩羽于权场,回归凤巢即风穴。刘峻此处以一语概括之:除非归之于难以抗阻之天命,难道这些圣哲高流的摧折,皆因才华不足、品行有缺吗?

> 近世有沛国刘瓛,瓛弟琎,并一时之秀士也。瓛则关西孔子,通涉六经,循循善诱,服膺儒行。琎则志烈秋霜,心贞昆玉,亭亭高竦,不杂风尘。皆毓德于衡门,并驰声于天地。而官有微于侍郎,位不登于执戟,相次殂落,宗祀无飨。因斯两贤,以言古则。昔之玉质金相,英髦秀达,皆摈斥于当年,韫奇才而莫用。微草木以共彫,与麋鹿而同死,膏涂平原,骨填川谷,埋灭而无闻者,岂可胜道哉!此则宰衡之与皂隶,容彭之与殇子,猗顿之与黔娄,阳文之与敦洽,咸得之于自然,不假道于才智。故曰:死生有命,富贵在天。其斯之谓矣。

此处刘孝标引齐梁高士刘氏兄弟二人,皆养德于衡门,即陋室,而驰名天地之间。他们的官职低于侍郎,位置进不了执戟卫士的行列,兄弟相继去世,子孙无闻,故得不到宗族祭祀。因此

二贤,可以说明古来的法则。过去的英才们皆被排斥弃用,只求
与草木同朽,与野兽同亡,他们横死原野,骨填川谷,埋没无闻,数
都数不完。所以宰相与奴隶,容成、彭祖等长寿者与夭亡者,猗顿
等富豪与黔娄等贫士,美女阳文与丑人敦洽,都受之自然,天命如
此,并不是遵循于才华和智慧的分野。所以说:死生都是上天命
定,富贵的处置也归于老天。就是这样呵。

> 然命体周流,变化非一,或先号后笑,或始吉终凶,或不
> 召自来,或因人以济。交错纠纷,回还倚伏,非可以一理征,
> 非可以一途验。而其道密微,寂寥忽慌,无形可以见,无声可
> 以闻。必御物以效灵,亦凭人而成象,譬天王之冕旒,任百官
> 以司职。而或者睹汤武之龙跃,谓戡乱在神功;闻孔、墨之挺
> 生,谓英睿擅奇响;视彭、韩之豹变,谓骜猛致人爵;见张、桓
> 之朱绂,谓明经拾青紫。岂知有力者运之而趋乎? 故言而非
> 命,有六蔽焉尔。请陈其梗概。

"忽慌"即惚恍。这里对于上天的命定,有更为细密的分疏。
有时它一定要驾驭外物才能有效,有时要依托他人才可成形。就
像天王冠上的冕旒,象征着百官各有司职。言下之意,千万不要
以为你在做事,就意味着结果也由你决定。试看汤武戡乱的神
功,孔子、墨翟英睿的挺生,韩信、彭越勇猛豹变自致高爵,张禹、
桓荣以经术得青紫朱绂:人们哪里知道,那都是有伟力的大道运
转而促成! 所以如果坚持没有命定之说,就会有六种遮蔽或说糊
涂之处,请让我陈说其大概如次。

> 夫靡颜腻理,哆吲颟颐,形之异也。朝秀晨终,龟鹄千岁,
> 年之殊也。闻言如响,智昏菽麦,神之辨也。同知三者,定乎造
> 化荣辱之境,独曰由人,是知二五而未识于十,其蔽一也。

"靡颜腻理",出于《楚辞·招魂》,指丽颜细肤的美女。哆

(chǐ)吪(huī)，口歪不正。颇(cù)颇(è)，眉头锁皱，指丑陋之人。"朝秀晨终"，是说早晨刚刚有了生命，就结束。龟、鹄皆有千年之寿，这是年纪的不同。听到讲解立即领悟有回应，和智识昏蒙得连菽与麦都不分，这是神明的差别。形貌、寿命、智识，这三者的差异，都可认定是造化的原因。偏偏人生光荣与屈辱，境遇不同，却说是由于人为因素，这是只知道二五却不了解一十。这是第一种糊涂。

> 龙犀日角，帝王之表；河目龟文，公侯之相。抚镜知其将刑，压纽显其膺录。星虹枢电，昭圣德之符；夜哭聚云，郁兴王之瑞。皆兆发于前期，涣汗于后叶。若谓驱貔虎，奋尺剑，入紫微，升帝道，则未达窅冥之情，未测神明之数，其蔽二也。

李善注引朱建平《相书》："额有龙犀入发，左角日，右角月，王天下也。"即是头顶囟门向着额头的隆起部分一直连到鼻梁，此谓龙犀。额角有日月之相，这都是帝王的外表。《孔丛子》："苌弘语刘文公：'吾观孔仲尼有圣人之表，河目而隆颡(sǎng)（额头），是黄帝之形貌也。'"《后汉书·李固传》："足履龟文。"眼睛平而长，足下有龟纹，这是公侯的相貌。《三国志·蜀书·周群传》附张裕事："每举镜视面，自知刑死。"《左传·昭公十三年》记楚共王有宠子五人，"与巴姬密埋璧于太室之庭，使五人拜。康王跨之，灵王肘加焉，子干、子皙皆远之。平王弱，抱而入，再拜，皆压纽"。拿着镜子就知道将受刑而死，压到璧纽显示承当天命。膺(yīng)，承当。录，即图箓，显示帝王天命之书。纬书《春秋元命苞》："大星如虹，下流华渚，女节梦接意感，生白帝朱宣。"《诗含神雾》："大电绕枢，照郊野，感符宝，生黄帝。"这就是所谓圣德的符号。汉高祖斩白蛇，有老妪夜哭，"吾子白帝子为赤帝子所杀"。又《汉书》载高祖隐于芒砀山，常有"聚云气如盖"，吕后借之可以找到他，这些都是高祖受命的祥瑞。预兆产生于人生前期，后期则登上帝位,号令天下。《周易·涣》:"涣汗其大号",登上帝位发布号令。后叶,后期。貔(pí)虎,猛兽以喻猛士。紫微,天上星座名,指帝宫。窅(yǎo)冥,深远幽微。班彪《王命论》:"神明之祚,可得而妄处哉!"如果认为驱猛兽,奋尺剑,即可入紫微,升帝位,则是未达幽微之情,不知国祚之数。这是第二种糊涂。

> 空桑之里,变成洪川;历阳之都,化为鱼鳖。楚师屠汉卒,睢河鲠其流;秦人坑赵士,沸声若雷震。火炎昆岳,砾石与琬琰俱焚;严霜夜零,萧艾与芝兰共尽。虽游夏之英才,伊颜之殆庶,焉能抗之哉。其蔽三也。

《吕氏春秋·本味》记伊尹生于空桑,"其母居伊水之上,孕,梦有神告之曰:'臼出水而东走,毋顾。'明日视臼出水,告其邻,东走十里,而顾,其邑尽为水,身因化为空桑。"李善注引《淮南子》记历阳仁义老妪,"有两诸生告过之,谓曰:'此国当没为湖,妪视东城门阃有血,便走上山,勿反顾也。'……东门吏杀鸡,以血涂门。明日,妪早往视门,有血,便走上山,国没为湖。"大贤伊尹所生之地,化为大川;历阳仁义老妪居地,国化为湖。楚汉大战中,汉兵尸体使睢水不流;秦师坑杀赵国降卒,声若雷震。火烧昆冈,砾(lì)石和美玉〔琬(wǎn)琰(yǎn)〕俱焚;严霜夜降,臭蒿与芝兰共尽。即使子游、子夏等英才,伊尹、颜回近于圣人,他们能够对抗上述大灾大难吗?这是第三种糊涂。

> 或曰,明月之珠,不能无颣;夏后之璜,不能无考。故亭伯死于县长,相如卒于园令。才非不杰也,主非不明也,而碎结绿之鸿辉,残悬黎之夜色,抑尺之量有短哉?若然者,主父偃、公孙弘,对策不升第,历说而不入,牧豕淄原,见弃州部,设令忽如过隙,溘死霜露,其为诟耻,岂崔马之流乎?及至开东阁,列五鼎,电照风行,声驰海外,宁前愚而后智,先非而终是?将荣悴有定数,天命有至极,而谬生妍蚩。其蔽四也。

颣(lèi),缺点,瑕疵。璜(huáng),半璧形的玉。考,不平。崔骃,字亭伯,出为长岑长,不之官而归,卒于家。司马相如拜为孝文园令,病免,家居茂陵而卒。结绿、悬黎,皆美玉名。崔、马的才华并非不杰出,所侍奉的君主并非不贤明,而就像结绿的光辉终于破碎,悬黎照耀夜色也会残损,难道是世间评价的尺度终有所短么?如果是,主父偃、公孙弘参加对策不被录取,多次干说不见任用,只好在淄川之原上牧猪,被州部抛弃。假如他们像白驹过隙一样过完一生,像霜露那样突然死去,那么他们的耻辱,难道不是同崔亭伯、司马相如一样吗?等到他们成为高官,打开东阁以招贤,列五鼎而进食,像闪电照耀,如疾风行动,名驰海外,难道他们开始愚蠢、后来聪明?或是开始不对、后来正确?还是光荣、憔悴有一定之数,天命有极致威权?溘(kè),忽然。东阁,宰相府迎宾小门,有异于掾属进出的庭前正门。人们竟然荒谬地不认天命,自判美丑。这就是第四种糊涂呵。

　　夫虎啸风驰,龙兴云属,故重华立而元凯升,辛受生而飞廉进。然则天下善人少,恶人多,暗主众,明君寡。而薰犹不同器,枭鸾不接翼,是使浑敦、梼杌踵武于云台之上,仲容、庭坚耕耘于岩石之下。横谓废兴在我,无系于天。其蔽五也。

重华,虞舜之名。辛受,殷纣之名。飞廉,纣之谀臣。薰犹即薰莸(yóu),香草和臭草。据《左传·文公十八年》,浑敦为帝鸿氏不才子,梼(táo)杌(wù)为颛顼氏不才子,又为传说中猛兽之名,时常代指恶人。虎啸则风生,龙起则云来,所以虞舜立,则八元、八凯等贤人受到晋升;商纣出,则飞廉之类谀臣进阶。香草和臭草不放在一个容器里,鸥枭和鸾鸟不会比翼齐飞,于是宫廷之上坏人接踵,仲容、庭坚等贤才,则屈居下层民众之中。这样,还骄横地认定废兴在人,无乎于天命。这就是第五种糊涂。

　　彼戎狄者,人面兽心,宴安鸩毒,以诛杀为道德,以蒸报为仁义,虽大风立于青丘,凿齿奋于华野,比于狼戾,曾何足喻? 自金行不竞,天地板荡,左带沸唇,乘间电发,遂覆瀍洛,倾五都,居先王之桑梓,窃名号于中县,与三皇竞其萌黎,五帝角其区宇,种落繁炽,充仞神州。呜呼! 福善祸淫,徒虚言耳! 岂非否泰相倾,盈缩递运,而汩之以人? 其蔽六也。

戎狄皆人面兽心,视宴安为毒药,以诛杀为道德,以和长辈及晚辈淫乱为仁义,即使为害青丘的大风、肆虐畴华之野的凿齿,比于这些狼族的残暴,也还够不上。《淮南子》高诱注:"畴华,南方地。""大风,鸷鸟。"据同书,"尧乃使羿诛凿齿于畴华之泽"。"金行"指西晋,按"五德终始"学说,金、木、水、火、土相生相克,五行至金,乃为晋德。自从西晋衰败,天地翻覆,左衽之民、斜唇之徒,乘机骤然发难,于是颠覆瀍水、洛水,倾覆五方都城。占据先王的故土,盗窃中国的名号,与三皇竞争百姓,与五帝角逐疆土,种族繁衍生息,充满神州大地。哎,都说行善有福作乱有祸,只是空话呵。汩(gǔ),乱。难道不是好坏相倾、盈缩交替吗? 怎可认定是人的乱来呢? 这是第六种糊涂。

　　然所谓命者,死生焉,贵贱焉,贫富焉,治乱焉,祸福焉,此十者,天之所赋也。愚智、善恶,此四者,人之所行也。夫神非舜禹,心异朱均,才纬中庸,在于所习。是以素丝无恒,玄黄代起,鲍鱼芳兰,入而自变。故季路学于仲尼,厉风霜之节;楚穆谋于潘崇,成杀逆之祸。而商臣之恶,盛业光于后嗣;仲由之善,不能息其结缨。斯则邪正由于人,吉凶在乎命。

死生、贵贱、贫富、治乱、祸福,这五个方面,都是天所赋予,人难妄求;愚智可习,善恶可选,这两方面,归于人类行为,不必从天。在天人之间,刘孝标非常鲜明地划出一条界线。纬(guà),阻碍。神明不及圣人虞舜、夏禹,心术异于恶人丹朱、商均,才具恰停留在中庸水平,高下、愚智就在于习得。所以素丝没有恒德,染黑染黄随意;鲍鱼之臭,兰芷之香,久在其中,熏习自变。子路学于孔子,磨砺出风霜般的志节;楚穆王商臣失去太子位置后,和老师潘崇商量,做成弑杀楚成王的大祸。但是商臣虽恶,楚国盛业都由他的后代发扬;子路虽善,却在卫国内乱中逃不脱结缨而死的命运。可见邪恶还是正直可以由人选择,吉祥还是凶险,却归天命所定。

> 或以鬼神害盈,皇天辅德。故宋公一言,法星三徙,殷帝自翦,千里来云。若使善恶无征,未洽斯义。且于公高门以待封,严母扫墓以望丧,此君子所以自强不息也。如使仁而无报,奚为修善立名乎? 斯径廷之辞也。

有人反驳说,鬼神讨厌盈满,上天辅佐仁德。《吕氏春秋·制乐》记载,宋景公知道执法的荧惑星正当君位,却不愿祷祝移于宰相、民众或年岁,善言一出,当晚星相就移出了三个位置。同书《顺民》载商汤时五年大旱,于是剪发,以自身为牺牲,民悦雨至。《淮南子·主术训》:"四海之云凑,千里之雨至。"如果善恶皆无报应的征验,就不符合如此事迹。《汉书·于定国传》记其父治狱多阴德,高大门楣以待子孙之兴,国家封赏。同书《严延年传》言其为酷吏,其母见之大惊,东归扫除墓地,果然老年遇丧壮子。这就是君子自强不息的理由啊。如果仁德没有福报,为什么要修善立名呢? 这实在是大相径庭之言。

> 夫圣人之言,显而晦,微而婉,幽远而难闻,河汉而不测。或立教以进庸怠,或言命以穷性灵。积善余庆,立教也;凤鸟不至,言命也。今以其片言,辩其要趣,何异乎夕死之类,而论春秋之变哉? 且荆昭德音,丹云不卷;周宣祈雨,珪璧斯馨。于叟种德,不逮勋华之高;延年残犷,未甚东陵之酷。为善一,为恶均,而祸福异其流,废兴殊其迹,荡荡上帝,岂如是

乎?《诗》云:"风雨如晦,鸡鸣不已。"故善人为善,焉有息哉?

当知圣人的言教,又明白又隐晦,又微妙又婉转,幽远之极,难以把握,如黄河如星汉,难以揣测。有时提出教训之辞,以使庸人和怠慢者有所提升;有时认同天命,以表明天性和灵明。积累善行即有余庆,这就是树立教义;慨叹凤鸟不至,说的就是天命。现在要根据其只言片语以讨论其宗旨,与根据朝生夕死去辨别季节更迭,有什么区别?《左传·哀公六年》记楚昭王同样发出不转移灾殃于大臣的德音,而象征灾祸的绕日红云并不卷去,昭王即死于当年;《诗经·大雅·云汉》也记周宣王身为明君,用尽珪璧祭神求雨,而终无回应。于定国之父立德高不过放勋、重华,后者可都有丹朱、商均恶子;严延年的残暴没有东陵山上的盗跖更甚,结果盗跖安然寿终。同样为善、为恶,而祸福不同,废兴相反,都说上帝浩大无名,不可捉摸,难道说的就是这样吗?《诗经·郑风·风雨》说:"风急雨狂天如暗夜,公鸡仍然打鸣司晨。"所以仁善之人行善,哪能有停止的时候呢?

> 夫食稻粱,进刍豢,衣狐貉,袭冰纨,观窈眇之奇儛,听云和之琴瑟,此生人之所急,非有求而为也。修道德,习仁义,敦孝悌,立忠贞,渐礼乐之腴润,蹈先王之盛则,此君子之所急,非有求而为也。然则君子居正体道,乐天知命,明其无可奈何,识其不由智力,逝而不召,来而不距,生而不喜,死而不戚。瑶台夏屋,不能悦其神;土室编蓬,未足忧其虑。不充诎于富贵,不遑遑于所欲。岂有史公、董相不遇之文乎?

牛羊草食,谓之刍;猪犬谷饲,谓之豢(huàn)。刍豢泛称猪牛羊肉。狐貉(hé),皮毛衣物。袭,穿着。冰纨(wán),如冰如雪的白绢。窈眇,美好。奇儛(wǔ)即奇舞,奇姿妙舞。云和之山,产琴瑟之管,见于《周礼·大司乐》。渐,濡染。充诎(qū),得意忘形,见于《礼记·儒行》郑玄注:"喜失节之貌。"太史公有《悲士不遇赋》,江都国相董仲舒有《士不遇赋》。孝标曲终奏雅,陈义甚高。他先将庶人和君子的本性作出区隔,前者耽于衣食享受,后者耽于仁义德操,皆自然而然,无须强迫。有道君子乐天知命,不妄求,不多想,离开朝廷就不在意召回,来到朝堂也不刻意抗拒,活着不喜乐,死去不悲伤。偶然富贵不得意忘形,面对欲望不张皇失措。哪里有太史公和董仲舒所书写的不遇之悲呢?这就几乎把谢惠连的《雪赋》之义,用散文再写一遍。纵心浩然,依于正道,除非图穷匕见,上手用刀,否则帝王将相其奈我何!

此文并无李康《运命论》中包蕴无限的一些隽语,像"木秀于林,风必摧之;堆出于岸,流必湍之;行高于人,众必非之"。然像"逝而不召,来而不距,生而不喜,死而不戚"之类,陶练经典旧事,成此纵肆放松之言,猖狂倔强之态可掬,可谓依仁慕义、濡染风流的江左新文。只是面对帝王和建康朝堂,刘孝标显然不仅要歌咏江左风流人格的世代相续,也不仅要呈现学士大夫的不拔之操、高蹈情怀,作为文章家,他还要贡献出一篇弥纶群言的尊体之作。论体的要求,是辨言析理,以要约明畅为宗;破敌争锋,以师心自见为上,游戏词藻,指陈俗世,而不妨智慧的放松与平衡。其有极为刺眼之处,比如"饕餮而居大位","仲容、庭坚,耕耘于岩石之下",隐隐撕开圣明之君与正道君子之间君臣相得的假象,同时果断将个人的智愚、善恶,与社会性的生死、贵贱、贫富、治乱、祸福完全切割开来,将个人选择与环境压迫之间的永恒冲突,转化为个性独立和精神自由的必要注脚,实质性地离开了顺世主义的泥沼,这可能是东晋南朝文章学中最为令人心动的进展。

《梁书》孝标本传全文收录此论,并谓"论成,中山刘沼致书以难之,凡再反,峻并为申析以答之。会沼卒,不见峻后报者,峻乃为书以序之"。可知刘沼反驳以后,孝标有酬答之文,然后刘沼再次反驳,未及见到孝标再酬之篇即所谓"后报"者,便已逝去。孝标乃致书地下,追论不已,可见当日知音难觅,作者徒有深重寂奠。此书在本传中并未录入，只有一篇小序系于《辩命论》后，而《文选》同样在书体部分收入此篇书序，标题则作"重答刘秣陵沼书"，盖刘沼官职为秣陵令，而李善注引孝标《自序》逸文，称其籍贯平原人，生于秣陵县，则刘沼与其本有桑梓关联：

> 刘侯既重有斯难，值余有天伦之戚，竟未之致也。寻而此君长逝，化为异物，绪言余论，蕴而莫传。或有自其家得而示余者，余悲其音徽未沫，而其人已亡，青简尚新，而宿草将列，泫然不知涕之无从也。虽隙驷不留，尺波电谢，而秋菊春兰，英华靡绝，故存其梗概，更酬其旨。若使墨翟之言无爽，宣室之谈有征，冀东平之树，望咸阳而西靡；盖山之泉，闻弦歌而赴节。但悬剑空垅，有恨如何！

重，再次。难（nàn），辩驳。天伦之戚，兄弟去世的忧戚。致，回复。异物，非人之物。徽，美好；音徽，即美辞。未沫（mèi），没有消逝。青简，手稿。宿草，周年墓上之草。隙驷，过隙之四马高车，形容时间流逝。尺波同样指时间，古时以铜壶盛水，中立箭刻，滴漏计时，称为尺波。电谢，如电闪过。秋菊春兰，皆当季之英华，以喻人之才藻。刘孝标交代双方围绕命运的辩难，恰逢各自死亡事件，故未能延续。而他坚信时间虽逝，英才不泯，故需录存各自观点的大概，再次酬答对方的辩驳。如果信奉鬼神的墨翟，其言无假，传说文帝和贾谊在宣室谈论鬼神，事实有征，希望像当年东平王有灵，其人归京之志未酬，冢旁松柏皆向帝京西斜；盖山之泉有情，闻弦歌之声，即会随着节奏喷涌。李善注引《宣城记》："昔有舒氏女与其父析薪，此泉处坐，牵挽不动，乃还告家。比还，唯见清泉湛然。女母曰：吾女本好音乐。乃弦歌，泉涌回流。"此处虽引鬼神之事，而坚持孔孟圣贤立场，以存疑处之。悬剑事见于《史记·吴太伯世家》，记吴国贤才季札多次拒绝继承吴王之位，乃出使中原各国，兼以展示吴国并非蛮夷的文化面目。

北过徐国,徐君好其剑而未敢言,季札作为使者必须佩剑,只能心许而不言。还至徐,徐君已死,乃解剑系之冢树而去,展示出极高的文化修养和精神境界。孝标将自己坚持酬答故友的遗稿,比拟为悬剑空垅、遗恨无穷的季札之行,寂寞之深,雅意之殷,宛然如绘。

刘孝标另有《广绝交论》一篇,承汉代朱穆《绝交论》敦俗慕义之举,益加张大其辞,宣称当世"素交尽,利交兴","败德殄义,禽兽相若",可知乃愤世之枭叫,非持平之温语。

参考资料:

1. 罗国威《刘孝标集校注》(修订本),学苑出版社,2003 年。

2. 谭家健《试论刘峻的骈文》,《广西师范大学学报》(哲学社会科学版)1999 年第 4 期。

3. 力之《〈文选〉刘孝标徐悱作品之作时辩》,《广西师范大学学报》(哲学社会科学版)2009 年第 3 期。

4. 胡旭《〈广绝交论〉新探》,《厦门大学学报》2010 年第 2 期。

图书在版编目(CIP)数据

《昭明文选》十六讲/汪习波著.--上海：复旦
大学出版社,2025.6.-- ISBN 978-7-309-17902-6

Ⅰ.1206.2

中国国家版本馆 CIP 数据核字第 2025L5515Z 号

《昭明文选》十六讲
汪习波　著
责任编辑/宋文涛

复旦大学出版社有限公司出版发行
上海市国权路 579 号　邮编：200433
网址：fupnet@ fudanpress. com　http://www. fudanpress. com
门市零售：86-21-65102580　团体订购：86-21-65104505
出版部电话：86-21-65642845
常熟市华顺印刷有限公司

开本 890 毫米×1240 毫米　1/32　印张 11.125　字数 269 千字
2025 年 6 月第 1 版
2025 年 6 月第 1 版第 1 次印刷

ISBN 978-7-309-17902-6/I · 1451
定价：78.00 元